クリスティー文庫
60

ヘラクレスの冒険

アガサ・クリスティー
田中一江訳

THE LABOURS OF HERCULES
by
Agatha Christie

Translated by
Kazue Tanaka
Published 2020 in Japan by
HAYAKAWA PUBLISHING, INC.
This book is published in Japan by
arrangement with
AGATHA CHRISTIE LIMITED
through TIMO ASSOCIATES, INC.

エドマンド・コークへ
その難業に対し、エルキュール・ポアロになりかわって深謝し、愛をこめてこの本をささげます。

目次

ヘラクレスの冒険

ことの起こり

　エルキュール・ポアロのアパートはモダンな家具調度を基本としていて、そここにクロムの金属的な輝きが目についた。室内の安楽椅子はすわり心地がいいようにクッションがきいているものの、四角四面な堅苦しいデザインだった。

　その椅子のひとつに、エルキュール・ポアロは、ちんまりと——椅子のまんなかにすわっていた。ポアロのむかい側のもうひとつの椅子には、オクスフォード大学オールソウルズ学寮の評議員であるバートン博士がすわって、ポアロが出してくれたシャトー・ムートン・ロートシルトをうまそうにちびちびと飲んでいた。バートン博士は、ちんまりとはおよそ無縁だった。でっぷり太っていて、ぼさぼさの白髪頭、その下には、磊落《らいらく》そうな赤ら顔が笑っている。博士には、喉の奥がぜいぜいいうような声で笑い、自分自身や周囲のあらゆるものを煙草の灰だらけにする癖があった。ポアロは博士のまわりにやたらと灰皿を置いてやったけれども、むだだった。

　バートン博士は、質問をしていた。

「ねえ、エルキュール、またどうしてヘラクレスなのかね？」

「わたしのクリスチャン・ネームのことか？」

「クリスチャン・ネームとはとてもいえない」相手は不満げに異を唱えた。「どう見ても異教徒の名前だ。それはいいとしても、理由が知りたい。父親の気の迷いか？　母親が気まぐれを起こしたか？　それとも家系的な理由があるのか？　わたしの記憶がたしかなら――とはいっても、むかしとちがってそうたしかでもないが――きみにはアシル、つまりギリシャ語でいうアキレスという名の弟がいたんじゃなかったかな？」

　ポアロは、アシル・ポアロの生涯についてのこまごました事柄を一気にふりかえった。あれもこれも、ほんとうに起こったことだったのだろうか？

「ほんの短いあいだのことだったがね」と、彼は答えた。

　バートン博士は、アシル・ポアロの話題から巧みに方向転換した。

「子どもに名前をつけるときは、もっと慎重になるべきだよ」考えこむような口ぶりだ。

「わたしも何度か名づけ親になったから、わかるんだ。そのなかのひとりに、ゲルマン語で白を意味するブランチという名前をつけたら――これが長じてジプシーみたいに色の黒い子になったね！　それから、ディアドラという子は、〝悲しみのディアドラ〟から名前をとったのに――やたらと陽気な娘に成長したよ。辛抱強い女に育て、と思ってペイシェンスと名づけた子は、インペイシェンスという名のほうが似合いなくらい短気ときてる！　そしてダイアナは――」いやはや、女神ダイアナが聞いてあきれるが――老古典学者は身震いした。「体重がもう百七十ポンドちかくもあるデブなんだ。まだ十五歳だというのに！　年頃になれば痩せるというが――わたしにはそうは見えないね。まったくもう、女神ダイアナとけほど遠いわ！　ヘレンという名前がいいといわれたんだが、トロイ戦争のきっかけを作った美女の名前をつけるなど、わたしは断固許さなかったよ。両親の顔を知っていたからね！　それをいうなら、そのまた母親の顔もだ！　マーサとかドルカスとか、そういうあたりさわりのない名前をつけようとがんばったんだが――やるだけむだだったよ。親ってやつは、どうにもしまつにおえなくて……」

バートン博士は軽くかすれた笑い声をあげて――小さな丸顔をしわくちゃにした。

ポアロは、けげんそうに博士を見た。

「いや、ある会話を空想したんだ。きみの母上と亡きホームズ夫人が、縫い物だか編み物だかをしながら、〝アシルが……エルキュールが……シャーロックが……マイクロフ

ト が……〟と、こんなふうにね」

　ポアロには、友人がなにをおもしろがっているのかわからなかった。

「きみがいいたいのは、つまりこういうことだろう。外見的に、わたしとヘラクレスは似ても似つかない、と」

　バートン博士は、縞のズボンと正統派の黒の上着に小粋な蝶ネクタイという服装でピシッと決めた小柄なエルキュール・ポアロの、エナメル靴を履いた足もとから、卵のような頭、鼻の下にたくわえた立派な口ひげへとざっと一瞥した。

「はっきりいってしまえばだね、ポアロ」バートン博士はいった。「たしかに似てないとも！　ところで、どうやら」と、つけくわえた。「きみはあまり古典を勉強してこなかったようだな」

「それは当たってるよ」

「惜しいな。じつに惜しい。きみはたいへんな損をしているんだぞ。わたしにいわせりゃ、すべての人に有無をいわせず古典を勉強させるべきだね」

　ポアロは肩をすくめた。

「ふむ、わたしは古典なんか知らなくてもうまく暮らしてきたよ」

「暮らしてきた！　暮らしてきた、だと！　これは、暮らしがどうこうという問題じゃない。そもそもそういう考え方がまちがってるというんだ。古典は、昨今の通信講座みたいな、安直な成功につながるはしごじゃないんだからな！　人間にとって大事なのは、はたらいている時間じゃない——大事なのは、ひまな時間なんだ。みんな、そこのところをまちがえている。たとえばきみ自身がいい例だ。きみは日々なんとか暮らしながら、いろんなしがらみから逃れて安楽に生きたいと思っている——では、楽になってひまな時間ができたら、きみならいったいなにをするね？」

　ポアロは、待ってましたとばかりに答えた。

「カボチャの栽培に——じょうだんでいってるんじゃないよ——精を出すつもりだ」

　バートン博士は唖然とした。

「カボチャ？　なにをいいだすんだ？　あの水っぽい味のする、バカでかくふくれた緑色のやつかい？」

「ああ」ポアロは熱っぽい口ぶりでいった。「しかし、要するにそこなんだ。カボチャは、水っぽくない味にしなくちゃならない」

「はっ！　そんなことか——チーズをまぶすか、タマネギのみじん切りかホワイトソースをかけりゃいいだろうが」

「いやいや——勘違いしないでくれ。カボチャ自体の味を改良しようというのが、わたしのもくろみなんだ。なんだったら」遠くを見るように目を細めて、「すばらしい香り《ブーケ》をもつように——」

「おそれいったな、きみ、カボチャはワインじゃないんだぜ」香り《ブーケ》ということばで、バートン博士はそばにあるグラスを思いだし、口をつけて舌鼓を打つと、「これは、じつにいいワインだ。味がとてもしっかりしているよ。うん」満足そうにうなずいた。「しかし、いまのカボチャの話だが——本気じゃあるまいね？　まさか」——ぞっとするといわんばかりの口調で——「ほんとうに腰をかがめて」——自分のでっぷりした腹に両手をあてて、いかにも心配でならないというように——「背中を丸めて、畑に堆肥をまいたり、水にひたした毛の縄をこやしにしたり、そんなことをする気か？」

ポアロは切り返した。「あんたはカボチャの栽培にずいぶん詳しいようじゃないか」

「別荘に行ったとき、庭師がやってるのを見たことがあるんでね。それにしても、ポアロ、なんたる趣味だ！　くらべてみたまえ」——バートン博士は、しみじみ感じ入ったように低く喉を鳴らした——「安楽椅子に落ちついて暖炉にあたりながら、ずらりと本の並んだ天井の低い長方形の部屋で過ごすことと——ぜったいに長細い部屋にかぎる——真四角な部屋じゃダメだ。しかも四方を書物に囲まれた部屋。一杯のワイン——そして、手には一冊の本をひらいて。それを読むにつれて、きみの心は過去へとさかのぼる」博士は朗々とギリシャ語の詩を暗唱し、それを翻訳した。

「暗いワイン色の海で
操舵手はすぐれた腕にものいわせ
凪になぎ倒された快速艇を立て直す」

「もちろん、翻訳ではどうしても原詩の趣を完全につかむことはできんのだが」

バートン博士はしばし夢中になって、ポアロのことを忘れてしまった。いっぽうポアロはポアロで、それを見ていて、ふと疑問をおぼえた――不安な心のうずきを。ここには、自分が見失ってきたなにかがあるのだろうか？　なにか、魂の豊かさのようなものが？　そこはかとない悲しみがわいてくる。そうだ、やはり古典に親しんでおくべきだった……もっと若いころに……ああ、いまとなっては、もはや手遅れ……。

バートン博士が、ポアロの物思いを破った。

「引退を考えているというのは、本気なのかね？」

「ああ」

博士は軽く笑った。

「できっこない！」

「しかし、わたしはほんとうに――」

「引退などできるはずがないね。きみのように自分の仕事に情熱をかたむけていては」

「そんなことはないさ――じっさい――わたしはあれこれ手はずをととのえているんだ。あと数件、えりすぐりの依頼を片づけたら――そりゃ、もちこまれるものをすべてというわけにはいかないが――個人的に興味がもてる案件だけ片づけたら引退するつもりだよ」

　バートン博士はにやりと笑った。

「そら見たことか。あと一、二件、もうひとつだけ――そんな調子でいつまでたってもきりがない。きみの場合は、プリマドンナのさよなら公演のようにはいかないんだよ、ポアロ！」

　くすくす笑いながら、博士はゆっくりと立ちあがった。気のいい白髪の小鬼《ノーム》のように。

「きみの仕事はヘラクレスの難業ではない。愛の難業だ。わたしがまちがっていれば、いずれわかるだろう。賭けてもいいが、一年たってもきみはここにいるだろうし、カボチャは依然として」――彼は身震いした――「ただのカボチャのままさ」

　バートン博士はポアロに別れを告げて、飾り気のない長方形の部屋を出ていった。

彼は本書から出ていったまま、もうもどっては来ない。わたしたちに気になるのはただ、彼が残していったもの、あるアイディアだけだ。

というのも、博士が出ていったあと、エルキュール・ポアロは夢でも見ているようにのろのろと椅子にすわりなおして、こうつぶやいたからだ。

「ヘラクレスの難業か……なるほど、たしかにひとつのアイディアだな《メ・ウイ・セ・チュヌ・イデー》……」

翌日、タイプ打ちのさまざまな書類にときどき困ったように視線を投げかけながら、革製本の大型書や、それよりは薄い本を読みふけっているエルキュール・ポアロの姿が見られた。

秘書のミス・レモンは、ヘラクレスについての情報をあつめて、それを提出するようにこまごまと指示を受けていた。

ミス・レモンは、関心をいだくことなく（なんのためになどと考えるタイプではなかったからだ！）、しかし非の打ち所のないほどてきぱきとその仕事を完了した。

エルキュール・ポアロは、とりわけ〝死後、神々に列せられ、神聖な栄誉に浴することになった名高い英雄、ヘラクレス〟に関する古代の伝説という謎めいた海に真っ逆さまに投げこまれたのだ。

ここまでは、ひとまず順調――だったのだが、そのあとがとても順風満帆とはいかなかった。ポアロは二時間にわたって、メモを取ったり、眉をしかめたり、くだんの書類や他の参考書をしらべたりしながら、熱心に書物を読みつづけた。そしてとうとう、どっかりと椅子にもたれてかぶりをふった。前夜の興奮は消え失せていた。なんたる連中だ！

　たとえば、このヘラクレスという輩《やから》――これが英雄か！　英雄が聞いてあきれる！こんな男は、ただの図体のでかい筋肉自慢で、ろくな知性もなく、おまけに犯罪癖をもったろくでなしだ！　ポアロは、一八九五年にフランスのリヨンで裁判にかけられたアドルフ・デュランという殺人鬼のことを連想した――数人の子どもを殺害した牛みたいに力の強い男だ。被告側は病気の発作によるものだと主張した――デュランが病を患っていたのはたしかだった――しかし、それが重症《グラン・マル》なのか軽症《プチ・マル》なのかという点については、数日間にわたって論争がつづいたものだ。この古代のヘラクレスは、おそらく重症《グラン・マル》の患者だったのだろう。ポアロはかぶりをふった。いやはや、たとえ古代ギリシャでは、そんなものが英雄と考えられていたにしても、現代の尺度に照らしたら、まったく通用しないに決まっている。古典的なパターンのどれもこれも、ポアロにはショックだった。こういう神や女神たち――彼らは現代の犯罪者に負けず劣らず、さまざまな変名をもっているように思えたのだ。じっさい、彼らはどう見ても犯罪者タイプに見える。飲酒、放蕩、近親相姦、強姦、略奪、殺人、詐欺――こういろいろあっては、予審判事は忙しくて休むひまもない。まともな家庭生活はなく、秩序も規律もどこへやら。いくら犯罪にしても、こうまでめちゃくちゃとは！

「こんなやつとおなじ名前とは！」エルキュール・ポアロはそういうと、幻滅して立ちあがった。

自分の周囲を見まわして満足そうな顔になる。四角い部屋に、角張った上等でモダンな家具――立方体の上にまた立方体を乗せて、その上に銅線で幾何学的な図形を描いたすばらしいモダンな彫刻さえある。そして、このクロムの輝きがまぶしい秩序だった部屋のまんなかに、自分自身がいるのだ。ポアロは鏡に映った自分の姿をながめた。つまりは、これが現代のヘラクレスだ――もりもりとふくれあがった筋肉をもち、棍棒をふりまわす素っ裸の男を描いた不快な絵とはまるでちがう。鏡に映っているのは、コンパクトな体軀をきちんとした都会的な服装につつんで、口ひげをたくわえた人物――それはヘラクレスが生やそうとは夢にも思わなかったような口ひげ――堂々たる、それでいて垢抜けた口ひげだった。

ただし、現代のヘラクレス、エルキュール・ポアロと、ギリシャ神話のヘラクレスのあいだには、類似点がひとつあった。両者とも、世の中からある種の迷惑を駆逐するのにまちがいなく役に立ったということだ。どちらも、自分が暮らす社会に貢献したということができるだろう。

ゆうべ、バートン博士は帰り際にこういった。「きみの仕事はヘラクレスの難業ではない……」

ふん、彼はそこをまちがえていたんだ。あの老いぼれ学者は。ヘラクレスの難業は、いまふたたびよみがえるだろう――現代のヘラクレスによって。これは独創的かつおもしろいアイディアだ！　いよいよ引退するまでのあいだに、十二件の依頼を受けてやろう。十二以上でも、十二以下でもいけない。しかも、その十二件は、ギリシャ神話のヘラクレスの十二の難業を参考にしてえらばなければならない。そうだ、それでこそ、ただおもしろいだけではなくて、芸術的なものになるだろう。神聖なものに。

ポアロは古典辞典をとりあげて、ふたたび古代神話に没頭した。元祖ヘラクレスを忠実になぞるつもりはなかった。女たちも、ネッソスの血のついた衣も出番はない。難業にはじまり、難業のみでおわるのだ。

となれば、第一の難業は、ネメアのライオンということになるだろう。

「ネメアのライオン」舌先でころがすように、ポアロはくりかえした。

とうぜんながら、生きたライオンとかかわりのある依頼を期待していたわけではない。動物園の園長が、ほんもののライオンがらみの問題を解決してほしいという依頼をもちこんで来たりしたら、それはあまりにできすぎの偶然だろう。

そういうのではなく、この場合は、象徴性をふくむものでなくてはならない。第一の事件は、だれか有名な人物にかかわる、センセーショナルで第一級の重要性をもったものでなければならないのだ！　だれか名人級の犯罪者——あるいは世間からライオン級だと見られている人物。著名な作家や政治家や画家——はたまた王族などはどうだろう？

ポアロは王族というアイディアが気に入った。

急ぐことはない。待っていればいい——みずから課した難業の第一幕を飾るにふさわしい重大な事件がもちこまれるまで待とう。

第一の事件
ネメアのライオン
The Nemean Lion

I

「今朝は、なにかおもしろそうなものはあるかね、ミス・レモン？」翌朝、部屋にはいってくるなり、ポアロはたずねた。

彼はミス・レモンを信頼していた。想像力に欠ける女性だが、勘はいい。彼女が考慮する価値があるといったものはたいていい、ほんとうに考慮する価値がある。ミス・レモンは生まれついての秘書だった。

「たいしたものはありませんね、ムッシュ・ポアロ。あなたが興味をもつかもしれないと思った手紙が一通だけありましたけど。郵便物の束のいちばん上に置いておきましたよ」

「で、どんな手紙かな？」ポアロは好奇心をそそられて一歩踏みだした。

「妻のペキニーズ犬が行方不明になった件について調査してほしいという男性からの手紙です」

ポアロは片足を宙に浮かせたまま立ち止まり、ミス・レモンにとがめるような視線を投げかける。相手はそんなこととは気づかずに、タイプを打ちはじめた。速射砲を打ちまくる戦車も顔負けのスピードと正確さで。

ポアロは動揺した。愕然とし、憤激もした。ミス・レモンが、有能な秘書のミス・レモンともあろう者が、なんたる失態！　犬のペキニーズ。ペキニーズだぞ！　しかも、ゆうべ見たあんな夢のあとだというのに。そば仕えが目覚めのココアをもってはいってきたとき、ポアロは女王に直々の感謝のことばをいただいてバッキンガム宮殿を去ろうとしているところだったのだ！

いまにも軽妙洒脱で辛辣なことばが飛び出しそうに唇がふるえた。それを口にしなかったのは、猛烈なスピードで一字のまちがいもなくタイプを打ちつづけるミス・レモンには、いっても聞こえそうになかったからだ。

うんざりして一声うなりながら、ポアロは机のわきの小さな山からいちばん上の手紙をとった。

そう、それはたしかにミス・レモンがいったとおりの手紙だった。住所は市内――事務的なそっけない文面。その内容は――ペキニーズの誘拐について。金持ちの女たちがなめるようにかわいがっている、あの出目金みたいな目玉をした犬だ。手紙を読むにつれて、エルキュール・ポアロの唇がゆがんだ。

どことい って、変わったところのない手紙だ。なにひとつめずらしいところはない――とはいえ、なるほど小さなことだがひとつだけ、ミス・レモンのいったとおりだった。ひとつのちょっとした細部が、たしかに風変わりだったのだ。

エルキュール・ポアロは椅子にかけて、ゆっくりと丹念に手紙を読みなおした。それは彼が望むような事件でもなければ、期待していたような事件でもなかった。どこから見ても重大事件とはいえない、これ以上はないほどつまらない事件だ。それは――ここがなにより不満なのだが――ヘラクレスの難業にはまったくふさわしくないものだったのだ。

ところが、あいにくなことに、ポアロにはどうにも気にかかるところがあって……

そう、好奇心の虫がうずいたのだ……

ポアロは、ミス・レモンの耳にとどくように、けたたましいタイプの音にも負けじと声をはりあげた。

「このサー・ジョーゼフ・ホギンに電話してくれ」と、指示を飛ばす。「そして、この手紙にあるように、彼のオフィスで会う約束をとりつけてくれ」

今回もまた、ミス・レモンの予想したとおりになった。


「わたしは並の男なんだよ、ポアロさん」サー・ジョーゼフ・ホギンはいった。

エルキュール・ポアロは右手で、どっちつかずの身ぶりをした。サー・ジョーゼフの経歴の真価を賞賛し、自分のことを平凡だなどという謙虚さを美点と思っていることを表わすようにも見えるし、その発言にさりげなく異を唱えるようにも見える。いずれにせよ、そのそぶりは、ポアロがいちばん強く思っていたことをうかがわせる切り口にはなりえないものだった。じつのところポアロは、なるほどサー・ジョーゼフは（婉曲にいうなら〝平凡〟ということになるのだが）不器量を絵に描いたような男だと思っていたのだ。ポアロが批判的なまなざしをそそぐその先には、肉がぼってりとたるんだ頬、豚のように小さな目、あぐらをかいた鼻、すぼまった口元があった。それらがあわさって、ポアロになにかを、あるいはなにかを思いださせる――とはいっても、それがだれなのか、あるいはなんなのかは、すぐには思いだせなかった。ある記憶が、漠然とよみがえる。ずっとむかし……ベルギーで……たしか石鹸と関係のあるなにかが……

サー・ジョーゼフの話はまだつづいていた。

「隠してもしかたのないことだし、単刀直入にいおう。ポアロさん、たいていの人は、こんなことにこだわったりしないで、貸し倒れかなにかのように、なかったものとして忘れてしまうだろう。しかし、そういうのはジョーゼフ・ホギンの流儀じゃないんだ。わたしは金持ちだ――二百ポンドなんて、わたしにとっちゃ端金《はしたがね》といってもいいようなもので――」

ポアロは、すかさず口をはさんだ。

「それはめでたい」

「え？」

サー・ジョーゼフは、ちょっとことばを切った。小さな目をなおさら細めて、語気を荒らげる。

「だからって、金をばらまく癖があるといいたいんじゃない。いいと思えば金は出す。しかし、妥当な値段ならともかく、ふっかけられるのはごめんだ」

ポアロはいった。

「わたしの料金が高いのはご存じのはずですが？」

「ああ、知ってるとも。しかし、これは」サー・ジョーゼフは抜け目なくポアロをうかがった。「とてもささやかな事件だし」

ポアロは肩をすくめて答えた。

「わたしは安売りはしません。腕は一流だ。一流の仕事に対しては、それに見合う料金を払っていただかなくてはなりませんな」

サー・ジョーゼフは、ざっくばらんにいった。

「きみがこの業界の第一人者であることはわかっているよ。あっちこっちで訊いてみて、きみ以上の探偵はいないといわれたんだから。わたしは、この事件の真相を究明してもらいたいと思っているし、そのためなら金に糸目はつけない。だから、きみにここまで出向いてもらったんだ」

「あなたは幸運でしたな」ポアロはいった。

サー・ジョーゼフは、こんどもまた、「え?」と問い返した。

「じつに幸運だった」ポアロは、きっぱりといった。「つまらん慎み抜きでこういってもいいと思うが、わたしはこの仕事で頂点をきわめた以上、ちかぢか引退を考えているんですよ。田舎に住んで、ときどき世界各地へ旅行して――それと、菜園づくりに精を出したいとも考えてましてね――とりわけ、カボチャの品種改良に関心があるんです。すばらしい野菜だが、惜しむらくは味わいに欠けるんで。しかしまあ、いまはそんな話をしてるんじゃなかったな。わたしはただ、引退するまえに、ある仕事を自分に課したといいたかったんです。じつは、十二件の依頼を受けようと決めましてね——十二以上でも、十二以下でもなく。いってみれば、みずから課した〝ヘラクレスの難業〟ということですな。そして、サー・ジョーゼフ、あなたの依頼が、その一番日というわけです。わたしが気に入ったのは」ため息。「この事件には、重大な意味がまるでないというところなんです」

「重大な意味がある、じゃないのか？」サー・ジョーゼフがいった。

「いまもいったとおり、重大な意味がないところです」これまでわたしは、殺人事件や、不審な死や、強盗や、宝石泥棒など、それはさまざまな事件の捜査を依頼されてきました。しかし、ペキニーズの誘拐の真相を究明するためにこの才能を活用してほしいとたのまれたのは、これが初めてなのでね」

サー・ジョーゼフは不満そうにうなって、反論した。

「わかってないんだな！　女というものは、ペットの犬のことになるとおよそあきらめるということを知らないんだぞ」

「もちろん、それは承知してます。ただ、そうした依頼で夫のほうから呼び出されるのは、これが初めてだといっているのです」

サー・ジョーゼフは、納得したように小さな目を細めて、こういった。

「みんながエルキュール・ポアロがいいと推薦する理由がわかってきたよ。きみは食えない男だな」

ポアロは返事をそらすようにつぶやいた。

「さて、そろそろ事件に関する事実を聞かせていただけますかな。犬がいなくなったのは、いつです？」

「きっかり一週間まえだ」

「では、いまごろ奥さんはすっかり半狂乱でしょうな？」

サー・ジョーゼフは、ぽかんとしてポアロを見つめ、そしていった。

「誤解しているようだが、犬はもどってきたんだよ」

「もどってきた？　となると、失礼だが、わたしの出番はないのでは？」

サー・ジョーゼフの顔面が紅潮した。

「あるとも。これが詐欺だとしたら、わたしがだまっていないからだ！　では、ポアロさん、ここで最初から説明しよう。犬が盗まれたのは一週間まえ——妻の相手役《コンパニオン》が散歩に連れ出して、ケンジントン公園でさらわれたんだ。その翌日、妻あてに二百ポンドの要求があった。どう思うね——二百ポンドだよ！　ちょこまか足もとをうろついちゃあキャンキャン吠えたててばかりいるちっぽけな獣一匹のために、だ！」

　ポアロはぼそりといった。

「とうぜん、あなたとしては、そんな大金をはらうのを了承しなかった？」

「あたりまえだ――いや、そのことをすこしでも知っていたら、了承しなかっただろうさ！　ミリーは――妻のことだが――それをよく知っていたんで、わたしにはすべてを伏せたままで、だまって金を――犯人の要求どおりに一ポンド紙幣で――指定された所番地へ発送してしまった」

「そして犯人は犬を返してきた、と？」

「そう。その晩、呼び鈴が鳴ったので出てみると、玄関のすぐ外にあのチビ犬がすわっていたんだ。あたりには人っ子ひとり見あたらなかった」

「完璧ですな。つづけて」

「その後、むろんミリーにはかくかくしかじかと打ち明けられたんだが、いささか腹が立ったね。もっとも、しばらくして冷静さをとりもどしたが――なんといっても、もうすんでしまったことだし、女に分別のある行動を期待するのがまちがってるんだ。もしクラブで旧知のサムエルソンに会わなかったら、すべてはそれで打ち切りになっているはずだった」

「ほう？」

「いやはや、これは、まちがいなく詐欺なんだ！　サムエルソンもまったくおなじ手口でやられていたんだよ。犯人は、サムエルソンの細君からは三百ポンドを巻きあげていた！　いくらなんでも、やりすぎだろう。これ以上のことがあってはならないと思って、きみを呼んだというわけだ」

「しかし、サー・ジョーゼフ、本来なら警察を呼ぶのが理にかなっていたのでは？　そのほうが、ずっと安あがりだし」

　サー・ジョーゼフは鼻をこすって、こういった。

「きみは結婚しているのかね、ポアロさん？」

「残念ながら、わたしはそういう幸福者ではないので」

「ふむ。幸福かどうかは知らんが、もし結婚していれば、きみにも女というやつは妙な生き物だということがわかるはずだよ。妻ときたら、警察ということばを出しただけでヒステリーを起こした――わたしが警察に通報しようものなら、妻の大事なシャン・トゥンの身になにかが起きるにちがいないと思いこんでしまってね。頑として話を聞こうとしない――じつをいうと、きみを呼ぶという考えについてもあまり快くは思っていないくらいだが、その点はわたしが譲らなかったので、最後にはひきさがったわけさ。ただし、いっておくが、妻は賛成ではないんだ」

エルキュール・ポアロはつぶやくようにいった。

「なるほど、わたしは微妙な立場にいる、というわけですか。ここはひとつ、奥さんにお目にかかって、さらに掘りさげて事情をお訊きすると同時に、今後ご愛犬の身の安全がおびやかされることはないと安心させておいたほうがよさそうですな」

サー・ジョーゼフはうなずいて立ちあがった。

「善は急げだ。車でご案内しよう」

II

凝った家具をしつらえた、暖房の効いた広い応接間に、ふたりの女性がすわっていた。

サー・ジョーゼフとエルキュール・ポアロがはいっていくと、小さなペキニーズが猛然と吠えたてながら突進してきて、いまにも噛みつきそうな勢いでポアロの足もとを駆けまわった。

「シャン――シャン、こっちよ。ママのところへおいで――抱いてきてちょうだい、ミス・カーナビイ」

もうひとりの女があわてて前に出た。ポアロはつぶやく。

「なるほど、これはたしかに猛者《ライオン》だな」

シャン・トゥンをつかまえた女は、息を切らしながら同意した。

「ええ、ほんとに、この子はとっても優秀な番犬で。なにがあっても、だれが来ても、こわがるってことがないんですの。ふだんは、かわいい坊やなんですけど」

必要な紹介をおえると、サー・ジョーゼフは、「さて、ポアロさん、あとはおまかせするよ」と言い残し、軽く会釈して部屋を出ていった。

ホギン夫人は、髪を赤茶色に染めた、ずんぐりした体型の短気そうな女だった。そのコンパニオンの、おどおどしたミス・カーナビイという女は、小太りな体に気だてのよさそうな顔で、年のころは四十から五十のあいだといったところ。ホギン夫人には絶対服従で、彼女を死ぬほどこわがっているのが見てとれた。

ポアロは切り出した。

「さてそれでは、奥さま、この忌まわしい犯罪をめぐる事情をすっかりお話しください」

ホギン夫人は顔を上気させた。

「そういっていただいて、ほんとにうれしいわ、ポアロさん。だって、これはたしかに犯罪なんですもの。ペキニーズはとても繊細で——子どものように感じやすいんですよ。かわいそうにシャン・トゥンは、ほかならぬ恐怖で死んでしまいかねないところだったんですからね」

ミス・カーナビイがすかさず相づちを打った。「そうですよ、ほんとにとんでもない——ぞっとしますわ！」

「どうぞ、事実を話してください」

「それがね、こういうことなんですよ。シャン・トゥンは、ミス・カーナビイといっしょに公園へ散歩に出かけましてね——」

「ほんとにもう、なにもかも、わたくしのせいだったんです」ミス・カーナビイが割ってはいった。「わたくしがバカで——不注意だったばっかりに——」

ホギン夫人は厳しい口調でいった。

「あなたを責めたくはないけれどね、ミス・カーナビイ、たしかにもっと用心してくれてもよかったんじゃないかしら」

ポアロはコンパニオンのほうに視線をむけた。

「なにがあったというのです？」

ミス・カーナビイは堰を切ったように、すこし焦りぎみにべらべらとしゃべり出した。

「いえ、それが、どうにもおかしなことなんですの！　わたくしたちは、花壇に沿って歩いていたんですけど——もちろんシャン・トゥンは引き綱《リード》につないで——ちょっと芝生の上を走ったりするもんですから——それで、ちょうど帰ろうと思ってふりむいたとき、乳母車に乗った赤ちゃんが目をはいりまして——その子がわたくしにむかってにっこり笑ったんです——愛らしいバラ色のほっぺといい、カールした髪といい、それはもうかわいい赤ちゃんで。子守をしている乳母の方に話しかけて、おいくつ、と訊かずにはいられなかったんです。十七カ月になるという返事でしたけど——でも、その方と話していたのは、たしか一、二分のことだったんですよ。それから、ふと下を見ると、シャンはもうそこにはいなかったんです。リードがぷっつり切られていて——」

ホギン夫人が口を出した。

「あなたが自分の仕事にちゃんと気をくばっていたら、こっそり忍び寄ってリードを切るなんてことはできなかったはずよ」

ミス・カーナビイが、いまにも泣き出しそうだったので、ポアロは急いで口をはさんだ。

「それで、そのあとは、どうしました？」

「もちろん、あちこちさがしました。シャンの名前まで呼んだんですよ！　それに、公園の管理人にもペキニーズを抱いた人を見かけなかったか訊いてみたんですけど、そういう人にはまったく気づかなかったというし──わたくし、どうしたらいいかわからなくなってしまって──さらにさがしまわったんですけど、でも、とうぜんながら、いつまでも家に帰らないわけにもいかなくて──」

ミス・カーナビイはぷつりとことばを切った。ポアロには、彼女が帰ってからの場面がじゅうぶんに想像できたので、こう水をむけた。

「で、その後、脅迫状が来たわけですな？」

ホギン夫人が話をひきとった。

「翌朝いちばんの郵便でね。内容は、シャン・トゥンを無事に帰してほしければ、一ポンド紙幣で二百ポンドを普通小包でブルームズベリー・ロード・スクエア三十八番地のカーティス大尉あてに送れというものでした。ただし、足のつくようなお金を使ったり、警察に通報したりしたら──そのときは──シャン・トゥンの耳と尻尾を切りとるぞ、と書いてあったんですよ！」

ミス・カーナビイが泣き出した。

「なんというひどいことを」彼女はつぶやいた。「よくもそんな悪魔のようなことがいえるものですわ！」

ホギン夫人は話をつづけた。

「手紙にはこうも書いてありました。すぐにお金を送ればシャン・トゥンはその晩のうちに無事にもどしてやる。けれど、もしも——もしもあとになってわたくしが警察に行ったりしようものなら、それでひどい目にあうのはシャン・トゥンだと——」

ミス・カーナビイが涙声でつぶやいた。

「どうしましょう、こんなことになっておそろしくてたまりませんわ——もちろん、ポアロさんは正確には警察の方じゃないわけですけど——」

ホギン夫人は不安そうにいった。

「これでおわかりでしょ、ポアロさん、くれぐれも気をつけていただかないと」

ポアロは素早く彼女の不安をやわらげた。

「いや、わたしは警察の人間じゃありませんからね。調査にはじゅうぶん慎重を期して、ごく内密におこないます。だから安心していただいてけっこうですよ、奥さま。シャン・トゥンの身にいっさい危険がないことは、わたしが保証します」

ふたりの女性は、この魔法のことばで安心したようだった。ポアロはさらにいった。

「その手紙は、こちらにあるんですかな？」

ホギン夫人がかぶりをふった。

「いいえ。お金と同封するように指示されていましたから」

「で、指示に従った？」

「ええ」

「ふうむ、それは残念」

ミス・カーナビイが、明るい声になっていった。

「でも、犬のリードはまだとってありますわ。もって来ましょうか？」

ミス・カーナビイが部屋を出ていった。彼女がいないのをいいことに、ポアロはいくつか関連のある質問をした。

「エイミー・カーナビイがですか？　ええ、彼女はなんの問題もありませんよ。心根はいい人です。もちろん利口とはいえませんけどね。いままでにも何人かコンパニオンを雇ったことがあるんですが、そろいもそろって底抜けのおバカさんでした。でも、エイミーはシャン・トゥンをとてもかわいがっていたし、こんなことになってたいへん動揺してましたよ――それもとうぜんですわね――乳母車に気をとられて、わたくしのかわいい坊やから目を離したりしたんですもの！　オールドミスはみんなそうなんですけど、赤ちゃんとなるとバカみたいに夢中になってしまうんだから！　でもまあ、それとこんどのこととはいっさい関係ないと思いますよ」

「どうやらそのようですな」ポアロも同意した。「しかし、彼女が連れているあいだに犬がいなくなったからには、彼女がうそをついているのではないことを確認しておく必要がありますのでね。ここへ来てからは長いんですか？」

「そろそろ一年かしらね。あの人は、立派な推薦状をもってきたんですよ。ハーティングフィールド夫人のところで——たしか十年も——コンパニオンをしていて、夫人が亡くなったあとしばらくのあいだは病気がちな妹の世話をしていたんです。ほんとによくできた人で——ただ、さっきもいったように、底抜けのおバカさんですけど」

ちょうどそこへ、エイミー・カーナビイがさらにまた息を切らしてもどってきて、切断された犬のリードを出してこの上なくまじめな顔でポアロに手渡し、頼もしそうに彼を見つめた。

ポアロは注意深くリードを点検した。

「なるほど《メ・ウィ》。まちがいなく人為的に切断されたものですな」

ふたりの女は期待をこめて待った。

「これはわたしが預かっておきましょう」

ポアロは重々しくそういって、リードをポケットにしまった。ふたりの女は安堵の息をついた。明らかに、ポアロはふたりの期待に応えたのだ。

III

なにごとも、ためしてみずにはおかないのが、エルキュール・ポアロの癖だった。

一見したところミス・カーナビイは愚かしくもぼんやりした女以外の何者にも思えなかったが、それでもポアロは、故ハーティングフィールド夫人の姪にあたる、いささか険のある感じの婦人に面会した。

「エイミー・カーナビイですって？」ミス・マルトラヴァーズはいった。「もちろん、よくおぼえてますとも。いい人で、叔母のジュリアとはとても馬が合っていました。犬が大好きで、朗読がとてもじょうずでね。それに如才がなくて、病人に逆らったことなど一度もありませんでしたよ。彼女がどうかしたんですの？　なにか困ったことになっているのでないといいけど。一年まえに、ある女性に――Hではじまる名前の方に、推薦状を書いてあげたので――」

ポアロはミス・カーナビイがいまもその職についていることを急いで説明し、行方不明になった犬のことでささいな問題があったのだと話した。

「エイミー・カーナビイは大の犬好きなんですよ。うちの叔母はペキニーズを飼っていて、亡くなったときその犬を遺してやったら、ミス・カーナビイはそれはかわいがってね。死なれたときは、さぞ悲しんだだろうと思いますわ。ええ、ほんとに、ミス・カーナビイはいい人です。もちろん、知的ということばは当たりませんけどね」

ポアロとしても、ミス・カーナビイを知的といえないという点には賛成だった。

彼のつぎの行動は、運命のその日にミス・カーナビイが事情を話した公園の管理人をみつけることだった。これはあっさり解決し、男は問題の事件をおぼえていた。

「どちらかというと太り気味の――といってもみっともないほどではなかったけど――中年女性が、ペキニーズがいなくなったといってましたね。よく顔を知ってる女性でしたよ――ほぼ毎日、午後になると犬を散歩に連れてくるんで。あの日も、犬を連れて公園へはいってくるのを見ました。で、犬がいなくなったときはずいぶんあわてたようですね。わたしのほうへ走ってくるなり、ペキニーズを連れた人を見かけなかったかというじゃないですか！　でも、そんなことといわれてもねぇ。だってあなた、公園は犬だらけなんですから――テリアもペキニーズもいれば、ドイツのソーセージみたいな犬もいるし、ボルゾイだっている。そりゃもうあらゆる種類の犬がいるんです。だから、ペキニーズを見なかったかといわれても、どのペキニーズだか区別がつきゃしません」

エルキュール・ポアロは考え深げにうなずいた。

つぎに彼は、ブルームズベリー・ロード・スクエアの三十八番地に足をはこんだ。三十八、三十九、四十番地は統合されて、会員制のバラクラヴァ・ホテルになっていた。ポアロは正面の階段をあがってドアをあけた。中は薄暗く、キャベツに朝食のニシンの残りを混ぜて調理しているにおいがした。左手に、沈んだ色合いの菊の鉢植えを載せたマホガニーのテーブルがあり、その上のほうに、フェルト貼りの大きな仕切棚《ラック》があって、そこに郵便物が差しこんであった。ポアロはそのラックをじっと見つめて考えこんでいたが、やがて右手にあるドアを押しあけた。そのドアのむこうは一種のラウンジになっていて、小さなテーブルがいくつかと、ぱっとしない更紗柄のいわゆる安楽椅子がならんでいた。三人の老婦人と、険しい表情の老人がひとり顔をあげて、はげしい敵意のこもった目で闖入者をにらみつけた。ポアロは赤面して、ひきさがった。

廊下をさらに奥へ進んで、階段につきあたった。右側には、直角に枝分かれした通路があって、どうやらこれは食堂に通じているらしい。

その通路をすこし行くと、〈事務室〉と表示のあるドアがあった。

ポアロはそれをノックした。返事がないので、ドアをあけて中をのぞいてみた。室内には書類だらけの大きな机があったが、人の姿は見あたらない。ポアロはこんどもまた顔をひっこめてドアをしめ、思い切って食堂にはいった。

汚れたエプロンをつけた娘が、ナイフやフォークのはいった籠をもって、重い足を引きずりながらむっつりとテーブルをセットしていた。

エルキュール・ポアロは、すまなそうに声をかけた。

「失礼。支配人にお目にかかりたいんですが……」

娘はポアロに陰気な目をむけて、いった。

「さあ、わたしにはわかりません」

ポアロはいった。

「事務室にはだれもいなかったんですよ」

「でも、支配人がどこにいるか、わたしは知りませんから。ほんとに」

「できたら、さがしていただけませんかな？」ポアロは辛抱強くねばった。

娘はため息をついた。決まった仕事をこなすだけでも憂鬱なのに、こんどはこの新たなお荷物まで背負わされる羽目になるなんて。彼女は悲しげにいった。

「それじゃまあ、とりあえずさがしてみるだけでも」

ポアロは娘に礼をいって、ラウンジの老人たちにまた憎々しげににらまれるのを避け、ロビーへもどった。フェルト貼りのラックを見あげていると、衣ずれの音とデヴォンシャーすみれの強い香りが支配人の到着を知らせた。

ハート夫人は、いかにも愛想よくこう切り出した。

「まあ申しわけありません、席をはずしておりまして。お部屋をご所望ですか？」

ポアロはつぶやいた。

「いや、そういうわけではありません。最近、友人がこちらに泊まったのではないかと思いましてね。カーティス大尉というんですが」

「カーティス」ハート夫人は声をあげた。「カーティス大尉ですって？　待ってくださいよ、どこかで聞いた名前ですけどねぇ」

ポアロは口を出さずに待ったが、ハート夫人はじれったそうにかぶりをふった。

「では、カーティス大尉という人がここに泊まったことはないわけですね？」

「ええ、最近は泊まってないことはたしかですね。ですけど、たしかに聞いたことのある名前なんですよ。そのお友だちはどんな方だか教えていただけませんか？」

ポアロは、「それはむずかしいですな」とかわして、話を進めた。「ところで、手紙がとどいたものの、じつはそんな人物は宿泊していなかったということもあるでしょうな？」

「もちろん、そういうこともありますすね」

「そういう手紙はどうするのですか？」

「そうですね、しばらくは保管しておきますよ。だって、手紙がとどくということは、その方がまもなくこちらへいらっしゃるということかもしれませんからね。とうぜんですけど、いつまでたっても受取人が現われない場合は、手紙にしろ小包にしろ郵便局へもどしてしまいます」

ポアロは、なにか思いついたようにうなずいて、こういった。

「それで納得がいきましたよ。つまりこういうことだったんです。わたしは宛先をここにして友人に手紙を書いたんです」

ハート夫人の表情が晴れた。

「ああ、道理で。わたしは、封筒に書かれた名前を目にしたんですね、きっと。ですけど、当ホテルにお泊まりになったり立ち寄られたりする退役軍人の方は数えきれないほどいらっしゃるもんですから——ちょっと見てみましょう」

ハート夫人は例のラックを見あげた。

ポアロはいった。

「もうそこにはありませんね」

「きっと郵便局へもどしてしまったんですね。どうも申しわけありません。なにか大事なお手紙でなかったのならいいんですが？」

「いやいや、べつにたいしたことじゃありません」

ポアロが出口のほうへむかいかけると、ハート夫人は鼻につくすみれの香りをただよわせながら、ついてきた。

「もしもお友だちがいらしたら――」

「いや、それはまずないでしょう。わたしの思いちがいだったにちがいない……」

「当ホテルの料金は」ハート夫人はいった。「とてもお手頃ですのよ。夕食後のコーヒーはサービスになっておりますし。よろしかったら、寝室兼居間をいくつかご案内しますけど……」

ポアロは這々《ほうほう》の体で逃げ出した。

Ⅳ

サムエルソン夫人の応接間は、ホギン夫人宅のそれより広くて、さらにぜいたくな家具調度がそろっており、セントラル・ヒーティングにいたっては息苦しいほどだった。

エルキュール・ポアロは、金めっきのコンソールテーブルや大量の彫像の群れのあいだをくらくらしながら進んだ。

サムエルソン夫人はホギン夫人より長身で、髪をオキシフルで脱色していた。彼女のペキニーズはナンキ・プーという名前で、その出っぱった目玉で尊大にもこちらを値踏みするようにポアロを見ていた。サムエルソン夫人のコンパニオンのミス・キーブルは、ぽっちゃりしたミス・カーナビイとは対照的に痩せて骨張っていたけれども、口数が多くぺらぺらしゃべるところはおなじだった。飼い犬の失踪のことでとがめられたというところもミス・カーナビイとおなじだ。

「でも、ポアロさん、ほんとに驚くべき早業だったんですよ。あっというまのことでした。ハロッズを出てすぐのところで、ナースに時間を訊かれて――」

ポアロがさえぎった。

「ナースというと？　病院の看護婦ですか？」

「いいえ、そうじゃなくて――子守役のことです。とってもかわいい赤ちゃんを連れてたんですよ！　まだ生まれてまもない小さな赤ちゃんで、バラ色のほっぺがかわいくてね。ロンドンの子どもたちは健康そうに見えないという人がいますけど、ぜったいに――

――」

「エレン」サムエルソン夫人が口をはさんだ。

ミス・キーブルは顔を赤らめ、口ごもって、やがてだまりこんだ。

サムエルソン夫人が、いやみったらしくいった。

「それで、ミス・キーブルが、縁もゆかりもない乳母車をのぞきこんでいるあいだに、その大胆な悪漢はナンキ・プーのリードを切って、かどわかしたんです」

ミス・キーブルは涙ながらにつぶやいた。

「なにもかも一瞬のことで。あたりを見まわしたときには、もうナンキ・プーの姿はなくて——ただこの手に切られたリードが残っていただけ。なんでしたら、それをごらんになりますか、ポアロさん？」

「いや、けっこう」ポアロは急いで断った。切断された犬の引き綱《リード》を収集するつもりは毛頭なかったからだ。「で、その直後、手紙を受けとられたわけですな？」

そこから先はホギン夫人の場合とまったくおなじ筋書きで、手紙がとどき、そこにはナンキ・プーの耳と尻尾を切断するという脅迫が書かれていた。ちがっていたのは二点だけ——要求額が三百ポンドだったことと、それを送る宛先で、こんどはケンジントンのクロンメル・ガーデンズ七十六番地にあるハリントン・ホテルのブラックリー海軍中佐が指定されていたのだ。

サムエルソン夫人が話をつづけた。

「ナンキ・プーが無事にもどってきたとき、わたし、みずからその場所へ出向いたんですのよ、ポアロさん。なんといっても、三百ポンドというお金のことですから」

「たしかにそうですな」

「ホテルにはいってまっさきに目についたのは、お金を入れたわたしの手紙が、ホールにあるラックのようなものにはいっていたことです。ホテルの支配人を待つあいだに、こっそりそれをバッグに入れました。ところが、あいにくなことに――」

ポアロがあとをひきとって、「あいにくなことに、あけてみたら、なかにはいっていたのは白紙の束だけだった」

「まあ、よくご存じだこと」サムエルソン夫人は、恐れ入ったというようにポアロを見た。

ポアロは肩をすくめた。

「明々白々ですよ、奥さま《シェール・マダム》。犯人は、犬を返すまえに金を回収する算段をしていたのでしょう。金が手にはいったら、かわりに白紙の束を入れてラックにもどしておくのですよ。そうすれば、手紙がなくなったことに気づかれる心配もない」

「ブラックリー海軍中佐なんて人物は、そのホテルに泊まったためしがないんだそうですよ」

ポアロはにやりと笑った。

「とうぜんですけど、宅の主人はこのことでひじょうに気をもんでますわ。じつのところ、激怒してましてーーもうカンカンです」

ポアロは慎重にさぐりを入れた。

「奥さまはーーそのーーお金を送るまえにご主人に相談なさらなかったんでしょう？」

「あたりまえです」サムエルソン夫人はきっぱりといった。

ポアロが目で問いかけると、夫人は説明した。

「一瞬だって、危険を冒すのはごめんだと思ったからですよ。殿方は、お金の問題となると人が変わってしまいますから。ジェイコブのことだから、警察へ行くといってきかなかったでしょう。そんな危険を冒すわけにはいきませんでした。警察になんか行ったら、かわいそうに大事なナンキ・プーの身になにが起きたか知れたもんじゃありませんからね！　もちろん、後日、主人に話さざるをえなかったんですけど。だって、銀行で当座借り越しをしていた理由を説明しなければならなかったわけですから」

ポアロはつぶやいた。

「なるほど。ごもっともです」

「主人があんなに怒ったのを見たのは初めてでしたわ」サムエルソン夫人は立派なダイヤモンドのブレスレットの位置をなおし、指にはめたいくつもの指輪をいじくりながらいった。「男って、お金のことしか頭にないのね」

V

エルキュール・ポアロは、エレベーターでサー・ジョーゼフ・ホギンの事務所へあがった。名刺を出すと、サー・ジョーゼフはいま手がふさがっているけれども、すぐにお目にかかるからといわれた。しばらくすると、お高くとまった金髪の女性が両手にいっぱいの書類をもって部屋から出てきた。通りがかりに、彼女は風変わりな小男に小馬鹿にしたような一瞥をくれた。

サー・ジョーゼフは巨大なマホガニーの机のむこうにすわっていた。そのあごに、かすかに口紅のあとがついている。

「おや、ポアロさんじゃないか。まあ掛けてくれ。なにか進展があったかかな?」

ポアロはいった。

「この事件は、うれしくなるほど単純です。どのケースでも、金はポーターやフロント係のいない下宿屋や会員制のホテルに送られているんですが、そういうところは大勢の客がしょっちゅう出入りしているし、客の大半が退役軍人です。はいっていって、棚から手紙をとり、そのまま持ち去るか、さもなくば中身を白紙と差し替えておくぐらい、だれにでも簡単にできる。というわけで、いずれの場合も犯人の足跡はそこでぷっつりと途切れているわけですよ」

「つまり、犯人がだれだかさっぱりわからないというのか？」

「いや、あるていどの見当はついています。それを追及するのに、何日かかかるでしょう」

サー・ジョーゼフは興味深そうにポアロを見つめた。

「よくやってくれた。ところで、わたしに報告があるときは――」

「ご自宅のほうに連絡するようにしますよ」

サー・ジョーゼフはいった。

「この一件を解決してくれたら、報酬はぞんぶんにはずむよ」

ポアロはいった。

「失敗はありえません。エルキュール・ポアロには、失敗などないのです」

サー・ジョーゼフ・ホギンは、小柄な相手を見て、にやりと笑った。

「それだけ自信があるというわけか？」と問いかける。

「自信をもつだけの理由はありますからな」

「ほう、それはそれは」サー・ジョーゼフ・ホギンは椅子に背中を預けた。「しかし、おごれる者は久しからず、ともいうがね」

VI

ポアロは電気ストーブの前にすわって（その整然とした幾何学的なデザインにひそかな満足をおぼえながら）助手兼雑用係に指示をあたえていた。

「わかったね、ジョージ？」

「はい、わかりました」

「おそらくアパートもしくは小さな貸家だろう。しかも、ある一定の範囲内にあるはずだ。ハイドパークの南、ケンジントン教会の東、ナイツブリッジ連帯兵舎の西、そしてフルハムロードの北だ」

「はい、よくわかりました」

ポアロはつぶやくようにいった。

「ささやかだが、風変わりな事件だ。証拠から見て、組織立てて行動する能力にすぐれた者がいる。それにもちろん、立役者の姿がさっぱり見えないというのが意表をついている――いうなれば、ネメアのライオンそのものが見あたらないんだ。うむ、たしかにおもしろい事件だぞ。依頼人がもっと魅力のある男でないのが残念だが――しかし、あの男は不幸にも、金髪の秘書と結婚するために女房を毒殺したリエージュのある石鹸会社の社長によく似ている。わたしが解明した初期の事件のひとつだよ」

ジョージは首をふり、まじめくさっていった。

「だいたい金髪の女がかかわると、ろくなことにはなりませんからな」

Ⅶ

ポアロにとって貴重な存在であるジョージがこう報告したのはそれから三日後だった。

「やっと突き止めました。これがその住所です」

ポアロは彼がさしだした紙片を受けとった。

「でかしたぞ、ジョージ。ご苦労。ところで、曜日はいつだった？」

「木曜日です」

「木曜日か。よくしたもので、きょうはその木曜日だ。こうしちゃおれん。さっそく出かけることにしよう」

二十分後にポアロは、近代的なアパート街の陰におしやられた細い裏通りにある古ぼけたアパートの階段をのぼっていた。ロスホルム・マンションズ十号室はいちばん上の四階にあり、エレベーターはなかった。ポアロは狭い螺旋階段をぐるぐるまわりながら息を切らしてのぼった。

やがて最上階の踊り場で立ち止まり、荒い呼吸を鎮めていたとき、十号室のドアの奥から新たな音が、陰気に澱《よど》んだ空気をつんざいた——犬の吠えるけたたましい声だった。

ポアロはかすかな笑みを浮かべてうなずいた。そして十号室のベルを押した。

犬の声がいっそう高まり、足音がドアにちかづき、ドアがひらいた——

ミス・エイミー・カーナビイが豊かな胸へはっと手をやって、あとずさった。

「はいってもいいかね？」といって、ポアロは返事を待たずにはいった。

右手に居間のドアがひらいていて、彼はその部屋へはいった。ミス・カーナビイは夢を見ているような足どりでそのあとを追った。

　部屋はひじょうに狭く、ひどく雑然としていた。家具のあいだの人間の姿がやっと目にとまった——中年過ぎの女がひとり、ガス・ストーブのそばのソファに横になっていた。ポアロがはいると、一匹のペキニーズがソファから跳びおり、疑い深く鋭く吠えながらちかよった。

「ははあ、これが主演俳優か！　やあ、はじめまして。どうぞよろしく」と、ポアロはいって、腰をまげて手をさしのべた。犬は利口そうな目を小男の顔にそそいだまま、その手の匂いを嗅いだ。

　ミス・カーナビイは弱よわしくつぶやいた。「では、あなたはもうご存じなのですね？」

　ポアロはうなずいた。「うん、そのとおり」それから、ソファの上の女を見て、「妹さん？」

　ミス・カーナビイは機械的に答えた。「はい。エミリーです——この方はポアロさんよ」

　エミリー・カーナビイははっと息をのんだ。「まあ！」

　エイミー・カーナビイはつづけていった。「この犬はオーガスタスといいます」

ペキニーズは彼女をふりかえり、尻尾を振り、それからまたポアロの手の匂いをしらべた。尻尾がかすかに動いた。

ポアロはオーガスタスをそっと抱きあげ、椅子に腰をおろして小犬を膝の上に乗せた。

「とうとうネメアのライオンをつかまえたぞ。これでわたしの仕事はおわったわけだ」

エイミー・カーナビイは乾いたこわばった声でいった。「ポアロさん、ほんとになにもかもご存じなんですか」

ポアロはうなずいた。「だと思うよ。あなたはこの仕事を計画し、オーガスタスに手伝わせたというわけだ。つまり、雇い主の犬をいつものように散歩に連れ出し、それをここへ連れてきてから、オーガスタスといっしょに公園へ行った。公園の管理人はあなたがいつものようにペキニーズを連れているのを見た。また、もし例の子守役の女を捜しだすことができたら、その女も、あなたがその女に話しかけたときペキニーズを連れていたと証言するだろう。それから、あなたは彼女と話をしているあいだに犬のリードを切った。よく訓練されているオーガスタスは、すぐさま逃げだし、最短コースをたどって家へ帰った。数分後にあなたは、犬が盗まれたと騒ぎ立てた」

しばらく間をおき、ミス・カーナビイは悲痛な表情で威儀を正していった。

「はい、まったくそのとおりです。わたくし――なにも申しあげることはございませんわ」

ソファの上の病身の女は声を殺して泣き出した。

「なにも言い分はないのかね、マドモアゼル？」ポアロはただした。

「はい、なにも。わたくしは泥棒をして――それがいまみつかってしまったのです」

「しかし、あなた自身の弁護のために、いわなくていいのかね？」

エイミー・カーナビイの青ざめた頰に、急に赤みがさした。

「わたくし、自分のやったことについては、後悔していません。ポアロさん、あなたは心の優しい方ですから、たぶん理解していただけるだろうと思いますけど――わたくし、心配でたまらなかったのです」

「心配？」

「はい。こんなことは男の方には理解しがたいかもしれませんけど、わたくしはぜんぜん才能のない女で、なんの職業的な訓練も受けていませんし、年をとるばかりで――将来のことを思うと、ぞっとします。いままでなんの貯えもできませんでした――世話をしなければならないエミリーをかかえて、わたくしにそんなことができるわけがございませんでしょ？　しかも、だんだん年をとり、能力がなくなってくれば、だれもわたくしを雇ってくださらなくなるでしょう。若くて活発な人をほしがるに決まっています。

おなじような境遇の人びとをたくさん知っていますわ――だれも雇ってくれず、小さな部屋でしょんぼりと暮らしている人たち。手を温める火を燃すこともできず、食べるものにもこと欠き、しまいには部屋代さえ払えなくなった人たち。もちろん施設はありますけど、有力な知りあいがなければそこにはいるのは容易じゃありませんし、わたくしはそんな知りあいなんかひとりもいません。そんなわたくしとおなじ境遇の女が大勢いるのです――身についた職もなく、なんの役にも立たず、前途にはおそろしい不安以外のなにものもない、哀れな仲間が」

訴えるような調子で語り続ける彼女の声はふるえていた。

「そこで、力をあわせればなにかできるのではないかと考え、この計画を思いついたのです。そのヒントをあたえてくれたのは、オーガスタスでした。たいがいの人には、ペキニーズはどれもこれもみんなおなじように見えるのです（ちょうどわたくしたちが中国人を見るときのように）。もちろんこれはまったくばかげたことです。知っている人ならだれも、オーガスタスをナンキ・プーやシャン・トゥンや、その他のどんなペキニーズとも見まちがえるようなことはしないでしょう。この子のほうがはるかに頭がいいし。だいいち、ずっとハンサムだし。でも、いま申しあげたとおり、たいがいの人にとってはペキニーズはペキニーズであるにすぎません。オーガスタスがそのことをわたくしに思いつかせました――そしてそれを、大勢の金持ちの女性がペキニーズを飼っているという事実とむすびつけたのです」

ポアロは微笑していった。「これはかなりぼろい仕事だったろうね。ぐるになった仲間の数は？――いや、この作戦は何回成功したのかと訊いたほうがいいかな」

ミス・カーナビイはあっさりと答えた。「シャン・トゥンは十六匹目でした」

ポアロは目を丸くした。

「ほう、それはお見事。あなたの構想力がひじょうにすぐれているせいだろうな」

エミリーがいった。「エイミーはむかしから計画を立てるのがうまいんです。父は――エセックス州のケリントンの教区牧師でしたが――いつもエイミーは計画の天才だといってました。じっさい姉はさまざまなパーティやバザーその他の催しの計画や準備を全部取り決めていたんです」

ポアロは軽く頭をさげた。「いかにも、マドモアゼル。あなたは犯罪者としてはまさに一流だ」

エイミー・カーナビイは叫んだ。「犯罪者！　ええ、たぶんわたくしはそうでしょう。でも――でも、一度もそんなふうに思ったことはありませんでしたわ」

「では、どう思っていたのかな？」

「もちろん、あなたのおっしゃるとおり、これは法律にそむいています。でも——どう説明したらいいのかしら——そもそもわたくしたちを雇う女の方のほとんどが、あまりにも無礼で不愉快なんですよ。たとえばホギン夫人は、わたくしの感情を傷つけるようなことを平気でずけずけいうのです。ついこのあいだも、強壮剤の味がまずいといい、まるでわたくしが意地悪してそれをいじったようなことをいって非難したのです。なにかというと、そんな具合で」ミス・カーナビイの顔が紅潮した。「ほんとに腹が立ちますわ。しかも言葉を返すことも反論することもできないことが、いっそうそうした感情のしこりを深めるのです。おわかりでしょうか」

「ああ、そのきもちはよくわかる」ポアロはいった。

「しかも、お金をひじょうに無駄づかいするのを見ていると、まったく腹立たしいきもちになります。サー・ジョーゼフはときどきシティで大儲けをした話をします。もちろんわたくしは無学な女で、金融面のことは知りませんけど——でも、なにか不正な、悪辣なことのように思えました。ま、そうしたことがすべてわたくしを動揺させ、人生観を変えさせたのです。つまり、たいして苦労もせずにどっさり金の儲かる人たちから少少の金をとっても、べつに彼らが困るわけでもないので、さほど悪いことのように思えなかったのですわ——ええ、ほんとに、悪いことをしているなんて、これっぽっちも」

ポアロはうなった。「うむ、現代のロビン・フッドか！　ところでミス・カーナビイ、あなたがいつも手紙に書いたあの脅し文句を、そのとおり実行しなければならなかったことがあったのかな？」

「脅し文句というと？」

「あなたが手紙に書いているように、やむをえず犬の耳と尻尾を切断したことがあるのかね？」

ミス・カーナビイは、愕然とした表情で彼を見た。

「そんなことをするなんて、夢にも思ったことはありませんわ！　あれはただ――単なる文学的表現にすぎません」

「なるほど、きわめて文学的だ。効き目はあったようだね」

「ええ、効き目のあることはわかっていました。もしオーガスタスがそんな羽目になったら、わたくし自身がどう思うかわかっていたからです。もちろんそれは、相手の女を牽制して、犬がもどってくるまで事件のことを夫に打ち明けさせないためだったんですけど。その計画はいつも見事に成功しました。十件のうち九件まで、その女のコンパニオンは金のはいった手紙をポストに入れてくるようにとたのまれました。わたくしたちはそれを湯気で開封してお金を抜き取り、ただの紙に入れ替えてから元へもどしておいたのです。一度か二度は、当人が自分でポストに入れたこともありました。そのときはもちろん、コンパニオンがホテルへ行って、郵便棚から手紙をとってこなければならないわけですが、しかし、その場合も仕事はごく簡単でした」

「乳母車の話は？　いつも乳母車の赤ん坊に気をとられたことにしたわけ？」

「はい。オールドミスは赤ちゃんが大好きだということが、世間一般に知られているからです。ですから、彼女たちが赤ちゃんに気をとられて、なにも気づかなかったということは、ごくとうぜんのように思われるだろうと考えたのです」

ポアロはため息をついた。「あなたの心理学はじつにうがっているし、構想力は抜群だし、しかもあなたはすばらしい俳優だ。このあいだ、わたしがホギン夫人と会ったときのあなたの演技は非の打ち所がなかった。ミス・カーナビイ、あなたは自分自身をいやしんではいけない。あなたはいわゆる学問のない女かもしれないが、頭脳や勇気は人並み以上にすぐれている」

ミス・カーナビイは苦笑した。「でも、ばれてしまいましたわ、ポアロさん」

「見抜いたのはわたしだけだ。だれだって、わたしの目をごまかすことはできないんだよ！　サムエルソン夫人に会って、シャン・トゥンの誘拐事件は連続もののひとつだとわかった。また、あなたがかつてペキニーズを譲ってもらって飼っていたことや、病身の妹がいることもすでに知っていた。だから、あとはただわたしの優秀な助手にたのんで、ペキニーズを飼っている長患いの女と、週に一度の休みの日に帰ってくる姉の住んでいる、ある範囲内の小さなアパートをさがさせるだけでよかったのだ」

エイミー・カーナビイは威儀を正していった。「ポアロさん、あなたはとても親切にしてくださいましたので、それに勇気づけられてひとつだけお願いをしたいきもちになったのですが——わたくし、自分のやったことに対する制裁を逃れられないことはわかっています。たぶん、わたくしは刑務所に入れられるでしょう。ただ、もしできましたら、表沙汰にならないようにしていただきたいのです。エミリーがかわいそうですし——それに、むかしから懇意にしていただいている人たちのためにも。ですから、たとえば偽名で刑務所へ行くといったようなことはできないでしょうか？　それとも、そんなお願いをするのは大それたことなのでしょうか？」

ポアロは答えた。「いや、わたしはそれ以上のことができると思う。しかし、なによりもまず最初に、はっきりさせておかなければならないことがひとつある。この犬さらいの仕事をやめること、犬の失踪事件をこれ以上起こさないことだ。それはもうおしまいにするね？」

「はい、そういたします！」

「では、ホギン夫人から巻きあげた金を返しなさい」

エイミー・カーナビイは部屋の片隅の机の引出をあけ、札束をもってきてそれをポアロにさしだした。

「きょうこれを共同基金に入れるつもりでした」

ポアロはそれを手にとって数えてから、立ちあがった。

「サー・ジョーゼフを説得して、あなたを起訴しないようにさせることができるかもしれないよ」

「まあ、ポアロさん！」

エイミー・カーナビイは両手をにぎりしめ、エミリーは歓声をあげ、オーガスタスは吠えて尻尾を振った。

「おお、友よ《モナミ》」と、ポアロは犬に話しかけた。「おまえに譲ってもらいたいものがひとつある。おまえの姿が見えなくなる魔法のマントを、ぜひほしいんだよ。この一連の事件で、第二の犬が登場していることを、だれも気づかなかった。オーガスタスはライオンの姿が見えなくなる毛皮をもっていたというわけだ」

「伝説によれば、ペキニーズはかつてライオンだったそうです。ですから、いまもライオンの心をもっているのですわ！」

「オーガスタスは亡くなったハーティングフィールド夫人から譲られた犬で、死んでしまったというのはうそだったわけだね。それにしても、この犬が車の交通の激しい中を無事に家へ帰れるかどうか、心配はなかったの？」

「いいえ、オーガスタスは車の交通のことについてはよく知っています。わたくしがじゅうぶん教えこみましたから。この子は、一方通行の規則まで知っているんですよ」

ポアロは感嘆していった。「そうすると、彼は大方の人間より賢いんだ！」

Ⅷ

サー・ジョーゼフはエルキュール・ポアロを書斎へ招いた。「どう、ポアロさん？あなたが自慢したとおり、うまくいったのかな？」

「まずわたしに質問させてください」ポアロは腰をおろしながらいった。「わたしは犯人がだれであるかを知っていますし、その人物を告訴して有罪の判決を得るのにじゅうぶんな証拠をにぎっています。しかし、その場合はおそらく、あなたの金は取りもどせないだろうと思います」

「なんだと？　金は取りもどせないって？」サー・ジョーゼフは顔色を変えた。

ポアロは話をつづけた。「しかし、わたしは警察官ではありません。あなたの利益のためにこの事件をあつかっているだけなのです。ですから、もしあなたが告訴しなければ、たぶんお金を取りもどせるでしょう」

「ほう？　それはちょっと考えてみる必要があるな」サー・ジョーゼフはいった。

「どうするかを決めるのは、あなたご自身です。厳密にいえば、あなたは公共の利益のために告訴すべきでしょう。たいていの人はそういうだろうと思いますよ」

「それはそうだろうな」サー・ジョーゼフは無造作にいった。「ふいになってしまうのはそいつらの金じゃないのだからな。もっとも気にくわないことは、それをだまし取られたということだ。わたしはいまだかつて、だれからもそんな屈辱を受けたことがないのに」

「で、どうなさいます？」

サー・ジョーゼフはこぶしをテーブルにたたきつけた。

「金を取り返す！　わたしから二百ポンドも巻きあげるとは、もってのほかだ！　だれにもそんなことを許すわけにはいかん！」

ポアロは立ちあがり、書き物テーブルの前へ行って、二百ポンドの小切手を書き、それを相手に手渡した。

サー・ジョーゼフは声を落としていった。「ちくしょう。いったいだれなんだ、その悪党は？」

ポアロは首をふった。「金を受けとった以上、あなたはこの事件に関する質問はいっさいなさってはいけません」

サー・ジョーゼフは小切手をたたんでポケットに入れた。

「それは残念だが、しかし、この金のほうが大切だからな。ところで、きみにはいくら払えばいいんだ？」

「わたしの料金はそんなに高くありません。最初に申しあげたとおり、これはごく些細な事件ですから」彼は間をおいて、おもむろにつけたした。「最近、わたしのあつかう事件はほとんどが殺しなんです」

サー・ジョーゼフはちょっとおどろきながら、「ほう、それはおもしろいだろうな」

「たまにはね。殺しといえば、これはどうもおかしな話なんですが、あなたにお会いしていると、ずっとむかし手がけたベルギーの殺人事件を思いだします――主犯の顔かたちがあなたによく似ているのです。石鹸会社の社長で、大金持ちでしてね。秘書と結婚するために、邪魔な女房を毒殺したわけです。そう、ほんとによく似ていらっしゃる」

サー・ジョーゼフはかすかな声をもらし、唇が青みがかった奇妙な色に変わった。頬の赤らんだ色がしらけて、額の下から突きだした目がポアロをにらんだ。体が椅子の中へすこしずり落ちた。

やがて彼は、ふるえる手でポケットをさぐり、小切手を取りだしてむちゃくちゃに引き裂いた。

「これでご破算だ——いいな。これをきみの料金にしよう」

「いや、しかし、サー・ジョーゼフ、わたしの料金はそんなべらぼうな値段では——」

「いいんだ。とっておきたまえ」

「そうですか。では、それにふさわしい慈善事業に贈らせていただきましょう」

「どこへなりと、きみの好きなところへ贈りたまえ」

ポアロは身を乗り出していった。「こんなことを申しあげる必要はないかもしれませんが、サー・ジョーゼフ、あなたのような立場にある場合は、くれぐれも慎重になさらないといけませんよ」

サー・ジョーゼフはほとんど聞こえないほど小さな声でいった。「心配にはおよばないさ。いわれなくても慎重にやる」

ポアロはサー・ジョーゼフの家を出て、石段をおりながらひとりごとをつぶやいた。

やっぱり――思ったとおりだった。

IX

　ホギン夫人は夫にいった。「おかしいわ、この強壮剤の味がぜんぜん変わったのよ。にがみがなくなってしまったの。なぜかしら」

　サー・ジョーゼフはぼそりといった。「薬剤師のせいさ。でたらめなやつらだからな。調合するたびに変わるんだ」

　ホギン夫人は疑わしげにいった。「そうかもしれないけど――」

「そうに決まってるさ。ほかになにか原因が考えられるっていうのかい?」

「話はちがうけど、あの人はシャン・トゥンの事件でなにかわかったの?」

「うん。わたしの金を取り返してくれたよ」

「犯人はだれ?」

「いわなかった。あのポアロという男は口の堅いやつだね。ま、しかし、もう心配いらないよ」

「ほんとに変わった人ね、あの小男」

サー・ジョーゼフは一瞬身ぶるいして、まるで、目には見えないけれど、エルキュール・ポアロが彼の右肩のうしろに立っている気配を感じたかのように、ちらっとななめ上に視線を投げた。そして、これからしょっちゅうそんな気配に悩まされるのではなかろうかと思った。

「まったく憎らしいほど頭の切れる男だ」

それから彼は心のなかでこうつぶやいた。

浮気相手が吊るし首になっても、それはしかたがないってものだ！　しかし、わたしは、どんな美人のプラチナ・ブロンドのためにだって、この首を賭けてたまるものか！

X

「まあ！」

エイミー・カーナビイは二百ポンドの小切手を信じられない思いで見つめ、声をあげた。

「エミリー！　エミリー！　これをよく聞いて――」

親愛なるミス・カーナビイ

期限切れにならないうちに、援助する価値のあるあなたの基金に寄付させていただきたく、小切手を同封いたしました。

草々

エルキュール・ポアロ

エミリー・カーナビイはいった。「姉さんはほんとに運が良かったわね。もしこれがポアロさんでなかったら、いまごろ姉さんはどこにいたと思う？」

「ウォームウッド・スクラブズか、それともホロウェイの刑務所かしら」エイミーはつぶやいた。「でも、あれはもう全部おしまいになったのよ――そうでしょ、オーガスタス？　おまえはもう、ママやママの友だちといっしょに、小さなハサミをもって公園に散歩に行かなくていいのよ」

どことなくもの思わしげな表情を浮かべて、エイミー・カーナビイはため息をついた。

「かわいいオーガスタス！　なんだか惜しいような気もするわ。おまえはとても利口で、なんでも教えられるんだものね」

第二の事件
レルネーのヒドラ
The Lernean Hydra

I

エルキュール・ポアロは向かい合ってすわっている男をはげますような目で見た。

チャールズ・オールドフィールド医師は、四十がらみの男性で、金髪の髪はこめかみのあたりが灰色がかって、悩みのありそうな表情をたたえた青い目をしていた。上体を少し前にかがめて、どことなくためらいがちな風情。そればかりか、なかなか問題の核心をもちだせなくて苦しんでいるようすだった。

彼はどもりがちにいった。

「じつはその、ちょっと妙なお願いがあって来たんです。ここへ来た以上は、なにもかも打ち明けるつもりでね。なぜなら、いまではわたしにもじゅうぶんわかっているんだが、これはだれにもどうすることもできそうにないような問題なので」

ポアロはぶつぶついった。

「その点は、わたしの判断にまかせてもらいましょう」

オールドフィールドはつぶやいた。「わたしがなぜそう思ったのか、自分でもよくわからないんですが、じつはその――」

彼は言い澱んだ。

ポアロはそのあとをおぎなった。

「わたしなら助けてあげられるかもしれないと、そう思ったのでは？　けっこう《エ・ビアン》、助けてあげられるかもしれません。さあ、その問題を話してください」

オールドフィールドは上体をまっすぐ起こした。顔がひどくやつれているのが、改めてポアロの目をひいた。

オールドフィールドの口ぶりは、もうあきらめているような感じだった。

「じつはですね、これは警察に相談してもダメなことなんです。警察ではなにもできない。しかし、そうかといって――事態は日ごとにわるくなるばかりで、ほんとうに――もうお手上げなんですよ」

「なにがわるくなっているのです？」

「噂です……そう、それだけのことなんですよ、ポアロさん。一年とすこし前に妻が亡くなったのです。何年間も病気を患っていましてね。それをみんなが、こぞってこういってるんです。わたしが妻を殺したと――毒殺したんだと！

「ははあ」ポアロは初めてうなずいた。「で、あなたは奥さんを毒殺なさったわけですか？」

「なんてことを！」オールドフィールドは、さっと立ちあがった。

「落ちついて」ポアロはなだめた。「まあ、おすわりください。それでは、あなたは奥さんを毒殺しなかったということにしましょう。しかし、おたくの病院は、たしか地方の町に――」

「そう、バークシャー州のマーケット・ラフバラです。噂好きな土地柄であることはまえまえからわかっていましたが、こうまでひどいとは思ってもみませんでした」オールドフィールドは椅子をすこし前へ引いた。「ポアロさん、わたしがどんな目にあってきたか、想像もつかないでしょう。最初のうちは、なにが起こっているのかぜんぜんわからなかったんですよ。人びとの態度がすこしよそよそしくなったことや、わたしを避ける傾向のあることには気づきましたが――しかし、こう思っていたんです――わたしが妻を亡くしたばかりだから気をつかってくれているんだと。そうこうするうち、だんだんそれがひどくなってきました。町を歩いていると、知りあいの人びとがわたしと話すのを避けるためにわざわざ通りの向こう側へ行ってしまうのです。患者もわたしの病院へ寄りつかなくなってきました。どこへ行っても、みんながひそひそ話をする。白い目で見られたり、陰口をささやかれているのに気づくようにもなりました。手紙も二、三通舞いこんできました——下劣な中傷だらけの」

オールドフィールドはしばしだまりこみ——そして話をつづけた。

「で——それで、どうしたらいいのか、わからないんです。網の目のように張りめぐらされたこの悪質な嘘と猜疑《さいぎ》に対して、どう戦うべきか、まったくわからない。一度も面と向かっていわれたことのない話について、どうして反論できるでしょう？　わたしはまったく無力です——罠にかかったようなもので——じわじわと、容赦なく殺されようとしているんです」

ポアロは考え深げにうなずいて、いった。

「そう、噂はまさに九つの首をもつレルネーのヒドラなのです。ひとつの首を切り落とすと、そこからすぐ首がふたつ生えてくるために完全に滅ぼすことのできない怪物なんですよ」

オールドフィールド医師はいった。「まさにそのとおりです。わたしにはなにもできない——まったくどうしようもない！　最後の手段で——もうこうするしかないと思ってあなたのところへ来たんですが――しかし、あなたにも、打つ手があるとはとても思えません」

　ポアロはしばらくだまって考えこんでから、口をひらいた。

「そう決めつけるのもどうでしょうな。あなたの問題は興味があります。腕をふるって九頭の怪物を退治してみたくなってきましたよ。とにかく、まずその悪辣な噂がもちあがった事情について、もうすこしくわしく聞かせてください。あなたの奥さんは一年あまり前に亡くなられたそうですね？　死因は？」

「胃潰瘍だったんです」

「検死はおこなわれましたか？」

「いいえ。妻はかなり長いこと胃潰瘍に苦しんでいましたから」

　ポアロはうなずいた。

「しかし、胃の炎症と砒素中毒の症状は、ひじょうによく似ている――これは現在ではだれでも知っている事実です。過去十年間に、被害者が胃病の診断書によって死因を疑われることなく埋葬されたというセンセーショナルな殺人事件がすくなくとも四件ありました。あなたの奥さんはあなたより年上でしたか、それとも年下でしたか？」

「五歳年上でした」

「結婚してから何年になります？」

「十五年です」

「なにか奥さんの遺産はありましたか？」

「はい、妻はかなりの資産家で、遺産はざっと三万ポンドありました」

「たいへんな金額ですな。あなたがその相続人というわけですね？」

「はい」

「夫婦仲は良かったのですか？」

「ええ、もちろん」

「夫婦げんかをしたこともないくらいに？」

「それは――」チャールズ・オールドフィールドは躊躇《ちゅうちょ》した。「じつをいうと、妻はとても気むずかしい女だったので。病弱で、自分の健康をひじょうに気づかっていたため、神経質で不平が多く、機嫌をとるのがむずかしかったのです。わたしのやることなすこと気に入らないという日もときどきはありました」

ポアロはうなずいた。

「ああ、なるほど、よくあるタイプですな。たとえば、愛されていないとか、だれも気にかけてくれないとか不平を並べ立てる――夫は自分に飽きてしまっているから、死んだらよろこぶだろうといったりするものです」

相手の表情は、ポアロの推測が正しいことを示していた。オールドフィールドは苦笑していった。

「まさにおっしゃるとおりです！」

ポアロは話をつづけた。

「奥さんには看護婦がついて世話をしていたのですか？　それともコンパニオン？　あるいは献身的なメイドでも？」

「看護婦の資格をもったコンパーオンです。ひじょうに分別のある有能な女性です。彼女が噂を流したとは思えませんね」

「たとえ分別があって有能でも、神さま《ル・ボン・ディユ》から舌をあたえられているのですし――かならずしも賢明にその舌を使うとはかぎりません。看護婦がしゃべっても、メイドがしゃべっても、だれがしゃべっても、ちっとも不思議はないというものですよ！　興味津々たるスキャンダルの種にもってこいの題材が、あなたにはいろいろと備わっているのですから。そこで、もうひとつお訊きしたいことがあるのですが――愛人はだれですか？」

「なんですって？　質問の意味がわかりませんね」腹立ちのあまり、オールドフィールドの顔面が紅潮した。

ポアロはおだやかにいった。

「おわかりだろうと思いますが、つまり、あなたの名とつがいにされている相手の女性はだれかとお訊きしているのです」

オールドフィールド医師は立ちあがった。顔をこわばらせ、冷たく言い放つ。

「この事件にはそんな女などいません！　失礼しますよ、ポアロさん。お忙しいところ、お邪魔しました」

彼はドアのほうへむかった。

ポアロはいった。

「わたしも残念です。せっかくあなたの事件に興味がわいて、助けてさしあげようと思っていたのに。しかし、すべてをありのままに話していただかないと、わたしはなにもできないのです」

「わたしは、ありのままに話しましたよ」

「それはちがうな……」

オールドフィールド医師は立ち止まって、くるりとふりむいた。

「どうしてこの事件に女が関係していると言い張るのですか？」

「モン・シェル・ドクチュール！　あなたはわたしが女性の心理を知らないとでも思っているんですか？　巷《ちまた》のゴシップは、かならず異性関係がもとになっているものです。ある男が北極へ旅行するために――あるいは独身生活の平和を楽しむために――妻を毒殺しても、そんなことはちっとも世間の人の興味を引かないんですよ！　話題になり、噂が広がるのは、男がほかの女と結婚するために殺人を犯したと、人びとが信じこむからです。それが基本的な心理なのですよ」

オールドフィールドはいらだたしげにいった。

「噂好きなおせっかいどもがどう考えようと、そんなことはわたしの責任じゃない！」

「もちろんあなたの責任だとはいいません」

ポアロはいった。

「だからまあ、こちらへもどって腰をおろして、わたしがたったいまお訊きした質問に答えてください」

オールドフィールドは、気の進まないようすでのろのろともどってきて椅子にすわりなおした。

そして、眉のあたりまで顔を赤らめながらいった。

「たぶんみんなが噂しているのは、ジーン・モンクリーフのことだと思います。うちの病院の薬剤師で、たしかにすばらしい美人なのです」

「いつごろからお宅ではたらいているんですか？」

「かれこれ三年になりますね」

「奥さんは、彼女が好きでしたか？」

「いや――それはまぁ、あまり好きではなかったようです」

「嫉妬していた？」

「まさか！」

ポアロは微笑して、いった。

「妻の嫉妬というのは、よくことわざに使われるものでね。しかし、こういってはなんだが――わたしの経験からして、嫉妬というのはどんな途方もないこじつけや妄想のように見えても、たいていは真実に根ざしているものなんです。ほら、お客のいうことはつねに正しいということわざがあるでしょ？　で、嫉妬深い妻、あるいは夫についてもおなじことがいえます。具体的な証拠はどんなに乏しくても、基本的に彼らは正しいのです」

オールドフィールドはつっけんどんに否定した。

「バカなことを。わたしは妻に聞こえないようなところで、ジーン・モンクリーフと話をしたことさえただの一度もないというのに」

「それはそうかもしれませんが、だからといって、わたしがいったことが真実ではないということにはなりませんよ」ポアロは身を乗り出して、強要するような口調でいった。「オールドフィールド先生、わたしはこの事件に全力を尽くします。そのため、あなたには、世間体や自分の感情にとらわれず、あくまでも率直に打ち明けてもらわなければなりません。はっきりいって、奥さんが亡くなるすこし前から、奥さんへの愛情はなくなっていたのでしょう？」

オールドフィールドは、一、二分のあいだ、返事をしなかった。やがて、彼は口をひらいた。

「こんなことになって、もう死にそうな気分です。助けてください。あなたにお願いすればなんとかなるかもしれない――そんな気がします。あなたには、正直になにもかも話しましょう、ポアロさん。たしかにわたしは妻をあまり愛していませんでした。良い夫になるよう努力はしたつもりですが、ほんとうに愛することはとうとうできませんでした」

「で、そのジーンという女《ひと》については？」

オールドフィールドのひたいに小さな汗の玉が浮かんだ。

「わたしは――こんなひどい噂が立たなかったら、わたしはとっくに彼女に求婚していたでしょう」

ポアロは椅子に深ぶかとすわりなおした。

「これでやっと真実に到達しましたね！　いいでしょう《エ・ビアン》、オールドフィールド先生、あなたの事件を引きうけますよ。しかし、これだけはおぼえておいてもらいたい――わたしが追求しようとしているのは、真実なのだということをね」

オールドフィールドは苦にがしげにいった。

「わたしを傷つけるのは、真実じゃありませんよ！」

ちょっとためらってから、さらにいった。

「じつは、名誉毀損《きそん》の訴訟を起こせるかどうか考えたこともあるんです。もし確実な証拠をつかんでだれかを告訴できたら――そうすれば、わたしの嫌疑は晴れるはずですよね？　すくなくとも、ときにはそう考えたりした。しかし、もしかすると、事態をもっと悪化させるだけかもしれないとも思えて――この事件がいっそう広く世間に知られて、こんなふうにいわれかねない――ほんとか嘘かわからないけど、火のないところに煙は立たないというからな、とね」

オールドフィールドはポアロを見やった。

「正直にいってください――この悪夢から逃れる道はあるのでしょうか？」

「つねに道はあるものです」ポアロは答えた。

II

「田舎へ出かけるぞ、ジョージ」ポアロは助手にいった。

「ほんとうですか、先生？」冷静沈着なジョージが聞き返した。

「旅行の目的は、九頭の怪物を退治することだ」

「ほんとうに？　ネス湖の怪物みたいなやつですか？」

「それよりもっと得体の知れないものだ。わたしがいっているのは、血と肉をもった動物のことじゃないんだよ、ジョージ」

「てっきり生き物のことかと思いましたよ」

「生身の動物のほうがむしろ与《くみ》しやすいというものだ。噂の出所をつきとめることほど、とらえどころのない難敵はないからな」

「いや、まったくです。じっさい、ことの起こりがどうなっていたのかは、多くの場合、なかなかわかりにくいですからね」

「そのとおり」

ポアロが泊まった先はオールドフィールド医師の家ではなく、町の宿屋だった。到着の翌朝、真っ先にジーン・モンクリーフと面談した。

銅色の髪の、落ちついた青い目をした背の高い女性で、まるで見張り番をしているような警戒の色をただよわせていた。

彼女はいった。

「それじゃ、オールドフィールド先生はやっぱりあなたのところへ行ったんですね……そのことを考えていたのは、わたしも知ってました」

気乗りしない口ぶりだった。

ポアロはいった。

「あなたは賛成じゃなかったんですか？」

ポアロの視線を跳ね返して、彼女はそっけなくいった。

「だって、あなたになにができるんですか？」

ポアロは静かにいった。

「実態をしらべる方法があるかもしれませんよ」

「どんな?」軽蔑するような口調で、彼女は反論した。「陰口をきいているおばあさんたちのところを片っ端からまわって歩いて、そんな話はやめなさい。オールドフィールド先生がかわいそうじゃないですか、とでもいうのかしら? きっと、あたしゃそんな話はぜんぜん信じてませんよ、なんて返事がかえってくるのが落ちですよ。それがいちばんたちがわるいんですけどね。だれだって、オールドフィールド先生の奥さんはほんとに胃病で亡くなったのかしら、なんて露骨なことはけっしていいませんからね。じゃあ、なんというかというと、たとえば――オールドフィールド先生と奥さんについての噂話なんか、もちろん、あたしゃ信じません。そりゃ、先生は奥さんにちょっと嫌気がさしたことはあるかもしれないけど、まさかそんな大それたことはしないでしょうよ。ただね、あんな若い女を先生の薬剤師に雇ったことは、たしかにあまり賢明ではなかったと思いますね――いいえ、もちろんあたしゃ、ふたりのあいだによこしまなことがあったというつもりはこれっぽっちもありませんよ。ええ、そんなことはぜんぜんないと思ってますとも……なんて」彼女は話を切った。顔が上気して、呼吸が荒くなっていた。

ポアロはいった。

「あなたはどんなことがいわれているのか、よく知っているようですな」

ジーン・モンクリーフはきりっと口をひきむすんで、やがて苦にがしげにいった。

「もちろん知ってます！」

「で、あなたはどうしたらいいと思いますか？」

ジーン・モンクリーフは答えた。

「オールドフィールド先生にとっていちばんいい方法は、この病院を売り払って、どこかよそで開業なさることですね」

「噂が彼のあとを追ってくるとは思いませんか？」

ジーンは肩をすくめた。

「そんなことを心配してもはじまらないでしょう」

ポアロはしばらくだまっていたが、やがてだしぬけにいった。「そして、あなたはオールドフィールド先生と結婚するわけですか？」

ジーンは、その質問にすこしもおどろいたようすを見せずに、そっけなく答えた。

「彼からは結婚を申しこまれていませんから」

「どうしてです？」

ジーンはその青い目でポアロと目を合わせて、一瞬またたき、そしていった。

「わたしが彼の口をふさいだからです」

「これはこれは。こんな率直な人にお目にかかれて、じつにうれしい！」

「そんなによろこんでいただけるなら、いくらでも率直になりますよ。チャールズがわたしと結婚するために奥さんを殺したと噂されているのを知ったとき、もしわたしたちが結婚したら、それで一巻のおわりだという気がしました。でも、わたしたちのあいだに結婚の話がなかったことが明らかになれば、バカげた噂は立ち消えになるかもしれない」

「しかし、そうはならなかった？」

「ええ」

「たしかにちょっと奇妙ですね」ポアロはいった。

ジーンは苦り切って、「ここは田舎だから、みんな娯楽がなくて退屈してるのね」

ポアロはたずねた。「あなたはチャールズ・オールドフィールドと結婚したいのですか？」

相手はあっさりと答えた。

「ええ、そうです。ほとんど初対面のときから、そう思ってました」

「じゃあ、彼の奥さんが亡くなったのは、あなたにとって渡りに船だったのですね？」

ジーン・モンクリーフはいった。

「奥さんは、とても感じのわるい人だったんです。だから、正直いうと、死んでくれてほっとしました」

「ほほう、たしかにあなたは率直だ！」ポアロはいった。

ジーンはさっきとおなじように軽蔑的に笑った。

ポアロは切り出した。

「ひとつ提案があるんですがね」

「どんな？」

「こうなったら、思い切った手を打つ必要があるんです。で、だれか――あなた自身でもいいんだが――内務省へ手紙を書いていただきたい」

「いったい、どういうことでしょう？」

「この噂話を一気に消し飛ばしてしまう最善の方法は、死体を掘り出して検死することです」

ジーンは一歩あとじさった。唇をひらきかけて、またつぐんでしまった。ポアロはじっと相手を見つめた。

「どうです、マドモアゼル？」と、とうとうポアロがうながした。

ジーン・モンクリーフはぽつりと答えた。

「賛成できません」

「おや、どうして？　自然死だという検死報告が出れば、噂はぴたりと静まってしまうに決まっているのに？」

「自然死だという報告が出れば、ね」

「自分がなにをいおうとしているのか、わかっているのですか、マドモアゼル？」

ジーンはいらだたしげにいった。

「もちろんです。あなたは砒素中毒のことを考えているのでしょう——たしかに、奥さんが砒素で毒殺されたのでないことは、証明できるかもしれないわ。でも、毒物は砒素以外にもいろいろあるし——たとえば、植物にふくまれるアルカロイドなんかも。この種の毒物は、たとえ使われたとしても、一年もたってからでは、検出されるかどうか、はなはだ疑問です。しかも、お役所の分析化学者というのがどんな人たちか、わたしは知ってます。きっと、死因を特定できるようなものはなにもみつからなかったというような、あいまいな検死報告が出るのが落ちです——そんなことになったら、噂はよけいにひどくなるいっぽうでしょ」

ポアロはしばらくだまった。それから話題を変えて質問した。

「あなたの意見では、この村でいちばんのおしゃべりはだれでしょうな？」

ジーンは考えこみ、やがて答えた。

「いちばん口のうるさいのは、やはりミス・レザランだと思いますね」

「ほう！　そのミス・レザランにわたしを紹介してもらうわけにはいきませんか——できれば、さりげなく」

「お安いご用ですわ。朝のいまごろは、おしゃべりなオールドミスたちがみんな家を出て、買い物にうろついていますから、わたしたちは大通りを歩いていくだけでだいじょうぶです」

そのことばどおり、なんの苦労もなかった。郵便局の前にさしかかったとき、ジーンは立ち止まって、鼻が高く、詮索《せんさく》がましい鋭い目つきの長身の痩せぎすな中年女に話しかけた。

「おはよう、ミス・レザラン」

「おはよう、ジーン。きょうはいい天気ね」

鋭い目が、ジーンの同伴者を不審そうにじろじろながめた。

「紹介するわ、ポアロさんよ。四、五日ここに滞在することになってるの」

III

スコーンを上品にすこしずつ食べ、膝の上のカップが傾かないように釣り合いをとりながら、ポアロは彼のホステスと打ちとけた話ができるように努めた。ミス・レザランは丁重に彼をお茶に招き、この異国人ふうな小男が、この町でなにをしようとしているのかを正確につきとめることにはげんでいた。

彼はしばらく巧みに相手の矛先をかわし――そうすることによって、欲望をそそった。それからやがて機の熟した頃合いを見計らって、膝を乗り出した。

「ところで、ミス・レザラン、あなたはじつに勘がいい方だ！　わたしの秘密をちゃんと見抜いていらっしゃる。じつはわたしは内務省から依頼されてこちらへ来たんです。しかし――」と、声をひそめて、「これは内密にお願いしますよ」

「ええ、もちろん――もちろんですわ！」ミス・レザランはそわそわと落ちつきがなくなった――俄然興奮しているのだ。「内務省というと――あの――まさか亡くなったオールドフィールド夫人のことじゃ――？」

ポアロは大きくゆっくりと何度もうなずいた。

「やっぱり！」ミス・レザランは胸いっぱいのよろこびの感情をその一言にこめて吐いた。

ポアロはいった。

「ご承知のとおり、これは微妙な事件でしてね。わたしは死体発掘の必要性があるかどうかについて報告するように命じられているのです」

ミス・レザランは、さもおどろいたように声をあげた。

「まあ！　あの気の毒な方の遺体を掘り出すなんて。ほんとになんというおそろしいことでしょう！」

その声は、「なんというすばらしい」ということばにぴったりするような調子だった。

「あなたの意見を聞かせてほしいですな、ミス・レザラン」

「もちろん、いろいろと取りざたされてはおりますわよ。でも、わたしはそんな話にぜんぜん耳を貸しません。根も葉もない噂ばかりですから。たしかに奥さんが亡くなられて以来、オールドフィールド先生の態度はどうもおかしいのですけど、でも、それを良心の呵責のせいだと決めつけるのはどうかと思うと、わたしは何度もそういってるんですよ。悲しみがそうさせているのかもしれないでしょ？　ただし、先生と奥さんの仲があまり良くなかったのは事実です。それは、わたしもちゃんと知ってます――信頼できる人からじかに聞きましたから。オールドフィールド夫人が亡くなるまで、三、四年間付き添っていた看護婦のハリソンさんが、それをみとめているんですもの。それで、ハリソンさんはどうも怪しいと思っているようでしたよ――いえ、口ではなにもいいませんけど、でも、態度を見ればわかります」

　ポアロは悲しげにいった。

「世の中、当てになることはめったにありませんからね」

「まあ、それはそうですけど。でも、もちろん、もし死体が掘り出されれば、はっきりするじゃありませんか」

「でしょうな」

「もちろん、以前にもこれとおなじような事件がいろいろあったんですよ」ミス・レザランは得意げに鼻をひくつかせた。「たとえばアームストロングと例の男――なんといったか、名前を思いだせませんけど――それから、もちろんクリッペン事件もありますね。あれはエセル・ル・ネヴがクリッペンとぐるになっていたのじゃないでしょうか――どうもそんな気がしてならないんですけど。もちろん、ジーン・モンクリーフはとてもいい人ですから、あの人が先生をそそのかしたなどといいたくはありませんけど――でも、男って、女がらみとなると、ふつうじゃ考えられないようなことをやりかねませんもの。それに、もちろん、ふたりはしょっちゅう顔をあわせる立場だったわけですしね」

ポアロはなにもいわなかった。相手が調子に乗ってしゃべりまくるように計算された、なにも知らないという興味深げな表情を作って見つめているだけで。内心では、ミス・レザランの口癖の「もちろん」ということばが連発される回数を数えて、おもしろがりながら。

「それに、検死その他の調査をすれば、もちろんさまざまなことが判明するでしょうね。召使いなんかもしらべられるわけでしょ？　召使いというのは、家庭の中のことをじつによく知っているものですよ。しかも、召使いにしゃべらせないようにするなんて、もちろんとうてい不可能ですし。オールドフィールド家の召使いのベアトリスは、葬儀がすむとすぐ暇をとらされたんです――これがへんですわよね――最近は召使い不足で、なかなか替わりはみつからないというのに。なんだかオールドフィールド先生は、ベアトリスになにかを知られるのをおそれていたみたい」

「たしかに、調査すべき理由がいろいろあるようですな」ポアロはおごそかにいった。

ミス・レザランは、ちょっと顔をしかめた。「ああ、想像しただけでもぞっとしますね。わたしたちの静かな村が――新聞ダネになって――全国に知れわたるなんて！」

「それがあなたをぞっとさせるのですか？」と、ポアロは訊いた。

「ええ、ちょっとね。わたしは昔かたぎなもんですから」

「まあ、あなたのおっしゃるとおり、おそらく単なる噂にすぎないだろうと思いますけどね、これは」

「でも——こんなことというのは良心がとがめるんですけどね。でもほら、ことわざにもいうじゃありませんか——火のないところに煙は立たないって——ほんとに、そのとおりだと思いますわ」

「じつはわたしもそのことを考えていたんですよ」

ポアロは立ちあがった。

「あなたの慎重な配慮を信頼してよろしいでしょうな、マドモアゼル？」

「ええ、もちろん！　だれにも言いもらしませんわ、ぜったいに」

ポアロはにっこり笑ってその場を辞した。

玄関口の石段の上で、帽子とコートを返してよこした年若い召使いに話しかけた。

「わたしはオールドフィールド夫人の死亡の事情調査のためにこの町へ来たんだが、そのことはだれにもいわないようにね、頼んだよ」

ミス・レザランの召使いのグラディスはのけぞって、あやうくうしろの傘立ての中へ倒れそうになった。興奮した様子で、「まあ！　じゃあやっぱり、あのお医者さんが奥さんを殺したんですか？」

「きみは前からそう思っていたの？」

「いいえ、わたしじゃなくて、ベアトリスです。オールドフィールド夫人が亡くなったとき、ベアトリスがここへ来たんですよ」

「で、彼女は」——ポアロはわざと劇的なことばをえらんで——「卑劣な謀殺だと思うといったんだね」

グラディスは勢いこんでうなずいた。

「ええ。夫人の付添い看護婦のハリソンさんがそういってたそうで。ハリソンさんはオールドフィールド夫人ととても仲が良かったので、夫人が亡くなったときはほんとうに泣いて悲しんでたぐらいなんです。その後ハリソンさんは、先生と喧嘩して辞めてしまいましたし、きっとなにか知っていたんだろうと思いますわ。だって、なにも怪しいことがないなら、ハリソンさんが先生と喧嘩するはずがないでしょ」

「ハリソン看護婦は、いまどこにいるのかな？」

「ミス・ブリストーの世話をしていますよ——向こうの村はずれの。柱がずらっと並んだポーチのある家なんで、すぐにわかります」

Ⅳ

ほどなくして、ポアロは噂の起きた事情をだれよりもよく知っているにちがいない女性と対座していた。

ハリソン看護婦は、四十歳ちかいが、まだきりりとした美しさを保っている女性だった。マドンナのような穏やかな落ちついた顔立ちで、思いやりの深そうな黒く大きな目をしている。ポアロの話を辛抱強く注意深く聞いてから、ハリソン看護婦はゆっくりと話しだした。

「ええ。そういう不愉快な噂が流れているのは知っています。わたし、それを止めるためにできるかぎりのことをしたのですが、手に負えませんでした。ご存じでしょうけど、人って刺激が好きなものなんですよ」

ポアロはいった。

「しかし、そういう噂がもちあがるには、なにか原因があったわけでしょう？」

ハリソン看護婦の困惑の色を深めるのがわかったが、しかし彼女はとまどったように首をふっただけだった。

「もしかしたら、オールドフィールド先生は夫婦仲があまり良くなくて、それが噂を生む原因になったのでは？」ポアロは水をむけてみた。

ハリソン看護婦はきっぱりと首をふった。

「いいえ、とんでもない。オールドフィールド先生は、いつも奥さまにたいへんやさしくて、怒ったことさえありませんでしたわ」

「というと、奥さんを心から愛していたと？」

ハリソン看護婦はためらった。

「さあ……そうとは言い切れませんわね。なにしろ奥さまはとても気むずかしくて、ちょっとしたことで機嫌がわるくなるし、むやみやたらに同情や心づかいをもとめるんですけど、それがかならずしも同情するようなこととはかぎらなかったので」

「つまり、夫人は自分の容態を大げさにいっていたわけですね？」

ハリソン看護婦はうなずいた。

「ええ――奥さまが具合がわるいといっても、それは気のまわしすぎだということが多かったようです」

「とはいうものの」ポアロは重々しくいった。「彼女は死んだわけだし……」

「あ、それはそうです――わかっていますけど……」

ポアロはしばらくハリソン看護婦をじっと見つめた。困惑した、見るからに迷っているような表情を――

やがて彼はいった。「あなたはこの噂話の口火を切ったものがなんであるかを、どうやら知っているらしいな」

ハリソン看護婦は赤面した。

「それは――だいたいの推測ですけど。この噂話のきっかけを作ったのは、召使いのベアトリスだろうと思います。なぜそうなったのかも、わたしは知ってるんですが」

「ほう？」

ハリソン看護婦は、ややしどろもどろに答えた。

「つまりその、わたし、たまたま聞いてしまったんです――オールドフィールド先生とミス・モンクリーフの会話の断片を――それで、ベアトリスもまずまちがいなくそれを立ち聞きしたんです。ただ、彼女はみとめないでしょうけど」

「その会話というのは？」

ハリソン看護婦は自分の記憶を正確にたどってみるようにしばらく間をおいてからいった。

「オールドフィールド夫人の容態が急変して亡くなられる三週間ほど前のことでした。先生とミス・モンクリーフは食堂にいたんです。わたしが階段をおりてきたときにジーンの声が聞こえました。

〝いつまでかかるの？　わたし、もうこれ以上は待ちきれないわ〟って。

それに答えて先生の声が、〝もう長いことはないよ、まちがいない〟というと、またジーンの声がしました。

〝もう待てないわ。ほんとうにだいじょうぶなのね？〟

すると、先生の声が、〝もちろんさ、なにも心配ない。来年のいまごろ、ぼくたちは結婚しているだろう〟」

ハリソン看護婦はことばを切った。

「先生とミス・モンクリーフがそんな深い仲になっていたことを、わたしはそのとき初めて知りました。もちろん、先生は彼女が好きで、ふたりはとても仲がいいとはわかってましたけれど、それ以上のことがあったなんて。だから、あのときはほんとにショックで――階段の途中から二階へひきかえしてしまったぐらいです。でも、台所のドアがあいているのが見えたんで、きっとベアトリスも聞いていたにちがいないと思っていたんです。おわかりでしょうが、ふたりの会話は二とおりに解釈できます。先生はただ、奥さまの病気が重いことを知っていて、もう長いことはないとおっしゃったのかもしれません――わたしも、きっとそうだろうと思うんですが――でも、ベアトリスのような人が聞けば、べつの意味にとったかもしれませんね——つまりその——先生とジーン・モンクリーフが奥さまを亡き者にしようと企んでいるように」

「しかし、あなた自身はそうは思わないわけですな？」

「ええ——もちろんそんなことは……」

ポアロはさぐるように相手を見て、いった。

「ハリソンさん、知っているのはそれだけですか？　まだわたしに話していないことがあるんじゃないですか？」

ハリソン看護婦は顔を赤らめながら語気を強めていった。

「いいえ、なにもありません。なにがあるっておっしゃるの？」

「それは知りませんがね。しかし、どうもなにかありそうな気がするんだが」

ハリソン看護婦はかぶりをふった。当初の困惑顔にもどっていた。

ポアロはいった。「内務省がオールドフィールド夫人の遺体の発掘を命じるかもしれない可能性があるんですよ！」

「まあ、そんな！」ハリソン看護婦は愕然として叫んだ。「そんなおそろしいことになるなんて！」

「気の毒だという意味ですか？」

「おぞましいということです！　それがまたどんな噂を生むか、考えただけでもぞっとするわ！　それじゃ、オールドフィールド先生がかわいそうですよ！」

「彼にとっては、そのほうがいいだろうと思うんですがね。そう思いませんか？」

「どういうことかしら？」

「もし噂が根も葉もないものなら――それで彼の無実が証明されるでしょう」

ポアロはだまってハリソン看護婦を見つめた。そのことばがしっかりと頭にしみこみ、彼女が当惑したように眉根を寄せて、やがて晴れ晴れとした顔になるのがわかった。

ハリソン看護婦は深く息を吸って、ポアロに目をむけた。

「それは考えつきませんでした。でも、たしかにそうですね。そうする以外にないでしょう」

そのとき、頭上の二階を歩く足音が聞こえ、ハリソン看護婦はあわただしく立ちあがった。

「ブリストーさんが目をさましたようです。お茶が出る前に、行ってご不自由のないようにいろいろお世話をしなければ。そのあとで散歩に行きます。ポアロさん、さっきのお話は、おっしゃるとおりです。検死をすれば問題はすべていっぺんに片づくでしょう。オールドフィールド先生に対する疑いも晴れて、おそろしい噂がたちまち消えてしまうだろうと思いますわ」

ハリソン看護婦はポアロと握手すると、急いで部屋を出ていった。

V

ポアロは郵便局まで歩いていって、ロンドンに電話した。

相手は、あまりうれしくない声だ。

「ポアロくん、きみはそんなことまでしらべなきゃならんのか？　われわれが出ていくような事件だというのは、たしかなんだろうな？　田舎の町の噂話なんてものは、きみ、たいてい根も葉もないものなんだぜ」

「いや、これはそういうのとはちがう」ポアロはいった。

「そうかね。きみがそういうのなら、よかろう。きみはまちがいをしでかさないという厄介な癖があるからな。しかし、もしこれが空振りだったら、きみはわれわれのお気に入りではなくなるんだぞ、いいのか？」

ポアロはほくそえんで、つぶやいた。「いや、お気に召すのはわたし自身だろうよ」

「なんといったんだ？　聞こえないぞ」

「べつになんでもない」

ポアロは電話を切った。

そして郵便局の中へはいると、カウンターに身を乗りだし、とっておきの愛想のいい調子で女性の郵便局長に話しかけた。

「マダム、ちょっと教えていただきたいんですが、以前オールドフィールド先生のところにいたお手伝いの女性は――クリスチャン・ネームはベアトリスですが――いまどこに住んでるのでしょうか？」

「ベアトリス・キングですか？　あのあと、奉公先が二度変わって、いまは銀行の先のマーレイ夫人のところにいますね」

ポアロは礼をいって、葉書を二枚、切手帳を一冊、それと、この地方の特産の陶器をひとつ買った。そして、買い物をしているあいだに、なにげなくオールドフィールド夫人の不審な死を話題に乗せた。なにか秘密を押し隠しているような表情が、局長の顔をちらっとかすめたのを、彼は見のがさなかった。

「ほんとに急なことでしたからね。お耳にはいってるでしょうけど、いろんな噂が流れているんですよ」

つづけてこう問いかけてきたとき、相手は強い好奇心で目をきらっと光らせた。

「ベアトリス・キングにお会いになろうとしているのも、そのためなんでしょう？　あの娘がとつぜんお払い箱になったんで、みんなおかしいと思ってるんですけど。ベアトリスがなにかを知っていたからではないかと思っている人もすくなくなくてね——じっさい、あの娘はなにか知っていたようで、かなりあからさまにそれをほのめかしているんですよ」

ベアトリス・キングは、アデノイド気味の、やや陰険な感じのする小柄な女だった。いかにも鈍感そうな間抜けた顔立ちのわりに、その目には、態度に似合わぬ理知的な輝きがあった。ところが、いろいろさぐりを入れてみても、ベアトリスからはなにも出てこない感じがした。

「ほんとになになにも知りません……。あの家でなにがあったのかなんて、そんなこと訊かれても困るんです……先生とモンクリーフさんの会話を立ち聞きしたって、それ、どういうことですか？……わたしは他人の話を盗み聞きするような女じゃありませんからね。とんだ言いがかりだわ。なにも知らないといってるでしょ」

ポアロはいった。

「砒素中毒というのを聞いたことがあるかな？」

ベアトリスのふくれっ面に、一瞬、ひそかな好奇心がよぎった。

「じゃ、あの薬瓶の中身がそれだったんですか？」と、彼女は問い返した。

「薬瓶というと？」

「モンクリーフさんが奥さまのために調合した薬の瓶のひとつですけど。看護婦さんがすっかりうろたえてました——わたしにもわかるぐらい。あの人、中身を味見したり、においを嗅いだりして、あげくに中身を流しへあけて、瓶に水道の水を入れたんです。どっちみち、白っぽい水みたいな薬だったんで。それからあるとき、モンクリーフさんが奥さまにお茶をもっていったんですけど、看護婦さんがそのポットをもっておりてきて、お茶を入れ替えてたこともあって——熱湯でいれなきゃダメだからといってましたけど。だけど、これはわたしが見たままの話ですからね！　そのときは、看護婦はこういうもので、大げさに騒ぎ立ててるだけだと思ったんですけど——でも、ひょっとすると、そんな簡単なことじゃなかったのかもしれませんね」

ポアロはうなずいて、いった。

「あなたはモンクリーフさんが好きだった？」

「いいえ、べつになんとも……ちょっとお高くとまった人でしたよ。もちろん、先生に夢中だったのは最初からわかってましたけど。だって、彼女が先生を見る目でわかりますもの」

ポアロはふたたび大きくうなずいて、宿屋へもどった。

そして彼は、なにごとかジョージに指示をあたえた。

Ⅵ

内務省の分析化学者アラン・ガーシア博士は、両手をすりあわせながらさもうれしそうにポアロを見て、こういった。

「どう、ポアロくん。これでしてやったり、じゃないかね。さすがに、つねに正しい男だな」

「いや、助かりましたよ」

「手がかりになったものはなんだったの？　噂話かい？」

「いってみれば、噂の渦の中にはいって、さまざまな舌を写生してみたというところかな」

翌日ポアロは、ふたたび汽車でマーケット・ラフバラへむかった。

マーケット・ラフバラは蜂の巣をつついたような騒ぎになっていた。死体発掘がおこなわれたときから、すこしずつ噂がかしましくなっていたのだ。

それがこうして検死の結果がつたえられたいま、村全体が熱病的な興奮につつまれていた。

ポアロが宿屋に着いてから一時間ばかりして、昼食のステーキとキドニープディングをビールで腹いっぱいに流しこみおわったとき、ひとりの女性が彼に面会をもとめているという取り次ぎがあった。

それはハリソン看護婦だった。顔が青ざめ、やつれていて、ポアロの部屋へはいるなりあわただしく問いただした。

「ほんとなんですか？　ほんとうにまちがいじゃないんですね、ポアロさん？」

ポアロはやさしく相手を椅子にすわらせた。

「そうです。致死量をはるかに上まわる砒素が発見されたんです」

ハリソン看護婦は叫んだ。

「そんな——まさかそんなことだなんて一瞬たりとも考えられなかったのに——」そういって、彼女はこらえきれずに泣きだした。

ポアロはおだやかにいった。

「おわかりでしょう、真実は隠そうとしても明らかになるものですよ」

ハリソン看護婦はしゃくりあげた。

「先生は死刑になるのでしょうか？」

「いや、まだ解明すべきことは山ほどあります。犯行の機会、毒物の入手経路、毒殺の方法などがね」

「でも、もし先生がそういうことにはまったくかかわりないとなったら——いっさい手出ししていなかったら？」

「その場合は、もちろん——」ポアロは肩をすくめて、「無罪放免になるでしょうね」

ハリソン看護婦はためらいながらゆっくりといった。

「じつは——もっとまえにあなたに話すべきだったと思うことがあるんです——なんでもないことのような気がして、つい言いそびれていたのですが、ただちょっと、腑に落ちないんです」

「なにかあることはわたしにもわかっていましたよ」ポアロはいった。「いまからでも、話してごらんなさい」

「たいしたことじゃないんですけど……。ある日、用事があって調剤室へおりていったとき、ジーン・モンクリーフが奇妙なことをしていたんです」

「ほう？」

「バカみたいだと思われそうですけど、ジーンはただ、おしろいのコンパクトの中身を足していただけなんですから――ピンクのホウロウ製のコンパクトでしたけど――」

「それで？」

「でも、彼女がその中に詰めていたのは、おしろいじゃなかったんです。劇薬用の戸棚から出した瓶の中身を詰めていました。そしてわたしの姿に気づくと、びっくりしたようすで、あわててコンパクトをとじてバッグの中に放りこみ――それから、その瓶をすばやく戸棚の中へもどしてしまったので、わたしはそれがなんだったのか見るひまもありませんでした。そのことにとくべつな意味があったというわけじゃないんです――でも、いまオールドフィールド夫人が毒殺されたのだということがわかってみると――」

ハリソン看護婦はことばを切った。

ポアロは、「ちょっと失礼してよろしいかな？」といって席をはずした。部屋を出て、ポアロはバークシャー警察署のグレイ部長刑事に電話した。

もどってくると、彼はだまって腰をおろし、ハリソン看護婦もだまったままだった。

ポアロは、赤毛の女の顔を思い浮かべ、はっきりとこういう声を聞いていたのだ。

「それは賛成できませんね」と。ジーン・モンクリーフは検死に反対した。一応もっともらしい理由ではあったが、しかしその事実は残っている。有能な――理知的な、意志の強い女。ハリソン看護婦の証言によれば病状はたいしたことがなく、したがって長生きするかもしれない愚痴っぽい病身の妻に飽き飽きしてた男を、恋していた女。

ポアロはため息をついた。

ハリソン看護婦がいった。

「なにを考えていらっしゃるんですか？」

「同情しているんですよ」と、ポアロは答えた。

「先生がそんなことにかかわっていたとは、ぜったいに思えませんけど」

「そうでしょう。わたしもそう思っていますよ」

そのときドアがあいて、グレイ部長刑事がはいってきた。手には、なにか絹のハンカチにつつんだものをもっている。包みをあけ、彼は慎重にその中身をテーブルの上に置いた。それは、ローズピンク色のホウロウ製コンパクトだった。

ハリソン看護婦がいった。「それ、わたしが見たといったコンパクトです」

グレイ部長刑事がいった。

「匂い袋にはいって、ミス・モンクリーフの机の引出の奥から発見したものです。見たところ、指紋はないようだが、念のために」

ハンカチで手をおおってバネを押すと、ふたがひらいた。

「この粉はおしろいじゃないな」グレイがいった。

グレイ部長刑事は指で粉をさわって、おそるおそる舌先で味を見た。

「とくに味はない」

ポアロはいった。「砒素は味がしないものだからね」

「さっそく分析を依頼しよう」グレイはハリソン看護婦をふりかえった。「あなたが見たというのは、これにまちがいないですね？」

「はい、まちがいありません。オールドフィールド夫人が亡くなる一週間ほどまえに、モンクリーフさんが調剤室でそのコンパクトに粉を入れていたんです」

グレイ部長刑事はため息をついてポアロをふりかえり、うなずいた。ポアロはベルを押した。

「わたしの助手をこちらへよこしてくれたまえ」

用心深くて目立たない理想的な助手のジョージがはいってきて、問いかけるようなまなざしでポアロを見やった。

ポアロはハリソン看護婦にいった。

「あなたはこのコンパクトが、一年以上も前にミス・モンクリーフがもっていたものだといった。ところが、これはわずか二、三週間前にウールワースの店で売られたものであり、しかも、この型と色のコンパクトはわずか三カ月前に製造されるようになったものであることが、わかっているのです。おどろきましたか？」

ハリソン看護婦はあっと息をのみ、目を丸くしてポアロを見つめた。

「ジョージ、このコンパクトを以前に見たことがあるかい？」ポアロはたずねた。

ジョージが前に進み出た。

「はい、こちらのご婦人が十八日の金曜日にウールワースの店でそれを買うところを見ていました。指示どおり、このご婦人が外出するときはいつも尾行していたんです。いまいった日に、彼女はバスでダーニントンへ行き、そのコンパクトを買いました。それをもち帰った彼女は、その後、おなじ日にミス・モンクリーフが下宿している家へ行きました。わたくしは、あなた様の指示どおりすでにその家の中で待機していて、彼女がミス・モンクリーフの部屋にはいり、机の引出の奥にそれを隠したのを見たんです。ドアのすきまからよく見えました。彼女は家を出ていきましたが、だれにも見られていないと信じこんでいたのでしょう。この地方ではだれも家の玄関に鍵をかけないので出入りは自由ですし、時刻も日暮れ時でしたからね」

ポアロはハリソン看護婦に向かって厳しい口調でいった。

「あなたは、これらの事実に申しひらきができますか？　できないだろうね。ウールワースで売られたとき、そのコンパクトには砒素ははいっていなかった。ところが、それがジーン・モンクリーフの部屋から発見されたときは、砒素がはいっていた」そして、静かにつけくわえた。「砒素を処分しなかったのは、あなたにしては利口じゃなかったね」

ハリソン看護婦は両手に顔を埋めて、疲れたような低い声で答えた。

「ええ、おっしゃるとおり——そのとおりです。わたしがオールドフィールド夫人を殺しました。しかも、なんの理由もなく……わたし、どうかしてたんです」

VII

ジーン・モンクリーフはいった。

「ポアロさん、あなたにお詫びしなくちゃいけませんね。わたし、あなたにとても怒ってました——そりゃもうものすごく。なにもかも、あなたのせいでよけいひどいことになっているように見えて」

ポアロは微笑していった。「最初のうちはたしかにそうでしたな。ちょうどレルネーのヒドラの古い伝説のようにね。首をひとつ切断するたびに、かわりの首がふたつ生えてくるといった感じだった。当初は、噂は広まり、数もふえるいっぽうでした。しかしわたしの仕事は、自分と同名のヘラクレスの難業とおなじように、最初のひとつ――もともとの首をつきとめることでした。つまり、この噂を最初に流したのはだれかということです。で、さいわいまもなく、噂の出所はハリソン看護婦だということがわかりました。そこで、わたしは彼女に会いに行った。ハリソン看護婦は立派な人のように見えましたよ――利口で同情心が厚くてね。しかし、話しはじめた直後といってもいいときに、彼女は大きな失敗をしたのです――あなたとオールドフィールド先生の会話を立ち聞きしたということを、くりかえし話したんだが、その会話というのが、どこから見てもおかしなものだったからです。心理的な観点からいって、とうていありえない。もし、あなたとオールドフィールド先生が共謀して夫人を殺害しようとしたなら、階段を上り下りする人や台所にいる者に簡単に聞こえてしまうような部屋で、ドアをあけっぱなしにしたままそんな会話をするはずがない――あなたも彼もそんな間抜けじゃありませんからな。そのうえ、あなたがしゃべったという会話の言葉づかいが、あなたの性格とはまるで似合わない。もっと年長の、まったくちがったタイプの女性の言葉づかいです。

つまり、自分ならこんなふうにいうだろうとハリソン看護婦が考える、そんな言葉づかいだったわけです。

わたしはそのときまで、この事件をきわめて単純なことだろうと思っていました。ハリソン看護婦はまだ若くて美人です——しかも、ほぼ三年間もオールドフィールド先生の身近にいた——先生も彼女が気に入っていて、気の利くところや、同情的な態度に感謝していた。だからハリソン看護婦は、もし夫人が死ねば、先生がたぶん自分に結婚を申しこむだろうと勝手に想像するようになっていた。あにはからんや、夫人が亡くなったあと、先生があなたを愛していることがわかった。たちまちハリソン看護婦は、怒りと嫉妬のあまり、先生が妻を毒殺したという噂を流した。

まあ、そんなことだろうと見ていたわけです。たしかにこれは、嫉妬深い女と、でたらめな噂の事件ではありましたが、しかし、ハリソン看護婦に会ってみて、例の〝火のないところに煙は立たない〟という古いことわざが、妙に意味ありげに思いだされたのです。もしかしたら、彼女は噂を流しただけでなく、もっと罪深いことをやったのではないだろうか？　そう考えたとき、彼女のいったあることばが怪しげな音色をひびかせたんです。オールドフィールド夫人の病気は、彼女自身の気のまわしすぎということが多かった——つまり、じっさいの病状はたいしたことはなかったのだと、ハリソン看護婦はいっていた。しかし、ほかならぬ先生は奥さんがほんとうに苦痛に悩まされているんだと思っていたんです。だからこそ、彼女が死んでも意外には思わなかった。先生は奥さんが亡くなった直後にほかの医者を呼び、その医者も彼女の病状が重かったことをみとめています。そこでわたしは、わざと死体発掘の問題をもちだしたところ……ハリソン看護婦は一瞬、気が遠くなるほどおどろきました。しかし、すぐさま嫉妬と憎しみが彼女を支配し、勇気づけた。死体を発掘して砒素が発見されても、自分に疑いがかかることはない——罪を着せられるのは先生とジーン・モンクリーフなのだ、と。

こうなると、わたしに残された希望はひとつしかありませんでした。ハリソン看護婦が策を弄しすぎて墓穴を掘ることです。わたしはこう考えた。もし、ジーン・モンクリーフが無実の罪を逃れるチャンスがあるとすれば、それはハリソン看護婦がジーン・モンクリーフを罪に陥れるために工作したときだと。そこで、ハリソン看護婦に顔を知られていない慎重で忠実なジョージに指示をあたえて、彼女を尾行させたのです。その結果は、ご存じのとおり、上々の首尾でした」

ジーン・モンクリーフはいった。

「あなたはほんとうにすばらしい探偵ですわ」

オールドフィールド医師も同調した。「まったくだ。わたしはあなたにどう感謝していいかわからないくらいです。それにしてもわたしは、われながら恥ずかしいほどなにも見えていなかった！」

ポアロは興味ありげに問いただした。

「マドモアゼル、あなたもやはりなにも見えていなかったんですか？」

ジーン・モンクリーフはゆっくり答えた。

「じつをいうとわたし、とても心配だったんです。だって――劇薬棚の中の砒素の量が帳簿とあわなくて――」

オールドフィールドは叫んだ。

「ジーン、まさかきみはぼくが――？」

「いいえ、あなたじゃないのよ。奥さんがこっそり砒素をもちだしたんじゃないかと心配していたってこと――具合がわるくなることで同情をひこうと砒素を持ち出して、過って飲み過ぎたんじゃないかと思って。でも、もし検死の結果、砒素が発見されたら、警察はそんな話に耳を貸さず、いきなりあなたの犯行だと決めつけるだろうと思って心配していたのよ。だから、砒素がなくなったことについては、わたし、だれにも一言もいわなかった。劇薬の帳簿をごまかしてまで！　でもまさか、ハリソン看護婦だとは思ってもみなかった」

オールドフィールドはいった。

「ぼくもだよ。彼女はほんとにやさしい、女らしい女だったもの。マドンナみたいな」

ポアロは悲しげにいった。「そう、彼女はおそらく立派な妻にも母親にもなれたでしょう。ただ、それには少々、感情が強すぎたのですね」ため息をついて、もう一度つぶやいた。「それが残念です」

それから彼は、幸福そうな中年男ときまじめな顔の若い女に微笑を投げ、心の中でひとりごとをいった。

これでこのふたりは晴れて日陰の身ではなくなった……そしてわたしは、ヘラクレスの第二の難業を達成したわけだ。

第三の事件

アルカディアの鹿

The Arcadian Deer

I

エルキュール・ポアロは暖をとろうとして足踏みした。かじかんだ手に息を吐きかける。口ひげに積もった雪が融けて、その両端からしたたり落ちた。

ドアにノックの音がして、ハウスメイドが姿を現わした。ずんぐりした体つきの、見るからに鈍重な感じの田舎娘は、それはそれは物珍しそうにポアロをながめた。ポアロのような人を一度も見たことがなかったのかもしれない。

「お呼びですか？」

「うん。すまないが、早く火を焚いてくれないか」

ハウスメイドは外へ出て、すぐに紙と薪をもってもどってくると、大きなビクトリア王朝時代の暖炉の前に膝をついて火を燃しはじめた。

ポアロは足踏みをつづけ、腕をふりまわし、手に息を吐いた。

彼は困惑していた。愛車の高価なメッサロ・グラッツは、ポアロが自動車に期待していた機械的な完全性を発揮しなかったのだ。高給で雇われている若い運転手は、それをちゃんと修理することができなかった。そして車は、雪がふりはじめた地点から一マイル半ばかり行った二級道路の上で、ついにえんこしてしまったのだ。そのためポアロは、いつものようにしゃれたエナメル靴をはいたまま、河畔のハートリー・ディーン村まで一マイル半の雪道を歩くしかなかった――その村は、夏の季節には活気にあふれるのだが、冬はまるっきり死んだようになっていた。ブラック・スワン館という宿屋は、泊り客が到着したために狼狽《ろうばい》したようすで、宿の主人は、村の自動車修理所に頼めば車を貸してくれるので、それで旅をつづけられますよと、ほとんど説得するようにいった。

ポアロはその提案を拒否した。ラテン民族的な彼の倹約心が、それに反発したのだ。車を借りるって？　とんでもない――車ならもうある――大型の高価な自家用車が。その車以外のどんな車でも、ロンドンへ帰る旅をつづける意志はなかった。それに、たとえ車の修理が簡単に片づいたとしても、翌日の朝まではこの雪の中を出かける気にはなれなかった。ポアロは部屋と暖炉の火と食事を要求した。宿屋の主人はため息まじりに彼を部屋へ案内し、ハウスメイドに暖炉の火を焚かせ、それから食事のことでおかみと相談するために帳場へもどっていった。

その一時間後、ポアロは足を伸ばしてぬくぬくと火にあたりながら、さっき食べたばかりの夕食を寛大に採点した。正直な話、ステーキは固くてすじだらけだったし、芽キャベツは大きすぎ、色あせて水っぽかったし、ジャガイモは石みたいな芯があった。つぎに出された焼きリンゴとカスタードにいたっては、またなにをかいわんやだ。チーズは硬く、ビスケットはふにゃふにゃ、ときた。とはいえ、威勢よく燃えさかる暖炉の火をのんびりながめ、コーヒーとは名ばかりの泥みたいな液体を上品に口にしながら考えてみると、空腹よりは満腹のほうがいいし、雪道をエナメル靴で歩いてきたあとでは、暖炉の火の前にいられるなんて天国だ！

ドアにノックがあって、ハウスメイドがやってきた。

「あの、自動車修理所の人が来て、お客さんにぜひお目にかかりたいそうです」

ポアロは愛想よく答えた。

「いいとも。こちらへ通しなさい」

ハウスメイドはくすくす笑いながらひきさがった。たぶん彼女はポアロのことを友人たちにくりかえし話して聞かせ、それがこれからの長い冬のあいだの慰安になるだろうと、ポアロは思いやり深く考えた。

またノックの音が——さっきとはちがう音がしたので、ポアロはそれに応えた。

「どうぞ！」

若い男がはいってきて、帽子を両手でねじりながら固くなって立っているのを、ポアロは好感をもってながめた。

これはまた、まれに見るハンサムな青年だと、彼は思った。ギリシャの神を思わせるような素朴な若者だ。

青年はハスキーな低音でこう切り出した。

「車のことですが……うちの修理所へはこびまして、故障箇所もわかりました。一時間かそこらで直るだろうと思います」

「どこが調子悪かったのかな？」

青年は技術的な細部を熱心に説明しはじめた。ポアロはぼんやりうなずいたが、聞いていなかった。すばらしい体軀、それはポアロのおおいに礼賛しているもののひとつだ。ちかごろは眼鏡をかけたやわな連中ばかりなのだが。彼はほほえましげにひとりごちた——うん、これはまさにギリシャの神だ——アルカディアの若い羊飼いだ。

若者はとつぜん話をやめた。ポアロが一瞬眉をひそめたのはそのときだった。最初の反応は審美的なものだったが、こんどは知的な反応を示したのだ。けげんそうに眉間を狭めて、ポアロは若者を見あげた。

「うむ、わかった。よくわかった」しばらくしてから言い添えた。「その話はもうとっくに、わたしの運転手から聞いていたからね」

ポアロは、若者が頰を赤らめて両手の指で神経質に帽子をにぎりしめるのを見た。

若者は口ごもりながらいった。

「は、はい。それはぼくも知ってます」

ポアロは穏やかに話を進めた。

「でも、きみからも重ねて説明したほうがいいと思ったのかね？」

「はあ、そうです。そのほうがいいと思って」

「それはごていねいに。どうもありがとう」と、ポアロはいった。

最後のひとことには、わずかながら相手にはっきり感じ取れるていどに、さがってよろしいといわんばかりのひびきがこもっていたが、ポアロは若者がそのままひきあげるとは思っていなかった。予想どおり、若者は動かなかった。

若者は指で発作的にツイードの帽子をにぎりしめた。決まりわるげに、いっそう低い声で、

「ええと――失礼ですけど、あなたはほんとうにあの有名な探偵の……エルキュール・

プワリットさんでしょうか?」と、慎重にその名前をいった。

「そうだが」ポアロは答えた。

若者の顔が赤くなった。

「新聞であなたのことを読みました」

「ああ、そう」

若者の顔はいまや真っ赤で、目が悩みを訴えるような表情を浮かべていた。ポアロは助け船を出すように、やさしくたずねた。

「それで? わたしになにか頼みかな?」

若者の口から一気にことばがあふれ出た。

「まったく厚かましいやつだと思われるかもしれませんが、しかし、ぼくはあなたがたまたまここにいらっしゃった、こんな願ってもないチャンスを逃したくないんです。あなたが名探偵であることや、あなたが解決したいくつかの事件について、新聞で読んでいるものですから、とにかく頼んでみようと思ったわけなんです。頼んでみるだけなら、べつにわるいことはないでしょう?」

ポアロはうなずいた。「要するにきみは、なにかわたしに力を貸してもらいたいことがあるんだね?」

若者はうなずいてから、ちょっと決まりわるそうな口ぶりになった。「それはその――ある若い女性のことなんです。その人を捜してほしいんですが」

「捜す？　行方が知れなくなったということかな？」

「はい、そうなんです」

ポアロは椅子にすわったまま、上体を起こし、はっきりといった。

「うむ、そりゃ、場合によっては力を貸してやることもできるだろうが、しかし、そういうことを頼む相手は警察だろう。それが警察の仕事なんだし、わたしよりも警察のほうがはるかに多くの捜査機能を備えているんだからね」

若者は足をもぞもぞさせて、ぎこちなくいった。

「それができないんですよ。ぜんぜんそんなことじゃないんです。なんというか、ちょっと奇妙な事件なんです」

ポアロは若者をじっと見つめ、それから椅子を指さした。

「とにかく《エ・ビアン》、それでは、すわりなさい――きみの名前は？」

「ウィリアムソン。テッド・ウィリアムソンです」

「さあ、かけたまえ。とにかく話を聞こう」

「ありがとうございます」若者は椅子を引いて、注意深くその端に腰かけた。目はまだなにかを訴えるときの犬のような表情を浮かべていた。

ポアロはやさしくいった。「さあ、話してごらん」

テッド・ウィリアムソンは深く息を吸った。

「その、要するにこういうことなんです。ぼくがその女性に会ったのは、たった一度だけで、正確な名前もなにも知りません。でも、どうもヘンなんですよ、なにからなにまで。手紙はもどってくるし、わけのわからないことばかりで」

「最初からちゃんと話しなさい」ポアロは注意した。「急がなくていい。ただ起きた出来事を全部話したまえ」

「はい。ええと、グラスローンという家をご存じですか？ 橋のむこうの河畔にある大きな屋敷なんですけど」

「ぜんぜん知らないね」

「サー・ジョージ・サンダーフィールドの別荘なんです。夏のあいだだけ、週末の休暇とかパーティのために使う別荘です――たいてい女優とかそういった陽気な人たちを呼んでくるんですが。で、去年の六月のことでした――ラジオが故障したので見てくれないかといって、ぼくが呼ばれたんです」

ポアロはうなずいた。

「出かけていくと、別荘のご主人はお客さんたちを連れて川へ行っていて、コックや下男もヨットの上で飲み物などを給仕するために出払っていて、家の中にはその女の人しかいませんでした――招かれた客のひとりについているメイドだったんです。彼女はぼくを家へ入れて、ラジオのあるところに案内し、ぼくがそれを修理しているあいだ、そこにいました。それで、いろいろと話をしたわけです……。ニータという名前で、そこに滞在しているロシア人バレリーナのメイドだといっていました」

「国籍は？　イギリス人かな？」

「いえ、フランス人じゃないかと思います。アクセントがちょっとおかしかったですし。でも、ちゃんと英語がしゃべれました。彼女――彼女がとても親切にしてくれたので、しばらくしてから、今夜映画を見に行かないかと誘いました。でも、お仕えしている女主人の用事をしなければならないから、今夜は出かけられないと断られたんです。でも、その後、みんなは川へ出かけて遅くまで帰らない予定だし、午後の早い時間なら出かけられると言い出して。だから、ぼくはその日の午後、無断で店を離れて――おかげでやうくクビになりかけましたけど――彼女といっしょに河畔の散歩に行きました」

若者はことばを切った。唇に小さな微笑がただよい、目は夢見るようだった。

ポアロはおもむろに問いかけた。「美人だったんだね？」

「ええ。目のさめるような美人でしたよ。金色の髪の両側が翼のように反りかえって——足どりは軽く快活で——ぼく、ぼくはもう、ほんとに一目惚れしてしまったんです。うそじゃありません」

ポアロはうなずいた。

若者は話をつづけた。「二週間後に、また女主人に付き添ってくる予定だというんで、そのときまた会う約束をしました」彼は間をおいた。「それなのに、来なかったんです。ぼくは彼女に指示された場所で待ってたんですけど、いくら待っても彼女は来ない。だから、思い切って別荘へ行き、ニータはいないかとたずねてみました。ロシア人のバレリーナはたしかに滞在しているし、付添いのメイドもいるという返事だったので、その人を呼んでもらったんです。でも出てきたのはニータとは似ても似つかない女性で。色の黒い、意地のわるそうな顔つきの、見るからにあばずれといった感じで、マリーという名前の女でした。〝あたしに会いたいっていうのは、あんたかい？〟——その女はいやににやにやしながらいいました。きっとぼくがびっくりしたのを見て、おもしろがっていたんでしょう。ぼくは、ほんとうにロシア人バレリーナの付添いのメイドかと確認してから、このまえ会った人とはちがうといったら、その女は笑って、前のメイドはとつぜん暇を出されたんだというんです。どうして辞めさせられたのかとぼくは訊きました。でも、その女は肩をすくめ、両手を横にひらいて、そんなこと知るわけがない、その場にいたわけでもないのに、と。

まあ、そんなわけでぼくはすっかりおどろいてしまって、そのときはいうべきことも思いつかずにそのまま帰っちゃったんです。でも、あとになって勇気を奮い起こし、もう一度マリーというその女をたずねて、ニータの住所を教えてくれと頼みました。ぼくは、ニータの苗字さえ知らなかったんですけど、マリーにはそんなことはいいませんでした。もしぼくの頼みを聞いてくれさえしたら、プレゼントをあげるからといって頼んだんです——ただではなにもしてくれそうにない女だったんで。おかげで、彼女はやっとしらべてくれました——北ロンドンの所番地を。ぼくはさっそくニータに手紙を書いて、その住所あてに送りました——ところが、しばらくして手紙はもどってきてしまったんです——受取人不在と走り書きがついて返送されてきたんです」

テッド・ウィリアムソンは話をおえて、濃い青色のひたむきな目でじっとポアロを見つめた。

「これでおわかりでしょう？　警察にいってもしようがないって。だけど、ぼくはなんとしてもニータを捜しだしたい。それにはどうしたらいいかわからなくて、悩んでいたんです。もし、もしあなたがニータを捜しだしてくれたら——」若者は恥ずかしそうに顔を赤らめた――「わ、わずかですが貯金がありますから、五ポンド――いや、十ポンドほどなら都合がつきます」

ポアロは親切に答えた。

「とりあえず、お金のことは心配しなくていい。まず問題を考えてみよう――そのニータという女性は、きみの名前も、仕事場も知っているんだね？」

「はい、そうなんです」

「ということは、彼女にその気があれば、きみと連絡をとることは可能だったはずだな？」

「ええ、まあ」

テッドはゆっくりといった。

「ということは、こうは思わないかね？――おそらくこれはきみの――」

テッド・ウィリアムソンはさえぎった。

「あなたがおっしゃろうとしているのは、ぼくは彼女が好きだけど、彼女のほうはぼくに好意をもっていないということでしょう？　ある意味ではそうかもしれません。でも、彼女はぼくを好きだったんです――心から――火遊びのつもりじゃなかった。それに、これにはなにかわけがありそうな気がしてならないんです。ニータの周囲の連中はまともな人間じゃないんですからね。ひょっとしたら、厄介なことになってやしないかと」

「つまり彼女が妊娠でもしてるんじゃないかということかね？　きみの子どもを？」

「そんなんじゃありませんよ」テッドは赤くなった。「ぼくたちは清い仲です」

　ポアロは考え深げに彼を見つめて、つぶやいた。

「かりにきみのいうことが当たっていたとしたら――それでもきみは彼女を捜しだしたいかね？」

　テッドはいっそう顔を赤らめて、いった。

「ええ、もちろんそうです。うそじゃありません！　彼女が承諾してくれるなら、ぼくは彼女と結婚したいんです。たとえ彼女がどんなひどい状態になっていても、ぼくは結婚します！　ですから、どうか彼女を捜しだしてください」

　ポアロはにっこり笑って、心の中でつぶやいた。

「金の翼のような髪か。よし、これは、ヘラクレスの第三の難業になりそうだぞ。わたしの記憶がたしかなら、アルカディアで起きたことに」

II

ポアロはテッド・ウィリアムソンがていねいに住所と名前を書いた一枚の紙を、思案顔でながめた。

ミス・ヴァレッタ――北十五番区アッパー・レンフリュー・レイン十七番地。

はたしてその住所で、なにか彼女の消息がわかるだろうか？　なんとなく、そうはいかないような気がした。しかしそれは、テッドが彼にあたえることのできる、ただひとつの手がかりだったのだ。

アッパー・レンフリュー・レイン十七番地は、古びた上品な家並みの中にあった。ポアロがノックすると、でっぷりと太った、とろんとした目つきの女がドアをあけた。

「ヴァレッタさんですか？」

「いいえ、その人はずっと前に引っ越しました」

相手がドアをしめようとしたので、ポアロはすばやく足を入れてさえぎった。

「引越し先の所番地を教えていただけませんか？」

「知りませんね。住所を書いたメモが残っていたわけでもないし」

「引っ越したのはいつでしょう？」

「去年の夏ですよ」

「もっと詳しくいってもらえないでしょうか？」

ポアロの右手がちゃりんと鳴った。半クラウン銀貨が二枚、親しげにふれあったのだ。とろんとした目つきの女の態度が魔法のようにがらりと変わって、丁重そのものになった。

「は、はい、申しあげますとも。えーと、あれは八月、いえ、もっと前——七月だったかしら——そう、たしかに七月でした。七月の第一週ごろ。なんですか、にわかに出ていったんですよ。たぶんイタリアへ帰ったんだろうと思います」

「すると、彼女はイタリア人だったと？」

「ええ、そうです」

「ひところロシア人バレリーナの付添いメイドをしていたことがあったそうですな」

「はい、そのとおりです。マダム・セムリナとかいう名のバレリーナでした。セスピアン座で踊っていて、たいした人気でね。スターのひとりだったんですよ」

ポアロはいった。「ヴァレッタさんがなぜ勤めを辞めたか、それはご存じですか？」

女はちょっとためらってからいった。「さあ、残念ながらそれは……」

「解雇されたのでしょうか？」

「ま、ちょっとしたゴタゴタはあったようでした。でも、ヴァレッタさんはそんなことはなにもいいませんでしたのよ。とても口の堅い人でしたから。ただ、とても怒っているようすでした。ものすごい癇癪《かんしゃく》もちでしてね——生粋のイタリア人ってことでしょうか——黒い目をかっと見開いて、いまにもナイフであたしを突き刺そうとしているような顔になるんです。そんなときは、こわくてそばへ近寄れませんでしたわ！」

「で、あなたはほんとにヴァレッタさんの現住所をご存じない？」

銀貨がふたたび相手の気をそそるような音をたてた。

返答はじゅうぶん真実のひびきがあった。「それがわかっていればねぇ。もうよろこんでお教えするところですけど、あいにく——ヴァレッタさんはあわただしく出ていったもんですから。ほんとに残念ですわ！」

ポアロは考え深げにひとりごとをつぶやいた。

「まったく残念なことだ」

III

アンブローズ・ヴァンデルは、初日のせまったバレエの公演の舞台装置について、ひとしきり熱狂的な解説をおこなってから、気安く情報を提供した。

「サンダーフィールド？　ジョージ・サンダーフィールドか。ひでえ男さ。金はうなるほどもってるけど、密輸をやってるからだって話だよ。ま、ダークホースだね！　バレリーナとの恋愛沙汰？　そりゃもちろんいろいろとね——カトリーナといい仲になったこともあるよ。カトリーナ・サムシェンカだ。あんただって、彼女の舞台を見たことがあるだろ？　そりゃもう——まったくすばらしかったね。あの見事なテクニック。《白鳥の湖》——あんたも見たろうね？　ぼくの舞台装置だったんだぜ！　それからドビュッシーの例の舞曲や、マニヌの《森の牝鹿《ラ・ビッシュ・オ・ボア》》は？　彼女はそれをミハエル・ノヴギンと踊ったんだ。彼もすばらしかったね！」

「とにかく、彼女はサー・ジョージ・サンダーフィールドと親しかったわけだね？」

「そう、週末はいつもいっしょに河畔の彼の別荘へ行っていた。豪勢なパーティをひらいたりしていたらしいよ」

「お手数をかけて申しわけないけど、マドモアゼル・サムシェンカにわたしを紹介していただけないかな？」

「紹介といったって、彼女はもうここにはいないからね。とつぜんパリかどっかへ行っちまったんだ。ロシアの共産党のスパイだとかなんとかいわれてね——そんなことは、ぼく自身は信じちゃいないけど——世間はそういう話が好きだからな。いつもカトリーナ本人は、自分は白系ロシア人で——父親は王子だか大公だといっていたよ——よくある話さ！　そういうことにしておけば無難だからね！」ヴァンデルは間をおいて、彼自身専念している問題にもどった。「ところで、さっきもいったように、もしあんたがバテシバの心情を深く理解しようと思ったら、まずセム族の伝統文化の神髄をつかむ必要がある。ぼくはそれを——」

彼はごきげんでしゃべりつづけた。

Ⅳ

ポアロは、なんとかサー・ジョージ・サンダーフィールドとの会談にこぎつけたものの、はじめのうちは順調にはいかなかった。

アンブローズ・ヴァンデルが〝ダークホース〟と呼んだこの成り上がり貴族は、どこかそわそわと落ちつきがなかった。背の低い、がっしりした体つきの男で、髪は黒い剛毛、首のまわりに脂肪がついてだぶだぶしている。

サンダーフィールドが切り出した。

「で、ポアロさん、ご用件は？　えーと——お会いするのは初めてかな？」

「はい、初めてです」

「それで、用というのはなんなんだね？　率直にいうと、ひじょうに気になっているんだが」

「いや、ごく簡単なことですよ——ちょっとした情報をお聞きしたいだけです」

相手はぎこちなく笑った。

「ほう、内部情報を打ち明けろと？　きみが実業界に関心をもっているとは知らなかったね」

「いいえ、商売《レ・ザフエール》のことではありません。ある女性に関する問題なんです」

「ああ、女か」サー・ジョージ・サンダーフィールドは肘掛け椅子の中へ深ぶかと身を沈めた。緊張がほぐれたようすで、声もずっと打ちとけた調子になった。

ポアロはいった。

「あなたはマドモアゼル・カトリーナ・サムシェンカとお知り合いでしたね？」

サンダーフィールドは笑った。

「うん、魅惑的な女だったよ。ロンドンから去ってしまって、ほんとうに残念だ」

「なぜロンドンから去ったのでしょうか？」

「そんなことといったって、きみ、わたしは知らんね。たぶん経営者側と喧嘩でもしたんだろう。怒りっぽいたちだったからな——ロシア人的な気性の女だった。ま、お役に立てなくて申しわけないが、彼女がいまどこにいるのかぜんぜん知らんのだ。あれっきり音沙汰なしなんでね」

彼は話を打ち切ろうとするような調子でいって、席を立ちかけた。

ポアロはいった。「いや、わたしが行方を捜している相手は、マドモアゼル・サムシエンカではないのです」

「彼女じゃない？」

「ええ、彼女のメイドなんですよ」

「メイド？」

サンダーフィールドは一瞬ぎょっとしてポアロを見つめた。

「たぶん、彼女のメイドをおぼえていらっしゃるでしょうな？」ポアロはいった。

サンダーフィールドはまたそわそわしはじめ、ぎこちなく答えた。

「いや、べつに——わたしがそんなものをいちいちおぼえているわけはないだろう？そりゃ、彼女にメイドが付き添っていたのはおぼえているさ、もちろん……そうそう、かなりたちのわるい女だったよ。こそ泥みたいなところがあってね。あんな女のいうことなんか信じないほうがいい。あいつは生まれつきのウソつきなんだ」

「どうやらあなたは、そのメイドのことをずいぶんよくおぼえていらっしゃるようだが」ポアロはいった。

サンダーフィールドはあわてでとりつくろった。「いや、ほんのちょっとした印象をいったまでさ。あの女のことは、名前さえおぼえていないよ。ええと――マリーとかなんとかだったっけ？――いや、とにかく、彼女を捜すのに役立つようなことはなにも記憶にないな。気の毒だが」

ポアロは静かにいった。「マリー・ヘリンという女のことはすでにセスピアン座でも聞きました。住所もわかっています。しかし、わたしが捜しているのはですね、サー・ジョージ、マリー・ヘリンの前にマドモアゼル・サムシェンカの付添いメイドをしていた女なのですよ。ニータ・ヴァレッタのことです」

「そんな女のことはぜんぜんおぼえていない。わたしがおぼえているのは、マリーというメイドだけだ。目つきのわるい、色の黒い小柄な女だ」

「わたしのいっている女は、去年の六月に、あなたの別荘グラスローンへ行っていたのですが」

サンダーフィールドはむっとして、「だからいってるだろう、おぼえてないって。たしかそのとき、カトリーナは付添いは連れてこなかったはずだ。なにか勘違いしてるんじゃないのか」

ポアロは首をふった。自分が勘違いをしているなどとは思わなかったからだ。

V

マリー・ヘリンは、目端の利きそうな目でちらっとポアロを見て、すぐさま視線をそらし、抑揚のないのっぺりとした口調でいった。

「でも、あたしはよくおぼえてますよ。あたしがマダム・サムシェンカに雇われたのは、去年の六月の最後の週でしたわ。まえのメイドが急に辞めたっていって」

「なぜ辞めたのか、聞かなかった？」

「出ていっちゃった——それもなんの前触れもなしに——それしか知りませんよ！　病気かなにか、そんな理由だったかもしれませんけど、マダムはなにもいってませんでしたから」

「あなたの女主人はつきあいやすい人だったかな？」ポアロはたずねた。

マリー・ヘリンは肩をすくめた。

「たいへんな気分屋でね。笑ったり泣いたり、秋の空みたいに変わるんです。ときにはぜんぜん元気がなくて、口もきかず、なにも食べないこともあるし、またあるときは底抜けに陽気になってはしゃぎまわって。バレリーナって、そういう人が多いんですよ。まったく気まぐれで」

「サー・ジョージは？」

女がはっとした。嫌悪の色が、その目のなかでギラッと光った。

「ああ、サー・ジョージ・サンダーフィールド？　あの人のことを知りたいんですか？　やっぱりほかのことは口実で、ほんとに知りたいのは彼のことなのね？　ああ、サー・ジョージのことならいろいろといかがわしいことを知ってますよ。といっても、あいにく話せるようなことでは――」

ポアロが口をはさんだ。

「なら、話してくれなくてけっこう」

マリー・ヘリンはあんぐり口をあけてポアロを見つめた。その目には、腹立たしげな失望の色を浮かべて。

VI

「だからいつもそういってるんだよ、アレクシス・パヴロヴィッチ、きみの知らないことはないって」ポアロは相手をおだてるように、つぶやいた。

ポアロが自分に課したヘラクレス第三の難業は、予想もつかなかったほど多くの旅とインタビューを必要とすることがわかってきた。失踪したバレリーナの付添いメイドを捜すという一見たわいない仕事は、ポアロがいままで手がけた中でももっとも時間のかかる、もっとも難しい問題になりそうだった。手がかりと思ったものはどれも、しらべてみると、まったくの空振りばかり。

ポアロが今夜パリのサモワール・レストランへ出向いたのは、そんなわけだ。この店の経営者のアレクシス・パヴロヴィッチ伯爵は、芸術の世界のことならなんでも知っていると豪語していた。

アレクシス・パヴロヴィッチは得意げにうなずいた。

「ああ、そうさ。わたしの知らないことはない——なんだって知ってるとも。彼女がどこへ行ったのか、それを訊きたいんだな？——あの比類ないバレリーナ、サムシェンカ嬢がね。ああ！　ほんものだったよあの子は」パヴロヴィッチは、愛おしむように投げキッスに似た身ぶりをした。「あの情熱！　あの奔放な演技！　まだまだ伸びて——現代最高のバレリーナの座についていたはずなんだ——それがとつぜん、なにもかもおわってしまった——彼女はこっそり姿を消してしまった——表舞台から消えてしまった——そしてあっというまに、そう、あっというまに、忘れ去られてしまったのさ」

「で、彼女はいまどこにいる？」ポアロは問いつめた。

「スイスだ。アルプス山中のヴァグレーというところさ。弱よわしい空咳をしながら、どんどん痩せ衰えてゆく人たちの行く場所。彼女は死ぬだろう。そう、死ぬんだ！　もともと運命というものを信じるたちだからね。きっと、そこで死ぬつもりなのさ」

ポアロは咳払いして、悲劇的な呪文を解いた。彼が求めているのは情報なのだ。

「ところで、彼女が付添いメイドを雇っていたことをおぼえていないかな？　ニータ・ヴァレッタという名のメイドなんだが」

「ヴァレッタ？　ヴァレッタねぇ？　一度メイドを見かけたという記憶はあるな。ロンドンへ行くカトリーナを駅へ見送りに行ったときにね。そのメイドはピサ生まれのイタリア人じゃなかったかな？　そう、たしかにピサから来たイタリア人だったよ」

ポアロはうめいた。

「となると、こんどははるばるピサへ行かずばなるまい」

Ⅶ

ポアロはピサの教会墓地《カンポ・サント》に立って、ひとつの墓を見おろした。

ポアロの探索の旅は、ついにここでおわったのだ——土を盛りあげただけの粗末な墓の前で。その下に、素朴なイギリス人の若い機械修理工の心をかき乱し、恋焦がれさせた快活な若い女性が眠っているのだった。

それはあの唐突で風変わりなロマンスにとって、最善の結末であったかもしれない。いまや彼女はあの若者の思い出の中に、六月の午後の夢のようなひとときに、在りし日の姿のまま生きつづけるだろう。敵対している国家間の衝突や、風俗習慣のちがいや、幻滅の苦しみなど、すべてが永久に除外されたままで。

ポアロは悲しげに首をふった。ヴァレッタの家族と会ったときの話がふと思いだされた。幅の広い農民的な顔立ちの母親、悲嘆に暮れる実直そうな父親、色の黒い勝ち気な妹。
「とつぜんだったんですよ、シニョール。ほんとにとつぜんのことでした。何年も前からときどき痛みはあったんですが、すぐ治ったものですから、たいして気にもしていなかったんですよ」父親がいった。「こんどは痛みがひどいのでお医者さんに来てもらったら、すぐ盲腸の手術をしなければならないといわれて、病院へ搬送したんですがね。手遅れでした。そう《シー》、あの子は麻酔からさめることなく逝ってしまったんです。意識ももどらないままで」

母親はしゃくりあげ、つぶやくようにいった。「ビアンカはとても利口な子でした。あんな若さで死ぬなんて……かわいそうで」

ポアロは心の中でくりかえした。彼女は若い命を落としたのだ。

それはポアロを信頼して助けを求めた若者につたえるべきことばでもあった。

「彼女はもうきみのそばへはもどれないよ、テッド。若い命を落としたのだ」

探索はおわった……斜塔が空を背景に影絵を描き、春の走りの花ばなが来るべき生と歓喜を約束された淡い乳色のつぼみをのぞかせているこの場所で。

しかし、ポアロがこの最後の判決を受け入れることにこれほど抵抗を感じさせられるのは、春の感傷にすぎないのだろうか。それとも、ほかになにか——ことばが、あるいは名前が——頭の片隅でポアロをそそのかしているせいだろうか。すべてがあまりにもうまく決着しすぎていやしないか——細部まであまりにもぴったりと符合しすぎているのでは？

ポアロはため息をついた。疑惑の余地なく解明するために、もう一度旅行しなければならない。アルプスのヴァグレーへ行かなければ。

Ⅷ

ここにはほんとうに世界のおわりがある。ポアロはそう思った。あの雪棚——点々と散在するあれらの小屋——その中で、病床についた人びとが、忍び寄る死と闘っているのだ。

こうして彼は、やっとカトリーナ・サムシェンカを捜しあてた。やつれた頬に赤く紅をさし、痩せ細った長い手を上掛けに伸ばして寝ている彼女を見たとき、ある記憶がポアロの脳裏によみがえった。名前は忘れていたけれども、ポアロはかつて、彼女の踊りを見たことがあった——演技であることも忘れさせるほどすぐれた芸術に心をうばわれて、ただうっとり見とれたことがあるのだ。

　狩人役のミハエル・ノヴギンが、アンブローズ・ヴァンデルの考案した途方もなく幻想的な森の中で飛び回っていた光景を思いだした。それから、牝鹿がたえず追いかけられながら永遠の夢のように美しく跳躍しているのを思いだした——頭に角があり、キラキラ光る赤銅色の脚をした金色の美しい生き物。彼女は最後に撃たれて傷つき、倒れてしまう。ミハエル・ノヴギンは、殺した鹿を両腕に抱きあげ、当惑してその場に立ちつくしていた。

　カトリーナ・サムシェンカは、ちょっと好奇心をそそられたような表情でポアロを見て、こういった。

「初めてお会いする方ですわよね？　なんのご用かしら？」

　ポアロは軽く会釈した。

「まず最初に、マダム、お礼をいわせていただきたい——かつてわたしに夢のように美しい夜のひとときをあたえてくださったあなたの芸術に対して」

　カトリーナは微笑した。

「しかし、わたしがここへ来たのは、それだけのためではなく、仕事でもあるのです。あなたの付添いメイドだったある女性を、長いあいだ捜していましてね——彼女の名前はニータというのです」

「ニータ？」

カトリーナはじっとポアロを見つめた。おどろきに目を見張り、彼女はいった。

「ご存じなんですか、ニータのことを？」

「事情をお話ししましょう」

ポアロは車が故障で立ち往生した夜のことや、テッド・ウィリアムソンが帽子を手の中でねじりながらつっかえつっかえ打ち明けた恋と苦しみについて話した。カトリーナは熱心に聞いていた。

ポアロの話がおわると、彼女はいった。

「ほんとにかわいそうな――胸を打たれる話ですね」

ポアロはうなずいた。

「そうです。これはまさにアルカディアの物語ですよ。で、マダム、この女性についてなにか話していただけませんか？」

カトリーナはため息をもらした。

「ファニータというメイドはいました。お話にもあったように、とてもきれいで、ほがらかで、明るい性格の娘でした。でも、神がみに愛される者の宿命で、しかたのないことですが――彼女は若い命を落としたんです」

それはポアロ自身のことばだった――決定的な、取り消しのできないことばだ。それをいまふたたび耳にしたのだ――だがしかし、ポアロはねばった。

「彼女は亡くなったのですか？」

「ええ、亡くなりました」

ポアロはしばらくだまりこみ、やがてこういった。

「しかし、どうにも解せないことがひとつあるんですよ。わたしがサー・ジョージ・サンダーフィールドに、あなたのそのメイドについて質問したとき、彼はこわがっているようだったんですが、いったいなぜでしょうな？」

バレリーナの顔に、かすかな嫌悪の表情が浮かんだ。

「たぶん、あなたはただわたしのメイドといったんでしょう。だから、彼はマリーのことだと思ったんです――ファニータが辞めたあとに来た娘なんですが、サー・ジョージの秘密をなにか嗅ぎつけて、ゆすろうとしたらしいんです。いやな女で――詮索好きで、しょっちゅう他人の手紙や、鍵のかかった引出をのぞいたりするんです」

ポアロはつぶやいた。

「なるほど。そういうことなら説明がつきますな」

ポアロはちょっとことばを切って、さらに食いさがった。

「ファニータの姓はヴァレッタで、ピサで盲腸炎の手術中に亡くなったと聞いてますが、それでまちがいありませんか？」

ポアロは相手が躊躇したのを見のがさなかった。気づかないほどだが、たしかに躊躇して、カトリーナはうなずいた。

「ええ、そのとおりです」

ポアロは思案深げにいった。

「だとしても——細かなことですが、まだもうひとつ気になることがある——家族の人たちは、彼女をファニータではなくてビアンカと呼んでいたんです」

カトリーナは薄い肩をすくめて、いった。

「ビアンカでもファニータでも、そんなことはべつにたいした問題じゃないでしょう。たぶん本名はビアンカだったんでしょうけど、ファニータという名前のほうがロマンチックな気がして、そう名乗ったんだと思います」

「ほう、あなたはそうお思いになる？」ポアロはそういって間をおき、声の調子を変えてこういった。「わたしには、ちがうふうに思えますね」

「というと？」

ポアロは身を乗り出していった。

「自分が恋した女は金の翼のような髪をしていたと、テッド・ウィリアムソンはそういっていましたよ」

さらに身を乗り出し、ポアロは手を伸ばして、カトリーナの髪の、ふたつのはねあがったウェーヴに指先でさわった。

「金の翼か、金の角か？　ものは見方によってちがって見える。あなたを悪魔と見るか、天使と見るかだ！　どっちであってもおかしくはない。それとも、それはおびえた鹿の金の角にすぎないのですか？」

「おびえた鹿……」カトリーナはつぶやいた。希望を絶たれた者ならではの声で。

ポアロは先をつづけた。

「テッド・ウィリアムソンのそのことばがずっと気になっていたのです――そしてそれが、あるものをわたしに思いださせた。あるものとはあなたです――キラキラ光る赤銅色の脚で森の中を踊り回っていたあなたです。いや、わたしの解釈をいいましょうか、マドモアゼル？　多分あなたは、ある週末に付添いのメイドも連れずにひとりでグラスローンへ出かけた――ビアンカ・ヴァレッタがイタリアへ帰ってしまって、まだ新しいメイドをやとっていなかったからです。あなたは当時すでに病魔に冒されていて、気分がすぐれなかったので、ほかの人たちがみんな川へ遠足に出かけた日に、ひとりであの家に残っていた。そしてドアのベルが鳴ったので出てみたら——そこであなたがなにを見たか、わたしが当ててみましょうか？　あなたは、子どものように天真爛漫で、神のように美しい若者を見たのです！　そしてあなたは、彼のためにある女性になりすました——ファニータならぬ世を忍ぶ仮の姿《インコグニータ》に——そして数時間のあいだ彼といっしょにアルカディアを、牧歌的な理想郷を散策した……」

長い間をおいて、カトリーナは低い声で弱よわしくいった。

「すくなくともひとつだけは真実をいってますわ。その恋物語のほんとうの結末をあなたに申しあげました。「いや、とんでもない《ア・ノン》！」ニータは若くして死んだのだと」

ポアロは急に別人のようになって、テーブルをたたいた。「そんなこと、とんでもない！」さっきまで夢見がちな話をしていたのに、一転して現実的になり、こういった。「そんな必要はまったくない。あなたは死ぬ必要はないのだ。もうひとりの自分として、新しい人生のために闘うことはできるはずでしょう？」

カトリーナはかぶりをふった——悲しげに、絶望的に。

「わたしにどんな人生があるというのですか？」

「たしかに《ビアン・アンタンデュ》、華やかな舞台生活はないでしょう。しかし、考えてごらんなさい。べつの生活があるのです。ところで、マドモアゼル、正直な話、あなたのお父上は、ほんとうに王子か大公か、あるいは将軍だったのですか？」

カトリーナは発作的に笑い出した。

「父はレニングラードでトラックを運転してましたわ！」

「よし！　それじゃ、あなたは田舎の自動車修理工の妻になったらどうです？　そして神のように美しい、あなたがかつて踊ったように踊れる脚をもった子どもたちを育てたら？」

カトリーナははっと息を詰めた。

「でも、それはあまりにも空想じみていますね！」

ポアロは深い満足感にひたりながらいった。「いや、それでもやはり、きっと実現するとわたしは信じているのですよ」

第四の事件
エルマントスのイノシシ
The Erymanthian Boar

I

スイスでヘラクレスの第三の難業を達成したポアロは、そのついでにいままで見たことのない場所をたずねてみようと思った。

そしてシャモニーで快適な三日をすごし、モントルーで一、二泊してから、アンダーマットへむかった。多くの友人が賞賛していた場所だ。

しかし、アンダーマットは気に入らなかった。そこは雪をいただいて聳《そび》え立つ山やまに取り囲まれた峡谷のいちばん奥にあって、わけもなく息が苦しくなるのだった。

「こんなところに滞在するなんてむりだな」ポアロはひとりごとをつぶやいた。ちょうどそのときケーブルカーが目にとまった。「決まった。あれに乗らなくちゃ」

そのケーブルカーは最初にレ・ザヴィヌへのぼり、つぎにコルシェへ行き、最後に標高一万フィートのロシェ・ネージュへのぼることがわかった。

ポアロはそんな高いところへのぼる気はしなかった。レ・ザヴィヌでたくさんだと思った。

しかし、彼はそのとき、人生できわめて大きな役割を演ずる偶然という要素を勘定に入れていなかったのだ。ケーブルカーが発車するとまもなく車掌がポアロの前にやってきて、切符を見せてもらいたいといった。そしてそれをしらべると、物騒なはさみで穴をあけ、会釈してそれをポアロに返した。同時にポアロは、小さく丸められた紙が切符といっしょに手の中へ押しこまれるのを感じた。

ポアロの眉毛がひたいの上でちょっとつり上がった。やがて、彼はすこしも急がず人目につかないようにして、丸められた紙を平らにのばした。それは鉛筆で走り書きされた短い手紙だった。

きみの口ひげを見まちがえるはずはない！　ようこそいらっしゃった。わたしの親愛なる仲間を心から歓迎する。ところで、よかったら、ぜひ手を貸してほしいことがある。きみはきっとサリー事件を知っているだろう？　その事件の殺人犯人のマラスコーが、その一味とロシェ・ネージュで落ち合うことになっているらしい――

よりによってそんな場所でだ！　もちろんすべてがデマかもしれない——だが、信頼できる筋からの情報なのだ——いつでもどこにでも密告者はいるものだからね、そうだろ？　そこで、よく目を配ってほしい。そして現場にもぐりこんでいるドルエ警部に接触してくれ。彼はしっかりした男だ——もっとも、エルキュール・ポアロの明敏さをまねることはできないだろうがね。とにかく、マラスコーを逮捕すること——生け捕りにすることが、最大の眼目だ。やつは人間じゃない——イノシシだ——現在生きているもっとも危険な殺人犯のひとりだ。アンダーマットできみに話しかけようかと思ったが、わたし自身が目をつけられているかもしれないので、思いとどまった。単なる旅行者にすぎないと思われていれば、きみは自由に行動できるだろうから。では、獲物を待っているよ！　きみの旧友——ルマントゥーユ。

ポアロは思案顔で口ひげをなでた。たしかに、エルキュール・ポアロの口ひげを見まちがえるはずはない。それにしても、これはいったいどういうことなのか？　サリー事件については新聞で読んで詳しく知っていた——有名なパリの胴元が惨殺された事件で、犯人はわかっていた。そのマラスコーという男は、有名な競馬場荒らしのギャングのひとりで、ほかのいくつかの殺人事件の容疑者でもある——しかしこんどは、彼の犯行であることを示す確証があがっていたのだ。彼はいち早くフランスから逃亡したものと考えられたため、警察当局はヨーロッパ各国に手配して捜索をつづけていた。

そうした情況の中で、マラスコーはロシェ・ネージュで一味と落ち合うというのだが……

ポアロはゆっくりとかぶりをふった。どうもわからない。ロシェ・ネージュは雪線よりも上にあるからだ。ホテルはあるが、峡谷に張りだした長細い岩棚の上に建っているので、外界との連絡機関はケーブルカーのみ。ホテルは六月にオープンするものの、七月八月になるまでは閑古鳥が鳴いているありさまだ。しかも、出入口がすくないので、もしそこへ追手が来たら袋のネズミ同然になる。犯罪者の一味が落ち合う場所にえらぶとは、とうてい考えられないようなところだった。

しかし、もしルマントゥーユがその情報は信頼できるというなら、たぶんそうなのだろう。ポアロはスイスの警視であるルマントゥーユを尊敬していた。堅実で信頼できる男なのだ。

なにか秘められた理由が、文明から遠く雲上に隔たったこの場所へマラスコーを招き寄せたのだろう。

ポアロはため息をついた。凶悪殺人犯を生け捕りにするために出かけるというのは、ポアロの考える快適な休暇ではない。肘掛け椅子にすわって頭脳的な仕事をするほうが、趣味に合っている。山の中でイノシシ狩りの罠を仕掛けるなんて――

イノシシ――それはルマントゥーユが手紙の中で使ったことばだ。奇しくもそれはあるものと偶然に一致していた。

ポアロは心の中でつぶやいた――「ヘラクレスの第四の難業。これは、エルマントスのイノシシということなのか？」

ポアロは同行の乗客のひとりひとりを、さりげなく、注意深く観察した。

むかい側の席にはアメリカ人旅行者がすわっている。洋服やオーバーコートの柄、旅行鞄、人なつこい感じや無心に景色に見とれていること、手にしている旅行案内書などすべてがその人物の国籍を明かし、アメリカの田舎町から初めてヨーロッパ見物に来たことを示していた。あと二、三分もすれば、きっと話しかけてくるにちがいないと、ポアロは思った。ものほしげな犬みたいな表情は、見誤る余地がなかった。

そこからすこし離れたところでは、灰色の髪をした鷲鼻の、背の高い、身なりの立派な男がドイツ語の本を読んでいる。音楽家か外科医を思わせるような、よく鍛えられた力強い指をしていた。

そのずっとむこうに、がに股でどことなく競馬狂のような感じの、おなじタイプの男が三人すわってトランプをしている。たぶん彼らはまもなく見知らぬ客をゲームに誘うだろう。その客は最初のうちこそ勝つだろうけれど、その後はすっかり運に見放されてしまうにちがいない。

三人は、どことといっておかしなところがあったわけではない。おかしいのは、彼らがここにいることだ。

競馬場へ行く電車の中か、あるいは小さな定期船の上でなら見かけるような連中だが、しかし、がら空きのケーブルカーの中なんて――場違いもいいところだ！

乗客はもうひとりいた――女だ。長身で浅黒い肌の、美しい顔立ちをしている――あらゆる感情の動きが映し出されそうな顔だった――しかし、それは異様なほど無表情なまま固く凍りついていた。そして彼女はだれにも目もくれずに、眼下の峡谷をじっと見つめている。

やがてポアロの予想どおり、アメリカ人旅行者が話しかけてきた。名前はシュウォーツで、ヨーロッパ旅行はこれが初めて、ここの景色はじつに雄大だと彼はいった。シヨンの古城には心から感動した。パリの町はそれほどでもない――評判が高すぎるのではないか――フォリー・ベルジェールやルーヴルやノートル・ダムを見てまわった――そして、レストランやカフェで演奏されるホット・ジャズはすべてまがいものであることに気づいた。シャンゼリゼ大通りはすばらしかった——とくに照明に彩られた噴水が気に入った。

レ・ザヴィヌでもコルシェでも、だれもおりなかった。そのケーブルカーの乗客はみんなロシェ・ネージュまで行くことが明らかになった。

シュウォーツは、そこへ行く理由を話した。かねがね万年雪のある高山へのぼってみたかったのだそうだ。標高一万フィートとはすばらしい——そこまで高くなるとゆで卵さえうまくできないと聞いたことがある、と。

無邪気で人なつっこい彼は、すこし離れたところにすわっている長身の灰色の髪の男を話に誘いこもうとしたけれども、相手は鼻眼鏡ごしに冷ややかな一瞥をくれただけで、すぐまた読書にふけった。

シュウォーツは、こんどは浅黒い肌の女性に席を替わろうと申し出た——こちらのほうが眺めがいいし、と説明して。

その女に英語が通じたかどうか怪しいものだったが、いずれにせよ、彼女はただ首をふって、コートの毛皮の襟の中に首をすくめただけだった。

シュウォーツはポアロにいった。「女性が身のまわりの世話をしてくれる者もなしに、単身で旅行しているのを見ると気の毒な感じがする。女性は旅行するときは、いろいろと世話をみてもらう必要があるものだからね」

ポアロはヨーロッパ大陸で出会ったさまざまなアメリカ人女性のことを思いだして、それに同意した。

シュウォーツはため息をもらした。世間の冷淡さを思い知らされたからだ。彼の褐色の目は、こういわんばかりだった――みんな、もうすこしつきあいがよくてもよさそうなものなのにねぇ、と。

II

こんなへんぴな――というよりもむしろ浮世離れした場所で、フロックコートにエナメル靴で正装したホテルの支配人の出迎えを受けるのは、いささか滑稽な感じだった。支配人はハンサムな大男で、もったいぶった口ぶりで詫び言をならべた。

いわく、シーズン早々であること……温水装置が故障していること……準備がととのっていないこと……もちろん彼は最善を尽くすつもりだ……けれど、まだ従業員がそろっていないし……思いがけず大勢さまのお出ましにすっかりとまどっていること、等々。

それらの口上は、いかにも手慣れた慇懃《いんぎん》な態度ですらすらと語られたが、しかしポアロはそのそつのない外見の奥に、なにかしら濃い不安が影を落としているのを見たような気がした。この男、気楽なふりをしているものの、じつは気楽どころではない。なにか気がかりなことがあるのだ。

昼食は、峡谷をはるかに見渡せる長い一室で供された。ギュスタヴというただひとりの給仕は、器用ですばしこく、あちこち飛び回りながら献立について助言し、さっとリストをひらいてワインを勧めたりした。三人の競馬狂じみた仲間は、ひとつのテーブルをかこんですわった。大声で笑い、フランス語で騒々しく語りあった。

「さすがはジョーゼフだ！　で、かわいいデニスはどうした？　オートゥーユでおれたちをこけにしたいまいましい馬をおぼえているか？」

威勢がよすぎるし、柄がわるすぎる――どう見ても場違いな連中だ。

美貌の女がひとりで隅のテーブルにすわっていた。だれにも見むきもしなかった。

昼食のあと、ポアロがラウンジにすわっていると、支配人がやってきて親しげに話しかけた。

「お客さま、当ホテルをあまり辛く採点なさらないでください。いまはまだ季節はずれで。七月下旬までは開店休業のようなものですのでね。あのご婦人は――お気づきでしょう？——あの方は毎年今頃いらっしゃいます。ご主人が三年前に登山中に遭難して亡くなられたのですよ。ほんとにお気の毒に。とても仲のいいご夫婦でした。あの方はいつもシーズンがはじまる前にいらっしゃるんです——静かですから。巡礼の旅のようなものですな。それから、あの年配の紳士は有名なお医者さまで、ウィーンのカール・ルッツ博士です。静養のためにいらっしゃったのだということです」

「たしかに、平穏な場所だね。で、あの諸君《セ・メシュー》は？」ポアロは三人の競馬狂を指さした。

「彼らの目的も静養かな？」

支配人は肩をすくめた。目にふたたび不安の気配を浮かべ、漠然といった。

「ま、旅行者は新たな経験をもとめるものですからな。ここの標高だけでも新たな体験になるでしょう」

あまり愉快な体験とはいえないがね、と、ポアロは心の中でつぶやいた。心臓の鼓動が早くなっているのがわかった。バカみたいだが、ある童謡の一節が心の中をかすめた。

「高い高いお空の上に、お盆のような丸い月」

そのときシュウォーツがロビーに姿を現わし、ポアロを見ると目を輝かしてすぐさまそばへやってきた。

「あのお医者さんと話をしていたんだ。一応は英語が話せたんでね。あの人はユダヤ人なんだ――ナチスのためにオーストリアから追放されたんだそうだよ。いやはや、ナチスっていうのはどうかしてるね！　どうやらあのルッツ博士はかなりの大物のようで――神経学だか精神分析だか、専門はそっちのほうらしい」

シュウォーツの目が、冷酷な山やまを窓ごしに見つめている長身の女のほうへ移った。声の調子を落として彼はいった。

「給仕から聞いて、彼女の名前がわかったよ。グランディエ夫人というんだそうだ。夫を山で亡くして、そのためにここへ来ているとか。どうかな、あの方になにかしてあげたほうがいいと思うんだが――気が紛れるように」

「わたしだったら、むりにそういうことはしないね」ポアロはいった。

ところが、シュウォーツは不屈の人なつこささをもっていた。

ポアロはシュウォーツが彼女になにかを申し出て、すげなく拒絶されるのを見た。ふたりの姿が逆光で影絵になったまま、しばらくならんで立っていた。女のほうがシュウォーツよりも背が高い。やがて彼女は急にシュウォーツのほうをふりむいた。他人をよせつけない冷ややかな表情で、彼女はシュウォーツを見くだした。なんといわれたのかは聞こえなかったが、シュウォーツは肩を落としてしょんぼりもどってきた。

「とりつく島もない」そういって、シュウォーツはつけ足した。「人間同士、親しくしてはならないという理由はないだろうに。そうでしょう、ミスター——おや、そういえば、あなたの名前を知らないいんだった」

「わたしの名はポアリエです」ポアロはそう名乗って、言い足した。「リヨンの絹商人です」

「名刺を受けとってください。ファウンテン・スプリングズにいらっしゃることがあれば、大いに歓迎しますよ、ポアリエさん」

ポアロは名刺を受けとり、自分のポケットに手をつっこんだ。

「いけない、いま名刺を切らしてまして……」

その晩ベッドにはいる前に、ポアロはルマントゥーユの手紙を注意深く読み返してから、きちんとたたんで財布の中へもどした。そしてベッドに横になりながらひとりごとをいった。

「なにかへんだな。ひょっとすると……」

III

給仕のギュスタヴがポアロの朝食のコーヒーとロールパンをもってきて、コーヒーについて詫びをいった。

「申しわけありません。ここは標高が一万フィートもあるんで、下界のように熱いお湯でコーヒーをいれることができないんです」

「自然の気まぐれはがまんして受け入れるさ」ポアロは答えた。

「お客さまは哲学者ですね」

ギュスタヴはドアのほうへ行ったが、部屋から出てはいかずに、ちょっと外の廊下をのぞいてからまたドアをしめて、ベッドのそばへもどってきた。

「エルキュール・ポアロさんですね？　わたしはドルエ警部です」

「どうもそうじゃないかと思っていたんだ」

ドルエは声を低めて、

「ポアロさん、ひじょうに重大な事態が発生しました。ケーブルカーが事故を起こしたのです」

「事故？」ポアロは起きあがった。「どんな事故だね？」

「人命にかかわるようなもんじゃありません。夜中のことですから。おそらく事故の原因は自然発生的なものだろうと思いますよ——小さな雪崩《なだれ》が岩石を押し崩したとか。しかし、だれかが作為的にやった可能性もあります。その点はよくわかりませんが、とにかくケーブルカーの修理は日数がかかるでしょうし、そのあいだわれわれはここに足止めを食わされることになったわけです。シーズン早々で雪がまだかなり深いために、下の峡谷へおりるのは不可能ですから」

ポアロはベッドの上にすわって、つぶやくようにいった。

「それはきわめて興味深いね」

ドルエ警部はうなずいた。

「ええ。これはわれわれの入手した情報が正しかったという証拠でしょう。マラスコーはここで仲間と落ち合うのに、邪魔がはいらないようにしたんです」

ポアロはたまりかねて声をあげた。

「いや、それじゃまるで空想だ！」

「そうですね」ドルエ警部は両手をあげた。「常識では考えられません――が、しかし、問題はそこなんです。あのマラスコーってやつはまったく突拍子もない男でしてね。はっきりいって」ひとりうなずいて、「やつはまともじゃない」

ポアロはいった。「まともじゃないうえに人殺しだ！」

ドルエがそっけなくかわした。「まあ、笑い事じゃないことはたしかです」

　ポアロはゆっくりいった。「しかし、もしマラスコーがここで――この高い雪棚の上で――仲間と落ち合うつもりなら、やつはすでにここにいるということになるな。いまや交通が遮断してしまったのだから」

　ドルエは静かにいった。

「ええ、わかっています」

　ふたりはしばらく沈黙した。やがてポアロが訊いた。

「ルッツ博士は怪しくはないのかね？　彼がマラスコーだという線は？」

　ドルエはかぶりをふった。

「それはないと思います。あれはほんもののルッツ博士ですよ――新聞で写真を見たことがありますから――注目される有名人ですからね。あの人は、その写真の人物とそっくりです」

「マラスコーが変装の名人なら、だれかに似せるぐらいのことはやってのけるだろう」

「それはそうですが、どうでしょう？　マラスコーが変装の名人だなんて聞いたことがありませんよ。やつには蛇の悪知恵はありません。怒り狂ってがむしゃらに突進する、獰猛《どうもう》なイノシシですよ」

「だとしても……」

ドルエはすぐさま同意した。

「ええ、そうですね。やつは警察の網の目をくぐって行方をくらましている逃亡者です。だから、変装しないわけにはいかないでしょう。なので、多少は変装しているかも——」

「いや、変装しているにちがいありません」

「きみは彼の特徴を知ってるんだろう？」

ドルエは肩をすくめた。

「おおざっぱな点だけです。じつは、公式のベルティヨン式人体測定値と写真が、きょう手元にとどく予定だったんですが。わかっているのは、三十歳過ぎで、背丈はふつうよりもすこし高くて、肌の浅黒い男だということだけです。これといった目印はないのです」

ポアロは肩をすくめた。

「それだとだれにでも当てはまるね。例のアメリカ人、シュウォーツはどうだろう？」

「それをあなたにお訊きしたかったんです。あなたは彼と話してらしたし、イギリス人やアメリカ人のあいだで暮らしてこられたわけですからね。ちょっと見たところでは、シュウォーツは典型的なアメリカ人旅行者のようですが。パスポートもちゃんとしたものです。強いていえば、わざわざこんなところまで来るのは、ちょっと異例ですが——

しかし、アメリカ人は旅行となると気まぐれですから。あなた自身は、どう思います？」

ポアロはとまどって首をふった。

「ま、表面的にはいたって無邪気な、いささか人なつこすぎる男のように見えるね。はた迷惑なところはあるかもしれないが、危険人物とはみなしがたいようだ」そういって、さらにつづけた。「しかし、彼以外にも客は三人いる」

ドルエはにわかに熱心な顔になってうなずいた。

「そう、やつらこそわれわれの探し求めていたタイプですよ。ポアロさん、あの三人は、すくなくともマラスコーの一味にちがいありません。見るからに競馬場荒らしの悪党って感じですからね。もしかしたら、あの三人のうちのひとりがマラスコー当人であるかもしれませんよ」

ポアロは三人の男の顔を思い浮かべた。

ひとりは長く垂れた眉毛をして、あごの肉がだぶついた幅の広い顔――貪欲な獣みたいな顔だった。もうひとりは痩せた貧弱な体つきで、顔は細長くとがって、冷たい目をしていた。三人目の男はちょっときざな感じで、青白い顔をしていた。

たしかにあの三人のうちのひとりがマラスコーであるかもしれないが、もしそうだとしたら、どうも合点のいかぬ問題が出てくる。マラスコーはなぜふたりの仲間といっしょに旅行して、高い山の中腹のネズミの罠みたいなところへのぼってきたのか？　落ち合うだけなら、もっと安全な気の利いた場所をえらぶのがほんとうだろう——カフェの中——鉄道の駅——混雑した映画館——公園——その他、逃げ道のたくさんある場所を。それなのに、なぜ雪にとざされた高い山の中のこんなところをえらんだのか？

ポアロがドルエ警部にそんなようなことをいうと、相手は待ってましたとばかりに同意した。

「そう、そこがわからない。どうにも筋にあわないんです」

「もしここで落ち合うつもりなら、どうしていっしょに旅行しているのかね？　いや、まったく、筋にあわない」

ドルエは不安そうにいった。

「だとすると、われわれは第二の仮定を検討する必要がありますな。つまり、あの三人はマラスコーの一味で、ここでマラスコー本人と会うために来た。しかし、だれがマラスコーなんでしょう？」

ポアロはいった。

「ホテルの従業員はどうなんだろう？」

ドルエは肩をすくめた。「従業員らしき従業員はいないんです。料理をするばあさんと、その亭主のジャック——ふたりとももう五十年もここに住んでいるそうです。あとはわたしが代役をつとめている給仕、それで全部です」

「支配人は、もちろんきみがだれであるかを知ってるんだろうね？」

「とうぜんです。支配人に協力してもらわなくてははじまりませんから」

「きみは気がつかなかったかな？」ポアロはいった。「支配人は、どこか不安そうに見えたんだが」

その質問は、なぜかドルエを動揺させたようだった。彼は考え考えいった。

「ええ、たしかに」

「警察ざたになったことを心配しているにすぎないかもしれないが」

「でも、あなたはそれだけじゃないとにらんでいらっしゃるわけでしょう？　ひょっとして——支配人がなにかを知っているんじゃないかと？」

「ふっとそんな気がしただけだがね」ポアロはさりげなくいった。

ドルエは眉を寄せながら、「さて、どんなものか」とつぶやき、すこししてから、

「それを吐かせることはできるでしょうか？」

ポアロは疑わしげにかぶりをふった。

「われわれが怪しんでいることを気づかれないようにしたほうがいいと思うね。ただし、支配人から目を離さないようにしたまえ」

ドルエはうなずいて、ドアのほうへむかいかけた。

「ポアロさん、ほかになにか思いついたことはないでしょうか？　わたしは——あなたの評判は、わたしも知っています。この国でも、あなたの名前は有名ですから」

ポアロはとまどいながらいった。

「いや、いまのところなにもない。わからないのは理由なんだ——敵がここで落ち合おうとする理由。じつのところ、そもそも落ち合おうとする理由はなんなんだ？」

「金ですよ」ドルエはあっさりと答えた。

「というと、被害者のサリーという男は殺されたばかりでなく、金も盗まれたのかな？」

「そうです。莫大な額の現金をもっていたのに、それがみつからなかったんです」

「で、ここで落ち合うのは、その金を山分けするためだと思うんだね？」

「そう考えるのが、まずは妥当でしょう」

ポアロは不満そうに首をふった。

「いや、それにしても、どうしてこんなところで？」ゆっくりと先をつづけた。「犯罪者どもが落ち合うには、最悪の場所だ。女との逢い引き場所にはふさわしいかもしれないがね」

　ドルエは思わず一歩踏みだし、興奮した声でいった。

「あなたはまさか、あの女が——」

「グランディエ夫人はなかなかの美人だ。どんな男でも、彼女のためならよろこんで一万フィートをのぼってくるだろう——もし彼女がそうしてほしいといったら、の話だがね」

「それはおもしろい」ドルエはいった。「彼女をこの事件とむすびつけて考えるなんて、わたしはぜんぜん思いつきませんでした。だって、彼女は何年も前から毎年ここへ来ているんですよ」

　ポアロは静かにいった。

「そう——だから、彼女の存在は考慮の対象にならない、それこそが、このロシェ・ネージュが合流地点にえらばれた理由になりはしないだろうか？」

　ドルエは興奮していった。

「なるほど、さすがはポアロさん、さっそくその線をさぐってみましょう」

Ⅳ

その日は、なにごともなくおわった。さいわいホテルにはじゅうぶんな食糧があって、支配人は、その点はまったく心配ないと説明した。食糧が底をつく心配はないと。

ポアロはカール・ルッツ博士と話しあおうとしたが、応じてもらえなかった。博士は専門の心理学の研究に専念しているところで、それを素人相手に議論するひまなんかないのだということを、露骨にほのめかしただけだった。部屋の片隅に陣取って、潜在意識に関するドイツ語の分厚い大型本を読みながら、博士は数多くの注釈を書きこんでいた。

ポアロは部屋を出ると、あてもなく調理場のほうへぶらぶら歩いていった。そこにいたジャック老人に話しかけたが、この男は気むずかしくて疑り深かった。コックをやっている妻のほうはずっと気さくで、こんなふうにポアロに説明した。さいわい缶詰食品はどっさりあるけれども、あたしゃそんなものを食べる気になれませんね――バカ高いうえに、ろくすっぽ栄養になるものなんてはいってやしないでしょ？　神さまは、缶詰を食べて生きるように人間をお創りになったわけじゃないんですよ。

やがてホテルの従業員のことが話題になった。七月上旬にはハウスメイドや臨時雇いの給仕がどっとやってくる。けれども、三週間もすると、ほとんどやめてしまうのがつねだ。ここまでのぼってくる客の大半は、昼食を食べるだけで、泊まらずに帰ってしまうので、コックとジャックと給仕ひとりいれば、それで用が足りるからだった。

ポアロはたずねた。

「ギュスタヴの前に給仕がひとりここに来てたんじゃないかね？」

「ああ、そうそう、いましたよ。役立たずの給仕が。経験はないし、なにもできないし、ろくでなしだったらありゃしない」

「で、かわりにギュスタヴを雇うまで、どのくらいここにいたのかな？」

「ほんの四、五日――一週間にはなりませんでしたね。もちろんクビになったんです。いずれそうなるとは思ってましたけど」

ポアロはつぶやいた。

「べつに文句もいわずに辞めていった？」

「ええ、おとなしく辞めていきましたよ。だって、しかたないでしょ。ここは一流のホテルなんですから、それなりのサービスができなきゃ」

ポアロはうなずいて、たずねた。

「それで、彼はどこへ行ったんだろう？」

「あのロベールのことですか？」彼女は肩をすくめた。「どこだか知らないけど、おおかた、もといたカフェへでももどったんでしょ」

「ケーブルカーで下山したんだね？」

コックの老女はけげんそうにポアロを見た。

「もちろんですよ。ほかに、どうやっておりるというんですか？」

ポアロは確認した。

「彼が出ていくのを見たのかね？」

老夫婦は、そろってポアロをながめた。

「いやですねぇ！　あんな役立たずを見送りに行って、別れを惜しんだりするもんですか！　こっちは、そんなことにかまっているほど暇人じゃありませんよ」

「たしかに」ポアロはうなずいていった。

外へ出てゆっくり散策しながら、頭上にそそり立つ建物を見あげた。大きなホテルだ——いまオープンしているのは、その一翼だけ。他の翼にある数多くの部屋はシャッターがおりて閉めきられていて、おそらくだれもはいれない……

ホテルの角をまがろうとしたとき、あやうく三人のトランプ狂の中のひとりと鉢合わせしそうになった。薄い色の目をした青白い顔の男だった。男は無表情な目でポアロを見ると、荒馬のようにちょっと唇をめくって歯を見せた。

ポアロは男を素通りして先へ進んだ。前方に人の姿が見えた——すらりと背の高いグランディエ夫人の優美な姿だった。

ポアロは足を速めて夫人に追いついた。

「ケーブルカーの事故で、困ったことになりましたな、マダム。あなたの予定にさしさわりがないといいのですが」

「わたくしには関係ありません」

グランディエ夫人の声はとても深みがある——太く低いコントラルトだった。彼女はポアロと目を合わせることもなく、さっと横へそれて、小さな側面ドアからホテルへはいっていった。

V

ポアロは早めにベッドにはいった。そして真夜中すぎに、ふと目をさました。

だれかがドアの錠をいじくっているような音が聞こえたのだ。

起きあがって電灯をつけると同時に、だれかがいじっていた錠がはずれて、ドアがさっとひらいた。そこには三人の男が立っていた。トランプをやっていたあの三人だ。彼らはすこし酔っているように、ポアロには見えた。相変わらずのまぬけ面だが、敵意が感じられる。ぎらりと光るカミソリが目にはいった。

ずんぐり太った男が前に出て、うなるようにいった。

「探偵さまでござい、か。へっ！」

男はたてつづけに罰当たりな罵詈《ばり》雑言《ぞうごん》を発した。三人そろって、ベッドの上の無防備な男のほうへつかつかと進んでくる。

「さあ、こいつを切り刻んでやるんだ。いいか、野郎ども！　探偵さんのツラを、ズタズタにしてやれ。ひとりやるもふたりやるも、おんなじことだぜ」

男たちは着々と、断固とした足どりで間合いを詰める——カミソリがぎらりと光った。

そのとき、きびきびしたアメリカ風の声が、男たちの度肝を抜いた。

「手をあげろ！」

三人がくるっとうしろをふりかえると、派手な縞柄のパジャマを着たシュウォーツが戸口に立っていた。その手にはオートマチックの拳銃がある。

「手をあげろといってるんだ。おれは銃の名手なんだぞ」

シュウォーツが引き金をひいた――銃弾はずんぐり太った男の耳をかすめて、木の窓枠にめりこんだ。

三人があわてて両手をあげた。

シュウォーツはいった。「ちょっと手を貸してくれませんか、ポアリエさん？」

ポアロは急いでベッドから飛びだした。そして不気味に光る凶器をかきあつめ、三人の体を手早くさぐって、もう武器はないことをたしかめた。

シュウォーツがいった。「よし、歩け！　すぐそこの廊下に大きな物入れがある。窓はついていないから、逃げられないぞ」

シュウォーツはその物入れに三人を押しこめて、扉に鍵をかけた。それからポアロをふりむいて、うれしそうに声をうわずらせた。

「それ見たことかってんだ。ねえ、ポアリエさん、ファウンテン・スプリングズの人たちのなかには、ぼくが外国旅行に銃をもっていくと聞いて笑った連中がいたんですよ。どこへ行くつもりでいるんだ、ジャングルか？　ってね。ところがこれだ。最後に笑うのはぼくだったってわけです。それにしても、よくまあこんなに無法な悪党連中がいたもんだ」

ポアロはいった。「いやはや、シュウォーツさん、危機一髪とはこのことですな。芝居だって、こうはいかない！　おかげさまで助かりましたよ」

「いやなに、たいしたことじゃない。ところで、これからどうします？　こいつらを警察にひきわたすべきなんだろうが、それができないなんて！　めんどうなことになりましたね。支配人に相談したほうがいいかな」

ポアロはいった。

「ああ、支配人ね。いや、まず給仕のギュスタヴことドルエ警部に相談しましょう。なに、給仕のギュスタヴは、じつは刑事なんですよ」

シュウォーツはポアロに目を凝らした。

「なるほど、だからこいつらがやったのか！」

「だれが、なにをやったって？」

「この悪党どもは、リストの二番目にあなたを載せていたんですよ。連中は、すでにギュスタヴをめった切りにしたんです」

「なんですと！」

「いっしょに来てください。例の医者が手当てをしている最中なんです」

ドルエの部屋は最上階にある小部屋だった。ルッツ博士は部屋着姿で被害者の顔に包帯を巻いていた。

　ポアロたちがはいっていくと、ルッツ博士がふりかえった。

「ああ、シュウォーツさんか！　ひどいことをするもんですな。血も涙もないやり口だ！　まさに悪魔のしわざですよ！」

　ドルエはじっと横たわったまま、小さくうめいていた。

　シュウォーツがたずねた。「危険な状態なんですか？」

「いや、命に別状はないでしょう。しかし、話はさせられない――興奮させるのも禁物です。傷の手当てはしておきました――敗血症の心配はないはずです」

　三人はいっしょに部屋を出た。

　シュウォーツはポアロをふりかえった。「ギュスタヴは警官だとおっしゃいましたね？」

　ポアロはだまってうなずいた。

「でも、警官が、ロシェ・ネージュくんだりへなにをしに？」

「凶悪な犯罪の捜査をしていたんですよ」

　ポアロは簡単に事情を説明した。

　ルッツ博士がいった。「マラスコーだって？　事件のことは新聞で読みましたよ。ぜひ会ってみたい男だな。なにか異常な深層心理があるだろうから！　幼少期のことをぜひ詳しく知りたいものだ」

「わたしとしては」ポアロはいった。「マラスコーがいまどこにいるか、正確なところをぜひ知りたいですな」

「物入れにとじこめた三人のうちのひとりじゃないかな？」シュウォーツがいった。

ポアロは納得がいかない口調で、「その可能性はある——しかし、わたしには納得がいかない……思うに——」

ポアロははたとことばを切って、まじまじとじゅうたんを見つめた。薄い黄褐色のじゅうたんの上に、濃い赤茶色のしみがついている。

ポアロはいった。

「足跡だ——どうやら血を踏みつけたあとらしいな。ホテルの、使われていない棟のほうからつづいている。さあ、これをたどって行きましょう——早く！」

ポアロが先頭に立ってスイングドアを通りぬけ、薄暗くほこりっぽい廊下を進んでいった。廊下の角をまがって、さらにじゅうたんのしみをたどって行くと、ドアが半開きになった部屋に行きついた。

ポアロがドアを押しあけ、中へはいった。

鋭い、恐怖の声が漏れた。

その部屋は寝室で、ベッドは乱れ、テーブルの上に食事をはこんだ盆がそのまま載っていた。

部屋の床のまんなかに、男の死体が横たわっている。人並みよりもやや背の高いその男は、信じられないほど残虐な手口で殺されていたのだ。腕や胸や頭まで傷だらけで、顔面はズタズタに切り裂かれていた。

シュウォーツが喉を絞めつけられたようなうめき声をあげ、いまにも吐きそうな顔になって目をそむけた。

ルッツ博士はドイツ語で恐怖の叫びをあげた。

シュウォーツがかすれ声でいった。「何者だ、この男？　だれか知ってますか？」

「わたしの想像だが」ポアロが答えた。「ロベールと名乗っていた、気のきかない給仕ですよ、たぶん」

ルッツはちかよって死体の上に身をかがめ、指さした。

死者の胸に一枚の紙がピンで留めてあったのだ。そこには、こんな文句がインクで走り書きされていた。

〝マラスコーはもう人殺しはできない——仲間の金を盗むことも！〟

シュウォーツは出し抜けに声をあげた。「マラスコーだって！　そうか、こいつがマラスコーなのか！　それにしても、こいつがこんなへんぴなところまで来たわけがわからないな。それに、あなたはどうしてこの男の名前はロベールだといったんです？」

「この男は給仕になりすましてここへ来たんですよ。ところが、聞いたところでは、まるで役に立たない給仕だった。だから、この男がクビになっても、だれも意外には思わなかった。彼はホテルから出ていって――アンダーマットへ引き返したものと思われていた。ただし、彼が立ち去るのを見た人間はいなかった」

ルッツは喉の奥から絞り出すような低い声でゆっくりといった。「では――いったいなにが起きたんだと思いますか？」

それに答えてポアロはいった。「このホテルの支配人の気がかりそうな表情の謎が、これで解けたと思いますよ。つまり、マラスコーは支配人に相当な賄賂をあたえて、ホテルの使われていない棟の一室にかくまってもらっていた……」

考え深げに言い添えた。「しかし、支配人はそれが気がかりでならなかった。そりゃそうだ、心配で居ても立ってもいられなかったでしょう」

「で、マラスコーはその後もここに隠れていたが、そのことを知っていたのは支配人だけだったと？」

「どうやらそのようです。大いにありうることでしょう？」

ルッツはたたみかけてたずねた。

「それなら、彼が殺された理由は？　だれが殺したというんです？」

シュウォーツが叫んだ。「それは簡単ですよ。マラスコーは仲間に金を分けてやることになっていたのに、そうしなかった。裏切った。そのあげく、このへんぴな場所へやってきて、身を隠そうとした。仲間たちも、まさかこんなところにいるとは思うまい、と。その計算が狂った。仲間の連中は、なんらかの方法でマラスコーの居場所を嗅ぎつけ、追いかけてきた」靴の先で死体をこづいた。「そして落とし前をつけた……こんなふうにね」

ポアロはつぶやいた。

「そう、これはわれわれが考えていたようなランデヴーとは、まるっきりちがっていたわけですな」

ルッツ博士はいらだたしげにいった。

「そういう推理ごっこもおもしろいでしょうが、わたしはわれわれが置かれた現在の情況のほうが心配だ。ここに他殺体がある。わたしは重傷を負った患者をかかえていて、かぎられた医薬品しかない。そのうえ、われわれは外界から遮断されている！　これがいつまでつづくかもわからないんだ」

シュウォーツがつけ足した。「おまけに、物入れには三人の殺人犯をとじこめているしね！　ちょっと興味深い情況といってもいいでしょう」

ルッツ博士はいった。「これからどうしよう？」

ポアロが答えた。「まず支配人をつかまえましょう。彼は犯罪者ではなくて、金に意地汚いだけだ。それに、臆病者でもある。われわれのいうことはなんでもやるでしょう。まかない人のジャックか、そのおかみさんにいえば、適当な綱を貸してくれるだろうし、救援隊が来るまで三人の悪漢をどこか安全に監禁できる場所に移さなければならない。シュウォーツさんのオートマチック拳銃があるから、われわれの計画を効率的に実行することができると思いますよ」

ルッツ博士は訊いた。「で、わたしは？　わたしはなにをすればいい？」

「先生にはですな」ポアロは重おもしくいった。「全力で患者の看護にあたっていただきたい。ほかの者は交代で寝ずの番をして、救援を待つ。われわれにできることは、それだけです」

Ⅵ

朝まだ早い時刻に数人の男たちがホテルの玄関にやってきたのは、それから三日後のことだ。

玄関をあけて芝居がかった身ぶりで彼らを出迎えたのは、エルキュール・ポアロだった。

「お待ちしてましたよ、みなさん《モン・ヴィユー》」

ルマントゥーユ警視は、両手でポアロをつかまえた。

「やあ、きみの元気な姿を見てほっとしたよ。予想だにしない出来事の連続で――さぞかし気が気じゃなかったろうね。われわれも下界で、そりゃあハラハラ気をもんで――なにしろどうなっているのかさっぱりわからんし――あれこれ心配していたんだが。無線もなく、連絡方法がまったくなかったからね。そんなときに日光反射信号で通信するなんて、さすがは天才的なきみらしい発想だよ」

「いや、ほんのちょっとした思いつきにすぎません」ポアロは謙遜してみせた。「要するに、文明の利器が使えなくなると、人は自然にかえるということです。空にはつねに太陽がありますからな」

一行は警視を先頭に立ててホテルにはいった。

「われわれが来るとは予想していなかった？」ルマントゥーユはちょっと苦笑していった。

ポアロも微笑み返して、いった。

「そうですとも！　ケーブルカーの修理がまだすまないだろうと思っていたもので」

ルマントゥーユは感慨深げにいった。

「ああ、きょうはすばらしい日だ。まちがいないんだね？　ほんとうにマラスコーなんだね？」

「だいじょうぶ、ほんとうにマラスコーですよ。ご案内いたしましょう」

一行は階段をのぼった。とある部屋のドアがあいて部屋着姿のシュウォーツが出てきたが、彼らを見るとまじまじと目を見開いた。

「声が聞こえたんで」と、彼は言い訳した。「どうなってるんです？　これはなんですか？」

ポアロが大げさにいった。

「援軍来たる、ですよ！　あなたもおいでなさい。これは見物ですぞ」

ポアロは先頭に立って、つぎの階段をのぼりはじめた。

シュウォーツがいった。

「ドルエのところへ行くんですか？　そういえば、具合はどうなんでしょうね？」

「ゆうベルッツ博士がいってましたが、順調に回復しつつあるようですな」

やがて一行はドルエの部屋の前についた。ポアロは勢いよくドアをあけて、こう宣言した。

「諸君、これがあなたたちの獲物のイノシシです。この男を生け捕りにして、かならずやギロチン台に送ってやってください」

顔を包帯でぐるぐる巻きにされたままベッドに横になっていた男が、はじかれたように起きあがったが、数人の警官が駆け寄ってその両腕をつかまえ、男をおさえた。

シュウォーツが当惑して声をあげた。

「でも、その男は給仕のギュスタヴなのに――ドルエ警部なのに！」

「そう、ギュスタヴです――しかし、ドルエではない。ドルエ警部は最初の給仕だったのです。このホテルの使われていない部屋に監禁されて、あの三人組がわたしをおそった晩に、マラスコーに殺害されたロベールという男のほうだったんですよ」

　ポアロは、朝食をとりながら、まだとまどっているアメリカ人に親切に説明した。

「おわかりでしょう。人には自然とピンと来るものがあるんですよ――人それぞれ、自分の仕事を勤めているうちに確実にわかるようになることが。たとえば、ある人は刑事と殺人犯とのちがいを知っていて、すぐ見分けられるとかいったことがね！　ギュスタヴは給仕ではなかった――わたしにはすぐピンと来ました――しかし同時に、彼は警官でもなかった。わたしはこの道にはいってからずっと警官とつきあっていますから、よく知っているのです。部外者には刑事で通るかもしれないが、警官であった者の目はごまかせません。

　そんなわけで、わたしは一目で怪しいと思ったので、その晩、部屋にはこばれてきたコーヒーを飲まなかった。捨ててしまったんですよ。これは正解でした。夜中に、ひとりの男が部屋にはいってきたんです。その部屋の主が薬で眠っているのを知っているから、警戒心もなく。そいつはわたしの身のまわり品をしらべて、財布の中の手紙をみつけた――目につきやすいようにそこへ入れておいた手紙をね！　翌朝ギュスタヴがコーヒーをわたしの部屋にはこんできた。わたしを名前で呼んで挨拶し、すっかり役になりきってね。とはいえ、彼は心配していた——心底びくついていたんですな——なぜか警察に立ちまわり先をつかまれたとわかったからです！　ここにいるのを警察に嗅ぎつけられたのは、マラスコーにとってはたいへんな痛手だった。計画はすべておじゃんで、その上、袋のネズミのような状態に追いこまれたわけですからね」

シュウォーツはいった。

「そもそもこんなところへ来るのが、バカげてる！　どうしてそんなことをしたんでしょう？」

ポアロは重おもしくいった。「あなたが思っているほどバカげた行動ではなかったんですよ。マラスコーは、世間から隠れた、ある種の隠れ場所を必要としていた。ある人物と会うことが可能で、しかもある出来事が起こりうる場所がね」

「ある人物というと？」

「ルッツ博士ですよ」

「ルッツ博士？　じゃあ、彼も偽物だったんですか？」

「ルッツ博士はルッツ博士です——ただし、心理学者でも精神科医でもありません。彼は外科医だ。顔面整形が専門のね。だからこそ、ここでマラスコーと会うことになっていたんですよ。彼はいま、金がなくて、祖国からは追放の身だったから。ここである男に会って専門技術によってその男の容貌を変えてやれば、莫大な報酬が手にはいるといわれた。その男が犯罪者であることは予想がついたかもしれないが、そうだとしても、そんな事実には目をつむろうとしたでしょう。それがわかっていたから、マラスコーたちはあえてどこか外国の療養所を使うことをしなかった。そんなことをしなくても、この場所がある。シーズン早々には、変わり者の客以外にはだれも来ないし、支配人は喉から手が出るほど金がほしいから買収することもできる。理想的な場所です。

ところが、さっきいったように、思いがけない事態になってしまった。マラスコーの狙いが狂ったんです。ここで落ち合うはずだった三人の手下や用心棒がまだ来ていないうちに、マラスコーはさっそく行動に出た。ウェイターになりすまして潜入していた刑事を誘拐し、自分があとがまにすわった。その後到着した手下たちとともに、事故に見せかけてケーブルカーをこわした。あとは時間の問題だ。翌晩、ドルエは殺害され、例の紙が死体に貼りつけられた。ケーブルカーが開通するころには、ドルエの死体はマラスコーの死体として埋葬されていることを見こんでね。ルッツ博士はさっそく手術をほどこした。ところが、まだうるさいやつがひとりいる――エルキュール・ポアロだ。そこで、手下たちがわたしをだまらせるために送りこまれた。あなたがいなかったら危ないところでしたよ。ほんとうにありがとう――」

ポアロはうやうやしくシュウォーツに頭をさげた。

シュウォーツはまだ信じられないような顔で、いった。

「じゃあ、あなたはほんもののエルキュール・ポアロなんですね？」

「そのとおり」

「そしてあなたは、あの死体がマラスコーでないことを、最初から知っていたんですか？」

「もちろんです」

「だったら、どうしてぼくにそれを教えてくれなかったんです？」

ポアロの表情がにわかに厳しくなった。

「なぜなら、わたしはほんもののマラスコーを確実に生け捕りにして、警察にわたしたかったからですよ」

そしてポアロは心の中でつぶやいた。

「つまり、エルマントスのイノシシを生け捕りにするためだったのだ」と。

第五の事件

アウゲイアス王の大牛舎

The Augean Stables

I

「事態はきわめて微妙なのですよ、ポアロさん」

エルキュール・ポアロの唇にちらっと微笑がよぎった。いつだってそうなんだと、あやうく口走るところだった。

しかし、彼はそれをこらえて、いわば患者を極度に慎重にあつかう医者の表情を装った。

サー・ジョージ・コンウェイは、しかつめらしく話を進めた。演説のように――政府のきわめて微妙な立場、民衆の関心、党の団結、統一戦線を張る必要性、新聞の力、国家の安全と繁栄などについてよどみなく語った。

それらの話は体裁はよかったけれども、まったく内容がなかった。ポアロはあくびをかみ殺しているために、あごが痛くなった。議会の議事録を読んでいるような感じだ。ただ、そういうものを読んでいるなら、あくびをこらえる必要はないのだが。

ポアロはじっと耐え忍んだ。同時に、サー・ジョージ・コンウェイに対して同情をおぼえた。この男は明らかになにかを語ろうとしているのだが、単純な話術を忘れてしまっているのだ。サー・ジョージにとって、ことばとは事実を曖昧にする手段になってしまっている——事実を明確に表現するためのものでなくて。サー・ジョージは便利な言いまわしの名人と化している——つまり、耳には心地よくひびいても、まったく内容をともなわないことばの。

ことばばかりが延々と垂れ流され、哀れサー・ジョージは顔面を真っ赤にしている。どうしようもなくなって、彼がテーブルの上座にすわっているもうひとりの男に目配せすると、男がそれに応えた。

エドワード・フェリアは口をひらいた。

「もういいよ、ジョージ。わたしから話そう」

ポアロは内務大臣から首相のほうへ視線を移した。エドワード・フェリアに対しては強い関心をもっている——ある八十二歳の老人が偶然もらしたことばがポアロの興味をかきたてたのだ。それはファーガス・マクラウド教授が、ある殺人事件の公判で、有罪を決定づける化学的な難問を解明したあと、ちょっと政治問題にふれたときのことだ。人気の高かったジョン・ハメット首相が引退し（その後、コーンワージー卿となった）、娘婿であるエドワード・フェリアは内閣の首班に任命された。フェリアは政界の常識からいえば若く——五十歳に達していなかった。マクラウド教授はこういったのだ——「フェリアはわたしの教え子のひとりです。彼は誠実な男です」と。

それだけのことだが、しかしそれはポアロにとって多くのことを意味していた。マクラウド教授が誠実な男だといったのなら、それはフェリアが大衆やジャーナリズムの寵児になるような性格とは縁遠い人物であることを証言したも同然だ。

じっさい、それは一般の評価と一致していた。エドワード・フェリアは誠実ではあるけれども、ただそれだけであって、才気煥発でも偉大でもなく、たいした雄弁家でもなく、学識豊かな人物でもないとみなされていた。伝統の中で育ち、ジョン・ハメットの娘と結婚し、ジョン・ハメットの腹心であったので、ジョン・ハメットの政策を踏襲してイギリスの政治を無難に運営することはできるだろうと思われている手堅い男なのであった。

ジョン・ハメットは、イギリスの民衆および新聞界に愛されていた。彼はイギリス人の愛するあらゆる特質をそなえていた。「ハメットが正直であることは実感でわかる」

と、人びとはいった。彼の質素な家庭生活や園芸の趣味について、さまざまな逸話が語られた。ボールドウィンのパイプやチェンバレンの傘に相当するものとして、ジョン・ハメットのレインコートがあった。彼はいつも使い古したコートをもって歩いた。それは象徴だったのだ――イギリスの気候の、あるいはイギリス民族の深謀遠慮の、あるいは彼らの古い所有物に対する愛着の。しかもハメットは、率直で飾り気のないイギリス人的な雄弁家でもあった。静かに、そして熱心に語りかける彼の演説は、イギリス人の心に深く根ざしている、単純な、感傷的な決まり文句が多かった。外国人はそれを偽善的であり、鼻持ちならぬほど貴族的だと批評した。しかし、ジョン・ハメットは貴族的であることをいささかも気にしなかった――いかにもスポーツマンらしい、パブリック・スクール的な、超然とした態度で。

しかも彼はすらりと背が高く、色白で、輝く青い瞳をもつ、魅力のある人物だった。母親がデンマーク人であり、自身は長年海軍大臣を務めていたので、海賊《ヴァイキング》というあだ名をつけられた。やがて病のために首相の座を去らなければならなくなったとき、ハメットはだれを後継者にすべきかについて思い悩んだ。才気煥発なチャールズ・デラフィールド卿は？――才気走りすぎる――イギリスは才気を必要としていない。ジョーン・ポッターは？――利口だが、少々無節操なところがある。エヴァン・ウィットラーは？

――独裁者のように、うぬぼれがちな男だ――わが国は独裁者をもとめていない。まっぴらごめんだ。こうしておとなしいエドワード・フェリアが首相の座についたとき、ハメットはほっと安堵のため息をついた。フェリアなら無難だ。彼はおやじにさんざん鍛えられてきたし、おやじの娘と結婚している。イギリスの古い慣用句でいえば、フェリアは〝仕事をつづける〟だろう。

ポアロは、低くて耳にあたりのいい声と浅黒い顔をした温厚そうな男をじっと見つめた。痩せて疲労の色が見える。

フェリアはいった。「ポアロさん、《X線ニュース》という週刊紙をご存じかな？」

「はい、ちょっと読んでみたことがあります」ポアロはそうみとめて、ちょっと赤面した。

首相はいった。「でも、どういうたぐいのものかは、だいたいわかっていらっしゃると思う。なかば中傷的な記事やら、内幕と称するきわもの記事など、ほんとうのこともあれば、でたらめもあって、それを下劣な手で料理しているだけのことなんだが、しかし、ときによっては――」

間をとって話しだすと、フェリアの声の調子がそれまでとはちがっていた。

「ときによっては、それだけにとどまらないこともある」

ポアロはだまって相手の話に耳をかたむけた。

フェリアは話をつづけた。

「じつは、その週刊紙が二週間前から〝政府首脳部内の史上最大のスキャンダル〟を近日中に暴露すると予告しているんですよ。〝汚職と横領のおどろくべき実態〟を暴くといった感じにね」

ポアロは肩をすくめながらいった。「ありふれたハッタリ商法でしょう。じっさいの暴露記事はたいてい、予告で好奇心を駆り立てられた読者をがっかりさせるのが落ちですよ」

フェリアは無造作に言い捨てた。「いや、これは読者をがっかりさせることはないね」

「では、その暴露記事がどんな内容のものなのかをご存じなのですか？」

「そう、かなり正確にね」

フェリアはしばし間をとって、その粗筋を慎重に順序正しく語りはじめた。

それは教訓的な物語ではなかった。恥知らずな策略や詐欺横領、莫大な党基金の乱用に関する告発だった。その指弾の矢は、前首相ジョン・ハメットにむけられていた。それは彼が地位を利用して巨万の個人財産をたくわえた悪辣なペテン師であり、大がかりな詐欺師であったことを示していた。

首相の静かな声が、やがて途切れた。

内務大臣がうめき声をあげて口走った。「まったくこれはたいへんなことだ！　あのごろつき新聞の発行人のペリーという男を射殺すべきだ！」

ポアロがいった。

「そのいわゆる暴露記事が《X線ニュース》に掲載される予定だというわけですな？」

「そう」

「それに対してあなたは、どんな措置をとるおつもりですか？」

フェリアはゆっくり答えた。

「これはジョン・ハメットに対する個人攻撃になるわけだから、もちろん彼がその新聞を名誉毀損で訴えるのは自由だ」

「そうするでしょうか？」

「いいや」

「どうして？」

「そうすれば、《X線ニュース》がなによりよろこぶと思うからだ。宣伝効果は莫大になるだろう。正々堂々と受けて立たれたら、彼らの告発の正当性を主張することになるだろう。そうなれば、この事件は徹底的に明るみにさらけ出されることになる」

「でも、もし彼らが敗訴すれば、たいへんな痛手をこうむるでしょう」

フェリアはゆっくり首をふった。「いや、おそらくそうはならない」

サー・ジョージが咳払いをしてから、口をはさもうとした。「わたしの考えでは——」

しかし、フェリアはすでに話をつづけていた。

「なぜなら、彼らが記事にしようとしていることは……真実だからです」

サー・ジョージ・コンウェイは、政治家にふさわしからざるこの率直さに腹を立て、うなり声をあげた。

「エドワード、なにをいってるんだ。そんな——」

フェリアのやつれた顔を微笑の影がよぎった。

「遺憾ながら、真実を包み隠さず話さねばならないときがあるものだよ、ジョージ。いまがそうだ」

サー・ジョージはポアロのほうにむきなおって叫んだ。「おわかりでしょうな、ポアロさん、このことはくれぐれも内密に——」

フェリアが彼をさえぎっていった。

「ポアロさんはそんなことはわかってるさ」ゆっくりと先をつづける。「彼にわかってないことがあるとすれば、それは——人民党のあらゆる未来が危機に瀕しているということだ。ポアロさん、ジョン・ハメットは人民党そのものだった。彼は党がイギリス国民に対して示したあらゆるものを代表していた——寛容と正直の象徴だった。国民はだれひとりとしてわれわれをすばらしい政治家だとは思っていない。じっさいわれわれはずいぶんへまをやり、愚かな誤りを重ねてきたんだ。しかし、最善を尽くすという伝統と、公明正大であることをモットーとして国民の支持を受けてきた。ところが、不幸にしてわれわれはいまや致命的な危機に直面しているのです——というのは、われわれの看板だった人物、国民の正直な父と誉めたたえられたその人が、じつは前代未聞の詐欺師であったことが判明したのだからね」

サー・ジョージがまた嘆かわしげにうなった。

ポアロは問いただした。「あなたは、そのことをぜんぜん知らなかったのですか？」

フェリアの疲れきった顔を、微笑の影がよぎった。「信じてもらえないかもしれないが、わたしもほかのすべての人と同様に、完全にだまされていたのだよ。家内がずっと以前から父親に対して妙によそよそしい態度をとっていたので、不審に思ってはいたが、こうなってやっとわかったしだいでね。家内は父親の本質的な性格を知っていたのだよ」

　間をおいて、フェリアは先をつづけた。

「ことの真相がわかってきたときは、まさかという思いで愕然としたよ。われわれは病気を理由に引退するよう彼を説得し、それから後始末というか――いわば大掃除にとりかかった」

　サー・ジョージはうめいた。「さながらアウゲイアス王の大牛舎のような状態だ！」

　ポアロはぎょっとなった。

　フェリアはいった。

「つまり、われわれはヘラクレスの難業を課されたようなものだ。もしこの事実が公になったら、その反動の波は全国にひろがるでしょう。そして、内閣はつぶれ、総選挙ということになれば、エヴァハードと彼の党がふたたび政権をとることが予想される。あなたはエヴァハードの政策をご存じでしょう？」

　サー・ジョージが吐き捨てるようにいった。

「扇動家だ――まったく無責任な扇動家ですよ、あいつは！」

　フェリアは重々しくいった。「エヴァハードは才能はある――しかし、彼はむこうみずで好戦的で、しかも分別がない。彼の支持者たちは浅薄で、独自の考えもなく、付和雷同しがちだ――独裁政治につながりかねない」

　ポアロはうなずいた。

　サー・ジョージはうらめしげにいった。

「これをもみ消すことさえできれば……」

　首相はゆっくり首をふった。勝つことをあきらめたようなそぶりだった。

　ポアロはたずねた。

「もみ消すことはできないと思っておられるのですな？」

　フェリアは答えた。

「あなたをお呼びしたのは、最後の望みだと思ったからだ。わたしの意見では、この問題はあまりにも大きすぎ、あまりにも多くの人がそれについて知っているので、とうてい隠しきれないだろうと思う。われわれのとれる方法はふたつだけ――端的にいえば、力を使うか、賄賂を贈るかだが――どちらも成功の見込みはないな。内務大臣はこの難題をアウゲイアス王の大牛舎の掃除にたとえたが、これは大洪水のような猛烈な力を、大自然の破壊力を――じっさい、まさに奇跡でもなければ乗りこえられない」

「要するに、ヘラクレスが必要だ、と」ポアロはいかにもおもしろそうな顔でうなずいてから、つけくわえた。「ご存じのとおり、わたしの名前はエルキュール――つまり、ヘラクレスとおなじ名前というわけです」

エドワード・フェリアはいった。

「その名のとおりに、奇跡を実現できませんか、ポアロさん」

「わたしならできるかもしれないと考えたからこそ、呼んだのでしょう？」

「たしかにそうだ……もし救済が達成されるとすれば、それはなにか空想的な、とっぴょうしもない着想からしか生まれないだろうと思ってね」

彼はしばらくだまってから、話をつづけた。

「しかし、ポアロさん、おそらくあなたは道徳的な見地からこの問題をお考えになるだろう。ジョン・ハメットは詐欺師だった。ジョン・ハメットの神話は打破されなければならない。不正な起訴の上に公正な家を建てることができるだろうか？　わたしにはわからない。しかし、やるだけやってみたいというのが本心なんだ」彼はとつぜん苦い笑みを浮かべた。「政治家は政権を手放したがらないものだ——例によって、崇高な動機からね」

ポアロは立ちあがった。

「首相、わたしは警官としての経験のために、政治家をあまり高く評価できなくなったように思うのです。もし首相がジョン・ハメットだったら——わたしは指をもちあげようとさえしなかったでしょう——たとえ小指一本でもね。しかし、わたしはあなたについて少々知っている。じつは、現代の頭脳といわれるもっとも偉大なある科学者が、あなたは誠実な男だといったという話を聞いているのです。ですから、できるだけのことはいたしましょう」

彼は一礼して部屋を出た。

サー・ジョージはたまりかねたように叫んだ。

「なんという図々しい、非礼きわまる——」

しかし、エドワード・フェリアは微笑していった。

「あれはお世辞だったのだよ」

II

階下へおりてゆく途中で、ポアロは背の高い金髪の女性に呼び止められた。

「ポアロさん、ちょっとわたくしの居間へいらしていただけませんか？」彼女はいった。

ポアロはうなずいて、その女性についていった。

彼女はドアをしめると、ポアロを椅子に手招きして煙草を勧めた。そして彼とむかいあって腰をおろし、静かに話しかけた。

「主人にお会いになって、父のことをお聞きになったのでしょう？」

ポアロは、しげしげと相手を見た。美しく整った顔立ちに知性と品位をたたえた、長身のフェリア夫人は、人望も高かった。首相の妻として、とうぜん輝かしい脚光を浴びていたが、父親の存在が彼女の人気をいっそう高めていた。ダグマー・フェリアはイギリスの女性の理想だった。

貞淑な妻であり、やさしい母親である彼女は、夫に劣らず田園生活を愛していたが、女性にふさわしい公の活動分野でも精力的に活躍していた。服装の趣味はよかったが、けっして華美な流行を追わなかった。また彼女は大規模な慈善事業に多くの時間と労力をささげ、失業家族救済のためにいくつかの事業を興した。こうして彼女はいまや全国民から尊敬され、人民党にとってはまさに至宝ともいえる存在だった。

「ずいぶんご心労でしょうな」ポアロは気づかった。

「ええ、それはもう、あなたには想像もつかないほどですわ。ずっと前からおそれていたのです――こんなことになりはしないかと」

「じっさいどんなことがおこなわれていたのか、あなたはぜんぜんご存じなかったわけですね？」

彼女はかぶりをふった。

「ええ——ちっとも。ただ、父が——みんなの思っているような人でないことだけは知っていましたけれどね。子どものころから気づいていたんです。父が……父がいかさま師だということに」

苦しげに沈んだ声で、彼女はいった。

「わたくしと結婚したばかりに、エドワードは——エドワードは、すべてを失うでしょう」

ポアロはおだやかな口調でたずねた。

「あなたには敵がいるんじゃないですか？」

夫人はびっくりしてポアロを見あげた。

「敵ですって？　いないと思いますよ」

ポアロは思案深げにいった。

「わたしは、いると思いますがね」

そして、たたみかけた。

「あなたには勇気がおありかな？　ご主人に対して——そしてあなた自身に対しても——

――一大謀略がくわだてられているのです。ご自身を守る覚悟をしていただかなければなりません」

夫人は叫んだ。

「でも、わたくしのことは、どうでもいいんです。ただエドワードだけが心配なんです！」

ポアロはいった。「あなたたちおふたりは、たがいに切り離せない関係にあるのですよ。いいですか、マダム、あなたはシーザーの妻なのです」

彼は夫人の顔が青ざめるのを見た。彼女は身を乗りだし、こういった。

「いったい、わたくしになにをおっしゃりたいの？」

Ⅲ

X線ニュース紙の編集長、パーシー・ペリーは、机のむこうにすわって煙草をふかしていた。

イタチのような顔をした小柄な男だ。

ペリーは、ねちねちした低い声でいった。

「やつらをいやというほどこきおろしてやるんだ。いい気味だよ、まったく！」

副編集長の、痩せ形で眼鏡をかけた青年が、落ちつかなそうにいった。

「こわくないんですか？」

「高圧的に出てくるだろうってことか？　敵はそんなことしないさ。そこまでの勇気はない。やっても、なんの得にもならないだろうしね。政府がおれたちみたいな手を使うわけにはいかないんだ――この国やヨーロッパ大陸やアジアでは」

副編集長はいった。

「相手も気が気じゃないだろうし、なにか手を打ってくるんじゃないですかね？」

「たぶん、うまく話をつけるために、だれかをよこす――」

ブザーが鳴り、パーシー・ペリーは電話をとった。「だれだって？　そうか。よし、通してくれ」

受話器を置き――にんまりした。

「連中、例のお上品なベルギー人探偵を雇ったようだぜ。いまここへ来るってさ。こっちが話に乗るかどうか、それを知りたいんだろう」

エルキュール・ポアロがはいってきた。ぱりっとした服装で――襟には白い椿の花まで挿している。

　パーシー・ペリーが出迎えて、いった。

「やあ、いらっしゃい、ポアロさん。アスコット競馬場の貴賓席へでもお出ましですか？　ちがう？　これは勘違いを」

「いや、かえってうれしいですよ。だれでも外見をほめられてわるい気はしない。とくに――」ポアロの目は、編集長の顔と、ややみすぼらしい服装をなにげなく見まわした。「生まれつき容貌に恵まれていない人間にとっては、なおさら外見が大事ですのでね」

　ペリーはそっけなくたずねた。

「それで、ご用件は？」

　ポアロは身を乗り出して相手の膝をぽんとたたき、にこやかな笑顔でいった。「ゆすりですよ」

「いったいなにをいいだすんです、ゆすりとは？」

「じつは、ある人から聞いたんですが、ときどき特定の人に大きな損害をあたえるような特ダネ記事が、おたくの高尚な新聞に載る直前になると、あなたの銀行預金高がぐんとふえて、結局その記事は掲載されずにうやむやになってしまうとか」

　ポアロは椅子に深ぶかとすわって、満足げにうなずいた。

「あなたがいわんとしていることは、名誉毀損になりかねないのは承知の上なんでしょうね？」

　ポアロは自信ありげに微笑した。

「まさか、そんなことをいわれたくらいで怒るあなたじゃないでしょう」

「とんでもない、怒りますとも！　ゆすりがどうこうというが、わたしがだれかをゆすったという証拠なんかなにひとつもないんですよ」

「いやいや、それは重々わかっていますよ。誤解しないでください。わたしはあなたを脅しているわけじゃないんだ。ごく簡単な質問を切り出そうとしていただけです。おいくらで？」

「いったい、なんの話かわかりませんね」ペリーはとぼけた。

「国家的重要性のある話ですよ、ペリーさん」

　ふたりは意味深長な視線を交わした。

　パーシー・ペリーはいった。

「わたしは改革者です、ポアロさん。政治を清潔にしようとしているんです。腐敗した政治には反対だ。わが国の政治がいまどんな状態になっているか、ご存じですか？　まさしくアウゲイアス王の大牛舎ですよ」

「おやおや《テイアン》！」ポアロはいった。「あなたの口からもそのことばを聞こうとは」

「そしてその牛舎をきれいにするために必要なのは」編集長はさらにいった。「世論という洪水の大きな浄化力なんだ」

ポアロは立ちあがって、こういった。

「あなたの意気に大いに感服いたしました」それから、おもむろにつけたした。「お金はほしくないとおっしゃるのはじつに残念ですが」

ペリーはあわてていった。

「いや、ちょっと待ってくださいよ——金がほしくないなんてそんなことは……」

しかし、ポアロはふりかえろうともせずに部屋を出て行った。

その理由は、ゆすりをはたらく連中が大嫌いだったからだ。

Ⅳ

ブランチ紙の若い陽気な記者エヴァリット・ダシュウッドは、ポアロの肩をぽんとたたいていった。

「ゴミにもいろいろあるんですよ。ぼくのは、きれいなゴミだ——ただそれだけのことです」

「きみがパーシー・ペリーの同類だとはいってないさ」

「あの吸血動物め。まったくあいつはわれわれ同業者仲間の面汚しですよ。できることなら、ぶちのめしてやりたい。みんなそう思ってるんだ」

「偶然なんだが」ポアロは切り出した。「わたしはいま、政界の大掃除というちょっとした仕事に取り組んでいるところでね」

「アウゲイアス王の大牛舎の掃除ってわけですか？」ダシュウッドがいった。「いくらあなたでも荷が重いでしょう。それをやろうと思ったら、テムズ川の流れを変えて、国会議事堂を洗い流すしかない」

「きみってやつは、皮肉がきついな」ポアロはかぶりをふった。

「世間を知ってるってだけですよ」

ポアロはいった。「どうやら、きみはわたしの計画にもってこいの男のようだ。むこうみずなところがあるし、ちょっとした二枚目だし、世間をあっといわせるようなことが好きだし」

「それはいいけど、どういうことなんです？」

「じつは、あることを計画しているんだが、もしそれが図に当たれば、たいへんな陰謀が暴露されるはずだ。もちろんそれはきみの新聞の特ダネになるだろう」

「乗った」ダシュウッドは陽気にいった。

「筋書きとしては、ある女性に関する下劣な陰謀ということになるだろう」

「ますますいいぞ。セックスねたには、はずれがないんですよ」

「とにかく、すわって話を聞いてくれたまえ」

V

巷《ちまた》の噂。

リトル・ウィンプリントンのグース・アンド・フェザーズ市場では……

「おいおい、うそだろ。まさかジョン・ハメットが。あの人はむかしっから正直者だったぜ。そこらの政治屋どもとはわけがちがう」

「裏でこそこそやってたのがわかるまでは、みんな正直で通ってるもんだ」

「なんでもえらい大金を荒稼ぎしたそうじゃねえか。パレスチナの石油利権でよ。汚ねえ商売しやがって」

「政治家なんてものは、みんな同じ穴のむじなよ。どいつもこいつも汚ねえペテン師ばかりさ」

「エヴァハードは、そんなことしねえぞ。あいつは昔かたぎな男だ」

「でもよ、ジョン・ハメットがこんな悪党だとは信じられねえな。新聞に書いてあるからって、なにからなにまで信じられるわけじゃなし」

「フェリアの奥さんはジョン・ハメットの娘だが、ここに彼女のことが書いてあるぞ。ちょっと読んでみな」

みんながまわし読みして指のあとで汚れたX線ニュース紙を食い入るように読んだ。

〝シーザーの妻が？　先日、ある政府高官の夫人が、まことに思いがけない場所で情夫《ジゴロ》とぴったり寄り添っているところを目撃されたと伝えられている。ああ、ダグマーよ、なぜにおまえはそんな不実なことをしでかしたのか！〟

素朴な声がゆっくりといった。

「フェリア夫人は、そんな女じゃねえ。ジゴロだと？　そりゃイタリアのろくでなし野郎じゃねえか」

べつの声がいった。

「でもよ、女はわかんねえぜ。女なんてものは、みんな信用ならねえからな」

Ⅵ

巷の噂。

「でも、あなた、これはウソじゃないわよ。ナオミはその話をポールから聞いて、ポールはアンディから聞いたんですって。彼女はとことん堕落しちゃったのね」

「でも、彼女はいつも質素な身なりをして、とても上品だし、たびたび慈善バザーをひらいたりしてるよ」

「ただのカムフラージュよ。彼女って、色情狂なんですって。いえ、ほんとだってば！　X線ニュース紙に書いてあったもの。そりゃ、はっきりそういうことばは使ってなかったけど、行間からそう読めるわ。どうやってそんなネタを仕入れたのかはわからないけど」

「今回の政界スキャンダルをどう思う？　フェリア夫人の父親は、党の基金を横領したって話だぜ」

VII

巷の噂。

「ほんとにもう、考えるのもいやになりますわねぇ、ロジャーズ夫人。だってわたくし、フェリア夫人はほんとに立派な人だと思ってたんですもの」

「このひどい話は全部ほんとうだと思う？」

「ですから、フェリア夫人のことを考えるのもいやなんですよ。だって、あの人、つい六月にペルチェスターでバザーをひらいたんですけど、わたくし、彼女のソファのすぐそばにいましてね。とっても笑顔が感じのいい人だったのに」

「ええ、でもねぇ、火のないところに煙は立たないっていいますものねぇ」

「まぁ、たしかにそうですわね。ほんとにもう、これじゃ、信用できる人なんかだれひとりいないような気がしますこと！」

Ⅷ

エドワード・フェリアは青ざめた顔をこわばらせてポアロにいった。

「これを見ろ、家内が集中砲火を浴びせられてる！　なんて下劣な――下劣にもほどがある！　この低級なクズ新聞を告訴してやる」

ポアロはいった。「それはお勧めできませんな」

「しかし、こういうくだらんウソはやめさせなくては！」

「ウソだというのは間違いないのですか？」

「なにをいうんだ？　間違いのわけがないだろう！」

ポアロは小首をかしげていった。

「奥さまはどうおっしゃってます？」

フェリアは一瞬はっとした。

「妻は、とりあわないのがいちばんだといってる……しかし、わたしにはそんなことはできない……だれも彼もがこの話でもちきりなんだからね」

ポアロはうなずいた。「そう、だれも彼もが話題にしてますな」

Ⅸ

やがて、つぎのような簡単な発表が全新聞に載った。

「フェリア夫人が軽い神経症で、静養のためスコットランドへ」

さまざまな憶測や噂が聞こえた——フェリア夫人はスコットランドにはいないし、そもそも最初からスコットランドへは行かなかったのだという、たしかな情報が流れた。フェリア夫人がほんとうはどこにいるのか——スキャンダラスな話が飛び交った。

あっちこっちで世間の人びとはこんなふうに噂した。

「アンディが彼女を見たんだってさ。びっくりするような場所でだよ！　酒か麻薬でべろべろになって、しかも、いやらしいアルゼンチン人のジゴロといっしょだったんだって——ラモンって名前の。やっぱりね！」

さらにまた、こんな話も。

フェリア夫人はアルゼンチン人のダンサーといっしょに出国し、パリで麻薬漬けになっているのを目撃された。数年来の麻薬常習者で、すっかり溺れているのだ。

こうして、最初は半信半疑であったイギリス人の良識は、しだいにフェリア夫人に対して硬化してきた。きっとなにかあるに決まっている！　こんな女は首相の妻にふさわしくない！　破廉恥女《イズベル》――それが彼女の正体だ。きわめつけの破廉恥女《イズベル》だ！

そのあげく、写真報道がはじまった。

パリで撮影されたもので、フェリア夫人が――あるナイトクラブで仰向けに寝て、やくざな顔つきをしたオリーヴ色の肌の若者の首にうっとりと両腕をからませている写真だった。

ほかのスナップ写真では、肌もあらわな夫人が、浜辺で遊び人ふうの若い男の肩に顔をよせていた。

その下に、こんな表題がついていた――「フェリア夫人はお楽しみ……」

それから二日後、X線ニュース紙の発行責任者は名誉毀損罪で訴えられた。

X

その訴訟の検察側弁論の幕開きは、サー・モーティマー・イングルウッド勅撰《ちょくせん》弁護人の陳述だった。彼は威厳があり、義憤に満ちていた。起訴状によれば、フェリア夫人は、ある悪質な陰謀——アレクサンドル・デュマの読者ならだれでも知っている有名な王妃の首飾りの事件に匹敵する陰謀——の被害者であった。その陰謀は、マリー・アントワネット王妃を公衆の面前で辱め、威信を失墜させようと企んだものであったが、こんどの陰謀もまた、イギリスでシーザーの妻の地位にある貞淑な女性の信用を失墜させることを意図したものだった。サー・モーティマーは、不正な策略によって民主主義を崩壊させようとする者はファシストであり、コミュニストであると非難したあと、証人の喚問を開始した。

最初の証人はノーサンバーランド州の主教、ヘンダーソン博士だった。

ヘンダーソン博士は、英国国教会の中でもっとも著名なひとりであり、聖人のように高潔な人格者として知られ、度量の大きなすぐれた伝道者で、彼を知っているすべての人から愛され、敬われていた。

ヘンダーソン博士は証言席につくと、フェリア夫人がくだんの期間中ずっと自分と妻といっしょに主教公邸に滞在していたと証言した。慈善事業などの活動のために疲労が重なり、じゅうぶんな休養をとるよう勧められていたのだ。新聞記者などにわずらわされる心配がないようにと、フェリア夫人がおとずれていることは秘密にされていた。

ヘンダーソン博士の証言のつぎには、ある高名な医師が、心配事を忘れてのんびり休養するようフェリア夫人に勧めたと証言した。

さらにある地方開業医が、主教公邸でフェリア夫人を診察した事実を実証した。

そのつぎに喚問された証人は、セルマ・アンデルセンだった。

彼女が証言台についたとき、法廷内に異様な興奮のどよめきがわき起こった。その女性がフェリア夫人とそっくりなのは、一目見ればだれの目にも明らかだったからだ。

「あなたの名前はセルマ・アンデルセンですね？」

「そうです」

「あなたはデンマーク国民ですね？」

「はい。コペンハーゲンがわたしの故郷です」

「そして、あなたは以前そこのカフェではたらいていたのですね？」

「はい、そうです」

「先月の三月十八日にどんなことがあったか、話してください」

「ある紳士が——イギリス人の紳士が、わたしのテーブルへやって来ました。イギリスの新聞社ではたらいている者だと、その人はいいました——X線ニュースという新聞で」

「それはたしかですか？　X線ニュース紙といったのですね？」

「はい、たしかです――というのも、最初それを医学新聞だろうと思ったのをおぼえていますから。でも、ほんとはそうじゃないようですけどね。それで、その紳士は、あるイギリスの映画女優が代役をさがしているのだが、あなたならぴったりだといいました。わたしはあまり映画を見ませんので、その女優の名前を知らなかったんですけど、彼のいうには、とても有名な女優で、最近健康を害しているので、だれか彼女に扮して公の場所に姿を現わす役をしてくれる人を求めているとか。多額の報酬を払うといわれました」

「その紳士は、いくら払うといったのですか？」

「五百ポンドです。ちょっと信じられませんでした――からかっているんじゃないかと思いましたわ。でも、彼は即座にその半額をくれたのです。で、わたしははたらいていた店を辞めることにしました」

さらに話はつづいた。彼女はパリに連れていかれ、しゃれた服をあたえられて、同伴《エスコー》者《ト》をつけられた。「とてもすてきなアルゼンチン人の紳士でした――たいへん礼儀をわきまえた、上品な」

彼女がじゅうぶん楽しく過ごしたことは明白だった。ロンドンへ飛んで、そこでもそのオリーヴ色の肌をした紳士にさまざまなナイトクラブへ連れていかれた。パリでも何度かいっしょに写真を撮った。たしかに、中には、あまりほめられたものではない店もあって……そう、いかがわしい店も！　撮影された写真の中にも、やはりあまりいただけないものもあった。だが、それらは〝宣伝〟用になくてはならないものなのだといわれたし――セニョール・ラモンがいつも丁重だったから……

セルマ・アンデルセンは、質問に対してこう答えた。フェリア夫人の名前は一度も出なかったので、自分が夫人の代役をつとめているなどとは知るよしもなかった。悪気でやったことではなかったのだ。彼女はまた、何枚かの写真を見せられて、それらはパリやリヴィエラで撮影されたものだとみとめた。

セルマ・アンデルセンの証言がきわめて正直なものであることは疑いなかった。少々抜けているところはあるものの、気だてのいい女性だというのは明白だ。いま事情がわかってみて、いろいろなことでとても悲しんでいることは、だれの目にも明らかだった。

被告側の反対尋問は、まるで説得力に欠けていた。アンデルセンという女性といかなる取引もしたことがないと躍起になって否定し、問題の写真は何者かがX線ニュース紙に郵送してきたもので、それをフェリア夫人の写真だと信じこまされたのだというのだ。しかし、それに対するサー・モーティマーの最終弁論は熱狂的な支持を得た。彼は、この事件は首相と夫人の信用を失墜させるために企てられた卑劣な政治的謀略であると論《ろん》駁《ばく》し、気の毒なフェリア夫人に対する万人の同情をそそった。

かくして、予想どおりの陪審の評決が劇的な幕切れとなり、損害は莫大な金額になると算定された。フェリア夫人とその父が法廷を出ると、大勢の群衆が歓呼の声をあげて彼らを迎えた。

XI

エドワード・フェリアはポアロの手を固くにぎった。

「ありがとう、ポアロさん、心から感謝するよ。これでX線ニュース紙はおしまいだろう。あんなごろつき新聞はつぶれてとうぜんだ。卑劣な陰謀を企んで、その上、世界でもっとも心のやさしいダグマーの顔に泥を塗ろうとした罰が当たったんだ。あなたのおかげでこの悪辣な企みが暴かれて、ほんとうによかった。それにしても、やつらが替え玉を使っていることを、よくも見抜いたもんですな」

「なにも新しい作戦ではないのですよ」ポアロは首相の記憶を刺激した。「ジャンヌ・ド・ラ・モットの事件で、彼女がマリー・アントワネットに変装したときに使った手なんです」

「ああ、なるほど。一度『王妃の首飾り』をぜひ読んでみよう。しかし、やつらに雇われた女を、あなたはどうやってみつけだしたのかね？」

「デンマークでさがして、みつけたのです」

「でも、なぜデンマークで？」

「奥さまのおばあさまはデンマーク人ですし、奥さま本人もデンマーク人的な特徴が強いですからね。それと、まだほかにも理由があるんですが」

「あの女性は、ほんとうに妻によく似ていた。なんとまあ悪魔的なことを考えるもんだ！　あのドブネズミ野郎は、どこでそんなことを思いついたんでしょうな？」

ポアロはにやりと笑って、「いや、彼は思いつかなかったんですよ」といい、自分の胸を軽くたたいた。「考えたのは、このわたしです！」

エドワード・フェリアは目を見張った。

「わからんな。どういうことかね？」

ポアロは答えた。

「これは『王妃の首飾り』よりも古い物語――アウゲイアス王の大牛舎の掃除の神話にさかのぼってお話ししなければなりません。ヘラクレスが利用したのは川でした――つまり、自然の偉大な力のひとつです。それを現代化したらどうなります？　なにが自然の偉大な力でしょうか？　それはセックスです。そうでしょう？　セックスこそ、小説を売り、ニュースを作る原動力なのです。セックスに関連したスキャンダルは、汚職や詐欺横領などの政界の内幕よりも、はるかに読者を湧かせるのです。

というようなわけで、それがわたしに課せられた仕事になったのです！　そこでまず、ヘラクレスよろしく手を泥まみれにして、川の流れを変えるダムを造ることからはじめました。わたしの友人の、ある新聞記者がそれを手伝ってくれましてね。彼はデンマークじゅうあちこちさがして替え玉にぴったりの女をみつけ、彼女に例の話をもちかけたのです――彼女がおぼえていてくれることを期待しながら、さりげなくX線ニュース紙という新聞名を織りこんだりいたしましてね。彼女は期待どおりそれをおぼえていました。

かくして、どうなったか？　泥水です――大量の泥水。シーザーの妻は、それを頭からかぶってしまいました。それはあらゆる人にとって政界のスキャンダルよりもはるかに興味深いことでした。そしてその結果は――めでたしめでたし《デヌーマン》、でしょうな。なぜって、反作用ですよ！　嫌疑が晴れ、泥が洗われて、貞淑な女の姿が現われたんですから！　感動の大波がアウゲイアス王の大牛舎を洗い清めたのです。

たとえいま全国のあらゆる新聞がジョン・ハメットによる公金横領の事実を暴き立てたとしても、だれもそれを信じないでしょう。政府の信用を失墜させるための陰謀だと決めつけるだけです」

エドワード・フェリアは大きなため息をついた。そのときポアロは一瞬、暴力におそわれる危険が、生涯のどんな場面よりも身近にせまっているのを感じた——

「わたしの妻を！　きみはよくも妻を利用して——」

折よく、そのときフェリア夫人が部屋にはいってきた。

「とにもかくにも」彼女はいった。「うまく片づきましたわね」

「ダグマー、きみはなにもかも知っていたのか？」

「ええ、もちろんよ」ダグマー・フェリアはいった。

そしてにっこりと微笑した。貞淑な妻の、夫をいたわるやさしい微笑だった。

「なのに、ぼくにはひとこともいわなかったんだな！」

「だって、エドワード、もし話したら、あなたはポアロさんにそんなことをぜったい許さなかったはずだもの」

「あたりまえだ、させるもんか！」

ダグマーは微笑した。

「わたくしたちも、そうだろうと思ったの」

「わたくしたち？」

「わたくしとポアロさんのことよ」

彼女はポアロにほほえみかけ、それから夫に笑顔をむけた。

そして、こう言い添えた。

「親切な主教さまのお宅でじゅうぶん休養させていただいたから、すっかり元気になったわ。来月はリヴァプールで新しい軍艦の命名をしてほしいと頼まれているのよ――これからは、そっちのほうでもひっぱりだこになりそうね」

第六の事件
スチュムパロスの鳥
The Stymphalean Birds

I

ハロルド・ウェアリングは、湖からの道をのぼってくるふたりの女を、そのとき初めて見た。彼はホテルのテラスにすわっていた。空は晴れわたり、湖は青く、太陽がさんさんと輝いている。ハロルドはパイプをくゆらしながら、この世を謳歌するような気分にひたっていた。

ハロルドは政治家として栄達の道を歩んでいた。わずか三十歳で次官という地位は、誇るに足るものであった。首相がある人に、「ウェアリングは大物になるだろう」といったとも聞いている。とうぜんながら、ハロルドは有頂天になった。目の前には、まさにバラ色の人生がひらけているのだ。彼は若くて美男で、健康状態も折り紙つき、しかもいまだ異性の束縛とは無縁の独身だった。

ハロルドは、人でにぎわう場所を避け、だれにもなにごとにもわずらわされずに静養するために、ヘルツォスロヴァキアで休暇を過ごそうと決めた。ステンプカ湖畔のホテルは小さいけれども居心地がよく、泊まり客も多くない。客の大半は外国人で、ハロルド以外のイギリス人は、ライス夫人という中年の女と、嫁にいった娘のクレイトン夫人。ハロルドはそのふたりのどちらにも好感をもっていた。エルジー・クレイトンはちょっと古風な型の美人であり、ほとんど化粧っけもなく、おとなしくてやや内気な性格だった。母親のライス夫人のほうは、いわゆるしっかり者だ。背が高く、声が低くて太く、態度はちょっと横柄なところがあるが、ユーモアのセンスがあって、話し相手にはおもしろい。彼女の人生は、明らかに娘のそれと切っても切れないものだった。

ハロルドは母娘といっしょに楽しい時間を過ごすことがすくなくなかったが、しかし、彼女たちはハロルドを独占しようとはしなかったし、おたがい親しい中にも束縛のない関係を保っていた。

ほかの泊まり客は、まったくハロルドの興味をひかなかった。ほとんどがハイカーや団体旅行客なので、一、二晩泊まっただけで出て行ってしまうからだ。ハロルドは、ライス夫人母娘以外の客にはほとんど無関心だった――この日の午後までは。

その客たちは湖からの道をゆっくりとのぼってきたのだが、たまたまそれがハロルドの注意をひいた瞬間、ひとむらの雲が太陽をおおい隠した。彼はびくっと身ぶるいした。そして、目を凝らした。そのふたりの女は、たしかにどこか異様ではないか？　鳥のくちばしのような長い湾曲した鼻をもち、顔はふしぎなほどそっくりで、まるで仮面のように動きがない。そして両肩に羽織ったマントが、二羽の大きな鳥の翼のように風にはためいていた。

ハロルドは心の中でつぶやいた。

「ほんとに鳥みたいだ」――それからなにげなくつけ足した――「凶兆の鳥だ」と。

ふたりの女はまっすぐテラスへやって来て、ハロルドのそばを通り過ぎた。若くはない な――四十よりは五十にちかい年だろう。顔がよく似ているところから見て、おそらく姉妹だ。ちかづきがたい顔つきをしている。そばを通りすぎるとき、ふたりが一瞬そろってハロルドを見た。何者だろうかとさぐるような目つきは――ほとんど動物じみていた。

ハロルドのいだいた不吉な印象はさらに強まった。彼は姉妹のひとりの手に気づいたのだが、それは長い鉤爪のようで……太陽はもう雲に隠れてはいなかったけれども、彼はふたたび身ぶるいして、こう思った。

「気味のわるい女たちだな。まるで猛禽のようだ」

ちょうどそのときホテルから現われたライス夫人の姿が、ハロルドのそんな想像をはらいのけた。彼は急いで立ちあがって椅子をひいた。ライス夫人はひとこと礼をいって腰をおろし、いつものようにせっせと編み物をはじめた。

ハロルドは問いかけた。

「たったいまホテルへはいって行った、あのふたりの女性をご覧になりましたか？」

「マントを着た？　ええ、通路ですれちがいましたよ」

「異様だと思いませんか？」

「そう、ちょっと変わってますわね。きのう来たばかりのようですよ。そっくりだから──きっと双子でしょ」

「気のせいかもしれませんけど、ぼくはあのふたりに、なにか不吉なものをはっきり感じたんですよ」

「まあ、よく見てらっしゃるのね。わたしも彼女たちをよく観察して、ほんとにあなたのいうとおりかどうか見てみないと」

ライス夫人は、さらにいった。「コンシェルジュに訊けば、あのふたりが何者かはわかるでしょうけど。イギリス人じゃなさそうね」

「ええ、ちがいますよ」

彼女は腕時計に目をやって、いった。

「お茶の時間ですわ。すみませんけど、受付へ行ってベルを鳴らしてきていただけませんか、ウェアリングさん？」

「いいですとも」

ハロルドは中へはいってベルを鳴らしてから席にもどって、たずねた。

「お嬢さんは、きょうはどちらへ？」

「エルジーですか？　さっきいっしょに散歩に出かけたんですよ。湖畔をすこしまわってから松林を抜けてもどってきたんです。とてもきれいでしたよ」

給仕がやってきて、お茶の注文を受けた。ライス夫人は目にも止まらぬスピードで編針を動かしながら話をつづけた。

「エルジーの夫から手紙がまいりましたの。たぶんあの子はお茶を飲みに来ないでしょう」

「お嬢さんの夫？」ハロルドは意外そうに問い返した。「そうだったんですか、お嬢さんはてっきり未亡人だと思ってました」

ライス夫人は鋭い視線をハロルドに投げかけ、そっけなくいった。

「いいえ、エルジーは未亡人じゃありませんよ」それから語気を強めて言い添えた。

「残念なことにね！」

ハロルドは啞然とした。

ライス夫人は渋い顔でうなずきながらいった。

「お酒は、いろいろな不幸をもたらすもんですわね、ウェアリングさん」

「その人は酒飲みなんですか？」

「ええ。それに、ほかにも問題は山ほどあるんです。異常なほど嫉妬深くて、とにかくかっとなりやすいたちで」ため息。「世の中って思うようになりませんね、ウェアリングさん。エルジーはわたしの宝です。ひとり娘ですし――あの子が不幸な目にあっているのを見るのは、ほんとにつらくて」

ハロルドは真心をこめていった。

「お嬢さんはとてもおとなしい人なのに」

「すこしおとなしすぎるのかもしれませんね」

「それはつまり――」

ライス夫人はゆっくり答えた。

「幸福な人は、もっと傲慢なものです。エルジーのおとなしさは、おそらく敗北感に根ざしているのだろうと思いますわ。人生はあの子にとってあまりにも厳しすぎたのです」

　ハロルドがためらいがちにいった。

「それにしても――お嬢さんはどうしてそんな男と結婚することになったんですか？」

「フィリップ・クレイトンは、とても魅力的に見える人だったんですよ。いまでも当時の魅力は健在だし、ちょっとした資産ももっているし――それに、彼の本性についてわたしたちに忠告してくれる人もいませんでした。わたしはずいぶんむかしに夫を亡くしておりますからねぇ。女ふたりだけの暮らしをしておりますと、殿方の性格をきちんと判断することもできませんのよ」

　ハロルドは考え深げにいった。

「なるほど、たしかにそうでしょうね」

　ハロルドは同情と怒りの波に飲みこまれそうになった。エルジー・クレイトンはまだせいぜい二十五歳ぐらいだ。親しみのこもった青く澄んだ瞳、しなやかな唇のふくらみ。ふと、ハロルドは気づいた。エルジーに対する関心が単なる友情をすこし超えていることに。

　そのエルジーが、人でなし男に縛られているとは……

II

その晩の夕食後、ハロルドはライス夫人とその娘と同席した。エルジー・クレイトンは淡いピンクの服を着ていた。そのまぶたが赤らんでいることに、ハロルドは気づいた。泣いていたのだろう。

ライス夫人はてきぱきといった。

「ウェアリングさん、例のふたりの魔女の素性をしらべてみたんですけどね。ポーランドの方ですって――立派な家柄の貴婦人なんだと、コンシェルジュがいっていました」

ハロルドは、そのポーランド女たちがすわっているほうに目をむけた。エルジーが、なにごとかというようにたずねた。

「むこうにいる、あの人たちのこと？　髪を赤茶色に染めた？　なんだか気味のわるい人たちね――なぜかわからないけど」

わが意を得たりというようにハロルドはいった。

「でしょう？　ぼくもそう思ったんですよ」

ライス夫人は笑ってかわした。

「あなたたち、ふたりともどうかしているわ。人は見かけによらないものよ」

エルジーも笑った。

「それはそうでしょうけど、でも、やっぱりハゲタカみたいに思えるんだもの！」

「死人の目をつつき出したりしてね！」ハロルドがいった。

「あら、いやだ」エルジーが叫んだ。

ハロルドはあわてて謝った。

「ごめん」

ライス夫人は微笑しながらいった。

「とにかく、あの人たちに危害をくわえられる心配はないでしょうよ」

エルジーは、「わたしたちにはなにも後ろめたい秘密はないもの」といった。

「でも、ウェアリングさんにはあるかもしれないわよ」ライス夫人はからかうような調子でいった。

ハロルドは胸を張って笑い声をあげ、否定した。

「秘密なんかいっさいありませんよ。ぼくの人生は隠しごととは無縁なんです」

そのとき、こんな思いが頭をよぎった——まっすぐな道からはずれるなんて、愚かな人間のやることだ。かげりのない良心、人生に必要なものはそれだけさ。それさえあれば、堂々と生きられる。邪魔をするやつを突き飛ばして、まっすぐ進むことができるのだ！

ハロルドは、急に全身に活気が満ちてくるのを感じた――とても強くなったようで――なんでもかかってこい、といいたいような気がした。

Ⅲ

多くのイギリス人がそうであるように、ハロルド・ウェアリングの語学力もお粗末なものだった。フランス語はほとんど片言で、しかもイギリス訛りがひどい。ドイツ語やイタリア語にいたっては、その片言さえおぼつかなかった。

いままでは外国語を話せなくても不便を感じたことはない。ヨーロッパ大陸のたいていのホテルでは、英語が通用したからだ。

しかし、このへんぴな土地の母国語はスロヴァキア語で、コンシェルジュさえもドイツ語しか話せないありさまで、ふたりの女友だちのどちらかに通訳してもらったが、いらだたしい思いをさせられることが多かった。ライス夫人は外国語が達者で、スロヴァキア語もすこし話せた。

ハロルドはドイツ語の勉強をしようと思い立った。テキストを買って、毎朝二、三時間それを学習しようと決心した。

その朝は快晴で、ハロルドは手紙を何通か書いたあと、時計を見ると昼食前に一時間ほど散歩する時間があることがわかった。彼は湖畔へむかって坂をくだり、そこからわきへ折れて松林の中へはいった。五分ほど歩いたとき、まぎれもない声が聞こえた。どこかさほど離れていないところで、女がむせび泣いているのだった。

ハロルドはしばらく迷ってから、声のするほうへむかった。声の主はやはりエルジー・クレイトンだった。倒木に腰かけて両手に顔を埋め、はげしい悲しみに肩をふるわせていた。

ハロルドはちょっと躊躇してから彼女にちかづき、やさしく声をかけた。

「クレイトンさん――エルジー？」

エルジーはびっくりして彼のほうを見あげたので、ハロルドはそばに腰をおろした。

心からの思いやりをこめて、彼はいった。

「ぼくで力になれることはあるかな？　遠慮なくいってください」

エルジーはかぶりをふった。

「いいえ――いいんです――ご親切にありがとう。でも、だれにもなにもしていただくわけにはいかないわ」

ハロルドは遠慮がちに口を出した。

「それはあの――ご主人と関係のあることなんでしょう?」

エルジーはうなずいた。それから、目もとをぬぐってコンパクトをとりだし、自制心をとりもどそうとしながら、いった。その声がふるえている。

「母を心配させたくなくて。わたしが悲しんでいるのを見ると、母はとっても気をもむものだから。それで、思いっきり泣くためにここへ来たんです。バカよね、ほんとうに。泣いたって、どうなるわけでもないのに。だけど――そういうこともあるでしょ――生きているのが耐えられないようなきもちになることが」

ハロルドはいった。

「かわいそうに」

エルジーはうれしそうな目をしたが、すぐにこういった。

「もちろん、わたしがいけなかったんです。わたしは自分の自由意志でフィリップと結婚したんですもの。それで――結局うまくいかなかったからといって、だれを責めるわけにもいきませんわ」

ハロルドはいった。

「そんなふうにいうなんて、あなたはとても勇気があるんだな」

エルジーは首をふった。

「いいえ、そんなこと。ぜんぜん勇気なんてないんです。わたしって、ひどい臆病者なの。それもあってフィリップのことでも困ってるんです。わたし、夫がこわいの――こわくてたまらないのよ――あの人がカッとなると」

ハロルドは真摯にいった。

「あなたは、彼と別居すべきです！」

「そんな思いきったことできません。だいいち――夫が許さないわ」

「バカな！　だったら、離婚してしまえばいい」

エルジーはのろのろと首をふった。

「離婚の根拠がありませんもの」そういって、気を取りなおしたようすになった。「そう、このまま行くしかないんです。わたしが長いこと母といっしょに過ごしてるのをご存じでしょ。それはフィリップも平気なんです。とりわけ、行き先がこういうへんぴな場所ならばね」彼女は頰を赤らめながら付けくわえた。「じつは、夫が異常なほど嫉妬深いってことも問題のひとつなんだけど。もし――もしもわたしがほかの男性と口をきくと、それだけでたいへんな騒ぎになってしまうんです」

ハロルドは義憤に駆られた。これまで彼はたびたび女性が夫の嫉妬についてこぼすのを聞いて、同情のそぶりをしながらも、夫が嫉妬するのも大いにむりはないとひそかに思ったものだ。しかし、エルジー・クレイトンはそんな女ではなかった。彼女は、ハロルドに気のあるようなまなざしを投げかけたことさえなかったのだから。

エルジーは小さくふるえてハロルドから身を遠ざけ、空を見あげた。

「曇ってきたわ。ずいぶん寒くなったわね。ホテルへもどりましょう。もうそろそろ昼食の時間になるはずだし」

ふたりは立ちあがってホテルへむかった。一分も歩いただろうか、前のほうにおなじ方向へむかう人影が見えた。肩に羽織ったマントでわかったのだが、あの女だった。例のポーランド人姉妹のひとりだ。

追いこしぎわに、ハロルドは軽く会釈した。それには無反応だったけれども、女はひたとふたりを見つめた。その視線にこもった詮索するような感じに、ハロルドはふいにかっとなった。女は、ハロルドがエルジーとならんで倒木に腰かけているのを見たのだろうか。だとしたら、たぶん……

そう、女はまるでありもしないことを考えているようで……ハロルドは怒りの波に飲みこまれそうになった。なんという、いやらしい根性の女だ！

　それにしても、日が陰って、ふたりが寒さに身をふるわせていた――ちょうどそのときに女がこちらを見ていたかもしれないなんて……

　なぜだか、ハロルドはそこはかとない不安をおぼえた。

Ⅳ

　その晩、ハロルドは十時過ぎに自室へもどった。イギリスからの郵便物がとどいていて、ハロルドもたくさんの手紙を受けとった。なかには至急返事を書かなくてはならないものが何通かあった。

　ハロルドはパジャマとガウンに着替えて、返事を書こうと机の前にすわった。三通書きおえて、四通目にとりかかったとき、ドアがだしぬけにひらいて、エルジー・クレイトンが部屋にころがりこんできた。

　ハロルドはおどろいて立ちあがった。エルジーは部屋にはいってドアをしめると、整理ダンスにしがみついてようやくしゃがみこまずにいるようだった。息も絶え絶え、顔面蒼白で、死ぬほどおびえているようだ。

切れ切れに、彼女はいった。「夫が来たんです！　なんの予告もなしに！　わたし——わたし、殺されてしまう！　夫は怒り狂って——まともじゃないわ！　だからここへ逃げてきたんです。お願い——わたしをかくまって！」

一、二歩ハロルドのほうへ踏みだしたエルジーが大きくよろめき、倒れかけたので、彼は抱きとめようと腕を伸ばした。

ちょうどそのとき、バタンとドアがあいて、ひとりの男が入口に立ちはだかった。中肉中背で眉毛の濃い、つやつやした黒髪の男だ。片手に車修理用の大型レンチをにぎりしめ、男は怒りに声を荒立てた。

「やっぱりあのポーランド人女のいったとおりだったんだな！　こいつがおまえの浮気相手か！」

エルジーが叫んだ。

「ちがうわ、フィリップ！　そんなのうそよ！　勘違いしないで！」

ハロルドはすばやく彼女を背後に押しやった。フィリップ・クレイトンはずかずかと間合いを詰めてわめいた。

「勘違いだと？　現におまえはこの男の部屋にいるじゃないか。この売女！　生かしちゃおかないぞ！」

フィリップ・クレイトンはすばやい動きでハロルドの横へまわりかけた。エルジーが悲鳴をあげながら逆方向へ逃げ、ハロルドはさっとむきを変えてフィリップの攻撃を防ごうとした。

だが、フィリップ・クレイトンは、妻をつかまえることしか眼中にない。またしても反対方向へまわりこむ。エルジーはふるえあがって部屋から飛びだしていった。フィリップ・クレイトンがそのあとを追う。ハロルドも一瞬の躊躇もなくフィリップを追った。

エルジーは廊下のつきあたりにある自分の部屋へ一目散に逃げこんだ。ドアに鍵をかけようとしている音がハロルドにも聞こえたが、間一髪、鍵のかかる寸前に、フィリップ・クレイトンが力まかせにドアをこじあけた。フィリップが室内に姿を消すと、エルジーのおびえた叫び声があがった。一瞬遅れて、ハロルドがふたりを追って部屋に駆けこんだ。

エルジーはカーテンをひいた窓際に追いつめられて立ちすくんでいた。ハロルドが部屋にはいったとき、フィリップ・クレイトンがレンチをふりかざして妻におそいかかった。エルジーは恐怖の悲鳴をあげ、すぐ横にあった机の上の重い文鎮をつかんで、突進してくる夫にむかって投げつけた。

フィリップは丸太ん棒のように倒れた。エルジーが金切り声をあげる。ハロルドは戸口に凍りついた。エルジーが夫のそばにひざまずいた。フィリップは倒れたまま動かない。

外の廊下のほうから、どこかのドアの差し錠をあける音がした。エルジーがさっと立ちあがり、ハロルドのところへ駆けつけた。

「どうか――お願いだから――」エルジーはせっぱ詰まった低い声でいった。「自分の部屋にもどって。人が来るわ――あなたがここにいるのを見られないほうがいい」

ハロルドはうなずいた。瞬時に情況判断をしたのだ。とりあえず、フィリップ・クレイトンがエルジーに危害をくわえる心配はなさそうだ。だが、だれかがエルジーの悲鳴を聞きつけたかもしれない。もしハロルドが彼女の部屋にいるのを見つかったら、混乱と誤解をひきおこすことになる。エルジーのためにも、またハロルド自身のためにも、スキャンダルはぜったいに避けなければならないのだ。

ハロルドはできるだけ足音を立てないようにして、廊下を自室へと駆けもどった。室内にはいったそのとき、どこかの部屋のドアがあく音が聞こえた。

彼は三十分ちかくも部屋のなかでじっと待った。外へ出る踏ん切りがつかなかった。そのうちに、きっとエルジーが来るだろうと思ったからだ。

やがてドアに軽くノックの音がした。ハロルドはあわてて立ちあがってドアをあけた。はいってきたのはエルジーではなく、彼女の母親で、その姿を見て、ハロルドははっと息をのんだ。ライス夫人は突如として十歳以上も老けこんでしまったように見えた。灰色の髪は乱れ、目の下に、どす黒いくまができていた。

ハロルドは駆け寄って、ライス夫人に手を貸して椅子にすわらせた。彼女は息をするのもやっととという感じで腰をおろした。ハロルドは急いでいった。

「だいじょうぶですか、なにかさしあげましょうか？」

ライス夫人はかぶりをふった。

「いいえ。気にしないで、わたしはだいじょうぶ。ショックを受けただけです。ウェリアリングさん、たいへんなことになってしまいましたの」

ハロルドは問いかけた。

「クレイトンの怪我がひどかったんですか？」

ライス夫人は固唾を飲んだ。

「ひどいどころか、あの人、死んでしまったんです」

V

部屋がぐるぐるとまわった。

背筋が凍って、ハロルドはしばらく口もきけなかった。

やがて、ぼんやりと夫人のことばを繰りかえした。

「死んだ?」

ライス夫人はうなずいて答えた。疲れ果てたような、抑揚のない声だった。

「大理石の文鎮の角がこめかみに当たって、倒れたとき暖炉の鉄の炉格子で頭を打ったんです。どちらが原因で死んだのかわかりませんけど、とにかく死んでしまったことはまちがいありませんわ。死人を何人も見てきましたから、わたしにはわかるんです」

災厄――ということばが、ハロルドの頭の中で執拗に鳴った。災厄、災厄、災厄……

「あれは事故だ……ぼくは一部始終を目撃したんです」と、彼は力説した。

ライス夫人がピシリといった。「もちろん事故ですとも。わたしだって、そんなことは知ってます。でも――でも、ほかの人はそう思うかしら? わたし――白状しますけど、わたしは心配でたまらないんですよ、ウェアリングさん! ここはイギリスじゃないんですもの」

ハロルドはゆっくりといった。

「いや、ぼくがエルジーの話を確証できるから」

「ええ、あの子もあなたの話を確証できるでしょう。でも、それは――ただそれだけのことです」

もともと頭の切れる慎重なハロルドは、ライス夫人がなにをいいたいのかを理解した。情況を考えなおしてみて、彼は自分たちの立場の弱さを痛感した。

ハロルドとエルジーは、ふたりきりで長い時間を過ごしていた。しかも、松林の中でいっしょにいるところを――かなりきわどい現場を――ポーランド人の女のひとりに見られたという事実もある。あの女は英語がわからないように見えるけれども、ひょっとしてじつはすこしはわかるのかもしれない。もしふたりの会話を立ち聞きしていれば、〝嫉妬深い〟とか〝夫〟というような単語の意味はわかった可能性はある。いずれにせよ、あの女からなにか聞いたがために、クレイトンが嫉妬心をかきたてられたのは明らかだ。そしていま――そのクレイトンは死体になり果ててしまったのだ。彼が死んだとき、ハロルドはエルジーの部屋にいた。ハロルドが文鎮でフィリップ・クレイトンを殴り殺したのではないことを立証するものは、なにひとつない。エルジーがハロルドといっしょにいるところを嫉妬深い夫に見られなかったという証拠もない。あるのはただ、ハロルドとエルジーの証言だけだ。それを信じてもらえるだろうか？

冷たい恐怖がハロルドをわしづかみにした。

まさか、自分やエルジーが無実の罪で死刑を宣告される危険があるとは思えない。せいぜい故殺の嫌疑がかけられるだけだろう（いや、事前の計画性なしに人を殺害した場合に適用される故殺という罪名が、こんな外国にあるだろうか？）。しかも、たとえ無罪放免になっても、その前に取り調べを受けざるを得まい——そしてそれはあらゆる新聞に報道されるにちがいない。イギリスの新進政治家のひとりと女性が、彼女の嫉妬深い夫を殺害した疑いで逮捕された——そんなことになったら、それはハロルドの政治生命の終わりを意味するだろう。そんなスキャンダルを乗りこえて生き残ることは不可能なのだ。

ハロルドは衝動的にいった。

「どうにかして、この死体を始末できないでしょうか？　あれをどこかに埋めてしまうとか？」

ライス夫人は唖然として彼を見つめ、ハロルドはその軽蔑的なまなざしに赤面した。

彼女はきっぱりといった。

「ウェアリングさん、これは探偵小説じゃないんですよ！　そんなことをするなんて狂気の沙汰ですわ」

「そうですね……」ハロルドはうなった。「どうしたらいいんだ？　ちくしょう、いったいどうすればいいんですか？」

ライス夫人は絶望的に首をふり、眉を寄せて必死で考えた。

ハロルドは問いただした。「われわれにできることが、なにかあるんじゃないですか？　なにか、このおそろしい災厄から逃れる方法が！」

またこれだ、災厄！　おそろしく、思いがけない、まったく破滅的な。

ふたりはたがいに顔を見合わせた。

ライス夫人は悲痛な声をあげた。「ああ、エルジー、かわいい娘のためだもの、わたしはなんだってするわ……もしこんなことで警察に逮捕されたら、あの子は死んでしまう」それから、彼女はつけくわえた。「あなたの経歴も台なしだわ――すべてが台なしに」

ハロルドはかろうじていった。

「ぼくのことなんか気にしないでください」

そのくせ、本心はちがった。

ライス夫人は苦にがしく話をつづけた。

「だいいち、こんなのってフェアじゃないわ——なにもかも真実とはほど遠いのに！　あなたたちのあいだには、よこしまな関係なんてなかった。それはわたしがよく知っています」

ハロルドは溺れた者が藁をもつかむようなきもちでいった。

「すくなくとも、あなたにはそれを証言してもらえる——ぼくらがただの友だちどうしだったということを」

ライス夫人が皮肉な口ぶりでいった。

「ええ、相手がそれを信じてくれるものならね。でも、こういうへんぴな土地の人たちがどう考えるかはわかるでしょ？」

ハロルドは暗い表情で同意した。ヨーロッパ大陸の人びとの考え方からすれば、彼とエルジーのあいだにやましい関係があることは疑いの余地もないだろう。ライス夫人がどんなにそれを否定しようとしても、娘をかばって嘘をついているのだとみなされるにちがいなかった。

ハロルドは沈痛な声でいった。

「ええ、ここはイギリスじゃありませんからね。運がわるいことに」

「そうだわ！」ライス夫人が顔をあげた。「そのとおりよ……ここはイギリスじゃない。

そうなると、なんとか手を打てるかも――」

「ほう？」ハロルドは期待の目をむけた。

ライス夫人はだしぬけに問いかけてきた。

「あなた、どのくらいお金をもっていらっしゃる？」

「手元にはたいした金はありません」ハロルドは答えた。「もちろん電報で送ってもらうことはできますが」

ライス夫人が深刻な口調でいった。

「かなりの金額が必要になるかもしれません。でも、やってみる価値はあると思うわ」

ハロルドは絶望感がかすかに薄まるのをおぼえた。

「で、どんな手を打とうというのですか？」

ライス夫人はきっぱりと答えた。

「わたしたち自身の手で死体を隠せる見こみはないけれど、もみ消してしまえる可能性はあると思うのですよ。当局の手でね！」

「本気でいってるんですか？」そうであってほしいのは山やまだが、ハロルドにはちょっと信じられなかった。

「ええ。ひとつには、このホテルの支配人がわたしたちの味方になるでしょうからね。

あっちだって、こんな事件が表ざたになっては困ると思っているんですよ。わたしの考えですけど、こういうへんぴで小さくて風変わりなバルカン諸国では、どんな人でもたやすく買収できるんですよ。とくに警察は、ほかのだれより堕落しているらしいから！」

　ハロルドはのろのろといった。

「そうですね、そんな気がしてきました」

　ライス夫人は話をつづけた。

「さいわい、ホテルのなかには、騒ぎを聞きつけた人はいないようだし」

「エルジーの部屋のとなりの、あなたの部屋と反対側の部屋には、だれが泊まっているのですか？」

「例のポーランド人の女がふたり泊まっていますけど、なにも聞こえなかったようですよ。もし聞こえたら、廊下へ出てくるでしょうからね。それに、フィリップは夜遅く到着したので、夜勤のボーイ以外はだれにも見られていないでしょう。ですから、これはきっとうまくもみ消せますわ――フィリップが病死したという死亡証明書を手に入れさえすれば、万事が片づくのです！　問題はただ、買収するのに相当な金がかかることと、適切な人をえらぶこと――たぶん、警察署長あたりをね！」

ハロルドは苦笑していった。

「なにやらこっけいな芝居じみてきましたね。ま、とにかく、やってみるしかない」

VI

ライス夫人は精力的に動いた。まずホテルの支配人を呼び寄せて工作をはじめた。ハロルドはそれには立ち会わずに部屋にとじこもっていたが、前もってライス夫人とのあいだで相談して、夫婦げんかのさなかにフィリップがとつぜん心臓発作を起こして死んだことにしようと決めてあった。エルジーの若さと美貌が同情をひくことも計算に入れていた。

翌朝、さまざまな警察官が到着して、ライス夫人の部屋に案内され、そして昼近くに帰っていった。ハロルドは電報を打って送金を依頼した以外、もみ消し工作にはいっさいかかわらなかった――じっさいのところ、それらの警察関係者はだれも英語を話せなかったので、ハロルドがいてもなんの役にも立たなかっただろう。

ちょうど正午に、ライス夫人がハロルドの部屋へやってきた。顔色がわるく、疲れているようではあったが、安堵の表情がどうなったかを物語っていた。ライス夫人は簡潔にいった。

「うまく行ったわよ！」

「よかった！　さすがにすばらしい手腕ですね！　信じられないくらいですよ！」

ライス夫人は、納得のいかない口ぶりでこぼした。

「あんまりとんとん拍子にいったもんだから、なにやらごくあたりまえの話をしているような気がしたくらいですよ。あの連中ときたら、すぐ手をさしだしたも同然でした。いやになっちゃうわ、ほんとに！」

ハロルドは冷静に諭した。

「いまは警察の腐敗堕落を論じているときじゃありませんよ。で、金額は？」

「料金はかなり高いんですよ」

彼女は関係者名のリストを読みあげた。

警察署長
警視
医師

ホテルの支配人
警備係
夜勤のボーイ

ハロルドはほんのちょっと意見を述べた。

「夜勤のボーイはたいしてかからないでしょうね。金モールの値段ぐらいのところで」

ライス夫人はいきさつを簡単に説明した。

「支配人はフィリップが死んだ場所をこのホテルの中じゃないことにしてほしいと要求してね。そこで警察は、フィリップが列車の中で心臓病の発作を起こし、胸が苦しくなったために新鮮な空気を吸おうとして廊下を歩いているうちに——昇降口のドアがいつもあいているのをご存じでしょう——誤って線路に落ちたことにしようという話になったわけなの。警察って、やろうと思えばなんでもできるんですね！——つくづく感心しましたわ」

「われわれの警察がそんなふうでなくて、ほんとにありがたいことです」

ハロルドはイギリス人である優越感にひたりながら、昼食のために食堂へおりていった。

Ⅶ

昼食後、ハロルドはいつものようにコーヒーを飲みに行き、ライス夫人母娘といっしょになった。彼はつとめてふだんと変わりなくふるまった。

昨夜以来エルジーと会ったのはそれが初めてだった。彼女は顔が青ざめて、まだショックから立ちなおっていないようすだったが、しかし、いつものようにふるまおうとけなげな努力をしながら、天気や景色についてのあたりさわりのないことばを口にした。

それから彼らは、さっきホテルに着いたばかりの新しい客を話題にし、その人物の国籍について推測をめぐらした。ハロルドは大きな口ひげから考えてフランス人だろうといい、エルジーはドイツ人だと思い、ライス夫人はスペイン人かもしれないといった。

テラスには、彼らのほかに例のポーランド人のふたりの女が片隅に座って、編み物をしているだけだった。

ハロルドはその女たちを見ると、いつものように不吉な戦慄が背筋を走るのを感じた。あの動きのない顔、大きな鷲鼻、猛禽の鉤爪のような長い手……

ボーイがやってきて、ライス夫人に来客だと告げた。彼女は立ちあがってボーイについて行った。やがてホテルの正面玄関で、制服の警官に引き合わされるのが見えた。

エルジーははっと息を詰まらせた。

「もしかしたら――なにかわるいことが起きたのかしら」

ハロルドは急いでそれを打ち消した。

「いやいや、そんなことはない」

しかし、彼自身もとつぜん不安におそわれて、胸がおののくのを感じていた。

「あなたのお母さんはじつにしっかりしてるね！」と、ハロルドはいった。

「ええ、母はすごく勝ち気で、どんな苦境に立たされてもけっしてくじけない人なんです。でも――」エルジーは身ぶるいした――「こんなことになるなんて、あんまりだわ」

「その話はよしましょう。もうすべてが片づいたんだから」

エルジーは声を低めていった。

「だけど、忘れられないわ――彼を殺したのはわたしなんですもの」

ハロルドは力説した。

「そんなふうに考えちゃダメですよ。あれは事故だ。そうでしょう？」

エルジーの顔がいくぶんか明るくなった。

ハロルドは重ねていった。「とにかく、あれは過ぎ去ったことなんだから。過去は過去。くよくよ考えないで、忘れなさい」

ライス夫人がもどってきた。その表情から、すべてがうまく行ったことがわかった。「さっきはほんとにドキッとしたわ」彼女は快活にいった。「でも、ただの書類の手続きの話だったの。これでもうだいじょうぶよ。なにもかもうまく行ったわ。それを祝って、ひとつリキュールでも注文しましょうか」

飲み物を注文し、やがてそれが運ばれてきたので、三人はグラスをあげた。

ライス夫人がいった。「未来のために！」

ハロルドはエルジーに微笑を投げていった。

「あなたのしあわせのために！」

エルジーも微笑み返してグラスをさしあげながらいった。

「あなたの――あなたの成功を祈って！　あなたはとても出世なさると思うわ」

恐怖からの反動で、三人はまるで気がふれたように陽気にはしゃいだ。暗い影は一掃され、すべてがうまく行ったのだ……

テラスの片隅にいた鳥のようなふたりの女が立ちあがった。注意深く編み物をまとめ、石畳の上を横切ってきた。

　やがてふたりはちょっと会釈して、ライス夫人のそばに腰をおろした。ひとりが彼女に話しかけはじめた。もうひとりはエルジーとハロルドを交互にながめた。唇にかすかな笑みを浮かべていた。薄気味のわるい微笑だと、ハロルドはひそかに思った。

　彼はライス夫人のほうへ目をやった。彼女はポーランド人の女の話に耳を傾けていて、ハロルドにはことばはさっぱりわからなかったものの、ライス夫人の表情は鮮明に読みとれた。昨夜の懊悩と絶望がふたたびそこに現われていた。彼女は相手の話をじっと聞きながら、ときどき短いことばをはさんだ。

　やがてふたりの女は立ちあがり、ぎこちなく会釈してホテルへ入っていった。

　ハロルドは身を乗りだし、声を殺してたずねた。

「どうしたんです、いったい？」

　ライス夫人は静かな絶望的な声で答えた。

「あの女たちはわたしたちをゆすろうとしているのですよ。ゆうべなにもかも聞いてしまったのです。やっとうまくもみ消したと思ったら、それが逆にますますひどく事態をこじらせてしまったのですわ」

Ⅷ

ハロルド・ウェアリングは湖畔の道を歩いていた。胸に突き上げてくる絶望の悲痛な叫び声を肉体的な運動によって鎮めようとしながら、一時間以上も熱に浮かされたように歩きつづけていた。

やがて、彼とエルジーの生命を呪わしい爪でがっしりととらえたあの不気味なふたりの女の姿が、初めて目にとまった地点まで来た。ハロルドは声をあげた。

「ちきしょう！　あのいまいましい二羽の血に飢えた悪魔の鳥《ハーピー》め！」

軽い咳払いが聞こえ、ハロルドはくるっとそっちをふりむいた。口ひげをこんもりと茂らせた異国人が木の陰から出て、彼の目のまえに立っていた。

ハロルドはいうべきことばに窮した。その小男は、さっき彼が口にしたことを立ち聞きしたにちがいなかったからだ。

とまどいながら、出まかせに口走った。

「やあ――あの――いい気分ですね、散歩は」

相手は正確な英語で答えた。

「しかし、あなたにとっては、あまりいい気分ではないようですな」

「いや、そんな――」ハロルドはまた返答に窮して口ごもった。

小男はいった。

「なにか困っていらっしゃるようですが、ムッシュー、わたしが助けてあげられるようなことでしたら――？」

「いやいや、とんでもない！　ちょっと鬱憤晴らしに怒鳴っただけですから」

相手はやさしくいった。

「しかし、たぶんわたしがお力になれるだろうと思いますよ。あなたを悩ましている問題は、さっきまでテラスにすわっていたふたりの女性と関連がある――そうでしょ？」

ハロルドはおどろいて目をみはった。

「あのふたりの女のことを、なにか知っていらっしゃるのですか？　いや、そもそもあなたはどなたですか？」

小男はまるで王室の生まれであることを告白するような調子で、「わたしはエルキュール・ポアロです」と答えてから、「森の中を少し散歩しながら、話を聞かせてください。きっとあなたを助けてあげられると思います」

つい数分前にはじめて出会った男に、なぜ一部始終を打ち明けるきもちになったのか、ハロルドにはいまだによくわからないのだが——たぶん過度の緊張のせいだったかもしれない——とにかく彼は、心に鬱積していたものを吐き出すような調子で、ポアロに事件のいきさつをくわしく語ったのだった。

ポアロはだまって耳を傾けた。二、三度大きくうなずいただけだった。やがてハロルドが語りおえると、ポアロは夢見るような口ぶりでつぶやいた。

「スチュムパロスの鳥だ。スチュムパロス湖のほとりに棲み、人間の肉を常食としていた鉄の嘴をもった鳥……うむ、これはぴったりだ」

「あの、なんでしょうか?」ハロルドはきょとんとして問いただした。この風変わりな小男は、ひょっとすると頭がおかしいのかもしれないと思いながら。

ポアロはにっこり笑った。

「ちょっと考え事をしていただけですよ。わたしにはわたしなりのものの見方があってね。ところで、あなたの問題ですが。あなたはまことに困ったことになっている」

「いわれなくてもわかっていますよ!」ハロルドはいらだたしげにいった。

ポアロは話をつづけた。

「これはたいへんなことですよ、ゆすりというのは。悪魔の鳥どもはあなたから、なにがなんでも金をむしりとるでしょう。一度ならず何度でも。もしいやだといったら、さあ、どうなると思います？」

　ハロルドは苦にがしく答えた。

「事件が明るみに出て、ぼくは一生を棒にふり、なんの罪もない哀れな女は地獄を見ることになるでしょうね。そのあげく、どんなことになるかは神のみぞ知る、だ！」

「ですから、なんらかの手を打たなければならないんです！」ポアロはいった。

「どんな？」ハロルドは率直にたずねた。

　ポアロはなかば目を閉じて、上体を後ろへそらしていった。

「いよいよブロンズのカスタネットをたたくときがきた！」

　ハロルドはふたたび彼が頭がおかしくなったのではないかという疑念に駆られ、問いかけた。

「あなたはほんとうにどうかしてるんじゃないでしょうね？」

　ポアロは大きくうなずいた。

「いやいや《メ・ノン》！　わたしはただ偉人な先輩のヘラクレスの例にならおうとしているだけです。あと数時間のしんぼうですよ。たぶん明日までには、あなたを迫害者の手から解放してあげられるでしょう」

Ⅸ

翌朝、ハロルドは期待に胸を弾ませながら一階へおりて、テラスにただひとりすわっているエルキュール・ポアロをみつけた。自分でも意外なことに、ポアロの約束はハロルドに深い感銘を与えていた。

急ぎ足でちかづいて、ハロルドは心配そうに問いかけた。

「どうでした？」

ポアロは晴れ晴れとした笑顔でハロルドをふりあおいだ。

「上々です」

「というと？」

「すべてがうまく片づきました」

「しかし、いったいどうなったのです？」

ポアロは夢見るような口ぶりで答えた。

「わたしはブロンズのカスタネットを使ったのです。現代的な言い方をすれば、電線を鳴らしたわけです――つまり、電報を打ったのですよ！　あなたのスチュムパロスの鳥は、当分のあいだ巧妙な悪知恵を発揮できないような場所へ移されました」

「彼女たちは警察に指名手配されたんですか？　逮捕されたんですね？」

「そのとおり」

ハロルドはほっとため息をつき、「それはすごい！　そんなことになるとは思ってもみませんでしたよ」といって立ちあがった。「ライス夫人とエルジーをさがして知らせなきゃ」

「ふたりは知ってますよ」

「ああ、ならよかった」ハロルドはふたたび腰をおろした。「どういういきさつで──」

いいかけて、ふと口をつぐんだ。

湖からの小道を、鳥のような横顔のふたりの女がマントをはためかせながら歩いてくる。

ハロルドは声をあげた。

「彼女たちは移送されたという話じゃなかったんですか！」

ポアロは彼の視線をたどった。

「ああ、あのふたりですか。彼女たちはべつにどうってこともありません。あなたがボーイから聞いたとおり、ポーランドの立派な家柄の人たちで、外見はあまり感じがよくないかもしれませんが、それだけのことですよ」

「だけど……なにがなんだかさっぱりわからないな！」

「そう、あなたはわかってない！　警察に指名手配されていたのは、ほかのふたりの女性――知的なライス夫人と、涙もろいクレイトン夫人です。彼女たちこそ有名な猛禽なのです。あのふたりはゆすりの常習犯なのですよ、モン・シェール」

ハロルドはショックを受けた。周囲の世界がぐるぐるまわっているような感じをおぼえながら、かすかにうめいた。

「だって、あの男は――殺された男は？」

「だれも殺されちゃいませんよ。そんな男など存在しなかったんです！」

「でも、ぼくはたしかに見たんだ！」

「いやいや。背の高い、声の太いライス夫人は、男に変装するのがじつにうまかったんですよ。で、彼女がクレイトン夫人の夫役を演じたわけです――白髪のかつらを脱いで、たくみにメーキャップをしてね」

ポアロは身を乗り出して相手の膝をポンとたたいた。

「このせちがらい世の中をうまくわたるには、軽率に他人の話を信じちゃいけませんな。

一国の警察ともあろうものが、そうやすやすと買収されるものですか——やすやすと、どころか、いっさい賄賂は効かないと思いたいところだ——殺人というような問題なら、なおさらですよ！　あのふたりの女は、イギリス人が外国語に疎いのにつけこんだわけです。ライス夫人はフランス語もドイツ語も話せますから、いつも彼女が支配人と面談したりして、作り話のつじつまを合わせていたのです。たしかに警察官がやってきて彼女の部屋へ行きましたとも！　しかし、じっさいそこでなにがおこなわれたのか？　あなたはぜんぜんご存じない。おそらく彼女はブローチがなくなったというようなことを話したのでしょう。要するに適当な口実を作って警察官を呼び、その姿をあなたに見せたかっただけなのです。ほかの点でも、じっさいになにがおこなわれたのかご存じですか？　あなたは大金を電報為替で送ってもらって、あらゆる交渉をまかせたライス夫人にそれをわたしてしまった！　そして、この件はおしまい！　……になるはずだったのに、あの猛禽どもは欲が深すぎた。あなたがあのふたりのポーランド人女に対して不当な反感をもっていることを知っていたわけです。そして問題の女たちがやってきて雑談したとき、ライス夫人はもう一度あなたをカモってやりたくなった。自分たちがなにをしゃべっているのかあなたにはさっぱりわからないのをいいことにね。

そんなわけで、あなたはまた金を送ってもらわなければならなくなり、ライス夫人はそれを新たな一連の人びとにくばったふりをするという段取りになったのです」

ハロルドは深呼吸して、いった。

「それで、エルジーのほうは？」

ポアロは相手の目から視線をそらした。

「彼女は自分の役を見事に演じたのです。いつものとおりにね。じつにうまい役者なんです。見るからに清純可憐で——とても清らかで。セックスではなく、騎士道精神にアピールするところがみそなんですな」

ポアロは遠くを見るような目をしてつけくわえた。

「イギリス紳士には、この手が百発百中でねぇ」

ハロルド・ウェアリングは深く息を吸ってから、きっぱりといった。

「ぼくはこれから、ヨーロッパのあらゆる言語を猛勉強しますよ！　もうだれにも二度とだまされないためにね！」

第七の事件
クレタ島の雄牛
The Cretan Bull

I

エルキュール・ポアロはしげしげと来客をながめた。

意志の固そうなあごをした青白い顔、目は青よりも灰色にちかく、髪はまれにしか見られないほんとうのブルーブラックの色調で——古代ギリシャ人のヒヤシンス色の髪を思わせた。

ポアロは、仕立てのいい、しかしかなり着古された田舎風のツイードの服や、年季のはいったハンドバッグや、その若い女の一見おどおどした態度の陰にある無意識の傲慢さも見てとって、心の中でこうつぶやいた——

うむ、この女性は州の名家の出だな……しかし、金はない！　わたしのところへ来るなんて、さぞや異例のことがあったにちがいないぞ！

ダイアナ・メイバリーが口をひらいた。声がすこしふるえていた。「ポアロさん、助けていただけるかどうかわからないのですけど、とにかく、とても途方もない問題なんです」

「ほう、そうですか？　どういうことかな？」

「どうしていいかわからなくて、ここへ来たんです。なにかやるべきことがあるのかどうかさえもわからなくて！」

「その判断はわたしにまかせてください」

女は急に顔を赤らめた。早口で、息もつかずにこういった。

「ここへ来たのは、一年以上も前に婚約した相手が、婚約を破棄したからなんです」

彼女は間をおいて、挑戦的なまなざしでポアロを見た。

「きっと、この女はすっかり気が変になってるとお思いでしょうね」

ポアロはゆっくり首をふった。

「その逆です。あなたがひじょうに理性的であるということに、わたしはなんの疑いももっていません。たしかに恋人どうしの喧嘩の仲裁をするのはわたしの生業《メティエ》ではありませんし、あなたがそれをじゅうぶんご承知だというのもわかっています。したがって、問題はその婚約破棄についてなにか異常な点があるということだ。そうでしょう？　ちがいますか？」

若い女はうなずいて、歯切れのいい澄んだ声でいった。

「ヒューは、自分は気が狂いかけている、だから婚約を破棄するというのです。気が狂った者は結婚すべきでないと思ってるんです」

ポアロはちょっと眉を吊りあげた。

「で、あなたは賛成できない？」

「よくわからないんです……だって、なにをもって気が狂っているというの？　だれだって、どこかしらおかしなところはあるでしょうに」

「それが通説ですね」ポアロは慎重に同意した。

「自分がゆで卵かなにかだと思いこむようになったのなら、強制的に監禁する必要があるかも知れませんけどね」

「あなたの婚約者はまだその段階に達していないわけですな？」

ダイアナ・メイバリーは答えた。

「ヒューには、おかしなところなんてひとつもないと思います。正常そのものなんですよ。しっかりしていて、信頼できますし――」

「それじゃ、どうして彼は自分が狂いかけていると思うんでしょうな？」

ポアロはちょっと間をおいてから、さらにこう問いかけた。

「たぶん、彼の家族に精神異常者がいるのでは？」

ダイアナはしぶしぶうなずいた。

「たしかヒューの祖父が異常だったとか——大叔母かだれかも。だけど、どんな家系だって変わり者はいますでしょ。おつむが弱い人がいたり、ずばぬけて頭の優秀な人がいたり、なにかしらあるものだわ！」

その目が訴えかけていた。

ポアロは悲しそうに首をふった。

「ご同情いたしますよ、マドモアゼル」

ダイアナ・メイバリーが胸を張って、声を高めた。

「同情のことばなんてほしくありません！　なんとかしてほしいといってるんです！」

「わたしにどうしろと？」

「わかりません——でも、なにかがおかしいんですもの！」

「マドモアゼル、あなたの婚約者のことを洗いざらい話していただけますかな？」

ダイアナは早口で話しはじめた。

「彼の名前はヒュー・チャンドラー。年は二十四になります。父親はチャンドラー提督で、ライド・マナーに住んでいます。その荘園は、エリザベス王朝時代以来ずっとチャンドラー家の住まいなんですよ。ヒューはひとり息子で、海軍にはいりました――チャンドラー家の男子はみんな船乗りなんです。これは、一種の伝統ですね――先祖のサー・ギルバート・チャンドラーが一五〇〇年代のいつだかにサー・ウォルター・ローリーといっしょに航海してからの。ヒューは、とうぜんのように海軍にはいりました。父親も、ヒューがほかの道をえらぶことを許さなかったでしょう。それなのに――なのに、その父親が、ヒューにむりやり海軍をやめさせてしまったのですよ！」

「それはいつのことでしたか？」

「一年ちかく前ですね。ほんとうに青天の霹靂で」

「ヒュー・チャンドラーは、自分の職業に満足していたのですか？」

「完全にね」

「いかなる種類のスキャンダルもなかったのですか？」

「ヒューについて？　ええ、ぜんぜんありませんでしたわ。彼はじつに優秀な軍人で、めざましい昇進をつづけていたんです。本人も、父親のきもちがわからないといってました」

「チャンドラー提督自身はなにが理由だといっているのですか？」

ダイアナはゆっくり答えた。

「理由なんていいませんでした。ヒューは土地の管理について勉強する必要があるといっただけなんです――でも、そんなのただの口実です。ジョージ・フロビッシャーにだって、それはわかっていました」

「ジョージ・フロビッシャーというのは、何者です？」

「陸軍大佐です。チャンドラー提督の古い友人で、ヒューの名付け親なんです。一年の大半をライド・マナーで過ごしていますわ」

「で、ヒューが海軍をやめるべきだというチャンドラー提督の決断を、フロビッシャー大佐はどう考えていたのですか？」

「あきれてものがいえないようすでした。まったく理解できなかったんでしょうね。理解できないのはフロビッシャー大佐だけじゃありませんでしたけど」

「ヒュー・チャンドラー本人にもですか？」

ダイアナはすぐには答えない。ポアロはしばらく待って、話を進めた。

「そのときはたぶん、彼もびっくりしたでしょうが、いまはどうなんです？　なにもいってないのですか――いっさいなにも？」

ダイアナはしぶしぶ答えた。

「いいました――一週間ほど前に――お父さんのいうとおりだって。こうする以外にないんだって」

「そのわけをたずねたでしょうね？」

「もちろん訊きました。でも、彼はどうしてもいわなかったんです」

ポアロはしばらく考えこんだ。それから質問を再開した。

「あなたの側に、なにか変わった出来事はなかったのですか、一年ほど前に？　なにか世間の噂をにぎわすようなことが」

ダイアナは憤然としていった。「どういう意味だかわかりませんわ！」

ポアロはおだやかに、しかし断固としていった。

「隠さないで話したほうがいいですよ」

「なにもありませんでした――あなたがおっしゃったような種類の出来事なんか、なにひとつ」

「では、どういう種類の出来事ならあったんです？」

「あなたって、失礼な人ですのね！　農場では、おかしなことがちょくちょくあるんですよ。仕返しみたいなことだったり……あるいは村のおバカさんかだれかのしわざだったり」

「なにがあったのかとうかがっているんですがね？」

ダイアナはしぶしぶ答えた。

「羊がらみの騒ぎがありました——喉をかき切られて死んでいたんです。ほんとに、ひどいことを！　でも、その羊はみんなひとりの農夫のもので、しかも彼は偏屈者だったのです。ですから、警察は彼に恨みをもっている人間の犯行だろうといってました」

「しかし、犯人はつかまらなかった？」

「ええ」

ダイアナは、強い調子でつけたした。「でも、まさかあなたはその犯人が——」

ポアロは手をあげてさえぎった。

「いやいや、それはまるっきり誤解だ。ところで、ヒューは医者に診てもらったのですか？」

「いいえ、そんなことはしてないと思います」

「なぜ？　そうするのがあたりまえじゃないですか？」

ダイアナはゆっくりと答えた。

「でも、しないでしょう。ヒューは医者が大嫌いなんです」

「父上のほうは？」

「提督も医者をあまり信用してないみたいですわ。医者なんてほとんどがペテン師だといってますから」

「提督自身の健康状態は？　お元気なんですか？」

ダイアナは声を落とした。

「めっきり老けてしまいましたね、最近――」

「一年ばかりのあいだに？」

「ええ、すっかり痩せ衰えて――むかしの面影もないくらいです」

ポアロは考え深げにうなずいた。

「提督は息子の婚約に賛成だったんですか？」

「ええ、もちろん賛成でした。わたしの家の土地は、チャンドラー家の土地ととなりあっているんですよ。何代も前からずっとそんな間柄なんです。ですから、ヒューとわたしが婚約したとき、提督はとてもよろこんでいました」

「で、いまは？　あなたたちが婚約を解消することについて、提督はどういっているのです？」

ダイアナの声がすこしふるえた。

「わたし、きのうの朝、提督に会ったんですけど……ひどくやつれた顔をして――わたしの手を両手でにぎって、こういいました——〝きみにとってはたいへんつらいことだろうが、しかし、あの子は正しいことをしようとしているのだ——あの子にできるただひとつのことを〟——と」

「それで、あなたはわたしのところへ来たわけですね？」ポアロは訊いた。

ダイアナはうなずいて、たずねた。

「なんとかしていただけませんか？」

ポアロは答えた。

「どうですかな。しかし、すくなくとも現地へ出かければ、自分の目で見ることはできるでしょう」

II

ポアロがほかのなによりも強い印象を受けたのは、ヒュー・チャンドラーの堂々たる体軀だった。たくましい胸と肩、すばらしく均整のとれた長身、黄褐色の頭髪。全身に力と男らしさがみなぎっていた。

　ポアロを案内して家に到着後、ダイアナはすぐにチャンドラー提督に電話した。ふたりしてライド・マナーへ行くと、長いテラスにはお茶が彼らを待ち受けていた。それと、三人の男が。チャンドラー提督は、髪が真っ白で年齢よりもずっと老けて見え、まるで重すぎる荷を背負っているかのように背中を丸めていた。対照的に、友人だというフロビッシャー大佐は、赤みがかった髪のこめかみのあたりに白いものが見えはするが、小柄な体がきりっとひきしまって、見るからに壮健な感じだった。テリアのようにきびきびしていて、気が短く落ちつきがなかったが、ひじょうに鋭い目の持ち主だった。眉を寄せて、うつむき加減で頭をつきだすようにしながら、上目づかいに相手を刺すように見る癖があった。そして、三番目の青年がヒューだった。

「どう、いい男でしょう？」フロビッシャー大佐は、ポアロが青年をしげしげとながめているのに気づいて、低い声で話しかけた。

　ポアロはうなずいた。彼はフロビッシャーとならんですわり、ほかの三人はテーブルのむかい側の椅子に腰をおろして、にぎやかな――しかし、ややわざとらしい調子で――雑談を交わしていた。

　ポアロはいった。「ええ、すばらしい――じつにすばらしい。若い雄牛――そう、海神ポセイドンに捧げられた雄牛というべきでしょうな。健康な男の見本です」

「まったく健康そのもののように見えるでしょう？」

フロビッシャーはため息をついて、盗み見するように鋭い視線を横に走らせてポアロのようすをうかがっていたが、やがていった。

「あなたの正体はわかっていますよ」

「ああ、それはべつに秘密でもなんでもありませんからな！」

ポアロは鷹揚に手をふった。匿名ではなく、堂々と本名でやって来たのだと、いわんばかりのそぶりだった。

しばらくしてフロビッシャーがたずねた。

「彼女があなたをここへ連れてきたのですか――この問題で？」

「この問題？」

「ヒューの問題ですよ。それについてはもうくわしく知ってらっしゃるだろうが、しかし、彼女はなぜあなたのところへ行ったのですかな？　どうもわからん。こんな問題をあなたの専門分野だと考えるなんて――これはむしろ医学的な問題なんですからな」

「あらゆることがわたしの専門なんですよ。おどろくには当たりません」

「いや、彼女があなたになにを期待しているのか、それがさっぱりわからないといっているんです」

「メイバリーさんは、なかなかのファイターですね」ポアロはいった。

フロビッシャーは、好感をもってうなずいた。

「うん、まさしくファイターですよ。気性が強くて、ぜったいあきらめない。しかし、そうはいっても、世の中には戦うことのできない相手もあるんでね」

フロビッシャーの顔に、ふと、疲れきったような奇妙な表情が浮かんだ。

ポアロはいっそう声を落として、こっそりささやいた。

「彼の家系に、精神異常者が何人かいるそうですが」

フロビッシャーはうなずいた。

「ときたま突発するだけですがね。一代か二代おきに。もっとも最近の発病者はヒューの祖父でした」

ポアロはほかの三人のほうへすばやい視線を投げた。ダイアナがヒューをからかったりしながら話をにぎわせていた。三人はまるでなんの心配事もないように見えた。

「発病すると、どんなふうになるのですか？」ポアロはたずねた。

「ヒューの祖父は、最後にはひどく凶暴になりました。三十歳ごろまではなんともなかったのですよ――まったく正常そのものでね。それからすこしおかしくなりだしたんです。みんなが気づいたのは、だいぶたってからですが、そうなると、噂はどんどん広まるばかりでした。人の口に戸は立てられないというが、いろいろな出来事があって、そのたびにもみ消してはいたものの、結局は——」フロビッシャーは肩をすくめた。「すっかり気が狂ってしまい、人を殺して、精神病者と認定せざるをえなくなったのです」

しばらくことばを切って、話をつづけた。

「たしか、その後もずいぶん長生きしてね……ヒューがおそれているのは、もちろんそのことなんですよ。だからこそ、彼は医者に診てもらおうとしないんだ。強制的に監禁されたまま、いつまでも生きながらえることを心配しているわけです。しかし、ヒューをとがめるのは酷というものです。わたしだっておなじきもちになるでしょうからね」

「チャンドラー提督はどんな心境なんでしょうか？」

「もう完全に参ってますね」フロビッシャーはあっさり答えた。

「息子さんをひじょうにかわいがっていらっしゃる？」

「そう、たいへんな子煩悩でね。ヒューがまだ十歳のときにボートの転覆事故で奥さんを亡くして。以来、ただ子どものために生きてきたようなものでしたよ」

「提督は奥さんを心から愛していらした？」

「尊敬していましたね。彼女は、みんなに尊敬された女性でした。すばらしい美人でしたよ」一瞬間をおいて、ふと思いついたようにいった。「肖像画をごらんになりますか?」

「ええ、ぜひ拝見したいですな」

フロビッシャーは椅子をうしろに押して立ちあがり、提督に声をかけた。

「ポアロさんに絵をお見せしてくるよ、チャールズ。彼は相当な鑑定家なんだ」

提督は漠然と手をあげた。フロビッシャーは足音を鳴らしてテラスを通って行き、ポアロがそのあとにつづいた。ダイアナの顔が一瞬快活な仮面を脱いで苦悩の表情を見せた。ヒューも顔をあげて、黒い大きな口ひげを生やした小男をじっと見つめた。

ポアロはフロビッシャーにつづいて邸内にはいった。日なたから家の中へはいると最初は暗すぎて、ほとんどものの見分けがつかなかったが、やがてその家には古い美しい品じなが豊富に飾られていることがわかった。

フロビッシャーは画廊へ案内した。鏡板張りの壁に、他界したチャンドラー家の人びとの肖像画がならんでいた。いかめしい顔や柔和な顔、礼服や海軍の制服姿の男、サテンのドレスに真珠の首飾りをつけた婦人。

やがてフロビッシャーは画廊の端の肖像画の下で立ち止まった。

「オーペンの作です」と、ぶっきらぼうにいった。

ふたりは、グレイハウンドの首輪に手をやって立っている背の高い女性を見あげた。

鳶色の髪の美女で、表情が明るくいきいきとしていた。

「あの子は母親に生き写しだ。そう思いませんか？」と、フロビッシャーはいった。

「そうですな、いくつかの点ではね」

「あの子は母親の繊細さをもちあわせていない――もちろん母親には女性らしさがありましたから。ヒューは母親の男性版なんです――しかし、あらゆる本質的な点の中でもとくに――」

彼は急に話を切ってから、こう言い直した。

「気の毒に彼は、それさえなければうまくやっていけたはずのものを、チャンドラー家から受け継いだのです」

彼らはしばらく沈黙した。あたりに陰鬱な空気がただよっていて、あたかもこの世を去ったチャンドラー家の人びとが、みずからの血の中に病害がひそんでいて、それがときどき悲惨な運命をもたらしたことを嘆いているかのようだった。

ポアロは同伴者をふりかえった。ジョージ・フロビッシャーは頭上の壁にたたずんでいる美女を、まだじっと見あげていた。

ポアロは静かにいった。

「あなたは彼女と親しかったのですか？」

フロビッシャーはぎこちなく答えた。

「わたしと彼女は幼友だちでした。わたしが少尉に任官してすぐインドへ派遣されたのは、たしか彼女が十六歳のときでした。そしてわたしが帰ってきたときは、彼女はチャールズ・チャンドラーと結婚していました」

「あなたは彼とも親しかったのですね？」

「チャールズはわたしのもっとも古い友人のひとりです。もっとも親しい友だちですよ——むかしからずっと」

「ふたりが結婚したあとも、あなたはたびたびふたりに会っていたわけですか」

「休暇はたいていここで過ごしました。わたしにとってここは、第二の故郷みたいなものので、チャールズとキャロラインはここにわたしの部屋をとっておいて、いつでも来られる用意をしてあったのです」彼は両肩をいからせて、まるで喧嘩を売るようにぐっと顔を突き出した。「だからこそ、わたしはいまここにいるのです——わたしに用がある場合に、いつでも役に立つようにね。チャールズがわたしを必要とするかぎり、わたしはここにいますよ」

ふたたび悲劇の影がふたりに忍び寄った。

「あなたはどう思います、こんどのことを？」ポアロはたずねた。

フロビッシャーは体を固くして立ちつくし、眉を寄せた。

「わたしの思っていることなどは、いわないほうがいいでしょう。正直にいって、あなたがこの問題をどうしようとしているのか、わたしにはさっぱりわからない。ダイアナはなぜあなたを誘いこんでここへ連れてきたのか、そのあたりのことがどうもわからないのです」

「ダイアナとヒューの婚約が破棄されたことはご存じでしょうね？」

「ええ、知ってます」

「その理由もご存じでしょうな？」

フロビッシャーはぎこちなく答えた。

「いや、そのことについてはなにも知らない。そんなことは若い者どうしで決めるべきことですからな。わたしが口出しする筋合いのものじゃありません」

ポアロはいった。

「ヒューは自分が気が狂いかけているから、結婚してはいけないのだと、ダイアナにいったそうです」

彼はフロビッシャーのひたいに汗がにじみ出ているのを見た。

フロビッシャーは答えた。

「忌まわしいことだ。われわれがその話をほじくってもなんにもならないじゃないですか？　一体あなたはなにができると思っているんです？　気の毒だが、ヒューは正しいことをしたと思いますね。彼に非があるわけではなくて、遺伝のせいなんだが。染色体の——脳の細胞の問題だ。とにかく、いったんそれに気づいた以上、彼としては婚約を取り消す以外にどうしようもないでしょう？　やむをえないことなんです」

「どうも信じられないのですが——」

「わたしが保証しますよ」

「しかし、あなたはわたしになにも話してくれていない」

「そんな話はほじくり返したくないんだといったでしょう」

「それじゃ、チャンドラー提督は、なぜ息子にむりやり海軍をやめさせたのでしょう？」

「そうする以外になかったからですよ」

「なぜ？」

フロビッシャーは頑固にかぶりをふった。

ポアロはつぶやくようにいった。

「羊が殺されたことと関係があるのかな？」

　フロビッシャーは腹立たしげに問い返した。

「なんだ、そんなことまで聞いてるんですか？」

「ダイアナが話してくれたのでね」

「だまっていればいいものを」

「彼女は、それが決定的なことだとは思ってませんでしたよ」

「知らないからだ」

「なにを？　彼女はなにを知らないというんです？」

　気が進まないようすで、フロビッシャーは腹立ちまぎれにとつとつと語った。

「いいだろう、そこまでいうなら……あの晩、チャンドラーは妙な物音を聞きつけた。だれか侵入者かと思って、しらべるために部屋を出た。すると、息子の部屋に明かりがついている。で、中へはいってみると、ヒューは服を着たままベッドに横たわっていた――熟睡していたのですよ。ところがおどろいたことに、服は血だらけで、部屋にある洗面台に血が一杯はいっていたのです。チャンドラーはヒューを起こそうとしたんだが、どうしても目をさまさなかった。翌朝になって、羊が喉を切られて死んでいるのが発見されたという話を聞き、ヒューに問いただしたわけです。しかし、ヒューはそんなことはなにも知らないし、外へ出た記憶もない――ところが裏口のドアのそばに、泥だらけになった彼の靴が発見された。それなのにヒューは洗面台の血についても、ほかのなにもかもぜんぜん説明できなかった。かわいそうになにもおぼえていなかったのです。チャールズは、わたしのところへ来て、一部始終を話しました。そして、どうしたらいいのか思案に暮れているうちに──それから三日後の夜中に、またおなじことが起きたのです。そんなわけで──その後のことはおわかりでしょう。ヒューは海軍をやめざるをえなかったのです。ここにいれば──目のとどくところに置いておけば、チャールズがあの子を監視できる。海軍でスキャンダルを起こしてからでは取り返しがつきませんから。そう、そうする以外に道はなかったわけですよ」

ポアロがたずねた。「で、それからあとは？」

フロビッシャーは、たまりかねたように、つっけんどんにいった。「わたしはもうどんな質問にも答えませんぞ。ヒューは自分自身のことをだれよりもよく知っているはずです。そうでしょ？」

ポアロは答えなかった。ほかの人がエルキュール・ポアロよりもよく知っているなどということを認めるのは、ポアロがつねに忌み嫌ってきたことなのだ。

Ⅲ

ホールで、ポアロはちょうど家へはいってきたチャンドラー提督と出会った。一瞬立ち止まった提督の姿は、外の明るい光を背にして、黒い影絵のようだった。

彼は無愛想な低い声で話しかけた。

「やあ、そこにいたのか。ポアロくん、ちょっときみに話したいことがあるんだ。わしの書斎に来てくれんか」

フロビッシャーはあいているドアから外へ出て行き、ポアロは提督のあとについて行った――自分自身のことを弁明するために、後甲板へ呼び出されていくような重苦しい気分におそわれながら。

やがて提督はポアロに大きな安楽椅子を勧め、自身もそれと向かい合った椅子に腰をおろした。それまでいっしょにいたフロビッシャーについては、そわそわした神経質な、あるいはいらだたしげな態度がとくにポアロの印象に残っていた。――どれも極度の精神的緊張の兆候だ。チャンドラー提督についてはどうかといえば、静かな深い絶望感がはっきりと感じ取れた。

提督は深いため息をついていった。「ダイアナがこんな問題をきみのところへもちこんだことは、はなはだ遺憾に思う。かわいそうに、彼女のつらいきもちはよくわかるよ。しかしこれは——要するに、われわれの個人的な悲劇なのだ。したがって、外部の人に立ち入ってもらいたくないということは、理解していただけるだろうね、ポアロくん」

「もちろん、おきもちは理解できます」

「残念ながら、ダイアナには、それが信じられないのだ……わしだって最初は信じられなかった。いまでも、もしそれを知らなければ——」

提督は言いよどんだ。

「というと？」

「それが血の中に流れていることをだよ。つまり、わるい遺伝のことだ」

「にもかかわらず、あなたは婚約に賛成なさったのでは？」

提督の顔が紅潮した。

「その時点で断固として反対すべきだったというのかね？　いや、そのときはまるで気がつかなかったのだよ。ヒューは母親似で、チャンドラー家の血統を思わせるものはなにもない。だから、あらゆる点においてそっくり母親に似たのだろうと思っていた。子どものころからいままで、異常なところはこれっぽっちもなかった。それが——ああ、なんたることだ！——古い家系のほとんどには狂気の血がはいっているものだとは！」

ポアロはおだやかにいった。「医者には相談なさらなかったのですね？」

チャンドラーは怒鳴った。「あたりまえだ。わしはぜったいそんなことはしないぞ！ヒューはここで、わしが面倒を見ているかぎり安全なのだ。獣みたいに檻に入れられる心配はないのだ」

「ここにいれば彼は安全だとおっしゃいますけど、しかし、ほかの人たちは安全でしょうか？」

「それはどういう意味かね？」

ポアロは答えず、提督の悲しげな暗い目をじっと見つめた。

提督は苦にがしく答えた。

「根っから探偵業が身についているらしいな。きみは犯罪者をさがしているのか！　わしのせがれは犯罪者ではないのだよ、ポアロくん」

「いまのところはね」

「いまのところは？　どういう意味だ？」

「こういうことはだんだんエスカレートするものです。……例の羊だって――」

「いったいだれが羊のことをきみにしゃべったのだ？」

「ダイアナ・メイバリーです。あなたの友人のフロビッシャー大佐からも聞きました」

「ジョージまで？　だまっていてくれればいいのに」

「彼はあなたのひじょうに古い友人だそうですね？」

「親友だよ」提督はぶっきらぼうにいった。

「あなたの奥さんとも友だちだったのでしょう？」

　提督は微笑した。

「そう。ジョージはキャロラインに恋していたらしい——あれがまだごく若かったころのことだがね。ジョージが一度も結婚しなかったのは、たぶんそのせいだろう。いやまあ、わしは幸運な男だったわけさ——すくなくともそう思っていた。しかし、キャロラインを横取りはしたものの、それもつかのま、結局は失ってしまったんだが」

　彼は肩を落としてため息をついた。

　ポアロはいった。

「奥さんが溺死したとき、フロビッシャー大佐はあなたたちといっしょにいたのですか？」

　チャンドラー提督はうなずいた。

「そう、彼もいっしょにコーンウォールに出かけたとき、事故が起きたのだ。その日は、たまたまジョージは家に残っていて、わしと家内だけでボートに乗ったのだよ。あのボートがなぜ転覆したのか、どうもわからんのだがね——急に水の漏れ口ができたのかもしれない。とにかく、あっというまに海に放り出されてしまった。潮の流れがすごく速くて、わしは力のつづくかぎり妻をささえていたのだが——」声が途切れた。「二日後に遺体が岸に打ちあげられた。ヒューを連れていかなかったことが、せめてものさいわいだった。すくなくとも、そのときはそう思ったよ。しかし、いまになってみると、連れていったほうが、せがれにとってよかったのかもしれない。あのとき、なにもかも片づいてしまったほうがね」

　ふたたび深い絶望的なため息がもれた。

「われわれはチャンドラー家の最後の子孫だ。われわれが死ねば、ライドのチャンドラー家は断絶する。ヒューがダイアナと婚約したときは、ひょっとしたらと思ったが——いや、そんなことを話してもむだだろう。ふたりが結婚しなかったことを、神に感謝したい。わしにいえるのは、それだけだ！」

ポアロはバラ園の中のベンチに腰をおろしていた。その横にはヒュー・チャンドラーがすわっている。ダイアナ・メイバリーは、ついいましがた彼らと別れて立ち去ったところだった。

青年は苦悩が刻まれた端整な顔をポアロにむけ、こういった。

「ぜひとも彼女を納得させてやってください」

彼は間をおいて話をつづけた。

「ダイアナは気性が強くて、意地っ張りですからね。どうしてもみとめなければならないことを、みとめようとしないのですよ。彼女は――いつまでも信じつづけるでしょう。ぼくが……正常なんだと」

「こういってはなんだが――あなた自身が自分を異常だと思っているのに？」

青年は、ちょっといやな顔をしてから答えた。

「じつのところ、ぼくはまだどうしようもないほど狂っているというわけではありませんが――しかし、だんだん悪化しているんです。ダイアナは知らないんですよ。ありがたいことに、彼女は正常なときのぼくしか見ていないものですから」

「で、おかしくなると、あなたはいったいどうなるのです？」

ヒューは深く息を吸って、いった。

「ひとつには——夢を見ます。夢の中で、ぼくは気が狂っているのです。たとえばゆうべ、ぼくはもはや人間ではなかった。まず最初は牛でした——気の狂った牛で、まぶしく照りつける陽の中をめちゃくちゃに駆けまわっているのです——口の中をほこりと血だらけにして。それから、ぼくは犬になっていました——だらだらとよだれを垂らしている大きな犬です。狂犬病にかかっていて——ぼくが来ると、子どもたちは蜘蛛の子を散らすように逃げて行き——人びとは、銃でぼくを撃とうとする——だれかが水のはいった大きな桶をぼくのためにはこんできてくれたんですが、それが飲めない。どうしても飲めないんですよ……」

彼はことばを切った。

「そして目がさめた。いまのは夢じゃないんだとわかっていました。口がからからで——干上がったみたいに——乾ききっていました。そこで洗面台に行きました。ところが、ものすごく喉が渇いているのに、水を飲めなかったんですよ、ポアロさん。どうしても、いくら飲もうとしても、飲むことができなかったのです」

ポアロは低い声でなにかつぶやいた。ヒュー・チャンドラーは話をつづけた。両手を膝の上で握りしめ、顔を前に突き出し、まるで前方からちかづいてくるなにかを見ているように、目を細めて。

「夢でないものもあります。はっきり目をさましているときに見えるものが。おそろしい姿をした幽霊どもが、ぼくを見てニタニタと笑っている。しかも、ときにはぼくは飛ぶことができるのです——ベッドから抜け出して空中を飛ぶ。風に乗って空を駆けることもできるのです——怪しい悪魔どものお伴をして！」

「おやおや」ポアロはつぶやいた。

それはおだやかな不賛成の意思表示だった。

ヒュー・チャンドラーはポアロのほうに顔をむけた。

「もう疑う余地はありません。ぼくにはそういう血が流れている。そういう血統なのです。逃れることは不可能だ。手遅れにならないうちに、ダイアナと結婚する前にそれがわかったのは、せめてものさいわいでした。もしぼくらに子どもができて、このおそろしい血が遺伝したら、悲惨ですからね！」

彼はポアロの腕に手を置いた。

「だから、ぜひあなたに彼女を納得させてやっていただかないと。忘れろといってやってください。ダイアナは、忘れなければならないんです。いつかはだれか、ほかの相手が現われるでしょう。スティーヴン・グレアムもいます——彼女を愛しているし、とてもいいやつなんです。グレアムといっしょになれば幸福になれるでしょう——それに安全です。ぼくはダイアナに幸福になってもらいたいんですよ。グレアムは貧乏ですし、ダイアナの家も裕福ではありませんが、しかしぼくが死ねば、彼らは楽に暮らせるようになります——」

ポアロの声が彼の話をさえぎった。

「あなたが死んだら、どうして彼らが楽に暮らせるのかな?」

ヒューはにっこり笑った。静かな、柔和な微笑だった。

「母の財産があるからです。母はかなりの遺産を相続して——それをそっくりぼくが相続しました。だから、ぼくはそれを全部ダイアナに遺してやることにしたんです」

ポアロは椅子に深ぶかとすわりなおした。「なるほど! しかし、あなたは長生きするかもしれないでしょう?」

ヒューはかぶりをふって、きっぱりといった。

「いや、ぼくは老人になるまで生きるつもりはありません」

それから彼は、とつぜん身ぶるいしてのけぞった。

「うわっ、見て!」その目はポアロの背後に釘づけだ。「ほら——あなたのそばに立っている——骸骨が——骨をがたがたふるわせて。ぼくを呼んでる——手招きして——」

瞳孔の大きく広がった目が、白昼の光を凝視していた。ヒューは、まるで崩れ落ちるようにして急に上体をかしげた。

やがて、ポアロにむきなおって、子どものような口調でいった。

「見なかったんですか――なんにも？」

ポアロはゆっくりとかぶりをふった。

ヒューはしわがれ声でいった。

「いや、ぼくはそうたいして気にしてないんです――幻覚が見えることはね。ほんとにおそろしいのは血なんです。部屋の中に血があったり――服に血がついていたり……うちではオウムを一羽飼っていたんですが、ある朝、喉を切られたその死体が、ぼくの部屋のなかにあって――ぼくは血まみれの手にカミソリをもってベッドに寝てたんです！」

ヒューはポアロのほうへ身を乗り出した。

「しかも、ごく最近、さまざまなものが殺されました」

声をひそめていう。

「村のあちこちで――草原とか――放牧場とかね。大小を問わず、羊とか――コリーまで。父はぼくの部屋に鍵をかけて出られないようにするんですが――それでも――それでもときには朝になるとドアがあいていることがあるんです。きっとぼくは合鍵をどこかに隠しているんでしょうが、どこに隠してあるのかわかりません。心当たりがないんですよ。そういうことをしているのはぼくじゃなくて、ぼくの中にはいりこみ、ぼくを操る、ほかのだれかなんです。そいつがぼくを人間からおそろしい怪物へと変えてしまうんだ。血に飢えた、水を飲めない怪物に」

青年はがばっと両手で顔をおおった。

すこしたって、ポアロが問いただした。

「やっぱりわからないな。きみはなぜ医者に診てもらわなかったんです？」

ヒュー・チャンドラーかぶりをふっていった。

「ほんとにわかりませんか？　ぼくは体はじょうぶです。牛のように頑丈です。だから長生きするでしょう——何十年も——四方を壁に囲まれた部屋でね！　そんなのはごめんだ！　死んだほうがましです！　死ぬ方法はいろいろあるでしょう。たとえば事故だ。銃の手入れをしていて暴発するとか……ダイアナはわかってくれるんじゃないかな……ぼくがこの手で幕を引きたいと思っていることをね！」

ヒューはいどむようにポアロを見たが、彼はその手に乗らず、おだやかに問いかけた。

「きみはなにを食べて、なにを飲んでいるのですか？」

ヒューはのけぞるようにして大声で笑った。

「消化不良のための悪夢だといいたいのですか？」

ポアロはおだやかに質問を繰りかえした。

「なにを食べて、なにを飲んでいるのかな？」

「みんなとおなじ、ありきたりの食べ物や飲みものです」

「とくべつな薬は？　粉末でも錠剤でも？」

「いや。あなたは売薬なんかでぼくの病気が治ると思ってるんですか？」――彼はあざけるような調子でシェイクスピアの詩の一節を引用した――「そなたは病める心を救うことができるのか？」

ポアロは無造作にいった。

「そうしようとしているのです。この家には、どなたか目を患っている人はいませんか？」

ヒューはけげんそうにポアロを見て、答えた。

「父はかなり目が悪くて、たびたび眼医者に通ってますが」

「ああ、なるほど！」ポアロはしばらく考えこんだ。「ところで、たしかフロビッシャー大佐は長いあいだインドにいらっしゃったのでしたね？」

「ええ、インドの陸軍です。あの人はインドが大好きで、とてもくわしくてね――いろいろな話を聞かせてもらいましたよ。インド人の民族や現地の伝統文化や、いろんなことを」

ポアロはまた、「ああ、なるほど！」とつぶやいてから、しげしげとヒューの顔を見た。「おや、あなたはあごを切りましたね？」

ヒューはあごに手をやった。

「そう、ひどい傷でしょ。ひげをそっているときに父におどろかされたもんで。最近、ぼくはちょっと神経質になってるんです。それに、あごや首にすこし発疹ができて、ひげをそりにくくてね」

「クリームを使わないと」

「いや、使ってますよ。ジョージおじさんにもらったんで」

ヒューはとつぜん笑い出した。

「なんだか、女が美容院でおしゃべりしているみたいだな。ローション、クリーム、売薬、目の疾患。そんなものがなにか参考になるんですか？　一体あなたはなにをどうしようとしてるんです？」

ポアロは静かにいった。

「ダイアナ・メイバリーのために最善を尽くそうとしているだけです」

ヒューは急に真剣な表情になって、ポアロの腕に手を置いた。

「それだ。彼女のためにできるだけのことをしてやってください。忘れろといってやってください。ぼくに期待してもむだだと。ぼくがあなたにお話ししたことを彼女に伝えて……彼女が……彼女が、ぼくにちかづかないように説得してください！　ダイアナがぼくのためを思うなら、それしかない。ぼくと別れて――忘れてくれることしか！」

V

「マドモアゼル、あなたは勇気がありますか？　たいへんな勇気が必要なんですよ」

ダイアナは甲高い声をあげた。

「じゃあ、やっぱりほんとなの？　まちがいないんですね？　彼は気が狂ってしまったの？」

エルキュール・ポアロは答えた。

「わたしは精神病医じゃありません。この人は狂っている、この人は正常だなどという資格はないのですよ」

ダイアナはポアロに詰め寄った。

「チャンドラー提督はヒューが狂っていると思っていますし、ジョージ・フロビッシャーもそう思ってますわ。ヒュー自身まで、自分は狂っていると思って――」

ポアロは相手をじっと見つめた。

「で、あなたは？」

「わたし？　わたしは彼は狂ってなんかいないと思ってるわ！　だからこそ――」

ポツリとことばが途切れた。

「だからこそ、あなたはわたしのところへ来た？」

「そう。ほかにあなたのところへ行く理由なんかありえないでしょ？」

「それこそが」ポアロはいった。「さっきからわたしが問題にしていることなんですよ、マドモアゼル」

「わからないわ」

「スティーヴン・グレアムというのは、どんな人なんですか？」

ダイアナは目をみはった。

「スティーヴン・グレアム？　あの、それは――ふつうの人ですけど」

彼女はポアロの腕をつかんだ。

「いったいなにを考えていらっしゃるの？　あなたはその大きなひげの陰に隠れて――太陽の光がまぶしそうにまばたきしながらそこに立っているだけで、なにも教えてくれないんだもの。なんだか心配になる――心配でたまらなくなってきたわ。どうしてなの？　あなたを見てると心配になるなんて」

「たぶん、わたし自身が心配しているせいかもしれませんな」ポアロは答えた。

濃い灰色の目を大きく見ひらいて、ダイアナはポアロを見あげ、ささやくようにいった。

「なにが心配なんですか？」

ポアロはため息をついた――深いため息だった。

「殺人を防ぐことよりも、殺人犯をつかまえるほうが、はるかにやさしいのですよ」

ダイアナが声をあげた。「殺人だなんて。そんなことばを使わないで！」

「いやだといわれても、殺人は殺人ですからね」ポアロはいった。

それから口調を変えて、口早に指示した。

「マドモアゼル、今夜は、あなたもわたしもライド・マナーに泊まらなくてはならない。手はずはあなたにまかせます。いいですね？」

「わたし――ええ――だいじょうぶだと思います。でも、なんのために――？」

「ぐずぐずしておれないからです。あなたは勇気があるとおっしゃった。いまこそその勇気を出してください。さあ、わたしが頼んだことをやるんだ。つべこべいわずに」

ダイアナはだまってうなずき、きびすを返して去って行った。

ポアロは、ほんのすこし遅れて彼女のあとから家にはいった。書斎の中からダイアナと三人の男の声が聞こえた。そこを素通りし、広い階段をのぼってゆくと、二階にはだれもいなかった。

ヒュー・チャンドラーの部屋はすぐにみつかった。隅のほうに水と湯の栓のついた洗面台がとりつけられ、その上のガラスの棚に、さまざまなチューブや瓶、その他の容器がならんでいた。

ポアロはさっそくてきぱきと仕事にとりかかって……

必要な仕事は、すぐにおわった。やがてふたたび階下のホールへおりたとき、ダイアナが顔を上気させ、反抗的な面構えで書斎から出てきた。

「だいじょうぶ、今夜は泊めてもらえます」と、彼女はいった。

チャンドラー提督はポアロを書斎に招き入れてドアをしめた。「おい、ポアロくん、こんなことをされちゃ困るよ」

「なんのことでしょうか、提督?」

「ダイアナだ。今夜きみと自分をぜひここに泊めてくれというのだよ。泊まってもらっても、もてなしができないし――」

「もてなしなど、問題にはなりませんよ」

「くどいようだが、それではわしが困る――はっきりいって、そういうわけにはいかんのだ。わしとしては――わしとしては迷惑だ。それに、泊まる理由がわからん。きみたちが泊まったからといって、なんになるんだ？」

「ある実験をしてみるつもりなので、とでもいっておきましょうかね？」

「どんな実験だ？」

「それは、失礼ながら、わたしの胸のうちに……」

「いいかね、ポアロくん、そもそもわしはきみにここへ来てくれと頼んだわけではは――

――」

ポアロはさえぎった。

「提督、あなたのお考えはよくわかっています。わたしはただ恋に身をやつしている女性の執念にほだされて、ここへ来ただけです。そしてあなたからも、いろいろ話をうかがいました。フロビッシャー大佐からも、ヒュー自身からもさまざまな話を聞きました。こんどは――自分の目で見てみたいのです」

「なるほど、しかし、なにを見るというんだ？　見るようなものはなにもないはずだが。わしは毎晩ヒューを部屋にとじこめて、鍵をかけているのだからな」

「しかし――ときどき――朝になるとその鍵があいていることがあるんだとヒューから聞いています」

「それがどうした？」

「あなたは、ドアの鍵があいているのに、ご自分で気づいたことがおありですか？」

提督は眉をひそめた。

「わしはいつも、ジョージが鍵をあけたのだろうと思っていたが――いったいきみはなにをいいたいんだ？」

「鍵はどこに置いていらっしゃるんです――鍵穴にさしこんだままにしておくんですか？」

「いや、部屋の外の道具箱の上に置いているよ。わしかジョージか、あるいは召使いのウィザーズが、朝そこから鍵をとってあけられるようにな。ヒューが夜中に夢を見ながらうろつく癖があるからだとウィザーズにはいってある……たぶんウィザーズはそれ以上のことを知っているだろうが――しかし、ウィザーズなら信頼できる。長年わしのそばにいる誠実な男なんでな」

「ほかに合鍵は？」

「わしの知るかぎりでは、ない」

「合鍵を作ることは可能だったはずだ」

「しかし、だれが――」

「あなたのご子息は、ほかならぬ自分がどこかに鍵を隠していて、目がさめているあいだは思いだせないでいるだけじゃないかといっているのです」

　フロビッシャー大佐が部屋の隅から話しかけた。

「まずいんじゃないかな、チャールズ……ダイアナが――」

　チャンドラー提督は、急いで話をひきとった。「わしもそのことを考えていた。ダイアナはここへ泊まりに来てはいけない。どうしてもというなら、きみだけで来たまえ」

　ポアロはいった。「なぜ彼女が今夜ここへ来てはいけないのですか？」

　フロビッシャーが低い声で、「危険すぎるからですよ。万が一にも――」と、いいかけてやめた。

　ポアロはいった。「ヒューは彼女を愛しているし――」

　チャンドラー提督が声を荒らげた。「だから危険だといってるんだ！　わからんのか、きみには。狂人がからむと、なにもかもふつうとは逆になる。ヒューは自分でもそれがわかっているんだ。ダイアナはここへ来てはいかん」

「それは」ポアロはいった。「ダイアナが自分で決めるべきことです」

彼は書斎をあとにした。ダイアナは外の車の中で待っていたが、家の中にむかって大きな声でいった。「今夜必要なものをとりまとめて、夕食までにはもどってきますから」

車が走り出すと、ポアロはさっき提督やフロビッシャーと交わした話の内容をダイアナに語った。彼女はバカらしいといわんばかりに笑った。

「あの人たち、ヒューがほんとにわたしに危害をくわえると思っているのかしら？」

ポアロはそれに答えるかわりに、途中の薬局の前で車を停めてもらいたいと頼んだ——歯ブラシを旅行鞄に入れ忘れてきたのだ、と。

薬屋はのどかな村の大通りの中ほどにあった。ダイアナは車の中で待った。それにしても、と、彼女は思った。エルキュール・ポアロはいったいいつまで歯ブラシを選んでいるのかしら……

VI

重厚なエリザベス王朝時代のオークの家具をしつらえた大きな寝室の中で、ポアロは待った。待つ以外にすることがなかった。準備はすべてととのっていたのだ。

出番が来たのは明け方だった。

廊下の足音を聞くと、ポアロはすぐさま差し錠をはずしてドアをあけた。廊下に男がふたり立っていた。ふたりとも中年過ぎの男で、年より老けて見えた。提督は深刻な険しい表情で、フロビッシャー大佐はそわそわしながら小柄な体をふるわせていた。

提督は簡潔にいった。

「いっしょに来てくれたまえ、ポアロくん」

ダイアナ・メイバリーの泊まっている寝室のドアの前に、だれかが体を丸くしてころがっていた。廊下の電灯の光が、乱れた黄褐色の髪を照らしだしている。ヒュー・チャンドラーがそこに横たわり、いびきをかいていたのだ。ガウンを着てスリッパを履き、右手には刃の鋭く反りかえったナイフが不気味に光っていた。といっても、刃の全体が光っているのではなく、ぬらぬらとした赤い汚れが点々とついて、光を鈍らせていた。

「おやまあ《モン・デュー》！」ポアロが小さく叫んだ。

フロビッシャーが鋭くいった。

「ダイアナはだいじょうぶだ。ヒューはこの部屋の中にはいってない」そして大声で呼びかけた。「ダイアナ！　わたしたちだ！　入れてくれ！」

ポアロは提督が低い声でうめくのを聞いた。

「なんてことだ。哀れな……」

差し錠のはずれる音がしてドアがあき、ダイアナが姿を見せた。顔が真っ青だ。まともに声が出てこない。

「どうなったの？　だれかが――中へはいろうとしてたんだけど――音が聞こえたわ――ドアをひっかいたり――把手をガチャガチャ動かしたりして――ああ、こわかった――まるで獣みたいで――」

フロビッシャーが声をうわずらせた。

「ドアに鍵をかけておいて、ほんとうによかったよ！」

「ポアロさんがそうしろとおっしゃったから」

ポアロはいった。

「彼をもちあげて、中へはこんでください」

提督とフロビッシャーはかがみこみ、正体もなく眠っている男をもちあげた。ふたりが前を通り過ぎるとき、ダイアナははっと息をのんだ。

「ヒュー？　ヒューなの？　あれは——手になにかついてるわ」

ヒュー・チャンドラーの手は、ねばねばした赤黒いもので汚れていた。

ダイアナは、息をあえがせた。「血なのね？」

ポアロが提督とフロビッシャーに問いかけるような目をむけた。提督がうなずき、そしていった。

「さいわいなことに、人間の血ではない。猫だよ！　階下のホールでみつけたがね、喉を切られて死んでいた。ヒューはそのあとでここへやってきたにちがいない」

「ここへって？」ダイアナは、恐怖のあまりつぶやくように低い声でいった。「わたしのところへ？」

長椅子に横たわった青年が身じろぎし——寝言めいた声をあげた。全員がぎょっとして彼を見つめた。やがてヒュー・チャンドラーはむっくりと起きあがって、まばたきした。

「やあ」寝ぼけたような、しゃがれ声でいった。「どうしたんだ？　どうしてぼくはここに——？」

はたと声が止まった。その日は手にしたナイフに釘づけだった。ヒュー・チャンドラーは、まだナイフをにぎりしめたままだったのだ。

かすれた声で、のろのろとうめく。

「ぼくはいったいなにをしちまったんだ？」

彼の目は、ひとりひとりの顔をさぐるように見つめてゆき、とうとう、壁に背をつけて縮こまっているダイアナのところで止まった。ヒューは、ぼそりとつぶやいた。

「ぼくはダイアナをおそったのか？」

父親がかぶりをふった。ヒューは食いさがった。

「なにがあったのかいってくれ！　隠さないで！」

彼らは話した――しぶしぶながら――ためらいがちに。声を荒立てこそしないものの、事実を知ろうとねばるヒューに根負けした形で。

窓の外には陽がのぼりはじめていた。ポアロは窓のカーテンをあけた。夜明けの光が室内にさしこんできた。

ヒューは平静な表情で、落ちついた声でいった。

「なるほど、そういうことか」

それから彼はゆっくり立ちあがり、背伸びをしてほほえんだ。そして、何気ない口ぶりでいった。

「今朝はいい天気だ。森へ兎狩りにでも行ってみよう」

彼は四人の視線を背に受けながら部屋を出て行った。

やがて、提督があとを追おうとした。フロビッシャーがその腕をつかんで引きとめた。

「よせ、チャールズ、やめておけ。これがいちばんいい――気の毒だが、ヒューにとってはこれが最良の方法なんだ。われわれにとってはつらくても」

ダイアナはベッドに身を投げて泣きじゃくっていた。

チャンドラー提督は、声をつまらせながらいった。

「そうだな、ジョージ……きみのいうとおりなんだろう。あの子は度胸があるから……」

フロビッシャーはそれに答えていったが、その声もまたかすれがちだった。

「ヒューは男だな……」

しばらく沈黙がつづき、やがて提督がいった。

「くそ、あのいまいましい外国人はどこへ行ったんだ？」

VII

銃器室で、ヒュー・チャンドラーが銃架から自分の銃をとって装塡していたとき、エルキュール・ポアロの手がその肩をつかんだ。

ポアロは、ふしぎと有無をいわせない調子で、ただひとこととこういった。

「いけない！」

ヒュー・チャンドラーはじっとポアロを見つめ、こわばった声で腹立たしげにいった。

「その手をどけてください。邪魔立ては無用だ。いいですか、これから起きることは事故なんだ――それが唯一の解決法なんです」

ポアロはさっきのひとことを繰りかえした。

「いけない！」

「わからないんですか？　たまたまドアに鍵がかかっていたからいいようなものの、そうでなかったら、ぼくはダイアナの首をかっ切っていたはずなんだ――ダイアナの首を！――あのナイフで！」

「わたしはそうは思わんね。きみがダイアナを殺すわけがないんだ」

「猫は殺したのに？」

「いや、きみは猫を殺したりしていない。オウムも殺していない。羊もだ」

ヒューはまじまじとポアロを見つめ、詰問した。

「どうかしてるんじゃないか？　いや、ぼくがどうかしてるのか？」

ポアロは首をふって答えた。

「きみも、わたしも、どっちも狂ってはいないんだ」

そのとき、チャンドラー提督とフロビッシャー大佐が部屋にはいってきた。そのあとからダイアナも来た。

ヒューは困惑した弱よわしい声でいった。

「この人は、ぼくは狂ってなんかいないと……」

ポアロはいった。

「そう、きみはまともそのものだ。わたしはそのことをきみに知らせることができて、たいへんうれしい」

ヒューは笑った。それはいかにも狂人の笑いととられそうな、うつろな笑い方だった。

「こいつはおかしいや！　まともだっていうのか？　羊やその他の動物の喉を切り裂くことが？　オウムを殺したときも、ぼくはまともだったってわけ？　それに、今夜は猫まで殺したのに？」

「さっきもいったように、きみは羊もオウムも、猫も殺してはいないんだよ」

「だったら、だれが殺したんだ？」

「きみが精神異常者であることを証明しようと、ひそかに企んでいる人物さ。事件のたびに、きみは強力な睡眠剤を投与され、血まみれのナイフやカミソリを手ににぎらされていた。つまり、洗面台で血まみれの手を洗ったのは、きみではなくてほかの人物なんだ」

「でも、なんのために？」

「きみがたったいま、わたしが止めなければやろうとしていたことを、やらせるためだよ」

ヒューは呆然としている。ポアロはフロビッシャー大佐をふりむいた。

「大佐、あなたは長年インドに住んでいらっしゃったそうですな。薬を盛って人を発狂させるという事件に遭遇したことはありませんでしたか？」

フロビッシャー大佐はぱっと顔を輝かせて答えた。

「わたし自身は一度も目撃したことはないが、そういう話はたびたび聞きましたよ。ダツラという植物から採った毒薬を使うんだが、それを盛られた人は最後には発狂してしまうんだと」

「そのとおり。ところで、そのダツラの毒物作用は基本的にはアルカロイド・アトロピンによるもので——これはベラドンナなどの有毒植物からも採取される。このベラドンナの調合剤は一般に市販されていますし、スルファ・アトロピンは目薬などに自由に調合されているのです。したがって、処方箋を複写したり、ほうぼうの眼科医に処方箋を書かせたりすれば、怪しまれることなく大量の毒物を手に入れることができるでしょう。それからアルカロイドを抽出して、それを——たとえばひげそり用のクリームに入れる。そのクリームを常用していると、吹き出物ができます。それらの吹き出物はひげをそるたびにすりむけ、毒物が絶えず組織の中にはいるようになるでしょう。そうするうちに、やがて一定の症状が現われてくるのです——口や喉が渇く。飲みこむことが困難になる。幻覚、複視など——じつをいうと、これらの症状はどれも、ヒュー・チャンドラーくんが経験したものなのです」

ポアロは青年にむきなおった。

「最後に残った疑惑をとりさるために、きみには仮定ではなくて確固たる事実を教えてあげよう。きみの使っていたひげそり用のクリームは、大量のスルファ・アトロピンをふくんでいた。サンプルをとって分析してもらったんだ」

顔面蒼白でおののきながら、ヒュー・チャンドラーはたずねた。

「だれがそんなことを？　いったいなんのために？」

ポアロはゆっくり答えた。

「わたしが当地へ来て以来ずっとしらべていたのは、それなんだ。つまり、殺人の動機をさがしていたわけです。ダイアナ・メイバリーには、きみの死によって金が手にはいるが、彼女についてはあまり考慮しなかった——」

「あたりまえです！」ヒューが叫んだ。

「それよりももうひとつの、大いに可能性のある動機に目をつけました。それは三角関係です——ふたりの男と、ひとりの女性との。フロビッシャー大佐は、きみのお母さんを恋していた。ところが彼女はチャンドラー提督と結婚したんです」

提督が声をあげた。

「ジョージ？　ジョージだったのか！　まさかそんな！」

ヒューも信じられないような口ぶりだった。

「そういう憎しみが恋人の息子にむけられるなんてことが、ありうるというんですか？」

エルキュール・ポアロはいった。

「情況によっては、ありうるでしょうな」

フロビッシャーがわめいた。

「うそだ！　でたらめだ！　そいつのいうことを信じないでくれ、チャールズ！」

チャンドラー提督は彼のそばからあとずさって、ひとりごとをつぶやいた。

「ダッラ──インド──そうか、そうだったのか……毒薬とは思ってもみなかった──家系に流れている狂気の血のせいかと……」

「そうです！」ポアロの声が甲高くひびいた。「家系に狂気の血が流れているのです。復讐の執念に燃えたひとりの狂人《メ・ウイ》が──多くの狂人がそうであるように、きわめて狡猾に──その狂気を長年にわたって隠していたのです」彼はくるりとフロビッシャーをふりかえった。「ヒューが自分の子であることを、あなたは知っていたのでしょう？　きっとそうだと思っていたはずだ。なぜ彼にそれを打ち明けなかったのです？」

フロビッシャーは声を詰まらせて口ごもった。

「いや、知ってたというわけじゃないんだ。確証がなくて……あるとき、キャロラインがわたしのところへやってきて──なにかひどく困ったこと起きたようすで──取り乱していました。どうしてあんなことになったのか、わたしにはいまだにわからない。とにかくその時は彼女もわたしも──なにやらすっかり頭が混乱してしまって。その直後にわたしはインドへ去りました。そうする以外になかったのです──ルールを守らなければいけないことは、おたがいによく知っていましたから。わたしは──それはまあ、もしかしたらと思わないでもなかったが、たしかめようもなかったし。それ以来、キャロラインはヒューがわたしの子であることを思わせるようなことはなにもいいませんでした。最近になって、ヒューに異常が現われはじめたとき、やっぱりチャンドラー家の先祖ゆずりだと思っていましたが」

ポアロはいった。

「ところがそうではなかったのです。あなたはヒューに、眉を寄せながら顔を突き出すような身ぶりをする癖があるのに気づかなかった――あなたから譲り受けた癖です。しかし、チャールズ・チャンドラーはそれに気づいた。ずっとむかしに気がついて、妻を問いつめて、真実をつきとめたのです。おそらくキャロラインは夫をおそれていたのでしょう――それはたぶん、自分に対して彼が常軌を逸したふるまいを見せはじめていたからです――だからこそ彼女は、いつまでも愛していたあなたの腕の中へ飛びこんだのですよ。そんなわけで、チャールズ・チャンドラーは復讐を企てた。そして妻とふたりきりでボートで出かけ、ボートが転覆して彼女は死んだ。その事故がどのようにして起きたのか、真相は彼だけが知っているわけです。その後も彼は、自分の子ではないヒューに対する憎しみをしだいにつのらせていった。あなたからインドの土産話を聞いて、ダッラで彼を中毒させる計画を思いついたわけです。徐々にヒューを狂わせ、ついには絶望のあまり自殺するようにしむけるのが狙いでした。血に飢えていたのはヒューではなくて、チャンドラー提督なのです。だれもいない草原で羊の喉を切るような異常な欲望に駆られたのは、チャールズ・チャンドラーだったのです。ところが、その罰を受けるのはヒューだった。

わたしがいつそれに気づいたか、ご存じですか？　提督が息子を医者に見せることを断固として拒否したときです。ヒューが拒否するのはとうぜんですけれども、しかし父親が拒否するとは！　医者に相談すれば、自分の息子を助けられる療法があるかもしれないですし――とにかく親として医者の意見を求めるべき理由はどっさりある。しかし、ヒューを医者に診せるわけにはいかなかった――もしかしたら、医者はヒューが正常であることを発見するかもしれないからです！」

ヒューはつぶやくようにいった。「正常……？　ぼくは正常なんですね？」

彼はダイアナのほうへ一歩ちかづいて、そこでためらった。

フロビッシャーが吐き捨てるような声でいった。

「正常だとも。おれの家系にけ狂人なんかいないんだ」

「よかったわ、ヒュー……！」ダイアナが彼のそばに駆け寄った。

チャンドラー提督はヒューの銃を手にとっていった。

「ばかばかしくて聞いちゃおれん！　わしは兎を狩りに行ってくるぞ！」

フロビッシャーは彼の後を追いかけようとしたが、ポアロの手がそれを引き留め、こう諭した。

「あなた自身がさっきいったとおり、それがいちばんいい方法ですよ」

ヒューとダイアナはすでに部屋から立ち去っていた。

ふたりの男は——イギリス人とベルギー人は——チャンドラー家の末裔が広い庭園を横切って森の中へはいっていくのを見守った。

やがて、一発の銃声が聞こえた……

第八の事件
ディオメーデスの馬
The Horses of Diomedes

I

電話が鳴った。

「もしもし、ポアロさん？」

エルキュール・ポアロは、その声で若いストダート医師だとわかった。彼はマイケル・ストダートが好きだった。はにかんだような人なつこい微笑に好感をもっていたし、犯罪に素朴な関心を寄せているのもほほえましく、また自分の選んだ職業に打ちこんで骨身を惜しまず働く賢明な男だと尊敬してもいた。

「お手をわずらわせたくはないとは思ったんですが――」と、相手の声はそうつづけたところで、言いよどんだ。

「しかし、なにかあなたの手に負えないことができたんでしょう？」と、ポアロは鋭く指摘した。

「そのとおり」マイケル・ストダートの声が、ほっとしたような調子になった。「図星なんです」

「それで《エ・ビアン》、どんなご用かな？」

ストダートは遠慮しているらしく、やや口ごもりながら答えた。

「ええと、その、もう夜も遅いのに厚かましいお願いなんですが、こちらへおいでいただけないかと思いまして……。どうもその……ちょっと困ったことになってしまって」

「かまいません、うかがいますよ。あなたのお宅へ？」

「いや――じつは、通りのずっと先のミューズ街にいるんですよ。カニングバイ・ミューズ十七番地です。ほんとにおいでいただけるんですか？　そうしていただけると、すごく助かるんですけど」

「さっそくうかがいましょう」ポアロは答えた。

II

ポアロは暗いミューズ街を番地の表示を見ながら歩いて行った。夜中の一時過ぎで、ミューズ街の住人はほとんどが眠りについているようだったが、まだ明かりのともっている窓もひとつふたつあった。

十七番地についたとき、ドアがあいてストダート医師が外をのぞいた。

「やあ、いらっしゃい！」と、彼はいった。「さあどうぞ、おあがりください」

狭いはしごのような階段が二階へ通じていた。それをのぼると、右側にかなり広い部屋があり、長椅子やラグや銀色の三角クッションのほか、数多くの瓶やグラスが目にとまった。

部屋の中は乱雑をきわめ、煙草の吸い殻がいたるところに捨ててあったり、割れたグラスがころがっていたりした。

「ほう！」ポアロはいった。「親愛なる《モン・シエール》ワトスンくん、どうやらここでパーティがあったらしいね」

「たしかにパーティはありました」ストダートはぼそりといった。「まったく、とんだパーティがね！」

「というと、あなたは出席者というわけではなかったのですか？」

「そう、わたしはひとえに医者としてここにいるだけです」

「なにがあったんですか？」

「ここはペイシェンス・グレイスという女性の家なんです――ペイシェンス・グレイス夫人という人のね」

「いいじゃないですか」ポアロはいった。「味わいのある古風な名前で」

「グレイス夫人本人は、味わいとも古風ともまるっきり無縁ですよ。女傑といいたいような美人なんですがね。亭主を二度取りかえて、いまは恋人がいるんだが、どうやら逃げられそうな気配らしい。このパーティは、最初は酒ではじまったんだけれども、最後には麻薬が――正確にいえばコカインが出てきた。コカインは、最初のうちこそすばらしい気分になるし、なにを見ても美しく見える薬物です。気が大きくなって、いつもの二倍も三倍もでかいことがやれそうに思えてくるものでね。図に乗って度を超すと、極度の興奮状態に陥り、幻覚や妄想といった症状が現われるんです。グレイス夫人の場合は、恋人と大げんかになった。ホーカーという名前の不愉快な男なんですよ。結果的に、ホーカーはグレイス夫人を振り捨てて出ていった。そこで彼女は窓から身を乗り出して、手に入れたばかりの連発拳銃で男をめったやたらと撃ちまくった――どこかの愚か者が彼女にくれたという銃なんですがね」

ポアロが眉を吊りあげた。

「それで、彼女は男をしとめたんですか？」

「いやいや、とんでもない！　弾は右に左に何ヤードもそれたんですよ！　それを食らってしまったのが、ミューズ街をうろついてごみ箱の中身をあさっていた哀れな浮浪者でね。骨には当たらず腕を貫通しました。とうぜんながら大声で悲鳴をあげたもんだから、みんなして急いでここへかつぎこみ、腕からどくどく血が流れるのを見てびっくりしてわたしを呼びに来たわけです」

「それで？」

「傷の手当てをしてやりましたよ。重傷というほどでもなかった。それから、何人かの人が交渉にあたり、浮浪者は五ポンド札を二枚もらって、あとはいっさい文句をいわないということで話がまとまってね。浮浪者にしてみれば、それで御の字というわけですよ。願ってもない幸運だったってことです」

「で、あなたは？」

「わたしはまだすこし仕事が残っていました。グレイス夫人がたいへんなヒステリー状態になっていたので、注射をしてベッドに寝かしつけたりね。それからもうひとり、意識朦朧としている娘がいました——まだ若い子で、こっちも応急手当をしてやりました。そのころには、みんなわれ先にこそこそと逃げていってしまったんです」

医師はことばを切った。

ポアロはいった。「で、あなたはようやくこの情況について考える時間ができた、と？」

「そういうことです」ストダートはいった。「もしこれが単なる酒の上でのばか騒ぎであれば、これでけりがついたことになるでしょう。しかし、麻薬となると話は別です」

「それはたしかな事実なんですね？」

「そりゃもうぜったい。たしかです。コカインにまちがいありません。漆塗りの箱の中にすこし残っているのをみつけました――ご存じでしょうが、鼻から吸飲するんですよ。問題は、そんなものをどこから手に入れたのかということです。そういえば、いつだったかあなたが、最近麻薬が流行って、中毒者が急増しているんだとおっしゃってたなと思いだしてね」

ポアロはうなずいていった。

「警察が知ったら、今夜のパーティのことを放ってはおかないでしょうな」

マイケル・ストダートは浮かない顔でいった。

「そこなんですよ……」

ポアロは急に興味をそそられたようにストダート医師を見た。

「しかし、警察がこの件に首をつっこんできたからといって、あなたが心配することはないのでは？」

マイケル・ストダートは口ごもった。

「無実の人たちが巻き添えを食らうでしょうからね……ひどい目にあうんじゃないかと」

「あなたが気にかけているのはペイシェンス・グレイス夫人のことですか？」

「まさか。彼女はそれぐらいじゃビクともしないすれっからしですからね！」

ポアロはおだやかにいった。

「となると、もうひとりのほうの――若い娘さんのことですか？」

「そう。もちろん彼女もある意味ではすれっからしでしょう。というよりも、すれっからしをきどっているんです。ほんとうはまだネンネで――ちょっとばかり羽目をはずしてますけどね――若いころにはそういうことがあるもんですよ。結局、こんな騒動に巻きこまれてしまうのは、進んでいるとか、かっこいいとか勘違いしているからなんだが」

ポアロは口元にかすかな笑みを浮かべて、いった。

「その娘、今夜が初対面じゃないんですね？」

マイケル・ストダートはうなずいた。若さをむきだしにして、照れくさそうだった。

「マートンシャーで偶然出会ったんです。ハントボールで。彼女の父親は退役した将軍だそうで——実戦で大暴れして、敵を蹴散らして、インドではかなりの顔だったとか、そんな話です。四人いる娘はいずれもだいぶ奔放で——まあ、そういう父親のもとで育ったわけですからむりもない。それに、一家の屋敷があるところもかなりひどい環境なんだ——近所に軍需工場がいくつもあって、札束が飛び交うような——むかしながらの田舎ののどかさのかけらもなくて——成金趣味が幅をきかし、品行のわるい連中の多いところでね。あの娘たちは、そういうわるい連中たちとつきあってきたわけです」

ポアロはしばらく思案顔で彼を見つめてから、いった。

「あなたがなぜわたしを呼んだのか、これでわかりましたよ。わたしにこの事件をおさめてほしいというわけですな？」

「やってもらえますか？　この事件を放っておくわけにはいかないでしょう——でも、正直いって、できることならシーラ・グラントが世間の注目を浴びるようなことにはしたくないんです」

「それならなんとかできると思いますよ。とにかく、まずその娘さんに会ってみないと」

「案内しましょう」

ストダートは先に立って部屋を出た。むかい側のドアの中から、女の声がいらだたしげに呼びかけた。

「先生――助けて、先生！　気が狂いそう」

ストダートはその部屋へはいった。あとからポアロがついてゆく。そこは寝室で、部屋の中は荒れ放題に荒れていた――床におしろいがぶちまけられて、花瓶や水差しや化粧道具がいたるところに散乱し、衣類があちこちに投げ捨てられている。ベッドの上には、不自然な金髪の、うつろで険しい表情の女がいた。その女がストダートにむかって叫んだ。

「体中を虫が這いずりまわって……もうがまんできない。もうダメ。気が狂いそう……お願いよ、注射でもなんでもして！」

ストダートはベッドのわきに立って、いかにも医者らしくなだめるような口調で話しかけた。

ポアロはそっと部屋を出た。ななめむこうにべつのドアがあったので、それをあけてみた。

そこは狭苦しい殺風景な小部屋で、ベッドの上にほっそりした体の若い女が静かに横たわっていた。

ポアロは足音を忍ばせてベッドにちかづき、女を見おろした。

黒い髪、面長な青白い顔――たしかに若い――あどけない顔だった。

やがて少女のまぶたのあいだに白いものがちらっと光り、その目がぱっとひらいた。おどろいたような、おびえた目だった。彼女はぎょっとして起きあがり、軽く首をふって、青みがかった豊かな黒髪をふりはらおうとした。まるでおびえた子馬のように、彼女はちょっとたじろいだ。見知らぬ人に餌を差し出された野生の動物が、警戒して尻ごみするように。

少女は口をひらき、幼さの残るか細い声でつっけんどんにいった。

「あなたはいったいだれ？」

「こわがらなくていいんだよ、マドモアゼル」

「ストダート先生はどこ？」

ちょうどそのとき、ストダートが部屋にはいってきた。娘はほっとしたようにいった。

「ああ！　先生！　この人だれなの？」

「ぼくの友だちだよ、シーラ。気分はどう？」

娘は答えた。

「最悪よ。きもちがわるくて……どうしてあんなものを吸ったのかしら？」

　ストダートはぶっきらぼうにいった。

「ぼくだったら、もう二度と吸わないな」

「わたしだって……もう吸わない」

　ポアロがたずねた。

「薬は、だれがくれたのかね？」

　娘は目を丸くして、上唇をひくつかせた。

「ここにあったのよ――パーティで出されたの。みんながためしてた。最初は――すばらしかったんだけど」

　ポアロはおだやかに訊きなおした。

「しかし、だれがここへもってきたんだろう？」

　娘はかぶりをふった。

「知らない。トニー――トニー・ホーカーかもしれないけど。でも、ほんとになにも知らないんです」

　ポアロがやさしくたずねた。

「コカインを吸ったのは、これが初めてなのかな、マドモアゼル？」

　娘はうなずいた。

「これで最後にしなきゃね」と、ストダートがいった。

「ええ――そうよね――でもやっぱり、すごくすてきだった」

「いいかい、よく聞くんだよ、シーラ」ストダートがいった。「ぼくは医者だ。わるいことはいわない。こんな麻薬パーティにかかわりだしたが最後、想像もつかないほどみじめな目にあうのが落ちなんだよ。ぼくはそういう患者を何人か見てるからわかるんだ。麻薬は心身ともに人間をダメにしてしまう。麻薬にくらべたら、酒なんかかわいいもんだ。これっきり、きっぱりやめなさい。ほんとに、笑い事じゃないぞ！　お父さんが今夜のことを聞いたら、なんというと思う？」

「お父さん？」シーラ・グラントの声がはねあがった。「お父さんですって？」そういって笑い出す。「お父さんの顔が目に浮かぶわね！　ぜったいに知らせないで。きっとかんかんになるから！」

「まあ、とうぜんだろうね」ストダートはいった。

「先生――先生――」むこうの部屋からグレイス夫人の悲鳴が聞こえた。

　ストダートは、ぶつぶつと不満そうにつぶやいて部屋を出て行った。

　シーラ・グラントは、ふたたびポアロをじっと見つめた。困惑したようすで、彼女はいった。

「ほんとにあなたはだれ？　パーティにはいなかった人ね」

「そう、パーティにはいなかった。ストダート先生の友だちだよ」

「あなたもお医者さんなの？　そんなふうには見えないけど」

「わたしの名前は——」ポアロはいつものように、その簡単な発表を芝居の幕開きのような感じにするために重おもしくかまえていった——「わたしの名前はエルキュール・ポアロだ」

その発表は狙いどおりの効果があった。ポアロはときたま、無知な若い世代が彼の名前を聞いたこともないというのを知って憮然とさせられる。

けれど、シーラ・グラントがポアロの名を聞いたことがあるのは明らかだった。彼女は愕然として——ことばもないほどおどろき、いつまでも穴のあくほどポアロを見つめているばかり……

III

きた。

事の真偽はべつとして、あらゆる人が著名な避暑地トーキーに叔母がいるといわれてきた。

また、あらゆる人がマートンシャーにすくなくともまたいとこがいるともいわれている。マートンシャーはロンドンからほどよい距離にあり、狩猟場や釣場があり、風光明媚な多少保守的ないくつかの村がある。鉄道輸送の便がよく、新しい高速道路もある。マートンシャーへ行くとなれば、イギリスのほかの田舎よりは、召使いたちがいやがることもすくない。その結果、年収が四桁以上、所得税その他の税込みで五桁以上の収入がなければ、事実上マートンシャーには住めないということになった。

エルキュール・ポアロは外国人なので、その州にまたいとこはいなかったが、いまや広い交友範囲をもっているので、その地方をたずねようと思えば、招待してくれる人をさがすのに苦労はしなかった。彼はその中から、となり近所の人びとを話題にしておしゃべりするのが好きな、ある親しい貴婦人をホステスにえらんだ――ただひとつの難点は、ぜんぜん関心のない人びとについての長話を聞かされるのをがまんしなければ、ポアロが聞きたいと思う人びとの話題に行きつかないということだった。

「グラント家？　ええ、そう、お嬢さんが四人いらっしゃるわ。四人もよ。あの気の毒な老将軍が手こずっているのも無理ないわよね。男ひとりと娘四人じゃ、太刀打ちできるわけがないでしょ？」レディ・カーマイケルは大仰に両手をふりあげた。

ポアロは、「たしかに、そうですな」と相づちを打った。

レディ・カーマイケルは話をつづけた。「軍隊では部下に対して甘い顔を見せたことがないと将軍はいってたわ。それなのに、あの娘たちにはかなわなかった。わたしの若いころとは時代がちがうのねぇ。そういえば、サンディス大佐はたいへん厳しい人で、娘たちは気の毒に――」

（話は脱線して、サンディスの娘たちや、レディ・カーマイケルが若かりしころのほかの友人たちが堪え忍んだ数かずの試練の物語が長ながとつづいた）

「ところで」レディ・カーマイケルはやっと最初の話にもどった。「わたしはべつに、あの娘たちが悪い子だとはいわないわ。ちょっと活発すぎるけれどね――好ましくない連中とつきあったりして。このあたりはむかしとはちがってしまったの。おかしな輩がやってくるし、田舎の良さなんてすっかりなくなって。いまじゃ、すべてが金、金、金。あれこれ妙な話が耳にはいるのもたしかだしね！　さっきあなたがいってた……だれでしたっけ？　アントニー・ホーカー？　ああ、そうそう、知ってますよ。わたしにいわせれば、いけ好かない若者よ。でも、金回りはよさそうね。ここへは狩猟にやって来るの――パーティをひらいたりもしてるわ――豪勢な、かなりいかがわしいパーティだというもっぱらの噂よ――わたしは信じないけど。だって、世間の人は根性がまがってい て、決まって最悪の話を信じたがるのよ。よるとさわると、あの人は酒飲みだとか、麻薬常習者だとか、そんな陰口をきくんだから。ついこのあいだある人が、グラント家の娘たちは生まれつきの大酒飲みだとわたしにいったけど、ほんとによく他人さまのことをそんなふうにいうと思うわ。とにかく、風変わりな人やぼんやりした顔をしている人をみんな麻薬中毒者にしちゃうんだから、ひどい話ですよ。ラーキン夫人のこともそういってるわ。肩をもつわけじゃないんだけど、彼女はただぼんやりしているだけのことだろうと思うのよ。ラーキン夫人っていうのは、あなたのおっしゃったアントニー・ホーカーの親密な友だちで、だからこそ、彼女はグラント家の娘たちに当たり散らしているわけなの――男ったらしだといったりしてね！　そりゃあの子たちだって、すこしは男を追いかけまわすでしょうけど、それがどうしていけないの？　とうぜんのことだわ。それに、あの娘たちは美人ぞろいですからね」

ポアロは質問をさしはさんだ。

「ラーキン夫人？　彼女がどんな素性かなんて訊くだけ野暮だわ。いまの時代、素性の明らかな人なんていると思う？　噂によると、彼女は乗馬がとてもじょうずで、かなり裕福だそうよ。夫がロンドンの相当な資産家だったんですって。離婚したんじゃなく、死別らしいわね。ラーキン夫人はここへ来てからまだそう長くないわ——グラント家の人たちが来てからまもなくだったわね。当時から思ってたんだけど、ラーキン夫人は——」

レディ・カーマイケルは、ぷつんと話を中断した。口をあけたまま、目を丸くしている。それから彼女はさっと身を乗り出して、手にしていたペーパーナイフでポアロの手をぴしっとたたいた。ポアロが痛そうに顔をしかめたのにもおかまいなく、興奮した声でいった。

「あら、そうだったの！　あなたがここへ来たのは、そのためだったのね！　いやな人！　わたしをだましたりして。こうなったら、なにもかも全部話してもらいますよ！」

「話すって、なにをですか？」

レディ・カーマイケルがまたふざけ半分にペーパーナイフで打とうとしたので、ポアロは機敏に身をかわした。

「隠そうとしたってダメですよ、エルキュール・ポアロ！　ひげがピクピクしてるのが見えてるんですからね。考えてみればあたりまえだわ。あなたをここへ連れてきたのは、犯罪だったのね——よくもわたしから情報を聞き出そうとしてくれたじゃないの！　当ててみましょうか、ひょっとして殺人事件？　最近、だれが死んだかしら？　ルイーザ・ギルモアばあさんだけだし、彼女は八十五歳で水腫を患っていたんだっけ。これはちがう、と。レオ・スタヴァートンは猟場で首の骨を痛めてギプスをはめてるけど——まさか、それでもない。殺人事件じゃないのかしら。つまらないわ！　最近は宝石泥棒もなかったし……ひょっとして、あなたは犯罪者を追跡しているだけなのかも。相手はベリル・ラーキンなの？　彼女、夫を毒殺したの？　あんなふうにぼんやりしているのは、良心の呵責のせいなのね？」

「まあまあ」ポアロは叫んだ。「まだなにもいってないでしょう」

「いわなくたってわかります。なにもないのに、あなたが来るわけはないんですからね、エルキュール・ポアロ」

「あなたは古典文学にくわしいですか、マダム？」

「これと古典文学とどんな関係があるっていうの？」

「大いに関係があるのですよ。わたしは大先輩であるヘラクレスを見習っているのでね。ヘラクレスの難業のひとつに、ディオメーデスの荒馬を手なずけるのがありましてね」

「まさかあなたは馬の調教のためにここへ来たわけじゃないでしょ？——その年だし——いつもエナメルの靴を履いているくせに！　だいたいあなたは、ただの一度も乗馬の経験があるようには見えないわ！」

「馬といっても象徴的なものなんですよ、マダム。人間の肉を食う荒馬なのです」

「いやだわねぇ、そんなもの。わたしはむかしから、ギリシャやローマの神話は、とても不愉快だと思っていたのよ。牧師たちがなにを好きこのんであんな神話を引用するのか、さっぱりわからないわ――神話の意味なんてだれにもわかりゃしないんだし、どの主題をとってみても、牧師が引用するには不似合いもいいところだと思うんだけど。なにかというと親子や兄妹が男女の仲になるし、神がみの像はみんななにも着てないじゃないの――わたし自身は気にしないけど、牧師はそうはいかないでしょ――若い女が靴下をはかずに教会へ行くだけでも度を失うような人たちなのに――ええと、なんの話をしてたんだったかしら？」

「さて、なんでしたかね」

「なによ、とぼけて。ラーキン夫人が夫を殺したのかどうか、教えてくれないの？　いえ、アントニー・ホーカーがブライトンのトランク詰め殺人の犯人なのかしら？」

　期待をこめてポアロを見やったが、相手は顔色ひとつ変えないままだった。

「もしかすると、小切手の偽造かもね」レディ・カーマイケルは推測した。「このあいだ銀行でラーキン夫人を見かけたけど、自分あてにふりだした五十ポンドの小切手を現金に換えていたわ――そんな大金がなんのためかに必要なのかしらとちょっと不審に思ったんだけど……。ああ、そうか、それじゃ逆だわ――もしラーキン夫人が偽造したのなら、自分で払い込まなきゃならないはずだもの。ねえ、エルキュール・ポアロ、あなたがすました顔でそこにすわったままなにもいわないと、なにかぶつけてやりたくなるわ」

「まあまあ、短気は損気ですよ」ポアロはいった。

Ⅳ

グラント将軍の住んでいるアシュレー・ロッジは、大邸宅とはいえなかった。丘の中腹に位置し、立派な厩舎と、かなり荒れて草ぼうぼうの庭園がついている。

家の中は、不動産屋ならば〈家具完備〉と宣伝するだろうというたたずまいだ。装飾用の壁龕からは、とらえどころのない笑みを浮かべた仏像たちが蓮華座を組んで見おろしているし、床にはインド特産の真鍮製トレイやいくつものテーブルが所狭しと置かれている。マントルピースは象の行列で飾られ、壁にはさらに手のこんだ真鍮細工が飾ってあった。

このイギリス離れしたアングロ・インド風な部屋の中央には、グラント将軍が大きな古びた肘掛け椅子にどっかと腰を据え、包帯を巻きつけた片脚をべつの椅子に載せている。

「通風でな」と、彼は説明した。「あんたは痛風をやったことがあるかね、ええと……ポアロさん？　こいつが痛み出すと、どんな人でも不機嫌になるんだ！　こういうことになったのは、みんなわしの父のせいさ。一生飲んだくれていたからな――祖父もそうだった。それがわしにたたってきたわけだ。飲み物はどうかね？　すまんが、そのベルを押して、うちの者を呼んでくれんか」

まもなくターバンを巻いた召使いが現われた。グラント将軍は彼にアブダルと呼びかけ、ウィスキーとソーダ水をもってくるように命じた。それがはこばれてくると、将軍は大量にウィスキーを注いだので、ポアロは思わず文句をいいたくなったほどだった。

「あいにくと、わしはご相伴するわけにいかんのだよ」将軍は錠のかかった酒瓶棚をうらめしそうにながめた。「この体には毒だから手を出すなと医者がいうんでね。いや、べつに医者のいうことなんか信用しておらんがね。医者ってやつは、まったく世間知らずの野暮な連中ばかりだからな。他人の好きな食べ物や飲み物をとりあげて、愚にもつかないものを押しつける。蒸した魚を食えというんだ。蒸した魚だって？　じょうだんじゃない！」

　腹立ちのあまりうっかり悪い方の脚を動かしたために痛みが走り、将軍は悲鳴をあげた。

　彼は自分のことばづかいを詫びた。

「わしは怒りっぽい熊みたいなものさ。だから娘どもは、わしの通風の発作が起きはじめると、そばに寄りつかん。無理もないがね。ところで、あんたはシーラに会ったそうだが」

「はい、お会いしました。ほかにも何人かお嬢さんがいらっしゃるそうですね？」

「四人だ」将軍は憂鬱そうに答えた。「男の子はひとりもできなかった。おてんば娘が四人、最近はうんざりさせられてる」

「四人とも美人だそうですな」

「まあ、不器量ではない——人並みってとこだな。とにかくわしは、娘どもがなにをしているのか、ぜんぜん知らんのだよ。今日びの若い女はまったく手に負えん。規律というものがない時代だからな——なにもかもたがはずれてしまって。どうしようもないよ。まさか娘どもを監禁しておくわけにもいかんしな」

「お嬢さんたちは、この界隈では人気があるのでしょう?」

「ばあさん連中には評判が良くないがね」将軍はいった。「このあたりには、若作りの年増女がうようよいるんで、男も油断ができん。わしは青い目をした後家さんのひとりにあやうくとっつかまるところだった——〝お気の毒に、グラント将軍——以前はさぞかしおもしろい暮らしをなさっていたんでしょうね〟なんて甘えた声でいうんだからな」将軍はウィンクして、あぶないあぶないといわんばかりに指を一本鼻に当てて見せた。「そんな見えすいた手にひっかかるもんか。とにかくまぁ、全般的にはそれほどひどいところじゃないんだろう。わしの趣味からすれば、多少進みすぎだし、騒々しすぎるがね。わしとしては、田舎は田舎のままであってくれたほうが良かったよ——こんな自動車だの、ジャズだの、四六時中やかましく騒ぎ立てるラジオなんかないころのほうが。うちにはラジオは置かないことにしているし、娘たちもそれは知っているんだ。男は家庭の中では、ささやかな安らぎを得る権利があるはずだ」

ポアロはそれとなく話題をアントニー・ホーカーへ移した。

「ホーカー? はて、ホーカーね。知らんな。いや、ああ、知ってる。眉間のひどく狭い、人相のわるい男だ。話し相手の顔をまともに見ることのできないようなやつは、信用できんよ」

「彼はおたくのお嬢さんのシーラの友だちだそうですな?」

「シーラの?　それは気がつかなかった。娘どもはわしにはなにもいわんのでな」もじゃもじゃの眉毛をぐっと狭めて、赤ら顔の中から鋭い青い目がまっすぐにポアロをにらんだ。「ポアロくん、これはいったいどういうことだ?　なんの用件でわしに会いに来たのか、それを話してもらおうじゃないか」

ポアロはおもむろに答えた。

「それはむずかしいでしょうな——たぶんわたしにもほとんどわかっていないんですから。これだけはいっておきましょう——お嬢さんのシーラは——おそらくほかのお嬢さんたちもみんな——あまり好ましくない友だちをもっていらっしゃる、ということです」

「わるい仲間にはいっているということか。わしもそれをちょっと心配しておったんだよ。あちこちで噂を耳にするんでな」彼は切なそうにポアロを見た。「そうはいっても、わしになにができるんだ、ポアロくん?　いったいどうすれば?」

ポアロは戸惑ったようにかぶりをふった。

グラント将軍は話をつづけた。

「娘たちが仲間にくわわっている連中は、どんなわるいことをしてるんだね?」

ポアロはべつの質問でそれに答えた。

「グラント将軍、お嬢さんの中のだれかが、ひどく怒りっぽくなったり興奮してはしゃいだりしたかと思うと、急にふさぎこんだり——神経質になるといったふうに、精神状態がひじょうに不安定になっているのに気づいたことはありませんか？」

「なんだね、それは。まるで薬の広告文句だな。いや、そんなことに気づいたためしはないな」

「それはよかった」ポアロはきまじめにいった。

「この話は、いったいどういうことなんだ？」

「麻薬ですよ！」

「なんだと！」

将軍は吠えるようにいった。

ポアロは静かに説明した。

「じつはシーラをさそって麻薬中毒にしようとたくらんでいる者がいるのです。コカインは、一週間か二週間もつづければあっというまにやめられなくなる。いったん癖になれば、中毒患者は麻薬を手に入れるためにいくらでも金をはらい、どんなことでもするでしょう。麻薬密売人はどんなにボロ儲けできる仕事か、おわかりですな」

ポアロは、老将軍の口をついて出るはげしい怒りとのろいのことばにだまって耳をかたむけていた。やがて怒りが静まるにつれて、将軍はその不届き者をつかまえたらどうするかについて、結論をくだした。

ポアロはいった。

「料理研究家のビートン夫人の台詞じゃないが、野ウサギ料理をこしらえるには、まず野ウサギを捕まえないと。麻薬密売人をつかまえたら、もちろんよろこんでそいつをあなたにひき渡しますよ」

立ちあがった拍子に重厚な飾り彫りのある小さなテーブルにつまずいたポアロは、将軍につかまってあやうく体勢を立てなおし、ぶつぶつと詫びた。

「これは失礼を。最後にひとつお願いがあるのですが――お嬢さんたちにはこのことをいっさい話さないようにしていただきたいのです」

「なんだって？　わしは娘たちから真実を聞き出すつもりだ。そうしなければならんのだ！」

「そんなことをしてもなんにもなりませんよ。娘さんたちはほんとうのことを話はしないでしょうから」

「しかし、きみ――」

「グラント将軍、あなたはよけいなことをいってはなりません。これは生死に関わる問題ですからね――いいですか――生死にかかわるんですよ！」

「なるほど、それじゃ、きみのいうとおりにしよう」老将軍はうなった。

彼は説得にはしたがったが、納得はしていなかった。

エルキュール・ポアロは、慎重な足どりでインドの真鍮細工のあいだを縫うように歩いて、そこから立ち去った。

V

ラーキン夫人の部屋は大勢の人でごった返していた。

ラーキン夫人自身は、部屋の隅のテーブルでカクテルを作っていた。淡い鳶色の髪をうしろで束ねた背の高い女で、目は緑がかった灰色、瞳が黒く大きかった。にこりともせずただ忙しげに立ち働いている彼女は、まだ三十歳を過ぎたばかりのように見えたが、よく見ると目尻の小じわが、見かけよりも十歳は年がいっていることを暗示していた。

ポアロはレディ・カーマイケルの友だちの活発な中年婦人に連れられてそこへ来てい

た。やがて彼はカクテルをもらい、もうひとつを窓際にすわっている若い女のところへもっていくように頼まれた。その若い女は小柄な美人で、白い顔に薄いピンクがさし、天使を思わせた。ポアロはすぐさま、彼女の目が警戒と疑いを示しているのに気づいた。

「マドモアゼル、あなたの健康のために」と彼はいった。

女はうなずいて飲み、それからだしぬけにいった。

「あなたはわたしの妹をご存じでしょ？」

「妹？　ああ、あなたもグラント将軍のお嬢さんのひとりですか？」

「わたし、パム・グラントです」

「で、妹さんはきょうはどちらにいらっしゃるのです？」

「狩りに出かけてますわ。もうそろそろ帰ってくるはずですけど」

「妹さんとはロンドンでお目にかかったんですよ」

「そうですってね」

「お聞き及びですかな？」

パムはうなずいて、ふいにいった。

「シーラはもめごとに巻きこまれたんですか？」

「ふむ、彼女はすべてを洗いざらいあなたに打ち明けたわけではないようですな」

　パムは小さくうなずいてから、たずねた。

「トニー・ホーカーもいっしょだったのかしら？」

　ポアロが答える前にドアがあいて、トニー・ホーカーとシーラ・グラントがはいってきた。ふたりとも狩猟服姿で、シーラの頰には泥が一筋ついている。

「こんにちは、みなさん、一杯いただこうと思って来たのよ。トニーの水筒がからっぽだったから」

　ポアロはつぶやいた。

「天使の噂をすれば影がさすとか――」

「それをいうなら、悪魔でしょ」と、パムが訂正した。

　ポアロは切り返す。

「そうでしたかな？」

　ベリル・ラーキンが客をむかえて、いった。

「どこにいるのかと思ってたわ、トニー。狩の話を聞かせてちょうだい。きょうはジラートの林をあさったの？」

　彼女は如才なくトニー・ホーカーの腕をとって暖炉のそばのソファに連れ去った。ポアロはトニーがシーラをふりむいて、目配せするのを見た。

シーラはポアロの存在に気づいていた。しばらくためらってから、彼女は窓際にいるポアロと姉のところへ来て、いきなり切り出した。

「やっぱりあなただったのね、きのう家にたずねてきたのは？」

「お父さんから聞いたんですか？」

シーラはかぶりをふった。

「アブダルがあなたの特徴を説明してくれたから、たぶん――そんなところだろうと思ったの」

パムが声をあげた。「父に会いに行った、ですって？」

ポアロは答えた。

「はあ――そうですよ。わたしたちには――共通の友人がありましてね」

パムは、きっぱりといった。

「うそよ」

「なにがうそなんですか？　あなたのお父さんとわたしに共通の友人があるということ？」

パムの顔面に血の色がのぼった。

「まさか。わたしがいってるのは――ほんとはなにかべつの理由があったんだろうって

――」

彼女は妹をふりかえった。

「シーラ、あなたもなんとかいったらどう？」

シーラははっとして、たずねた。

「それって――トニー・ホーカーと関係のあることじゃないでしょうね？」

「どうしてトニー・ホーカーの話が出てくるのかな？」

シーラは顔を赤らめ、そっぽをむいてほかの客たちのほうへ行ってしまった。

パムはとつぜんはげしい口調で、しかし声を殺していった。

「トニー・ホーカーって、いやな男――なにか不吉な感じがするわ。彼女も――ラーキン夫人もそう。いまだって、あんなふうに」

ポアロは彼女の視線をたどった。

ホーカーはホステスにぴったり顔を寄せて、なだめているようすだ。ラーキン夫人の声が一瞬高まった。

「――でも、待てないわ。いますぐほしいのよ！」

ポアロはかすかに笑った。

「女《レ・ファム》ってものは――なんでもいますぐほしがる。ちがいますか？」

しかしパムは答えなかった。しばらくうなだれて、いらいらしながらツイードのスカートにひだをつけてはのばしていた。

ポアロはくだけた調子でいった。

「あなたは妹さんと、だいぶタイプがちがうようだ」

パムはその陳腐な批評にがまんがならないというように、急に顔をあげて、いった。

「ポアロさん、トニーがシーラにあたえていた薬はなんですの？　なにがあの子をあんなふうに変えてしまったんですか？」

ポアロは彼女をまっすぐ見据えて問いかけた。

「あなたはコカインを吸ったことがありますか？」

パムはかぶりをふった。

「いいえ、とんでもない！　そういうことだったの？　コカインだったのね？　でも、コカインはあまり危険がないんでしょう？」

そのときシーラが、注ぎたての飲み物を手にしてふたりのほうへやって来て、口をはさんだ。

「危険って、なにが？」

ポアロは答えた。

「麻薬中毒の話をしていたところです。麻薬によって理性も心もゆっくりと死んでゆく――人間のもつ、真なるものも善なるものも、すべてが破壊されてしまうんだということをね」

シーラははっと息をのんだ。手にした飲み物が揺れて、床にこぼれた。

ポアロは話をつづけた。

「ストダート先生の説明でよくおわかりだと思うが、麻薬は人を生ける屍にしてしまうものですよ。あっというまに中毒になってしまって――いったんなったら、薬を絶つのは至難の業だ。そんなふうに他人を堕落させ、悲惨な状態にすることでボロ儲けしているやつは、人の生き血を吸う吸血鬼だ」

ポアロはくるりと背中をむけた。その背後で、「シーラ！」と怒鳴りつけるパム・グラントの声が聞こえ、次いでシーラ・グラントがつぶやく声が――ごくかすかに聞こえた。

「あの水筒は……」

ポアロはラーキン夫人に別れを告げてホールへ出た。ホールのテーブルの上に、狩猟用の水筒が鞭や帽子といっしょに置いてあった。ポアロはそれを手に取った。A・Hという頭文字がついている。

ポアロはひとりごとをつぶやいた。

「トニーの水筒がからっぽだった、って？」

水筒を軽くふってみた。水の音はしない。ふたをひねってあけてみた。

トニー・ホーカーの水筒は空っぽではなかった。中身はぎっしりはいっていたのだ――

――白い粉が……

VI

ポアロはレディ・カーマイケルの家のテラスに立って、ひとりの若い女を説得していた。

「マドモアゼル、あなたはまだとても若い。だから、自分や姉さんたちのしていたことがどんなにおそろしいか、よくわかっていなかったんだろう。あなたたちはディオメーデスの雌馬とおなじように、人間の肉を食っていたんですよ」

シーラは身ぶるいし、すすり泣いて、こういった。

「そんなふうにいわれると、ぞっとするわ。でも、ほんとにそうね。わたしはあの晩、ロンドンでストダート先生にいわれるまで、そんなことはぜんぜん知らなかったんです。先生がとっても真剣に――熱心に忠告してくれたから、自分のしていることがどんなに罰当たりなのか、あのときやっとわかったの。……それまでは、食後の飲み物かなにかのように――みんなが好きで買って楽しむだけのもので、そんなたいへんな害があるとは思ってもみなかったんです！」

ポアロが問いただした。

「で、いまは？」

シーラ・グラントは答えた。

「わたし、なんでもあなたのいうとおりにするわ。ほかの三人にもよく話して聞かせる」それから、さらにいった。「……ストダート先生はもう二度とわたしに会ってくださらないでしょうね？」

「とんでもない。ストダート先生もわたしも、あなたが更生できるようにあらゆる手を尽くして援助するつもりですよ。われわれを信じてもらっていい。ただ、やらなければならないことがひとつある。じつは徹底的にやっつけなければならない男がひとりいて、それをやっつけることができるのは、あなたたち姉妹だけなのだよ。つまり、彼を有罪にできるのは、あなたたちの証言だけなんでね」

「彼って——父のこと？」

「父親なんかじゃないだろう、マドモアゼル。エルキュール・ポアロはなんでも知っているんだと、いわなかったかな？　その筋にあなたの写真を見せたら、あっさり身元がわかったんだよ。あなたはシーラ・ケリー——万引きの常習犯で、二、三年前に感化院に送られた。そこを出たとき、グラント将軍を名乗る男があなたにちかづいて、いまの身分を——娘という身分を——提供してくれた。金はどっさり手にはいるし、おもしろおかしく暮らせる身分だ。あなたの仕事はただ、ほかのだれかからもらったふりをして、ヤクを友人たちに勧めることだけ。あなたの姉妹たちの場合も、事情はおなじだった」

　ポアロは一息入れて、いった。

「さあ、その男の悪事をあばいて刑務所へぶちこもう。そのあとは——」

「ええ、そのあとは？」

　ポアロは咳払いして、にっこり笑っていった。

「あなたは神がみに奉仕することになるだろうな」

マイケル・ストダートは、びっくり仰天してポアロを見つめ、やがていった。

「グラント将軍？　グラント将軍か？」

「そのとおりです、先生《モン・シエール》。あの男の演出《ミゾンセーヌ》は、小道具にいたるまで、すべて偽物でした。仏像も、インドの真鍮細工も、インド人の召使いまで！　それと、持病の痛風もね！　古くさい手だ。年寄りならともかく——十九歳の娘をもつ父親の病気じゃありませんからな。

そこで、わたしはその点をたしかめてみたのです。帰りがけに、つまずいたふりをして痛風の脚につかまった。ところが、あの紳士はわたしの話にすっかり動揺して、脚をつかまれたのに気づかない。いやはや、真っ赤な偽者、将軍が聞いてあきれる！　とは《トウ・ド》いえ《・メーム》、よく考えたもんです——退役したインド駐留軍の将軍とは——喜劇でおなじみの短気で怒りっぽい人物を装い、しかも住み着いた場所は、ほかの退役インド駐留軍将校のいそうな土地ではなく——ふつうの退役軍人には手のとどかない高級な保養地と来ている。あのあたりはロンドンから来た成金が多くて、商品を売りさばくにはまたとない市場だ。しかもあの潑剌とした魅力的な四人の娘たちを、いったいだれが疑うでしょう？　たとえなにかあっても、彼女たちは被害者だとみなされるに決まっている！」

「あなたは、いったいどうするつもりで、あいつに会いに行ったんですか？　揺さぶりをかけるのが狙いだったのですか？」

「そう。一か八かやってみようと思ってね。ぐずぐずしている時間はなかった。娘たちは指示を受けていた。アントニー・ホーカーは、じつは彼女たちの犠牲者のひとりで、連中は彼をスケープゴートにしようとしていたんですよ。シーラはホールに置いてあった水筒のことをわたしに話す手はずになっていたんです。しかし、どうにもその踏ん切りがつかないでいた——もうひとりの娘が怒って、シーラ！　と怒鳴りつけたんで、消え入りそうな声でやっとつぶやいたんだが」

マイケル・ストダートは立ちあがって部屋の中を行ったり来たりしていたが、やがてこういった。

「じつはね、ポアロさん、ぼくはあの娘をずっと見守ってやりたいと思ってるんです。思春期の犯罪については、かなりはっきりした理論をもってましてね。人は家庭環境を見れば、かならずや——」

ポアロは彼をさえぎった。

「先生《モン・シエール》、あなたの科学については心から尊重してますよ。シーラ・ケリーに関するかぎり、先生の理論がすばらしい効果をあげることは疑いないでしょう」

「ほかの三人についてもね」

「そうかもしれません。しかし、わたしがまちがいないと思うのは、かわいいシーラについてだけです。あなたは彼女を手なづけることができると、断言できますね！　じっさい、彼女はすでにあなたにすっかりなついてますからな」

マイケル・ストダートは顔を赤らめていった。

「そんなバカなことをいってからかうんだからなぁ、ポアロさんは」

第九の事件

ヒッポリュテの帯

The Girdle of Hyppolita

ひとつの出来事はしばしば他の出来事につながる。月並みだが、それはポアロが口癖のようにいうことだ。

I

これをもっとも明確に実証したのはルーベンス盗難事件だったと、彼はつけくわえていう。

ポアロはその事件にたいして関心がなかった。ルーベンスは好みの画家ではなかったし、盗難の手口がしごくありふれていたからだ。けれども、彼は好意でその捜査を引きうけた。盗まれた絵の持ち主であるアレクサンダー・シンプソンがポアロの友人で通っていたこと、それと、古典に関係なくもないポアロ自身の個人的な理由があったからだった！

アレクサンダー・シンプソンは事件の直後にポアロを呼んで、災難のいきさつをくわしく説明した。そのルーベンスの絵は最近発見されたもので、これまで知られざる傑作だったものの、真作であることは疑う余地がなかったのだ。それがシンプソンの画廊に展示され、白昼堂々、盗まれてしまった。ちょうどそのとき、失業者の群れがいくつかの通りの四つ角にすわりこんだり、リッツホテルへ乱入するなどのデモ作戦を展開していて、その中の数人が一団となってシンプソン画廊へなだれこみ、〈芸術はぜいたくだ。飢えているものに食べ物を〉と書いたプラカードをもって大の字になった。警察に通報したり、野次馬が群がってきたりしたあげく、デモ隊が強制排除され、騒ぎがおさまってはじめて、展示したばかりのルーベンスの絵が額からきれいにはずされ、持ち去られていることがわかったのだ。

「とても小さな絵なんでねぇ」と、シンプソン氏はいった。「あのみじめな失業者どものばか騒ぎにみんなの注目がいっているあいだに、犯人はそれを小脇にかかえて出ていくことができたんだろう」

問題の失業者たちは、金で雇われ、そうとは知らずにこの盗難事件に荷担したことが判明した。彼らは、シンプソン画廊でデモをする役目をひきうけた。だが、そのときは、まさか絵を盗み出すためとは知らなかったのだ。

ポアロは犯行のトリックをおもしろいとは思ったものの、ここは自分が出る幕ではないと思ったので、はっきり盗難とわかっている以上、警察にまかせていいのではないかと指摘した。

アレクサンダー・シンプソンは反論した。

「聞いてくれ、ポアロ、わたしはあの絵を盗んだのがだれなのかも、絵の行き先も知っているんだよ」

彼によれば、その絵を盗んだのは、ある国際窃盗団で、依頼人はさる百万長者だが、美術品をびっくりするような安値で買うことをなんとも思わない――そのうえ、いっさい出所を問わないのだという！　そんなわけで、あのルーベンスの絵はひそかにフランスへもちだされ、そこでその百万長者の手にわたるだろう、とシンプソンはいう。イギリスとフランスの警察が捜査にあたっているが、結局は迷宮入りになるだろうとシンプソンは考えていた。

「しかも、あれがいったんその下郎の手にわたってしまえば、捜査はいっそう困難になる。相手が大金持ちでは、うっかりしたことはできないからね。そこで、きみの出番だ。情況は微妙だ。そういうときは、きみが適任というわけさ」

ポアロは、結局しぶしぶながらもその仕事をひきうけ、ただちにフランスへむけて出発することに同意した。その遠征に気乗り薄だったとはいえ、ポアロは偶然にもそれがきっかけである女学生の失踪事件を知り、そっちには大いに興味をそそられたのだった。

初めてその事件のことを聞いたのは、ちょうどポアロが助手の荷造りの仕方をほめていたとき、いきなりたずねてきたジャップ主任警部からだった。

「やっぱり！」ジャップはいった。「フランスへ行くんでしょう？」

「おやおや《モン・シェール》、ロンドン警視庁は信じられない情報網をもっているらしいな」

ジャップは小さく笑って、いった。

「うちにはスパイが大勢いるからね！　シンプソンは例のルーベンスの事件をあなたに依頼したそうじゃないですか。われわれを信用してないとみえる！　まあ、それはどうでもいいが、わたしがあなたに頼みたいのは、それとはまったくべつの一件なんですよ。どうせパリに行くんだから、一石二鳥ってやつを頼んでもいいんじゃないかと思って。うちのハーン刑事がすでにむこうへ行って、フランス警察と共同で捜査をしている――ハーンは知ってますね？　いいやつですよ――想像力豊かとはいえないかもしれないが。やってもらえるかどうか訊きに来たんです」

「いったいそれはどんな事件かね？」

「少女の蒸発事件ですよ。きょうの夕刊に出るだろうが、誘拐されたのかもしれない。

クランチェスターのある聖堂参事会員の娘で、名前はキング。ウィニー・キングというんです」

彼は事件のいきさつを語った。

ウィニーは、イギリスやアメリカの選り抜きの名家の子女のための教育施設――ミス・ポープ学院に入学するためにパリへ行く途中だった。彼女は早朝の汽車でクランチェスターを出発した――そしてロンドンを通過したのを、各駅で少女たちの監督にあたっているエルダー・シスターズという企業の社員が目撃している――それからヴィクトリア駅で、ミス・ポープ学院の教頭のミス・バーショーの出むかえを受けて、ほかの十八人の少女たちといっしょに臨港列車でヴィクトリアを発った。こうして十九人の少女は海峡をわたり、カレーの税関を通ってパリ行きの列車に乗り、食堂車で食事した。ところが、パリを目前にしてミス・バーショーが人数を数えてみると、生徒は十八人しかいなかったというのだ。

「なるほど」ポアロはうなずいた。「その列車はどこか途中で停まったのかな？」

「アミアンで停車したけれども、そのとき生徒たちは食堂車にいて、ウィニーもいっしょにいたと、全員がはっきり証言している。で、そこから個室《コンパートメント》へもどる途中で彼女を見失ってしまったんだ。つまり、彼女はほかの五人の生徒といっしょに使っていたコンパートメントへもどってこなかった。その五人の生徒は、べつに不審にも思わず、ウィニーはほかの生徒たちのいるふたつのコンパートメントのどっちかにいると考えていた」

ポアロはうなずいた。

「それで、彼女が最後に目撃されたのは――正確な時間が知りたいんだが？」

「列車がアミアンを出てから約十分後です」ジャップは慎み深く咳払いした。「最後に目撃されたとき、彼女は……つまりその……トイレにはいるところだった」

「とても自然だな」ポアロはつぶやいた。「ほかになにか？」

「ひとつある」ジャップはまじめな顔でいった。「ウィニーの帽子が線路わきで発見されてるんです――アミアンからざっと十四マイルの地点で」

「しかし、死体はみつからなかった？」

「死体はなかった」

ポアロはたずねた。

「きみ自身はどう考える？」

「どう考えたらいいのか、それがわからなくて往生してるんですよ！　死体が見あたらないということは――ウィニーが列車から転落したとは考えられないし」

「アミアンを出発してから、列車は一度も停まらなかったんだね？」

「そう。一度だけ——信号で速度を落としたが、停まりはしなかった。それに、速度を落としたとはいっても、飛びおりても怪我をしないほど徐行してたわけじゃないだろうと思いますよ。あなたはウィニーがとつぜんパニックを起こして逃げ出したんじゃないかと思ってるんですか？　たしかに彼女は新入生で、ホームシックにかかっていたかもしれないが、しかし年齢は十五歳半だ——もののわかる年頃だし、それに旅行中はとても元気で、楽しそうにはしゃぎまわっていたそうだよ」

「列車内は捜索したんだろうね？」

「もちろん、ノール駅に到着する前にしらべた。ウィニーが車内にいなかったのは確実なんだ」

　ジャップは大げさな身ぶりでつけくわえた。

「彼女は跡形もなく消えてしまったんだ——かき消すように！　どういうことかさっぱりわからないんですよ、ポアロさん。どうなってるんだか！」

「その娘は、どんな子なのかな？」

「わたしの知るかぎりでは、なんの変哲もないふつうの娘らしい」

「わたしがいっているのはだね——どんな顔かたちをしていたのかということだ」

「ここに写真がありますね。花のつぼみのような美少女とはいいがたいですね」

彼はスナップ写真をポアロに差しだし、ポアロはだまってそれに見入った。

その写真には、髪をおさげにした、体のほっそりとした少女が写っていた。ポーズをつけて写したものではなく、明らかに本人が気づいていない瞬間をとらえたスナップだった。リンゴにかぶりつこうとしているところで、口をぱっくりあけて、いくらか突きでている歯に矯正具をしているのが見えた。少女は眼鏡をかけていた。

ジャップがいった。

「あまり器量のよくない子だが――しかし、この年頃はみんな不器量なもんですよ！きのうかかりつけの歯医者へ行ったとき、雑誌の〈スケッチ〉に載っていたマーシア・ゴーントの写真を見たんですがね。当代の美女、とあった。かつてわたしが窃盗事件でダブリン城へ行ったときに会った十五歳の彼女をおぼえてるんだが、当時はにきびだらけで、歯がつきだしていて、髪はぼさぼさ、とにかくぶざまな女の子でしたよ。年頃の娘は、ちょっと見ないと美人になっちまう――どうしてなんだか！　まるで奇跡だ」

ポアロは微笑していった。

「だから女性は、奇跡的な性《ミラキュラス・セックス》だというのさ！　ところで、この子の家族は？　なにか手がかりになりそうなことをいってなかった？」

ジャップは首をふった。

「まるでだめですね。母親は病弱で寝たきり、父親はすっかり気が動転しちゃって。とにかく、ウィニーはとてもパリに行きたがっていて――待ちこがれていたというんです。絵や音楽を勉強したいと、張り切っていたそうで。ミス・ポープ学院の生徒はみんな芸術家志望なんですよ。たぶんあなたも知っているだろうが、あそこは有名な学校で、良家の子女が多い。校長のミス・ポープはおそろしく厳格で――おまけにひじょうにぜいたくで、生徒を選り好みすることでも有名な人なんです」

ポアロはため息をついた。

「よくあるタイプだな。で、生徒たちをイギリスから連れて行ったミス・バーショーのほうは？」

「気がふれているわけでもなかったが、ミス・ポープにとがめられることをひどく心配していましたよ」

ポアロはなにごとか考えているようすでいった。

「この事件に若い男は関係していないのかい？」

ジャップは写真をあごで示した。

「その子がそんなふうに見えますか？」

「いや、そうは見えないね。しかし、見かけによらずロマンチックなところがあるかもしれないよ。十五歳といえば、もう子どもじゃないんだから」

「そうだろうか。ま、もし彼女がほんとうにロマンチックな感情にかられて列車から飛びおりたんだとしたら、わたしは女流文学の勉強をしなきゃならないでしょうな」

彼はポアロに期待のまなざしをむけた。

「なにかピンと来るものはないですか？」

ポアロはゆっくりと首をふって、いった。

「ひょっとすると……この子の靴も線路わきに落ちていたんじゃないかと思うんだが、見つからなかったかな？」

「靴？　いや、発見されてませんね。しかし、なんで靴が？」

ポアロはつぶやいた。

「ちょっと考えていることがあってね……」

II

ポアロがタクシーに乗ろうとして階下へおりかけたとき、電話のベルが鳴った。

「もしもし？」

ジャップの声がいった。

「やれやれ、間にあって良かった。あの事件は解決しましたよ。本庁へもどったら、報告がはいっていた。例の女の子が姿を現わしたそうです。アミアンから十五マイル離れた幹線道路のわきで発見されたんですよ。まだ意識が朦朧としているようすで、筋の通った話は聞き出せてないらしい。医者によれば、麻薬を飲まされているそうですが――しかし、だいじょうぶ。べつに異常はないというから」

ポアロはゆっくりいった。

「そうすると、わたしが手を貸す必要はなくなったというわけだね？」

「残念ながらね！　いやぁ、わずらわしてすみませんでした」

ジャップは笑って電話を切った。

ポアロは笑わなかった。ゆっくり受話器を置く。その顔には懸念の色があった。

Ⅲ

ハーン刑事はけげんそうにポアロを見た。

「あなたがそこまで関心をおもちだとは、思ってもみませんでしたよ」と、彼はいった。

「わたしがこの事件できみに相談に行くかもしれないということは、ジャップ主任警部から訊いていただろう？」

ハーンはうなずいた。

「なにかべつの用件でパリにいらっしゃるついでに、この謎の事件について、われわれに手を貸してもらえそうだと主任警部から聞いてましたが、事件はもう解決してしまったんで、あなたがお寄りになるとは思ってませんでしたよ。ご自身の仕事でお忙しいでしょうし」

ポアロはいった。

「そっちは待たせておけばいい。それよりも、この事件のほうに興味があってね。きみはそれを謎といい、もう解決したというが、しかし、謎はまだ残っているんじゃないかな？」

「とにかく、あの少女を無事に保護したんですから、肝心な点は片づいたといえるでしょう」

「しかし、彼女がどのようにしてもどってきたのかという問題は、まだ解決していない。本人はどういってるの？　医者に診せたんだろう？　どういう所見だった？」

「麻薬を飲まされているといっていました。そのせいでウィニーはまだ頭がぼんやりしていて、クランチェスターを出発してからのことをほとんど思いだせないらしいんです。事件後の出来事については記憶を喪失しているようだし。軽い脳しんとうを起こしたのではないかと医者はいってます。後頭部に打撲傷があって、それが記憶喪失の原因になったかもしれないと」

ポアロはいった。

「それはじつに好都合じゃないか――だれかさんにとっては！」

ハーン刑事は疑わしげな口ぶりでいった。

「ウィニーが記憶をなくしたふりをしてるんだと思ってるわけじゃないんでしょう？」

「きみはどう思う？」

「そうは思いません。いい子ですよ――年齢よりちょっと子どもっぽい感じですが」

「うん、もちろんウィニーはとぼけているわけじゃないだろう」ポアロは首をふった。「しかし、わたしは彼女がどうやってあの列車から姿を消したかを知りたいんだ。だれがそうさせたのか――なんのためにかを知りたい」

「理由については、誘拐して身代金をゆすり取ろうとしたんじゃないでしょうか？」

「なのに、じっさいはやらなかった！」

「警察の追跡におそれをなして度胸がなくなり、あっさりウィニーを道ばたに放り出していったんでしょう」

ポアロは疑わしげに問いかけた。

「クランチェスター聖堂参事から、どれだけの身代金がとれるというんだ？　英国国教会の幹部は百万長者じゃないんだよ」

ハーン刑事はのんきに笑った。

「ぼくにいわせりゃ、犯人はとんでもないへまをやったってことですよ」

「ほう、きみはそういう意見か」

ハーンはちょっぴり顔を赤らめた。

「それじゃ、あなたの意見は？」

「わたしは、ウィニーがどのようにしてあの列車からさらわれたのかを知りたいのさ」

刑事の顔が曇った。

「それはまったく謎ですね。食堂車にすわって、ほかの女の子たちとおしゃべりをしていた。それが五分後には——はい、消えた！——って手品のように姿を消してしまったんですからね」

「そう、まさしく手品だ！　ミス・ポープ学院がコンパートメントを予約していた車両には、ほかにどんな客が乗っていたのか、わかってるのかな？」

ハーン刑事はうなずいた。

「さすがに着眼点がいいですね。それは肝心なところです。なぜなら、その車両は最後尾で、しかもミス・ポープ学院の生徒たちが食堂車からそこへもどるとすぐ、各車両のあいだのドアに錠がおろされたんです——というのは、食堂の後かたづけをして準備を整えないうちに客がどっと押しかけてくると困るというので足止めしたわけでね。ウィニー・キングは友だちといっしょに最後尾の車両へもどってきました——ミス・ポープ学院はそこにコンパートメントを三つ予約してあったんです」

「で、その車両のほかのコンパートメントの客は？」

ハーンは手帳をとりだした。

「ミス・ジョーダンとミス・バターズ——このふたりの中年の独身女性はスイスへ行くところで、郷里のハンプシャーではよく知られた、社会的地位の高い方がたで、なにも問題はありません。それからフランス人のビジネス客がふたり、ひとりはパリの、もうひとりはリヨンの人で、どちらも立派な中年紳士です。それからジェイムズ・エリオットという青年とその妻――派手な格好をした女でした。この男にはわるい噂があって、ある密輸事件に関係した疑いで警察に目をつけられています――しかし、誘拐事件に関与したことはありません。いずれにせよ、彼のコンパートメントをしらべた結果、この事件とかかわりがあることを示すようなものは手荷物の中からはなにも出てきませんでした。エリオットがこの事件に関係していると考えるべき理由も見あたりません。客はそのほかにもうひとりだけ、ヴァン・サイダー夫人というアメリカ人で、旅行先はパリです。この女性についてはなにもわかっていませんが、問題はなさそうです。これで全部ですね」

ポアロはたずねた。

「列車はアミアンを出てから一度も停まらなかったそうだが、それはまちがいないんだね？」

「まちがいありません。一度速度をゆるめましたが、飛びおりられるほどではなかったし――もし飛びおりたら重傷を負って死んでもおかしくなかったでしょう」

「そこがこの手品のおもしろいところなんだな」ポアロはつぶやいた。「問題の女学生はアミアンの郊外でどこへともなく消えた。そしてまたアミアンの郊外でどこからともなく姿を現わした。そのあいだ、彼女はどこにいたんだろう？」

ハーン刑事は首をふった。

「そういわれてみれば、どうもヘンですね。あ、そうそう！　あなたはなにか靴のことを――あの子の靴のことですが――主任警部に質問してらしたそうですね。じつは、ウィニーは路傍で発見されたときちゃんと靴を履いていたんですが、しかし、線路わきに靴が一足落ちていて、信号手がそれを発見しています。どこも傷んでいないんで、家へ持ち帰ってしまったんですよ。じょうぶな黒の編みあげ靴でした」

「ほう、そうか」とポアロはいって、満足そうな顔になった。

刑事は興味津々でいった。

「わたしにはわからないんですが、その靴がどうかしたんですか？　なにか意味があるんでしょうか？」

「ある仮説を裏づけてくれるんだよ」ポアロは答えた。「手品がどのようにしておこなわれたかについての仮説をね」

Ⅳ

ミス・ポープ学院は、ほかの多くの教育施設がそうであるように、ヌイイ通りにあった。ポアロがその堂々たる建物の正面を見あげていると、とつぜん女学生の群れが正門からどっとあふれ出してきた。

ざっと数えて二十五人、いずれも紺の上着とスカートの制服を着て、ミス・ポープの好みらしい独特の紫と金のリボンを巻いた、つばのある無粋なイギリスふうの紺のヴェロア帽をかぶっている。年は十四歳から十八歳までさまざまで、太ったのや痩せたのや、ブロンドやブルネットや、美人や醜女やらが入り交じって、最後に気むずかしそうな顔をした白髪の女性が、比較的年の若い女学生のひとりとならんで姿を現わした。ポアロは、それがミス・バーショーだろうと見当をつけた。

しばらくミス・バーショーたちを見送ってから、ポアロはベルを鳴らして、ミス・ポープに面会をもとめた。

ミス・ラヴィニア・ポープは、教頭のミス・バーショーとはまるっきりちがった感じで、風格があり、威厳があった。たとえミス・ポープが生徒の親ににこやかなくつろいだ態度を示すことがあったとしても、校長たる者にとって有力な武器である、あらゆる人に対する優越感は、おのずから外に表われただろう。

白髪をきちんとまとめて、着ているものはやや地味だが垢抜けていた。それはいかにも有能で博識な女性らしい身だしなみだった。

ポアロが招き入れられた部屋も、教養ある女性らしい部屋だった。そこには優美な家具や花や、教え子の中で世界的に知られた人たちの署名入り写真が額にはいって飾られていた――ほとんどが華やかに正装した姿だ。壁には世界各国の名画の複製や、出来のいい水彩画が何枚か掛かっていた。そして部屋全体がすみずみまできれいさっぱりとして、まぶしいほど磨きあげられている。どんなほこりの一片でも、これほど神々しい神殿に居すわるあつかましさはないだろう。

ミス・ポープは、ほとんど判断をまちがえたことのない者にふさわしい態度でポアロに応接した。

「エルキュール・ポアロさんですね？　もちろん、あなたのお名前は存じあげておりますよ。たぶん、ウィニー・キングのたいへん不幸な事件のことでいらっしゃったのでしょう。まことに嘆かわしい事件でした」

ミス・ポープは嘆いているようには見えなかった。凶事をとうぜんのことのように受け入れて、てきぱきと対処することで、それをほとんどとるに足らないものに変えてしまうらしい。

「あんなことは、いまだかつて起きたためしがありません」ミス・ポープはいった。

そして、もう二度と起きないだろう！——彼女の態度がそう断言していた。

ポアロはいった。

「問題の生徒は新入生だったのですね？」

「そうです」

「もちろん、あなたはその子や両親と予備面接をなさったのでしょうな？」

「最近のことではございませせけれどね。わたくし、二年前にクランチェスターのちかくにしばらく滞在しておりましたの——じつをいうと、主教のところにでございますよ——」

口には出さねど、ミス・ポープの態度はこういっていた。

いいですか、わたしは主教のところに泊まるような一流の人物なのですよ！

「その折に、聖堂参事ご夫妻と知りあいになりました。キング夫人はお気の毒に病弱でございましてね。そのとき、ウィニーとも会ったのです。しつけのいい女の子で、絵がとても好きでした。それでわたしは、あの子が普通教育課程をおえたら、一年か二年のあいだぜひうちでお預かりしたいとキング夫人に申しあげたのです。当校は美術と音楽を専門にしておりまして、生徒たちはしばしばオペラ座やコメディ・フランセーズで観劇し、ルーヴル美術館での講義を聴講します。また一流の先生方を当校に招いて、音楽や絵の指導もいたしておりますのよ。より広い文化を、というのがわたくしたちの教育目標なのです」

ミス・ポープはそのときふと、ポアロが生徒の父兄ではないことを思いだして、だしぬけにつけくわえた。

「で、わたくしにどんなご用でしょうか、ポアロさん？」

「ウィニーについての学校側の見解をお聞かせねがいたいのですが」

「じつは、キング参事がアミアンへ来ておりましてね、ウィニーを連れて帰ることになっているのです。あの子はひどいショックを受けたばかりなので、そうするのがもっとも賢明だと思いますの」

彼女は一息入れてから話をつづけた。

「当校では虚弱な子を引きうけるわけにはまいりません。病人の世話をする施設は皆無ですのでね。ですから、あの子を家へ連れて帰ったほうがいいだろうと、キング参事にわたくしの意見を申しあげたのです」

ポアロは単刀直入にたずねた。

「ミス・ポープ、あなたのご意見をうかがいたい。いったいなにが起きたのだとお思いですか？」

「なにがどうなったのか、わたくしにはぜんぜんわかりませんわね、ポアロさん。わたくしが報告を受けているかぎりでは、なにもかも信じられないようなことばかりで。ただし、あの生徒たちの監督にあたっていたうちの職員に責任があったとは思えません――強いていえば、あの子がいなくなったことを、もっと早く気づくべきであったかもしれませんが」

「警察の人間が、あなたをたずねて来たと思いますが」ポアロはいった。

かすかな身ぶるいが、ミス・ポープの貴族的な容姿をかすめた。彼女は冷ややかにいった。

「警視庁のルファルジュさんという方がお見えになって、なにか捜査の手がかりになるようなことをもとめていろいろ質問なさいましたが、とうぜんながらわたくしはなんのお役にも立てませんでした。すると彼は、ウィニーのトランクをしらべたいとおっしゃるのです。もちろん、それはほかの生徒のトランクといっしょにここに届いていたのですが、すでに警察のほかの方が取りに来てはこんでいったあとなので、ルファルジュさんにそう申しあげたわけです。どうもあちらの仕事が重複しているらしいのですが、それからまもなく電話がかかってきて、わたくしがウィニーの所持品を全部警察にわたさなかったというのです。腹が立ったので、やりかえしましたわ。役人や警察のおどしに屈服すべきではありませんからね」

ポアロは長く息を吸って、いった。

「あなたは勇敢ですな。ご立派です。おそらくウィニーのトランクが届いたときにあけて、中身を点検なさったのでしょう？」

ミス・ポープはちょっと険しい顔になった。

「それが決まりですから」彼女はいった。「わたくしたちは厳格に決まりを守ることにしておりますのよ。生徒たちは到着するとすぐに荷物をあけて、わたくしの指示どおりに所持品を整理いたします。ウィニーの荷物も、ほかの生徒たちの荷物といっしょにあけられました。もちろん、あとで元どおりに荷造りしておいたんですから、警察には、ここに届いたときと寸分たがわぬ状態でひきわたしたことになるんですよ」

ポアロはつぶやいた。「寸分たがわぬ……ねぇ」

彼は、ぶらりと壁のほうへ行った。

「これは有名なクランチェスター橋の絵ですな――遠くに聖堂が見える」

「ええ、そうです、ウィニーはきっとこれをわたくしに贈ってびっくりさせようと思って描いたのでしょう。紙につつんで、その上に〝ウィニーよりミス・ポープへ〟と書いて、トランクに入れてありました。かわいいじゃありませんか」

「ほほう！　で、絵としてはどう思いますか？」ポアロはたずねた。

クランチェスター橋を描いた絵は、いくつも見たことがある。それは王立美術院の出品作の中に毎年かならず見られる主題だった——ときには油絵の、ときには水彩画の展示室で。ポアロが見たそれらの絵は、すばらしいできばえであったり、平凡な手法で描かれていたり、退屈な絵だったりした。しかし、いま目の前にあるような、ぞんざいに描きなぐった絵は見たためしがなかった。

ミス・ポープは寛大な微笑を浮かべていった。

「生徒をがっかりさせて、意欲を失わせるのは禁物です。もちろんウィニーをはげまして、もっといい絵が描けるように指導すべきです」

ポアロは思うところがあるようすで、いった。

「水彩画のほうが彼女にむいているんじゃないでしょうか？」

「そうですね。あの子が油絵を描こうとしてるなんて、わたくしは知らなかったんですのよ」

「ああ、そうですか……ちょっと失礼」

ポアロはその絵をはずして窓のほうへもっていき、しばらくキャンヴァスの裏表を交互にしらべてみてから、顔をあげて、こういった。

「お願いがあります。この絵をわたしにいただきたい」

「えっ？　でもそんな——」

「この絵に強い愛着を持っているふりをしてもむだですよ。この絵は、ダメだ」

「たしかに芸術的な価値はまるでございませんけど、でも、生徒の作品ですし——」

「はっきり申しあげますと、これはあなたの部屋に飾っておくにはもっともふさわしくない絵なのですよ、先生」

「いったいなぜそんなことをおっしゃるのかわかりませんね、ポアロさん」

「では、いまからそれを実証してごらんに入れましょう」

ポアロはポケットから透明な液体のはいった瓶とスポンジとボロ布をとりだした。

「そのまえに、ちょっとおもしろい話をお聞かせしましょう。醜いアヒルの子が白鳥になった話と似た話です」

ポアロはせっせと手を動かしつづけた。テレピン油のにおいが部屋に充満しはじめた。

「先生、たぶんあなたはレヴューをあまりごらんにならないでしょうな？」

「ええ、つまらないんですもの」

「たしかにつまらないでしょうが、しかし、ときにはいい勉強になることもあるんですよ。以前、ひじょうにうまいレヴュー役者がふしぎな魔術を使っているようにしてつぎつぎと変身するのを見ましてね。ある場面では妖艶なキャバレーのスターなんですが、それが十分後には、ぴったりした肌着姿の小さなか弱い子どもになり、さらに十分後にはみすぼらしいジプシーになって、キャラバンのそばで占いをしている」

「それはもちろんそういうこともあるでしょうが、べつに――」

「いや、じつはあの列車の中でどんなふうに手品がおこなわれたかを説明しようとしているのです。おさげ髪に眼鏡、歯列矯正具をつけた女学生のウィニーがトイレにはいる。その十五分後に――ハーン刑事のことばを借りれば――〝はでな格好の女〟になって出てくる。薄い絹の靴下にハイヒールの靴を履き、女学生の制服の上にミンクのコートを着て、カールした髪の上にかわいらしいビロードの帽子を載せ、そして顔は――そう、顔ですよ、問題は。頬紅、おしろい、口紅、マスカラ！ 芸術家ならぬ芸人である早変わりの役者のほんとうの顔は、いったいどんなふうなのか？ おそらく神のみぞ知る、でしょう。しかし、不器量な女学生がほとんど奇跡のように魅力的な美女に変身してデビューするのは、あなた自身、しばしばごらんになっているはずです」

ミス・ポープははっと息をのんだ

「まさかウィニー・キングが変装して――」

「いいえ、ウィニー・キングではありません。あの子はロンドンを出る前に誘拐されたのです。そしていまお話しした早変わり役者が彼女にとってかわった。ミス・バーショーはウィニー・キングに会ったことがない。だから、髪をおさげにして、しかも歯列矯正具までつけたその女学生がウィニーでないことを見破れるはずがなかったんです。そんなわけで、女はまんまとウィニーに化けてフランスへわたったのですが、あなたはほんもののウィニーを知っているわけですから、ここまでのこのこやってくるわけにはいかなかった。そこで、はい、消えた！——という具合にウィニーはトイレの中から消えて、ジム・エリオットという男の女房が現われた——男のパスポートには女房の分までちゃんと記載されていました。おさげのカツラや眼鏡や木綿の靴下、歯列矯正具などはポケットに入れられるが、頑丈で不格好な編みあげ靴や帽子は——つぶして小さくするわけにはいかないイギリス風の帽子です——どこかに始末する必要があった。そこで、窓の外へ放り出したわけです。その後、ほんもののウィニーは海峡をわたり——麻薬を飲まされてぼうっとしている女の子がイギリスからフランスへはこばれるのを、警察もだれもさがしてはいませんでしたからね——幹線道路の道ばたで車からそっとおろされて、置き去りにされたんです。もし彼女がスコポラミンでずっと眠らされていたのなら、そのあいだになにがあったのか記憶がないのはとうぜんです」

ミス・ポープはしばらくまじまじとポアロを見つめていたが、やがてこう問いただした。

「でも、なんのために？　そんなバカげた変装をした理由は、いったいなんなんです？」

ポアロは重おもしく答えた。

「ウィニーの荷物ですよ！　犯人たちは、あるものをイギリスからフランスへ密輸したかった――それは税関やあらゆる係官が目を光らせているもの――じつをいうと盗品なのです。ミス・ポープ、あなたは著名人ですし、この学校も有名校だ。ノール駅では、生徒たちのトランクはひとまとめにして検査なしで通関されました。有名なミス・ポープ学院の名がそうさせたのです！　そしてその後は――すでに誘拐事件が起きているのですから――パリ警視庁の者になりすましてあの子の荷物を取りに行っても、怪しまれるはずがないでしょう」

ポアロはにっこり笑った。

「しかしさいわいにも、生徒のトランクは到着直後にあけて中身をしらべるという学校の決まりがあり、ウィニーからあなたに贈られたプレゼントが見つかりました――ただしそれは、彼女がクランチェスターで荷造りしたときとおなじプレゼントではなかったのです」

ポアロはミス・ポープのほうへやってきた。

「これはあなたがわたしにくれた絵だ。さあ、ごらんなさい。優秀なあなたの学校にまったくふさわしくないものであることがおわかりでしょう！」

彼はキャンヴァスをさしだした。

クランチェスター橋はまるで魔法のように消え失せて、そこには、深いくすんだ色調で描かれた古典的な絵があった。

ポアロは静かに語った。

「〈ヒッポリュテの帯〉です。ヒッポリュテが、自分の帯をヘラクレスにわたすところを描いたもので——作者はルーベンス。偉大な芸術作品です——とはいえ《メ・トゥード・メーム》、あなたの応接間にはまったくふさわしくない絵でしょう」

ミス・ポープはちょっと顔を赤らめた。

ヒッポリュテの手が腰帯にかかっている——彼女はほかになにも身にまとっていない。ヘラクレスはライオンの毛皮を片方の肩にかけている。ルーベンスの描く肉体は豊満で、官能的だった。

ミス・ポープは、落ちつきをとりもどして、いった。

「たしかに立派な芸術作品ですわ。でも、あなたのおっしゃるとおり、やはり父兄の手前もございますのでね。心の狭い方もいらっしゃいますし、と申しあげればわかっていただけるかしら……」

V

ポアロが校舎をあとにしようとしたときだった。とつぜん太ったのや痩せたのや、金髪や黒髪や、少女たちが群れをなしてわっとおそいかかり、たちまち彼を取り囲んでしまった。

「おっとっと《モン・デュー》」ポアロはつぶやいた。「これじゃ、まるでアマゾンの女人族の襲撃だ！」

背の高い金髪の女の子が叫んでいる。

「噂がぱっと流れたものだから――」

少女たちはポアロをとりかこんで、どんどんその輪を狭めてくる。ポアロは若い元気な女の子の波に飲みこまれてしまった。

二十五人が声をはりあげて、音色はさまざまだが、おなじ切実な願い事をとなえた。

「ポアロさん、あたしのサイン帳にあなたの名前を書いて！」

第十の事件
ゲリュオンの牛たち
The Flock of Geryon

I

「とつぜんお邪魔して、ほんとに申しわけございません」

ミス・カーナビイは、ハンドバッグを両手にかかえこむようにしながら身を乗りだし、ポアロの顔を心配そうにのぞきこんだ。例によって、せっぱ詰まったようなしゃべり方だ。

ポアロは眉をつりあげて見せた。

ミス・カーナビイが不安そうにいった。

「わたくしのこと、お忘れじゃありませんよね？」

ポアロはきらりと目を光らせて答えた。

「おぼえてますよ。あなたは、わたしが出会った中で、もっともうまいことやった犯罪者のひとりですからな」

「まあ、そんなことをもちださなくてもいいじゃありませんか。あのときは、ほんとに親切にしていただいて。エミリーとはたびたびあなたの思い出話をしたり、新聞にあなたの記事が出ていると、すぐに切り抜いて帳面に貼ったりしていますのよ。オーガスタスのこともお話ししておきましょうね。わたくしたち、あの子に新しい芸を教えたんです。〝シャーロック・ホームズのために死ね、フォーチュン氏のために死ね、サー・ヘンリー・メリヴェルのために死ね、そしてエルキュール・ポアロ氏のために死ね〟というと、あの子は丸太ん棒みたいにごろりと横になって、起きろといわれるまで、ぴくりとも動かないんですのよ！」

「ほう、それは光栄ですな。で、オーガスタスくんは元気ですか？」

ミス・カーナビイは両手をにぎりしめ、とうとう飼い犬のペキニーズ自慢をはじめた。

「それがね、ポアロさん、前よりいっそう利口になりましたの。なんでもわかるんですよ。このあいだ、わたくしが乳母車に乗ったかわいい赤ちゃんに見とれていたら、急に手をひっぱられましてね。見ると、オーガスタスが紐を切ろうとして一所懸命に噛んでるんです。利口でしょう？」

ポアロは、きらきら目を輝かせて、いった。

「どうやらオーガスタスは、われわれがいま話していた犯罪癖を見習っているってとこですな！」

ミス・カーナビイは笑わなかった。それどころか、感じのいいふくよかな顔が、心配そうな沈んだ表情になった。彼女はあえぐようにいった。

「ああ、ポアロさん、わたくし、とても不安なんです」

ポアロはやさしく問いただした。

「なにがです？」

「それがね、ポアロさん、気が気じゃないんですよ。――ほんとに心配で――きっと自分は、いわば慢性的な犯罪者ではないかって。さまざまなアイディアが頭に浮かんでくるんですもの！」

「どんなアイディアが？」

「それが途方もないアイディアばかりなんです！　たとえばきのうは、すぐにも実行可能な郵便局荒らしの計画が頭に浮かびました。そんなことを考えていたわけじゃないのに――自然と思いついてしまうんです。ほかにも、関税をのがれる巧妙な方法とか。これはきっとうまくいくと思いますわ」

「でしょうな」ポアロは無造作にいった。「それがあなたのアイディアの危険なところです」

「そのことがずっと気にかかっているんです、ポアロさん。わたくしは規律の厳しい家庭に育ったので、こんな無法な——不道徳そのもののアイディアが頭に浮かぶなんて、とても耐えられません。こんなことになったのは、わたくしがいまとてもひまだというのも一因じゃないでしょうかね。レディ・ホギンのところを辞めて、ある老貴婦人に雇われ、毎日彼女のために本を読んだり手紙を書いたりしているんですけど、手紙といってもほんの二、三十分で片づいてしまいますし、本を読みだすととたんに相手が眠ってしまうんで、わたくしはただぼんやりすわっているだけなんです。俗にいうように、悪魔が怠惰につけこんでくるんですね」

「いかにも」ポアロはつぶやいた。

「最近、ある本を読んだんですが——ごく最近のドイツの本を翻訳したものなんですけど、犯罪癖をひじょうに興味深く解明しているんです。つまり、人間は衝動を昇華させなければならないって！　じつは、そのことで、あなたをおたずねしたんですの」

「ほう？」ポアロはいった。

「ねえ、ポアロさん、わたくし、自分はわるいことをしようとしているのではなくて、ただ刺激をもとめているだけなんだと思うんです！　残念ながら、わたくしの生涯は、あまりにも平凡で退屈でした。あの――その――ペキニーズのゆすり事件だけが、ほんとうに生き甲斐を感じさせられたときだったのではないかと思うことがあります。もちろん、そんなの罰当たりですけど、さっきお話しした本にも書いてあるように、真実に背をむけてはいけないと思うんです。ですから、刺激をもとめる欲望も、いってみれば天使の側に立ってそれを利用することで、昇華させられるんじゃないかと思って、あなたのところへうかがったんです」

「なるほど。つまり、あなたはわたしの仲間としていらっしゃったわけだ」ポアロはいった。

ミス・カーナビイは顔を赤らめた。

「われながら図々しいのはわかってるんです。ただ、あなたはとても親切にしてくださったので――」

彼女はことばを切った。薄い青い色をした目には、むりと知りつつ散歩に連れていってもらえるのを心待ちにしている犬のまなざしを思わせる、訴えるような表情があった。

「そういう考え方もありますな」ポアロはゆっくりといった。

「いうまでもなく、わたくしはちっとも賢くはありません」ミス・カーナビイは説明した。「でも、しらばっくれる能力のほうは——たいしたものなんですよ。でなきゃ——コンパニオンの仕事なんて勤まりませんからね。それに、いつも思うんですけど、じっさい以上にバカなふりをしたほうがいい結果になるってこともよくあるでしょ」

ポアロは笑っていった。

「あなたはおもしろいことをいいますね、マドモアゼル」

「まあ、ポアロさんったら、そういっていただいてほっとしました。じゃあ、望みがないわけでもないんですね？　じつはわたくし、最近すこし遺産をいただきましてね——わずかですけど、倹約すれば、妹とふたりなんとか暮らしていけますから、わたしが稼ぐお金だけを頼りにしなくてもよくなったんです」

「それでは、あなたの才能をもっともよく活かす場所を考えなくちゃならないわけだ。あなた自身には、これといった考えはないんですね？」

「ほんとにあなたは、読心術師におなりになるべきですわ、ポアロさん。最近、ある友人のことが心配で、あなたに相談しようと思っていたんです。もちろん、ただの老婆心だといわれるかもしれません——気のせいだって。人って、ついつい大げさに考えてしまいがちなものですからね。偶然の一致にすぎないのに、仕組まれたことだと思ったりして」

「大げさなことをいっておられるとは思いませんよ、ミス・カーナビイ。その気がかりなことを話してごらんなさい」

「ええ、ある友だちのことなんです。この数年間はあまり会っていなかったのですが、とても親しい友だちで、名前はエメリン・クレッグといいます。イングランド北部の人と結婚したんですが、子どもはなく、夫は数年前にかなりの遺産を残して亡くなりました。その遺産のおかげでお金に不自由することはなかったんですけど、夫の死後は身よりもなくてひとりさみしく暮らしていました。はっきりいって、ちょっと間が抜けていて、人にだまされやすい女なんです。宗教というものは、心の支えになり、救いになるでしょうけど――でも、それはオーソドックスな宗教であればの話です」

「オーソドックスというと、ギリシャ正教のこと？」ポアロは訊いた。

ミス・カーナビイはびっくりしたようすだった。

「いいえ、とんでもない。イギリス国教会のことですよ。わたくしはローマカトリック教は好きじゃありませんけど、それでもカトリックは認知されているでしょ。メソジスト派や組合教会なども、よく知られた立派な宗教団体です。わたくしがお話ししようとしているのは、そういうものとはちがった、怪しげな新興宗教なんです。彼らは人の感情に訴える力はもっていますが、その奥に真実の宗教的な感動があるのかどうか、大いに疑わしいと思います」

「するとあなたは、お友だちがそうした宗教のカモにされてると思っているわけですね？」

「そうです。ええ、そうですとも！　その教団は〈羊飼いの信徒〉といって、本部はデヴォンシャーの海辺の景色のすばらしいところにあるんです。信者たちは、彼らのいう修行のためにあつまるのです。期間は二週間で、宗教的な儀式や勤行がおこなわれるわけです。そして一年に三度、盛大な祭りが開催されます——〈牧草の芽生え〉、〈豊かな牧草〉、〈牧草の刈り取り〉と呼ばれていて——」

「最後のやつはちょっとバカげていますね」とポアロは口をはさんだ。「牧草は刈り取りなんかしませんからね」

「なにもかもバカげているんですよ」ミス・カーナビイは力をこめていった。「偉大な羊飼いと呼ばれる教祖が教団の活動の中心になっています。アンダースン博士というすばらしくハンサムな、風采の立派な男だそうです」

「つまり、女性にとって魅力的なわけですな？」

「たぶんそういうことになるでしょうね」ミス・カーナビイはため息をついた。「わたしの父もとてもハンサムでしたのよ。そのために教区内でときどきいざこざが起きましてね。法衣《ほうえ》の刺繍の仕事を奪い合ったり、牧師たちの担当区を決めるについても……」

彼女は追憶にふけるようにゆっくり首をふった。

「その偉大な羊飼いの信徒の大多数は女性なんですね？」

「すくなくとも四分の三は女のようです。男の信者たちは変わり者ばかり！　その教団を支えてるのは女なんです――彼女たちの提供している資金なんです！」

「なるほど、いよいよ問題の核心にせまってきましたな。率直にいって、あなたはその教団の活動はペテンだと思っているわけですね？」

「はっきりいえば、そうです。しかももうひとつ、心配でたまらないことがあるんです。じつは、わたくしの気の毒な友だちはその宗教にすっかりこったあげく、最近、自分の全財産を教団へ遺贈するという遺言書を作ったんです」

ポアロは鋭く問いただした。

「それは――だれかにそそのかされてやったんですか？」

「いいえ、ぜんぜんそんなことはなくて、まったく本人の意志で決めたんです。偉大な羊飼いは彼女に新しい生き方を教えてくださった――だから、自分が死んだら、もっているすべてのものを偉大な教義に捧げるべきだ、と。わたくしが心配しているのはそのこと自体ではなくて――じつはその――」

「じつは、信徒の中に大金持ちの女が何人かいたんですが、去年そのうちのすくなくとも三人が死んだんですよ」

「ほう——なんです？」

「全財産を教団に遺して？」

「そうです」

「遺族の抗議はなかったのですか？　訴訟が起きてもふしぎはないが」

「ポアロさん、その教団に入信しているのはたいてい孤独な女なんですよ。近親者も親しい友人もいない人たちなんです」

ポアロは考え深げにうなずいた。ミス・カーナビイは話を急いだ。

「もちろん、わたくしはそれをとやかくいう資格はありません。それに、わたくしが知りえたかぎりでは、その人たちの死に疑わしい点はなにひとつありませんでした。ひとりは風邪をこじらせて急性肺炎で亡くなり、もうひとりは胃潰瘍で病死しているんです。死亡の状況の面でも疑わしい点はまったくありません。死んだ場所はいずれも教団本部のあるグリーン・ヒルズ聖地ではなくて、それぞれの自宅でした。ですから、べつに怪しむべき理由はないんですけど——でもやはり、ひょっとしたらエミーの身になにか起きるのではないかという気がしてならないんです」

ミス・カーナビイは両手をあわせ、訴えるようなまなざしでポアロを見た。

ポアロはしばらくだまって考えこんでいた。やがておもむろに口をひらいたとき、声の調子が変わって、低く重おもしかった。

「最近死んだ信徒たちの名前と件所をしらべて、教えていただけますかな？」

「はい、さっそくしらべます」

「それからもうひとつお願いしたいことがあるんですが」ポアロはゆっくりといった。

「マドモアゼル、あなたはすばらしい勇気と決断力のある人だと思います。すぐれた演技力もそなえていらっしゃる。そこで、これはかなり危険をともなう仕事なんですが、ひとつやってみませんか？」

「ええ、よろこんでやらせていただきます」冒険好きなミス・カーナビイは答えた。

ポアロは警告するようにいった。

「もし危険があるとしたら、それは大きな危険のはずです。つまりですな、これはとんだ思いすごしであるかもしれないけれども、もしそうでなかったら、ひじょうに由々しい問題なんです。どちらなのかを見きわめるには、あなた自身がその教団の信徒になる必要がある。そこで、こんなふうにしてください――まず、最近相続した遺産の額を何十倍にも誇張していいふらす。身よりもなく、人生にこれといった目的ももたずに、ただ漫然と遊び暮らしている裕福な女になりすますわけです。そしてお友だちのエメリンと、彼女の信仰している宗教について大いに議論する——くだらないとけなしてやるんです。彼女はそれに反発して、あなたを改宗させようと説得につとめるでしょう。で、あなたはついに屈服してグリーン・ヒルズ聖地へ行く。そしてアンダースン博士の説法と魔術的な魅力の虜になってしまう。いかがです？　あなたなら、その役を無難にやりこなせるだろうと思いますが？」

ミス・カーナビイは慎み深く微笑して答えた。

「はい、なんとかやれると思いますわ、ポアロさん！」

II

「やあ、なにかいいネタがあったかい？」

ジャップ主任警部はそう訊いた小男を見て、憂鬱そうにいった。

「それならいいんだが、ぜんぜんつかめませんでしたよ、ポアロさん。ああいう長髪の神懸かりな偏屈どもは、どうも苦手でね。たわけたご託をならべて女どもをたぶらかしてるくせに、あの教祖のやつ、やけに用心深くて、まったく尻尾をつかませない。風変わりだが、いっさい害毒はないってとこです」

「そのアンダースン博士についてなにかわかったかね？」

「経歴をしらべあげました。有望な化学者だったんだが、ドイツのある大学から追放されてイギリスへ移住してきた男です。どうやら、母親がユダヤ人だったのがわざわいしたらしい。やつは若いころから東洋の神話や宗教を熱心に勉強して、余暇をすべてその研究に費やし、さまざまな論文を書いている――いくつか読んでみたんですが、わたしにはどう見ても気狂いじみたものばかりでした」

「そうすると、彼は正真正銘の狂信者である可能性もあるわけだね？」

「じっさいそんな感じですよ！」

「あなたにわたしたあの名簿のほうはどうだった？」

「あれにも疑わしいところはなにもありません。ミス・エヴァリットは潰瘍性大腸炎で死んでいる。医者は死因に疑わしい点はなかったと断言した。ロイド夫人は気管支炎で死亡。レディ・ウェスタンは肺結核で死亡――何年も前から肺病を患っていたんです――あの教団にはいる前からね。それからミス・リーは腸チフスで死亡――これはイングランド北部のあるところで食べたサラダが原因だとされている。四人のうち三人は自宅で発病して亡くなっているし、ロイド夫人はフランス南部のあるホテルで死んでいる。いずれの死も、デヴォンシャーのアンダースンの本拠や教団とはまったく関連がない。単なる偶然の一致と考えざるをえないんだ。すべて完全にシロなんです」

ポアロはため息をついた。

「しかしながら、わたしはこれがヘラクレスの十番目の難業で、そのアンダースン博士というのは、わたしが討ち滅ぼす使命をあたえられた怪物ゲリュオンであるような気がしてならない」

ジャップは心配そうに彼を見た。

「おいおい、ポアロさん、あなたは最近ヘンな文学にこってるんじゃないでしょうね?」

ポアロはとりすまして答えた。

「いや、わたしの感想は相変わらず、適切で、合理的で、急所をついているだけです」

「なんなら、あなたも新しい宗教をはじめたらどうです?」ジャップはいった。「こんな教義で――〝エルキュール・ポアロほど利口な人間はいないのだ。アーメン！　さあ、何度でも好きなだけくりかえせ〟」

III

「ほんとにすばらしく穏やかな景色ね」ミス・カーナビイはうっとりとあたりをながめながら、声をはずませた。

「だからそういったでしょ」エメリン・クレッグはいった。

ふたりは紺碧の海を眼下に見渡す丘の斜面に腰をおろしていた。色鮮やかな緑の牧草、燃えるような赤い地面や崖、いまではグリーン・ヒルズ聖地として知られているその地所は、広さが六エーカーほどの岬で、本土とは細い地峡でつながっているだけなので、ほとんど島といってもいい。

クレッグ夫人は感傷的につぶやいた。

「赤い国——栄光と約束の国——三重の運命の達成されるところ」

ミス・カーナビイは、深いため息をついていった。

「昨夜の礼拝式で、大教祖はそのことをすばらしい表現でおっしゃっていたわね」

「今夜のお祭りはもっとすてきなのよ、〈豊かな牧草〉の祭り！」

「楽しみだわ」

「あなたはきっとすばらしい宗教的体験をするわよ」クレッグ夫人は約束した。

ミス・カーナビイは、先週このグリーン・ヒルズ聖地に到着していた。そのときの彼女の態度はこんなふうだった――なにもかもくだらないことばかりで、ほんとにあきれたわ、エミー。あなたのような分別のある人が、こんな――

アンダースン博士との予備面接の際も、ミス・カーナビイは良心的に自分の立場を明確に表明した。

「自分をいつわりたくないのではっきり申しあげますわ、博士。わたくしの父はイギリス国教会の牧師でしたし、わたくしもそれを信仰することに一度も迷ったことがありませんでした。ですから、異教の教義を受け入れるつもりはないんです」

金髪の大男はにっこりほほえんだ――とてもやさしい、理解と思いやりのある微笑だった。彼は椅子にしゃちほこばってすわっている小太りのかなり好戦的な女を、寛大なまなざしで見ながらいった。

「カーナビイさん、あなたはクレッグ夫人のお友だちですし、心から歓迎いたします。ところで、わたしたちの教義はけっして異教ではありません。ここではあらゆる宗教が歓迎され、すべてが平等に尊敬されるのです」

「そんなこと、できるはずがありませんわ」故トーマス・カーナビイ師の頑固な娘はそう反駁《はんばく》した。

教祖は椅子に深ぶかとすわりなおして、豊かな声でいった。「わたしの神の家には、たくさんの住みかがあるのです。そのことをおぼえていてください」

面接がおわると、彼女は友人にこういった。「ほんとにハンサムな男ね、彼」

「ええ、それにすばらしく気高くて神聖なお方だわ」

ミス・カーナビイは同意した。それは事実だった――彼女はたしかに、ふしぎな、神々しい霊気を感じたのだ。

彼女は心の手綱をひきしめた。偉大な羊飼いの魅惑的な魔力の虜になるためにここへ来たのではない。エルキュール・ポアロの姿を思い浮かべた。ポアロはひどく遠いところにいる、ふしぎと俗っぽい感じの人間のように思えて……

ミス・カーナビイは自分をはげましました――エイミー、しっかりしなきゃだめじゃない、なんのためにここへ来たのかを思いだすのよ！

しかし、日がたつにつれて、ミス・カーナビイはグリーン・ヒルズに魅了されるばかりで、あっさり負けてしまいそうだった。安らぎ、素朴な生活、質素だがおいしい食事、愛と信仰の賛美歌を合唱する礼拝式の荘厳な美しさ、最善にして最高のあらゆる人間性に訴える教祖の簡素な、感動的なことば――俗世間の争いや醜さのすべてが締め出され、ここには安らぎと愛しかなかった。

そして、今夜は盛大な夏の祭り、〈豊かな牧草〉の祭りがある。エイミー・カーナビイはそこで秘密の洗礼を受けて、羊の群れに加入することになっていた。

その祭りは、聖なる羊小屋と呼ばれる白亜の殿堂の中で催された。信者たちは日没すこし前にそこにあつまった。全員が羊の皮の袖なしの外套《がいとう》を着て、サンダルを履き、腕はむきだしだった。やがて、聖なる羊小屋の中央の壇上にアンダースン博士が立った。優美な金髪、青く澄み切った目、金色のひげ、ハンサムな横顔が、これほど魅力的に見えたためしはなかった。彼は緑の法衣をまとい、金の羊飼いの杖を手にしていた。

アンダースン博士が高く手をあげると、会衆は水を打ったように静まりかえった。

「わが羊たちはどこにいるか？」

会衆は口をそろえて答えた。

「おお、羊飼い、わたしたちはここにいます」

「汝らの心をよろこびと感謝で満たせ。今夜は歓喜の祭りなのだ」

「歓喜の祭りで、わたしたちはよろこびに満ちあふれています」

「汝らには、もはや悲しみも苦しみもない。ただよろこびがあるだけだ」

「ただよろこびがあるだけ……」

「羊飼いには頭がいくつあるか？」

「頭は三つあります。金の頭、銀の頭、そして音をかなでる真鍮の頭」

「羊には体がいくつあるか？」

「体は三つあります。肉の体、堕落の体、そして光の体」

「汝らは、いかにして群れにむすばれるか？」

「血の誓いによって」

「その誓いの用意はできているか？」

「用意はできています」

「目をとじて、右腕を前にあげろ」

会衆はそのためにくばられていた緑色のスカーフで目隠しをした。ミス・カーナビイもほかのみんなとおなじように右腕を前にあげた。

偉大な羊飼いは、自分の羊たちの列に沿って歩いていった。ときどき苦痛とも恍惚ともつかない小さなうめき声があがった。

ミス・カーナビイは心の中で叫んだ――これは神に対するひどい冒瀆だ！　なんという愚劣な、嘆かわしい狂言ぶりだろう！　わたしは冷静にほかの人たちの反応を観察しなければならないのだ。こんなものにたぶらかされるものか！

偉大な羊飼いは、やがてミス・カーナビイの前にやってきた。彼女は腕をにぎられるのを感じた。つぎの瞬間、ちくりと針を刺すような鋭い痛みをおぼえた。羊飼いの声がつぶやいた。

「よろこびをもたらす血の誓いを——」

そして通り過ぎた。

やがて号令が聞こえた。

「目隠しをとって、魂の喜悦にひたれ！」

夕日が水平線の彼方に沈みかけていた。ミス・カーナビイは、ほかの者たちにつづいて、聖なる羊小屋をゆっくりと出ていった。急に全身がほてって、気分が浮き立ってくるのを感じた。彼女は、柔らかな草におおわれた丘の斜面に腰をおろした。わたしは、なぜ自分を、孤独な、取り柄のない中年女だと思ったりしたんだろう？　人生はバラ色なのに——わたしだってすばらしい女なのに！　わたしには、考える——夢を見る——力がある。どんなことでもやりとげられるのだ！

すばらしく爽快な気分だった。ミス・カーナビイは、周囲の信者たちを見まわした——みんなが、急にものすごく背が高くなったように見えた。

歩く樹木のようだと、ミス・カーナビイは心ひそかにつぶやいた。

彼女は、さっと手をあげた。それは、重大な意味のある身ぶりだった——それによって、この地上のあらゆるものを支配することができるのだ。シーザーもナポレオンもヒトラーも、無力で惨めで、ちっぽけな人間にすぎない！　彼らは、彼女に、エイミー・カーナビイに、どんなことができるのかなにも知らないのだ。明日になれば、彼女は世界平和のための国際親善のための手はずをととのえるだろう。もはや戦争も、貧困も、病気すらもなくなるように。彼女は、エイミー・カーナビイは、新しい世界をデザインするだろう。

しかし、急ぐ必要はない。時間は無限にある。一分はつぎの一分につづき、一時間はつぎの一時間につづくのだ！　四肢は重く感じられたが、心は自由にはずんだ。全宇宙を思いのままに飛び回ることができそうだった。彼女は眠った。しかし、眠っていても夢は見た……。広大な土地……巨大な建物……新しいすばらしい世界……

やがてその世界がしだいに縮まり、ミス・カーナビイはあくびをした。しびれた手足を伸ばした。きのう、なにがあったのかしら？　ゆうべ見た夢は——？

月が出ている。その明かりでやっと腕時計の文字盤が見えた。おどろいたことに、針は十時十五分前をさしていた。太陽は八時十分に沈んだことを、彼女はおぼえていた。わずか一時間と三十五分前に？　そんなはずはない。だけど——

ほんとにふしぎだわ――ミス・カーナビイはひとりごちた。

Ⅳ

ポアロはミス・カーナビイにいった。

「あなたはひじょうに慎重にわたしの指示に従わねばならないんですよ。わかりますね？」

「はい、それはうまくやっていますから、おまかせください」

「教団のために尽くす意志があることをつたえたかな？」

「ええ、ポアロさん。大教祖に――いえ、失礼――アンダースン博士にじかにいいました。わたくしは異教の教義をけなすために来たのに、逆に信仰するようになるなんて――ほんとにすべてが思いがけないことばかりだと、感動的に告白したんです。じっさい、それはうそじゃないような気もして。アンダースン博士はすごい魅力のある人なんですから」

「そのようだね」

「態度も立派で、信服させられます。お金のことなんか意に介していないんだというのが、ほんとによくわかります。〝できるだけのことをしてくだされぱいいのです〟と、あのすばらしい微笑を浮かべていいました——〝もしなにもできなくても、気にすることはない。あなたはそれでもやはり羊たちのひとりなんだ〟と。そこでわたくしはこういいました——〝いいえ、アンダースン博士、わたくしはそれほど貧しくはありません。じつは遠い親戚からかなりの遺産を相続したばかりなんです。もちろん正規の手続きが完了するまでは、そのお金に手をつけることはできませんが、いますぐやれることがひとつございますので、そうしたいと思います〟——そんなふうに前置きしてから、すべての財産を教団に遺すという遺言書を作るつもりだと説明しました。近親者はひとりもいないということもね」

「で、相手はその遺贈をありがたくちょうだいするといっていた？」

「アンダースン博士はそんなことを超越しているようでしたわ。あなたはきっと長生きする——精神的に充実した、歓喜の生活を末永く送ることができるように定められているのだと、感動的な調子でいってましたわ」

「どうやら、そうらしいね」ポアロはそっけない口調でいって、話をつづけた。「あなたの健康状態のこともいったでしょうな？」

「ええ、肺病を患っていて、いったんよくなってから再発したけれども、数年前にある療養所で治療を受けたので、すっかりなおったらしいといっておきました」

「すばらしい！」

「でも、わたくしの肺は鐘みたいにじょうぶなのに、なぜ結核にかかっているという必要があるのかしら？　わからないわ」

「とにかくその必要があるのですよ。それから、あなたの友人のことは？」

「はい、エメリンのことを――内密な話とことわって――話しました。夫からの遺産のほかに、とてもかわいがってくれていた伯母さんから、ちかいうちにもっと多額の遺産を相続することになっているんだと」

「けっこう《エ・ビアン》、それでクレッグ夫人はとうぶん安全なはずだ！」

「ねえ、ポアロさん、ほんとにあそこでなにか悪事がおこなわれているとお思いなんですか？」

「まさにそれを探りだそうとしているんですよ。ところで、あなたは聖地でコール氏という男に会いませんでしたか？」

「この前行ったとき、たしかにコールさんという人が来ていましたわ。ずいぶん変わった人で――草色の半ズボンを着て、キャベツしか食べないんですって。すごく熱心な信者なんですけど」

「なるほど。すべてが順調のようだ――あなたの見事な仕事ぶりには感服しました。さて、これで秋の祭りを迎える準備はすべて整ったわけだ」

V

「カーナビイさん――ちょっと待って」

コール氏は熱狂的に目を輝かせながら、ミス・カーナビイの腕をつかんだ。

「わたしは幻を見た――おどろくべき幻を見たんだ。ぜひあんたにそれを聞いてほしい」

ミス・カーナビイはため息をついた。コール氏と彼の幻にはいささか辟易《へきえき》していたからだ。ときとして彼女は、コール氏はまちがいなく狂っていると確信した。

コール氏の幻には、ミス・カーナビイをどぎまぎさせるようなたぐいのものもあった。デヴォンへ来る前に読んだ、潜在意識に関するもっとも新しいドイツの本の中にあった、きわめて率直な一節を連想するような。

　コール氏は目をぎらつかせ、唇をわななかせて、興奮したようにしゃべり出した。

「わたしは瞑想にふけっていたんだ——生の充実について、和合の崇高な歓びについて考えていた——そのとき、ふと目をひらくと、見えたんだよ——」

　ミス・カーナビイは身構えながら、コール氏の見たものが、この前見たものとはちがっていることを心ひそかに祈った。この前のそれは、古代シュメールにおける神と女神の結婚の儀式の情景だった。

「わたしが見たのは——」コール氏はミス・カーナビイのほうに身を乗り出して息を荒らげた。その目は（そう、まちがいない）とても正気ではない——「預言者エリヤが火の車に乗って天国からおりてくるところだ」

　ミス・カーナビイは胸をなでおろした。エリヤならまだましだ。それなら聞いてもいい。

「その下に——」コール氏の話はつづいていた——「邪神の祭壇がある——何百もずらりとならんでいる。そして、ある声がわたしに呼びかけた——さあ、おまえがこれから目撃するものを書き留めて、証言しろ——」

　コール氏が話を切った。ミス・カーナビイは儀礼上、「それで？」と促した。

「その祭壇には、生贄《いけにえ》が固く縛りつけられて殺されるのを待っている。何百人もの処女が――若く美しい全裸の処女がね」

コール氏は舌なめずりし、ミス・カーナビイは顔を赤らめた。

「そのとき、オーディンの渡り鳥の群れが北から飛んできた。そして、それはエリヤの渡り鳥といっしょになって空を旋回し、やがてさっと生贄におそいかかって、目をえぐり取った――悲鳴やうめき声が騒然とわき起こる中で、あの声がふたたび呼びかけた――生贄を見よ！　今日これよりエホヴァとオーディンは血の契りをむすぶであろう！　すると司祭たちが生贄におそいかかり、剣をふりあげて、ズタズタに斬った――」

こんな話を聞かされるのは拷問だ。ミス・カーナビイは、サディスティックな熱狂のあまり口からよだれを垂らしているコール氏から身を振り切って逃げ出した。

「あの、ちょっと」

ミス・カーナビイは、たまたま運良く通りかかったリプスコムをあわてて呼び止めた。グリーン・ヒルズへの入場権をあたえる門番係の男だ。

「どこかこのへんにブローチを落としてしまったんですけど、見かけませんでした？」

グリーン・ヒルズでは一般的な親切や思いやりなどの美徳がまるで身につかないリプスコムは、ブローチなんか見かけなかったとうなるようにつっけんどんにいった。そんなものを探し回るのは自分の仕事ではない。リプスコムはミス・カーナビイをふり放そうとしたものの、彼女はブローチのことをぶつぶつぼやきながら、コール氏の熱情から安全な距離へ遠ざかるまで離れなかった。

ちょうどそこへ、大教祖が聖なる羊小屋から出てきた。ミス・カーナビイは、彼の慈悲深い笑顔に勇気づけられて、心に思っていることを打ち明けた。

もしかして——コール氏は精神に異常を……？

大教祖は彼女の肩に手を置いていった。

「あなたは恐怖を追い払わなければなりません。完全な愛は恐怖を追い払うのです」

「でも、コールさんは気が狂っていますよ、きっと。彼の見る幻は——」

「彼はまだ不完全に——彼自身の肉欲の本能という眼鏡を通して——見ているのです。しかし、いずれそのうち彼が霊的に——じかに見るときが来るでしょう」

ミス・カーナビイは、はしたないことをいった自分を恥じた。気を取りなおして、もっと小さな苦情を申し立てた。

「リプスコムは、どうしてああも無礼なんですか？」

大教祖はふたたび天使のような微笑を見せた。

「リプスコムは忠実な番犬です。粗暴で原始的な男だが、忠実です——ぜったいに裏切らないですからね」

大教祖は大股で立ち去った。その後ろ姿を見送っていた彼女は、彼がコール氏と行き会って立ち止まり、コール氏の肩に手をやるのを見た。そして、大教祖の影響力がコール氏の幻の領域を変えてくれることを願った。

ともあれ、秋の祭りまでは、あと一週間後にせまっていた。

Ⅵ

その祭りを直前に控えたある午後、ミス・カーナビイはニュートン・ウッドベリーの閑静な小さな町の小さな喫茶店でポアロに会った。彼女はひじょうに張り切っていて、いつにもまして声がはずんでいた。お茶をすすったり、パンを指で丸めたりしながら。

ポアロがいくつかの質問をすると、ミス・カーナビイは簡潔に返答した。やがて、ポアロはいった。

「お祭りには、何人くらい参加するんでしょう？」

「百二十人くらいで、もちろんエメリンも参加します。コールさんも――あの人は最近ますますヘンなんですよ。さまざまな幻を見るんですって。そのいくつかをわたくしに話して聞かせてくれて——それがなにやら奇妙なことばかりなので——ほんとに気が狂ってるんでないといいけど。それから、新しい信者もたくさん来ますよ——二十人ちかく」

「ああけっこう。で、あなたのやるべきことはなにか、わかってますね？」

ミス・カーナビイは、しばらくなにもいわなかったが、口をひらくと声の調子が変わっていた。

「ええ、あなたのおっしゃったことはわかっています……」

「それならけっこう《トレ・ビアン》！」

ところが、ミス・カーナビイは、急に改まった調子で、きっぱりといった。

「でも、わたくしはやりませんからね！」

ポアロは呆然とミス・カーナビイを見つめた。彼女はいきなり立ちあがって、ヒステリックにまくしたてた。

「あなたはアンダースン博士を内偵させるために、わたくしをスパイとしてここへ送りこんだ。あなたは、あの方のあれもこれも怪しいと思ってるから。でも、あの方は立派な人です——偉大な教師ですよ。わたくしは心からアンダースン博士を信じています！　だから、あなたのスパイの仕事はもうやめます！　わたくしは偉大な羊飼いの羊のひとりなんです。大教祖は新しい世界への道を開拓なされたのです。わたくしはその徳をお慕いし、身も心も彼に捧げますわ。というわけで、このお茶をあなたにごちそうになるわけにはいきませんわね」

やや拍子抜けの台詞を吐き捨てて、ミス・カーナビイは一シリング三ペンスをカウンターにたたきつけ、憤然と喫茶店から飛びだしていった。

「いやはやこれは参ったな《ノン・ダン・ノン・ダン・ノン》」ポアロはつぶやいた。

給仕に二度も請求されてから、さしだされた勘定書にようやく気がつくしまつだった。そして、となりのテーブルにいる人相のわるい男の興味深げな視線と目があって、赤面し、勘定をはらって立ちあがると、店を出た。

猛然と頭脳を回転させせながら。

Ⅶ

ふたたび羊たちは聖なる羊小屋にあつまった。そして儀式の問答が交わされた。

「儀式の用意はできているか？」

「できています」

「目隠しをして、右腕を前にあげろ」

壮麗な緑の法衣をまとった偉大な羊飼いは、待ち受けている羊たちの列に沿って進んでいった。ミス・カーナビイのとなりのコール氏は、針が肉に刺さったとき、うっと恍惚のうめき声をあげた。

偉大な羊飼いはミス・カーナビイの前に立ち、彼女の腕をとり――

「おい、やめろ。そうはさせないぞ！」

信じがたい、先例のないことばだった。つづいて、もみ合う音と怒号が聞こえた。羊たちが緑のヴェールをはぎとると、そこには信じられない光景があった――偉大な羊飼いが羊の皮を着たコール氏と、それを助けるもうひとりの信者に組み敷かれて、もがいていたのだ。

コール氏はきびきびした刑事らしい口調でいった。

「――おまえには、これこのとおり逮捕状が出ている。おまえのいうことは、すべて法廷で証拠として使われるかもしれないことを警告する」

羊小屋の入口に数人の男が姿を現わした――紺色の制服を着た男たちだ。

だれかが叫んだ。「警察だ。警察が大教祖を逮捕しに来た――」

祭りに参加したすべての者がおどろき、うろたえていた……彼らにとって偉大な羊飼いは、外部の無知と迫害によって苦しめられている殉教者だったのだ。

そうしているあいだにも、コール刑事は偉大な羊飼いの手から床に落ちた注射器を注意深く拾いあげた。

Ⅷ

「わたしの勇敢な仲間だ！」

ポアロはミス・カーナビイの手を温かくにぎると、彼女をジャップ警部に紹介した。

「第一級の仕事でしたよ、ミス・カーナビイ」ジャップ警部はあいさつがわりにいった。

「あなたがいなかったら、われわれはなにもできなかったでしょう。ほんとうですよ」

「まあ！」ミス・カーナビイはうれしそうに応じた。「そんなふうにいっていただけると、ほんとに申しわけないみたい。だって、わたくしは自分の仕事を楽しんでいたんですもの。とってもおもしろかったわ。ときどき自分の役にすっかり溶けこんでしまって、ほんとにあのバカな女たちとおなじようなきもちになったこともあったぐらいです」

「だからこそ成功したんですよ」ジャップはいった。「あなたは真の名優です。あの大教祖がだまされたのもむりはない。あいつも相当抜け目のないペテン師なのに」

ミス・カーナビイはポアロをふりかえった。

「あの喫茶店で——あれはたいへんなピンチでしたわ。どうしたらいいのかわからなくて、とっさの思いつきというより、ほんのはずみで芝居を打ったんです」

「まったくたいした役者だ」ポアロは温かくいった。「わたしは一瞬、あなたか自分のどちらかが気が触れたんじゃないかと思いましたよ。あのときはどう見ても、あなたが本気でいっているんだとしか思えなかったんでね」

「あれはほんとに愕然としました。だって、わたくしたちが秘密の打ち合わせをしていたとき、聖地の門衛をしているリプスコムがうしろのテーブルにすわっているのが、鏡に映って見えたんですから。あれは偶然だったのか、それともじっさいにわたくしのあとをつけてきたのか、いまでもわかりませんけど、とにかくなんとかその場をごまかして、あなたがわかってくださるのを期待する以外になかったんです」

「ええ、すぐわかりましたよ」ポアロは微笑していった。「われわれの話を盗み聞きできるほどちかくにすわっていたのは、あの男しかいませんでしたからね。わたしが喫茶店を出ていくとすぐにあの男も出てきたので、あとをつけてくるかどうかためしてみた。

ところが彼はまっすぐ聖地へもどったので、あなたは信頼できる――けっしてわたしを裏切らないだろうと思った。しかし、あの一件であなたに対する危険が増したわけだし、心配でしたよ」

「そんな心配をするほど危険だったんですか？　あの注射器の中身はなんだったんですか？」

「あなたから説明しますか？　それともわたしがしましょうか？」と、ジャップが訊いた。

ポアロは改まった調子でいった。「ミス・カーナビイ、あのアンダースン博士は人を食い物にして殺す計画を完成させていたんですよ――科学的な殺人をね。あの男は生涯の大半をバクテリアの研究をして過ごした男で、シェフィールドに別名で研究所をもち、そこでさまざまなバクテリアを培養していた。そしてまず、祭りのたびに、少量だが有効な濃度のインド大麻を信者たちに注射していたのです――これはハシシとかバングといった名前でも知られている麻薬で、誇大妄想や快感をあたえます。アンダースン博士はそれで信者たちを惹きつけたわけです。信者たちに約束した霊的な喜びには、そういう仕掛けがあったんですよ」

「それはもうほんとうにすてきな気分でしたわ」

ミス・カーナビイはいった。

「その麻薬の作用と、彼自身の強烈な個性や魅力的な風貌、群衆を扇動する力などを利用して信者を獲得することが、あの男の第一の狙いでした。しかし、彼には二番目の目的もあったんです。

何人かの女性信者たちが、狂信と感謝のあまり、それぞれの財産を教団に遺贈するという遺書を作った。そして、その女性たちはつぎつぎと死んでしまった。あまり専門的な話は省略することにして、ざっと説明しますと――ある種のバクテリアについては、強化された培養菌を作ることができます。たとえば、潰瘍性大腸炎の原因になるコリコムニス菌や、腸チフス菌、肺炎双球菌などはね。また、いわゆるツベルクリンは健康な人には無害ですが、古い結核性障害のある人に対しては、病巣を刺激して再発させる危険があります。そうしたここまで説明すれば、あの男がどんなに抜け目なかったかおわかりでしょう。バクテリアを利用すれば、被害者はそれぞれ異なる場所で、べつべつの医者の臨床のもとに死亡し、疑惑を招くおそれはまったくないわけです。しかも彼は、特定のバクテリアの作用を遅らせ、それでいてはたらきを強化させる力をもつ特殊な物質を培養していたらしいんです」

「悪魔というものがいるとしたら、あの男こそその悪魔だ！」

ジャップ刑事はいった。

ポアロは話をつづけた。

「わたしの指示に従って、あなたは肺結核を患ったことがあると彼に話した。コールが彼を逮捕したとき、注射器の中にツベルクリンがはいっていたんですよ。あなたは健康体だから、たとえそれを注射されたにしてもべつに害はなかったでしょう――それを見越して、結核病歴があるというように指示したんですからね。とはいえ、なにかほかの菌をえらびはしまいかと、それが心配でならなかったんです。しかし、あなたにその危険を冒してもらわなければならなかった――申しわけありません。あなたの勇気には敬服します」

「そんなことはかまいませんのよ。わたくしは冒険が好きなんですから」ミス・カーナビイは明るくいった。「こわいのは、放し飼いの雄牛とか、そんなものだけなんです。でも、あの悪魔のような男を有罪にするだけの証拠はみつかったんですか？」

ジャップがにやりと笑った。

「山ほどね。研究所や培養菌、その他いっさいの道具をつかんでますから！」

ポアロはいった。

「思うに、あの男はずっと以前から、延々と殺人をつづけてきた可能性があるんですよ。ドイツの大学から追放されたのは、母親がユダヤ人だったせいではないといってもいいでしょう。そんな作り話をしておけば、イギリスへわたってから同情を得るために好都合だというだけだったんですよ。じっさいのところ、あの男は純粋のアーリア人種だろうと思いますね」

ミス・カーナビイはため息をついた。

「どうしたんですか《ケ・ス・キ・リ・ア》？」ポアロがたずねた。

「最初のお祭りのときに見た、すばらしい夢のことを考えていたんです――インド大麻のもたらした夢かもしれないけど、でも、それは全世界を作り替えるすばらしい構想でした。戦争も貧困も病気もない、不正も犯罪もない世界――」

「それはさぞかし美しい夢だったでしょうな」ジャップがうらやましそうにいった。

ミス・カーナビイは急に立ちあがった。

「そうだわ、急いで家に帰らなくちゃ。エミリーがとても心配していたし、かわいいオーガスタスは、わたくしがいなくてひどくさみしがってるでしょう」

ポアロは微笑していった。

「たぶんオーガスタスは、自分とおなじようにあなたも、エルキュール・ポアロのために死ねといわれて死んで見せるんじゃないかと気をもんでいるでしょうな！」

第十一の事件
ヘスペリスたちのリンゴ
The Apples of the Hesperides

I

エルキュール・ポアロは、立派なマホガニーの机のむこうにいる男の顔を、じっくりと見つめた。太い眉、酷薄そうな唇、貪欲そうなあごの線、相手の心の底を見透かすような鋭いまなざしが目についた。その風貌を見れば、このエマリー・パワーという男がなぜ現在のような財界の権力者にのしあがったのかがわかる。

ポアロは、机の上に載っている形のいいほっそりとした手に目をむけて、エマリー・パワーがなぜ偉大な美術品蒐集家として名声を得たかもわかった。パワーは美術品の鑑定家として、太西洋をはさんだ東西でその名を知られていた。彼が美術にかたむける情熱は、おなじく歴史に対する情熱と切っても切れない関係にあった。パワーにとっては、あるものが美しいというだけではじゅうぶんではない――その背後に伝統がなければならなかったのだ。

エマリー・パワーはしゃべっていた——物静かで、小さいけれどもはっきりしたその声は、単にヴォリュームがあるというだけの声よりもはるかに聞く者の注意をひく。

「きみは最近あまり多くの事件を引きうけないようだな。しかし、これはやってもらえるだろうと思う」

「というと、重大な事件なんですね」

エマリー・パワーはいった。

「わしにとってはきわめて重大なことだ」

ポアロは軽く首をかしげて、なおもの問いたげな態度を崩さなかった。その姿は瞑想にふけるコマドリのようだ。

相手は話をつづけた。

「ある美術品を取り戻してもらいたい。ルネサンス期の金の装飾酒杯で、教皇アレクサンダー六世——ロドリーゴ・ボルジアの使ったものだといわれている。ロドリーゴは、ときどきそれで賓客に酒をふるまった。その酒を飲んだ賓客はたいてい死んでしまったそうだがね」

「たいした由来ですな」ポアロはつぶやいた。

「その酒杯をめぐる故事来歴には、つねに血なまぐさい事件がからんでいる。盗まれたのはこんどが初めてではないのだよ。あれを手に入れるために、人が殺されたこともある。あの酒杯の行くところ、むかしから多くの人の血の痕跡が点々とつづいているんだ」

「本来の価値が高いからですか、それともほかに理由があってのことでしょうか？」

「本来の価値は、たしかに相当なものだ。細工がすばらしい――ベンヴェヌート・チェリーニの作だといわれている。宝石をちりばめた蛇が一本の木にからみついたデザインで、その木になっているリンゴは、じつに見事なエメラルドでできているんだよ」

ポアロは急に関心をそそられたようすでつぶやいた。

「リンゴ？」

「そのエメラルドも、蛇にちりばめられたルビーもひじょうにすばらしいが、しかし、その酒杯のほんとうの価値は、それにからむ歴史にある。一九二九年に、サン・ヴェラトリーノ侯爵がそれを売りに出した。蒐集家たちは買値を競り合って、結局わしが当時の為替相場で三万ポンドに相当する金額を出し、競り落としたんだ」

ポアロは目を丸くして、ぼそりといった。

「すごい金額ですな！　サン・ヴェラトリーノ侯爵は運のいい人だ」

エマリー・パワーはいった。

「ほんとうにほしいものなら、わしは金に糸目をつけないんだよ、ポアロくん」

ポアロはおだやかにいった。「スペインのことわざにこういうのがあるのは、もちろんご存じでしょうな。ほしいものをとるがいい、そしてその代償を払え、と神はいう」

一瞬、大富豪は眉をひそめ——怒りの光がきらっと目の中をかすめた。彼は冷ややかにいった。

「きみは哲学者みたいな口をきくんだな、ポアロくん」

「この年になりますと、反省が身につきましてね」

「それはそうだろうな。しかし、反省で、わしの酒杯を取り戻せるわけではない」

「そうでしょうか?」

「必要なのは行動だと思うがね」

ポアロは、わけ知り顔でうなずいた。

「おなじ過ちを犯す人はすくなくありませんよ。しかし、話が横道にそれてしまいましたので、本題にもどりましょう。その酒杯をサン・ヴェラトリーノ侯爵から買ったとおっしゃいましたな?」

「そのとおりだ。そこで、きみに話しておかなければならないことがある。酒杯は、じっさいにわしの手元にとどく前に盗まれてしまったんだよ」

「どうしてそんなことになったんですか？」

「競売のおこなわれた日の夜、侯爵の邸宅に賊がはいって、問題の酒杯をふくめた十点あまりの高価な品が盗まれたんだ」

「それで、どんな処置がとられたのですか？」

パワーは肩をすくめた。

「もちろん警察が事件を捜査し、その強奪事件は、有名な国際的窃盗団の仕業だとわかった。その中のふたり――デュブレというフランス人と、リコヴェッティというイタリア人が逮捕され、裁判にかけられた――そして、盗品のいくつかは、彼らの持ち物の中から発見された」

「しかし、ボルジアの酒杯はなかったわけですね？」

「そう、ボルジアの酒杯はなかった。警察がつきとめることのできたかぎりでは、じっさいに犯行にくわわったのは三人――さっき話したふたりのほか、もうひとりはパトリック・ケイシーというアイルランド人だ。こいつは盗みのエキスパートで、じっさいに品物を盗んだのはこの男だといわれている。デュブレは一味のブレーンで、段取りを決める役、リコヴェッティは車を運転し、窓の下で待機して、上からおろされた品物を受けとる役目だったようだ」

「で、盗まれた品物は？　三人で山分けしたのですか？」

「たぶんそうだろう。ところが、回収されたのは比較的価値の低い品物ばかりだったんだ。もっと高価な逸品は、すぐに国外へ密輸されてしまったということも考えられる」

「三人目の男ケイシーはどうなったんです？　法の裁きは受けなかったんですか？」

「きみのいう意味では、そうだ。ケイシーはもう若くなかった。筋肉はかつての柔軟さを失っていたらしく、事件の二週間後、ある建物の六階から落ちて即死した」

「場所は？」

「パリだよ。有名な百万長者の銀行家デュヴォーグリエの邸宅に盗みにはいろうとしていたときのことだ」

「それ以来、例の酒杯の行方は知れなくなってしまった？」

「そのとおり」

「市場に出てきたこともないのですね？」

「それはたしかだ。警察ばかりでなく、あちこちの私立調査機関もずっと捜査の目を光らせていたといっていいだろうからな」

「あなたが支払ったお金はどうなったんですか？」

「侯爵は立派な人で、酒杯は自分の家にあるあいだに盗まれたんだから、わしに返金するといってきた」

「しかし、あなたは受けとらなかった？」

「そう」

「どうしてですか？」

「いってみれば、自分がこの問題を掌握しておきたかったんだ」

「つまり、現時点で法的にはあなたのものである酒杯が、もし侯爵から返金を受けてしまうと、たとえ発見されたとしても、侯爵に所有権があることになってしまうからですね？」

「そのとおり」

ポアロはさぐるような調子でいった。「あなたの対応には、どんな裏があったんですか？」

エマリー・パワーはにやりと笑っていった。

「さすがに勘がいいな、ポアロくん。ま、それはごく簡単なことさ。じつは、あの酒杯をだれがもっているのか、わしにはだいたい見当がついていたんだよ」

「それはおもしろい。いったいだれです？」

「サー・ルーベン・ローゼンタールだ。蒐集家仲間であるだけでなく、当時はわしの個人的な敵だった。いくつかの取引で競り合って、ほとんどわしが勝っていたんだ。そんなわれわれの敵愾心《てきがいしん》はボルジアの酒杯の競売をめぐって最高潮に達した。むこうもこっちも、なにがなんでもそれを手に入れるつもりだった。まあ、面子《メンツ》がかかっていたといってもいいだろうな。おたがい代理人を立てて、競売場で張り合った」

「そして、あなたの代理人が結局その宝物を落としたわけですか？」

「いや、正確にはそうじゃない。念のためわしは、もうひとりの代理人を出していたのだ──あるパリの美術商の代理人に見せかけてな。それはつまりこういうわけなんだ──われわれはたがいに相手にはぜったい負けられないんだが、第三者には譲ってもかまわないといううきもちがあった。あとでその第三者にこっそり掛け合うことができるわけだし、それとこれとはまったく話がちがうということなんだよ」

「ははあ。ちょっとしたペテン《ユヌ・プティ・デセプシオン》ですな」

「そのとおり」

「で、その奇策がまんまと成功し──ルーベンはすぐに、だまされたことに気づいたわけですね？」

パワーはにっこり笑った。

雄弁な笑みだった。

ポアロはいった。

「これでようやく事情がわかりました。サー・ルーベンは負けてなるものかとばかり、例の盗賊団に頼んで酒杯を盗ませたのだと、あなたはにらんでいらっしゃるのですな？」

エマリー・パワーは手をあげた。

「いやいや、とんでもない！　そんな乱暴なことじゃないよ。要するに、サー・ルーベンは事件後まもなく、ある出所不明のルネサンス時代の酒杯を買ったということだ」

「盗品の手配書が警察によってくばられていたでしょう？」

「しかし、あの酒杯を人目にふれるような場所に置いておくわけがないよ、きみ」

「すると、サー・ルーベンは自分がそれをもっていると思うだけで満足なのだと、あなたは考えていらっしゃるのですね？」

「そう、しかも、もしわしが侯爵の申し出を受け入れたらだよ――サー・ルーベンはあとで内密に侯爵と取引をして、酒杯を合法的に手に入れることができただろう」

彼はしばらく間をおいてからいった。

「しかし、わしが所有権を確保しているからには、それを取り戻せる可能性はまだ残っていたわけだ」

「ということは、あなたはそれをなんらかの方法でサー・ルーベンから盗むこともできるという意味ですかな？」

「盗もうとしたわけじゃないんだよ、きみ。要するにわしの財産を取り戻そうとしただけさ」

「ところが、成功しなかったのですな？」

「それもそのはずだ。サー・ルーベン・ローゼンタールは、あの酒杯をもっていなかったんだから！」

「どうしてそれがわかったんです？」

「最近、石油会社の合併があってね。ローゼンタールとわしの利害関係が一致した。われわれはもはや敵ではなくて味方同士になったんだ。そこでわしは腹を割って、この問題を話したところ、一度も酒杯を手に入れたことはないと、彼は即座に答えた」

「そして、あなたはその話を信じていらっしゃるわけですか？」

「そうだ」

ポアロは考えこんでいった。

「すると、あなたは十年ちかくものあいだ、俗な言い方をすれば、獲物のいない木の上にむかって吠えつづけてきたことになりますね？」

財界の大立て者は苦にがしく答えた。

「そう、まったくそのとおりだ！」

「そしていま――振りだしにもどってやりなおそうということですか？」

パワーはうなずいた。

「そこでわたしの出番というわけですな？　つまりわたしは、古い――大昔の――臭跡をさぐるために連れ出された猟犬なんですな？」

エマリー・パワーはそっけなくいった。

「もしこの事件が容易に解決できそうなら、べつにきみにたのむ必要はないだろう。もちろん、きみが不可能だと思うなら――」

パワーは的確なことばをみつけた。ポアロはきりりと胸を張って、冷ややかにいった。

「不可能とは聞き捨てなりませんな！　わたしは自分自身にこう訊いているだけなのです――この事件は、はたして自分が手がけるに足るほど興味深いものだろうかと！」

エマリー・パワーはにっこり笑った。

「大いに興味があるはずだよ――料金はきみの言い値でかまわんのだから」

小男は大男をじっと見つめた。そして静かにいった。

「そうすると、そこまでしてあなたはその美術品を手に入れたいと？　まさか！」パワーはいった。「そういわれちゃ、きみのまねをするわけではないが、負けをみとめるのは嫌いでね」

ポアロは頭をさげた。

「なるほど——そういってもらえれば、わたしも納得するんですよ」

II

ワグスタフ刑事は、かなり関心をもっていた。

「ヴェラトリーノの酒杯ですか。ええ、そっくりおぼえてますよ。わたしはイギリス側の捜査主任だったんでね。多少イタリア語を話せるんで、むこうへ行って共同捜査にくわわりました。しかし、そのときからいままで、あの酒杯はいっこうに出てこないんです。じつに奇妙ですよ」

「あなたの推理は？　個人的に売買されているとか？」

ワグスタフは首をふった。

「そうは思えません。もちろんその可能性もないわけじゃありませんが……。わたしの推理はごく簡単です。あの酒杯はどこかに隠されて、その隠し場所を知っているただひとりの男が死んでしまった」

「つまり、ケイシーが？」

「そうです。イタリアのどこかに隠したか、あるいはひそかに国外へもち出すことに成功したのかもしれないが、とにかくケイシーが隠した。だから酒杯は、彼が隠したところにいまでもあるはずです」

ポアロはため息をもらした。

「ロマンチックな推理だな。石膏塑像の中に詰めこまれた真珠——あの小説の題名はなんだったかな——そうそう、ナポレオンの胸像だ。しかし、この場合は宝石じゃなくて——大きながっしりした金の盃ですよ。隠すのはそう容易じゃないと思うが」

ワグスタフはあいまいな口調でいった。

「さあ、それはどうかわかりませんが、やってやれないことはないだろうと思いますよ。床板の下とか——そんなところに」

「ケイシーは自分の家をもっていたのかな？」

「ええ——リヴァプールに」ワグスタフはにやりと笑った。「もっとも、その家には床板はありませんでした。われわれが確認ずみです」

「家族は？」

「妻は堅気の女でした――肺結核でね。夫の稼業のことで思い悩み、苦労させられていたんです。熱心なカトリック信者だったんでね。しかし、別れる決心がつかなかったんでしょうな。二年ほど前に亡くなったんですが。娘は母親に似たらしく――尼僧になりました。息子は父親そっくりで、最後に聞いた話によれば、アメリカで服役しているそうです」

ポアロは手帳にメモをとった――アメリカ、と。

「そのケイシーの息子が、酒杯の隠し場所を知っている可能性もあるでしょうな？」

「そうは思えません。もし知っていたら、とっくに故買屋の手にわたっているでしょう」

「溶かされてしまったかもしれないよ」

「ええ、たしかに可能性はあります。とはいえ、溶かしたりするでしょうかね――蒐集家にとっては莫大な値打ちがあるものですし――あれをめぐって、蒐集家のあいだでいろいろと怪しげな取引がおこなわれたりして――いやはや、聞いてあきれるような話があるぐらいですよ。ときどき――」ワグスタフは苦り切っていった。「蒐集家なんてやつは、およそ道義のかけらももっていないんじゃないかと思うことがありますよ」

「まったくだ！　たとえばサー・ルーベン・ローゼンタールが、その〝怪しげな取引〟にかかわっていたとしたら、あなたはおどろくかな？」

ワグスタフは苦笑した。

「彼も例外じゃありませんからね。美術品のこととなると、あの人もあまり節操のあるほうじゃないし」

「盗賊の一味の、ほかの連中はどうしてる？」

「リコヴェッティとデュブレは、どちらも厳刑を科せられました。たしか、もうそろそろ出てくるころじゃないかな」

「デュブレはフランス人だったね？」

「そうです。一味のブレーンのね」

「三人のほかに、まだ仲間がいたのかな？」

「若い女がひとり――レッド・ケイトと呼ばれていて、こいつは貴婦人の小間使いになって、めぼしいものを物色し、仲間にそれを知らせたり、盗みの便宜を図ったりしていたんです。一味が解散してから、オーストラリアへ飛んだとか」

「ほかには？」

「ユーグイアンという男が、一味とぐるだったんじゃないかと疑われていました。美術商で、本拠はスタンブールですが、パリに店をもっています。それらしい証拠はなにもあがらなかったんですが、隅に置けない男ですね」

ポアロは手帳を見て、ため息をついた。メモした項目はこうだ――アメリカ、オーストラリア、イタリア、フランス、トルコ……

ポアロはつぶやいた。

「世界を股にかける、か……」

「なんです?」ワグスタフ刑事が訊きかえした。

「これじゃ、世界一周旅行をしなきゃならないような気がしてきてね」

ポアロは答えた。

Ⅲ

ポアロは、自分が引きうけた事件について有能な助手のジョージと意見をたたかわすのを習慣にしていた。つまり、ポアロがある意見を述べると、ジョージは紳士の従僕としての経験から得た世俗の知恵をはたらかして、それに答えるのだ。

「ジョージ、もしきみが地球上の五つの異なる場所で調査しなければならない事態に当面したら、どんなふうにする？」

「そうですねぇ、飛行機で旅行するのが早道でしょうな。胃袋がひっくりかえるという人もいますけど、それはわたくしにはわかりませんので」

「こう考えてみよう」ポアロはいった。「ヘラクレスならどうしようと思ったか、とね」

「それは競輪選手のことですか？」

「あるいは」ポアロは話をつづけた。「ヘラクレスはどうしたかという簡単な質問にするか。その答えはね、ジョージ、彼は精力的に旅をしたんだ。しかし一説によると、彼は結局プロメテウスから——べつの説によれば、ネリウスから——情報を入手しなければならなかった」

「ほう、そんな紳士の名前は聞いたこともありませんが、それは旅行代理店の方がたですか？」

ポアロは自分の声のひびきを楽しむように話をつづけた。

「依頼人のエマリー・パワーときたら、まったくバカのひとつおぼえのようにこういってる——行動しろ！　しかし、不必要な行動のために精力を消耗するのはむだというもんだ。人生にはこういう鉄則があるんだよ、ジョージ——ほかの者がやってくれるようなことは、いっさいするな」

彼は立ちあがって本棚のほうへ行きながら、つけ足した。

「いわんや、金がかかってもかまわないというなら、なおさらだ！」

本棚から一冊のファイルを取り出し、ポアロは〈私立探偵社——信頼のおける〉という見出しのついたページをひらいた。

「現代のプロメテウスというわけだな」ポアロはつぶやいた。「すまんが、ジョージ、これからいう住所氏名を書き取ってくれ。ニューヨークのハンカートン社、シドニーのレイデン・アンド・ボシャー社、ローマのジョヴァンニ・メッツィ社、スタンブールのM・ネイハム社、パリのロジェ・エ・フランコナル社」

ジョージが書き取るまで待ってから、つけくわえた。

「さて、つぎはリヴァプールへ行く列車をしらべてくれたまえ」

「はい、承知しました。リヴァプールへいらっしゃるんですか？」

「そういうことになるだろうな。もっと遠くへ行かなければならないかもしれないんだよ、ジョージ。しかし、それはいまのところはまだわからない」

Ⅳ

それから三カ月後に、ポアロはある岬の岩礁の上に立って大西洋をながめていた。カモメが長く尾を引く憂いに富んだ声で鳴きながら、舞いあがり、はたまた急降下してくる。空気は柔らかくしっとりしていた。

このイニッシゴーランを初めておとずれた者の多くが感じることだが、ポアロもまた地の果てへ来たような感慨を抱いた。これほど遠くかけ離れた、孤絶し、見捨てられた地があろうとは、いままで想像もしなかった。この地には、もの悲しい美しさがあった。人をとりこにする美――信じられないほど遠い過去の美しさがあった。アイルランドの西部にあるこの場所には、破竹の勢いのローマ軍もとうとう進撃してこなかった。砦《とりで》も築かれず、便利な道路が計画的に作られることもなかった。常識も秩序ある生活様式も知られていない土地だった。

ポアロはエナメル靴の先を見おろして、ため息をついた。わびしい、みじめな気分だった。ここでは、彼の生活水準などは問題にされないのだ。

彼は荒涼たる海岸線を見わたしてから、ふたたび海のほうへ視線をむけた。伝説によれば、どこかあの沖のほうに、祝福された者の島じまが、若者の国があるという。

ポアロはひとりつぶやいた——「リンゴの木、歌声、黄金の……」

はっと我に返った。呪文が解けて、ふたたびエナメル靴やダークグレイのぱりっとしたスーツにしっくり合う気分になった。

そう遠くないあたりで鐘の音がした。ポアロには、その鐘の音の意味がすぐにわかった。子どものころから聞き慣れた音だったからだ。

崖に沿って足早に歩き出す。十分ほどすると、崖の上の建物が見えてきた。高い石塀が建物を囲んで、飾り鋲のついた大きな木のドアがあった。ポアロはそのドアの前に行って、ノックした。巨大な鉄のノッカーがあるのに気づき、錆びた鎖を慎重に引くと、ドアのむこうで、甲高い小さな鐘の音が聞こえた。

のぞき窓があいて、顔が見えた。真っ白な布に縁取られたうさんくさそうな表情の顔だった。上唇の上にひげが目立つけれども、声は女だった。ポアロのいうところの、おそるべき女《ファム・フオルミダブル》の声だった。

その声が用件を問いただした。

「ここは聖母マリアと全天使教会の修道院ですか？」

おそるべき女は、つっけんどんにいった。

「それ以外の、なんだっていうの？」

ポアロはその質問を聞き流して、鬼のような女にいった。

「院長さんにお目にかかりたいんですが」

鬼のような女は気乗りしないようすだったが、結局は折れて、かんぬきをはずし、ドアをあけた。そしてポアロは、修道女が訪問客に面接するための、ほとんど家具のない小さな部屋に案内された。

やがてひとりの尼僧が、ロザリオを腰に揺らしながら静かにはいってきた。

ポアロは生まれつきのカトリック教徒だったので、その場の雰囲気を理解できた。

「とつぜんお邪魔して申しわけありませんが、俗名をケイト・ケイシーといっていた修道女がここにおいでだと聞いて、うかがったんです」

院長は大きくうなずいて答えた。

「ええ。シスター・マリー・ウルスラと名を改めておりますが」

ポアロはいった。

「じつは、なかなか謎の解けないある不法事件がありましてね。そのことで彼女の力を借りたいのです。きっと事件の謎を解く鍵となるような貴重な情報をもっていると思うので」

院長は頭をふり、表情こそ穏やかなままで、世間離れした静かな声でいった。

「シスター・マリー・ウルスラは、お役に立つことはできません」

「いや、そんなはずは――」

院長はポアロのことばをさえぎって、こうつけくわえた。

「シスター・マリー・ウルスラは、二カ月前に亡くなったのです」

V

ジミー・ドノヴァンズ・ホテルの酒場で、ポアロは浮かぬ顔で壁によりかかってすわっていた。このホテルは、ホテルとはこうあるべきだというポアロの見解から、はなはだしくかけ離れていた。ベッドはがたがただった――部屋にふたつある窓もおなじくがたがただったので、ポアロの苦手な夜の空気が容赦なくはいりこんできた。はこばれてきたお湯は生ぬるく、出された食事を食べたおかげで、いままで感じたことのないような腹痛を味わわされるしまつだった。

酒場には男が五人いて、みんなが政治談義をしていた。ポアロにはほとんど理解できなかったし、関心もなかった。

やがて、中のひとりがポアロの横にすわった。ほかの連中とはちょっとちがう階層の男で、都会で身を持ち崩した者の雰囲気があった。

彼は、もったいぶった調子で話しかけた。

「なあ、だんな。教えてやるけど、ペギーンズ・プライドにゃ目がねえぜ。ぜんぜんダメだ――コースの途中でへばっちまうぞ、かならずへばる。おれの予想を聞いときなよ……そうすりゃまちがいねえからさ。おれがだれか、あんた知ってるか？　アトラスってんだ――ダブリン・サン新聞のアトラス。シーズン中ぶっとおしで勝ち馬を当てる男よ。ラリーズ・ガールが来るっていったのも、このおれだ。配当は二十五倍――二十五倍だよ、あんた。アトラスのいうとおりにすれば、ぜったいまちがいない」

ポアロは一種奇妙な尊敬のまなざしで彼を見つめながら、声をふるわして叫んだ。

「ありがたい《モン・デュー》、まさに神のお告げだ！」

VI

それから数時間後。月はときどき雲のうしろから、じらすように顔をのぞかせていた。新しい友人とすでに何マイルも歩きつづけてきて、ポアロは足をひきずっていた。エナメル靴より田舎道に適した一足の靴のことが、心をかすめた。「アイルランドじゃむかしから使われているブローグ」だといって、ジョージが親切にもってきてくれた靴だった。

ポアロは洟《はな》もひっかけなかった。そんな不格好な靴など履けるか、と思ったのだ。いま、この石ころだらけの道をてくてく歩いていると、その靴を履いてくれば良かったと悔やまれてならなかったが……

だしぬけに、連れがいった。

「こんなことして、坊さんに追いかけられやしないかな？　良心のとがめるようなことはしたくねえ」

ポアロはなだめた。

「心配することはない。きみはシーザーのものをシーザーに取り返してやろうとしているだけなんだ」

やがて彼らは修道院の高い石塀の下にたどりついた。アトラスは自分の役割を演じるために身構えた。

彼は苦しそうなうめき声をもらし、つぶれてしまう！　と、低い悲鳴をあげた。

ポアロは威厳をもっていった。

「騒ぐな、アトラス。きみが支えているのは天空の重みではない――たかがエルキュール・ポアロの体重じゃないか！」

Ⅶ

アトラスは、真新しい二枚の五ポンド札を、ためつすがめつながめながら、祈るようにいった。

「どうやってこれを稼いだのかを、明日の朝にはおぼえてないといいんだがな。オライリー神父に怪しまれそうな気がして、どうも心配なんだ」

「みんな忘れちまうことだ。明日のきみは、こわいもの知らずだ」

アトラスはぶつぶついった。

「じゃあ、こいつをどの馬に賭けよう？　ワーキング・ラッドかな。あれはいい馬だ、惚れ惚れするぜ！　それからシーラ・ボインもいい線だな――七倍は堅いぞ」

ちょっと間をおいて、彼はいった。

「あんた、さっき異教の神さまの名前をいわなかったかい？　エルキュールっていったよな？　つまりヘラクレスだろ？　こいつぁおどろいた――明日の三時半からヘラクレスが走るんだ」

「だったら、その馬に賭けたまえ。ヘラクレスが負けることはありえない」

そして翌日、ポアロの予言は見事に的中し、ロスリン氏の持ち馬ヘラクレスは、ボイナン・ステークスで番狂わせを演じ、なんと配当金六十倍という大穴が出たのだった。

Ⅷ

ポアロは、ていねいに荷造りされた小包を手早くあけた。茶色の包み紙の下に詰め物がはいっていて、さらに薄紙でくるんであった。

やがて彼はエマリー・パワーの机の上に、燦然《さんぜん》たる金の酒杯を置いた。緑のエメラルドのリンゴがついた一本の木が浮き彫りになっている。

富豪は深く息をのんで、いった。

「よくやってくれた、ポアロくん」

ポアロはお辞儀をした。

パワーは手を伸ばして酒杯の縁を指でなでまわし、感動的につぶやいた。

「わしのものだ！」

ポアロはうなずいた。

「あなたのものです！」

パワーはため息をつき、椅子の背に上体をあずけ、事務的な口調で訊いた。

「どこでこれをみつけたんだね？」

「ある祭壇の上にありました」と、ポアロは答えた。

パワーはじっと目を凝らした。

ポアロは説明をつづけた。

「ケイシーの娘は修道院にはいっていました。父親が亡くなったとき、娘は修道女になる決心をしたんです。無知ではあるが、信心深い娘だったんですね。それで、リヴァプールにある父親の家に隠してあった酒杯を、形見として、父の罪滅ぼしをするために修道院へもっていき、神に捧げたというわけです。おそらく尼僧たちはその価値をまったく知らなかったでしょう。大方、先祖伝来の家宝かなにかだと思っていたんだと思います。尼僧には、聖杯は聖杯であって、事実そのように使っていたんです」

「想像を絶する話だな！」エマリー・パワーはいった。「それにしてもきみは、どうしてそこへ行くことを思いついたんだ？」

　ポアロは肩をすくめた。

「たぶん——消去法を応用したということですね。それに、だれもこの酒杯を処分しようとしなかったという、異例な事実を考え合わせると、これは世間一般の物質的価値の通用しない場所にあるように思われたんです。で、パトリック・ケイシーの娘が修道院にはいったという話を思いだしましてね」

　パワーは感嘆していった。

「ポアロくん、何度もいうようだが、ほんとうによくやってくれた。料金をいってくれ。すぐ小切手を書こう」

　ポアロは答えた。「料金はいただきません」

　相手はきょとんとしてポアロを見つめた。

「なにをいってるんだ？」

「あなたは子どものときにおとぎ話を読んだことがありますか？　おとぎ話の王様は家

来たちにこう命じるんです——なんでもほしいものをいえ、と」

「やっぱり、なにかほしいんだろう？」

「そうです。しかし、金ではありません。ごく簡単な要求ですよ」

「ほう、なんだ、それは？　株式相場の内密の情報でも訊きたいか？」

「それだってちがった形の金にすぎないでしょう。わたしの要求はそれよりはるかに簡単なことです」

「いったい、なんなんだね？」

ポアロは酒杯の上に手を置いた。

「これを、修道院へ送り返してください」

一瞬、エマリー・パワーはことばを失い、やがて問いかけた。

「気でも狂ったのか？」

ポアロはかぶりをふった。

「いや、べつに狂っちゃいません。いいですか、ある仕掛けをお目にかけましょう」

酒杯を手に取り、木にからみついている蛇の大きくあいた口を指先で強く押した。すると、酒杯の内側の浮き彫りが、ほんの一部分、横にずれて中空の柄につながる穴があいた。

「ほらね？　これはボルジア教皇の酒杯です。この小さな穴に仕込んだ毒が飲み物の中に混じる仕掛けになっているんですよ。この盃には忌まわしい歴史がつきまとっているのだと、あなた自身がおっしゃってましたね。これを手に入れたものは、暴力と血と邪念につきまとわれたんです。こんどは、災いがあなたにふりかかるかもしれませんよ」

「迷信だ！」

「そうかもしれません。しかし、あなたはなぜ躍起になってこれを手に入れようとしたんですか？　美しいからでもない。価値があるからでもない。美しくてめずらしいものなど、あなたは数えきれないほどもっている。あなたは、プライドを保つためにこれがほしかっただけです。ぜったいに負けたくなかった。そして、負けなかったんです。あなたは勝った！　酒杯はあなたの手にはいったんです。それはそれとして、こんどはひとつ立派な――究極の行動をなさってはいかがです？　これが十年ちかく平和に安置されていたところへ送り返して、邪悪な汚れをそこで洗い清めさせるんですよ。これはかつては教会のものでした――ですから、教会へもどしなさい。これをもう一度祭壇に捧げて、人びとの魂が清められ、罪が赦免されることを祈るように、この盃が洗い清められ、罪が赦免されるようにしてやってください」

ポアロは身を乗り出した。

「わたしがこれを発見した場所を説明しましょう——ウェスタン・シーに面していて、忘れ去られた若さと永遠の美の楽園を見わたせる、平和の園でした」

さらに、イニッシゴーランの僻地の魅力を端的な表現で語りつづけた。

エマリー・パワーは椅子に深ぶかとすわって、片手で目をおおった。やがてとうとう、こういった。

「わしはアイルランドの西海岸で生まれた。そして少年時代に故郷を出てアメリカへわたったんだよ」

ポアロはやさしくいった。

「そうだそうですね」

富豪は体を起こした。その目に抜け目のない表情がもどっていた。口元に微笑を浮かべて、彼はいった。

「ポアロくん、きみは変わった男だな。いいようにしてくれ。この酒杯をわしの贈物として、その修道院へもっていくがいい。ずいぶん高価な贈物だ。三万ポンドだからな——それと引き替えに、わしはなにが得られるのかね？」

「尼僧たちが、あなたの魂のためにミサの祈りを捧げるでしょう」

ポアロはおごそかに答えた。

富豪の笑みが満面に広がった――貪婪《どんらん》な笑みだった。彼はいった。

「なるほど、結局はこれも投資といってもいいわけだ！　おそらくわしの最善の投資にな！」

IX

修道院の小さな応接間の中で、ポアロは一部始終を語って、院長に聖杯をかえした。

院長はいった。

「わたしたちは心から感謝して、その方のために祈りを捧げるとお伝えください」

ポアロはうなずいて、しみじみといった。

「彼には、あなた方の祈りが必要です」

「では、その方は不幸なのですか？」

「あまりにも不幸だったため、幸福とはなんであるかを忘れてしまったんです。自分が不幸であることを知らないほど不幸なんですよ」

院長はやさしくいった。

「ああ、お金持ちなんですのね……」

ポアロはなにもいわなかった——つけくわえるべきことがなにもないのを知っていたからだ。

第十二の事件
ケルベロスの捕獲
The Capture of Cerberus

I

ポアロは地下鉄の中で前後左右に揺さぶられ、こっちの乗客の体にぶつかり、あっちの乗客の体にぶつかりしながら、だいたい、世の中、人が多すぎる！　と、ひそかに嘆いた。たしかに、夕方のこの時刻（午後六時半）のロンドンの地下世界には、人があまりにも多すぎた。熱気、騒音、ごった返す人の群れにもまれて――さまざまな手や腕や肩や胴体が、否が応でも押しつけられる！　前後左右をがっちり取り囲む見知らぬ人びと――しかも、どいつもこいつも不器量で味気ない面ばかり（と、ポアロはうんざりしながら思った）。人間はこんなふうに集団になると、魅力とはほど遠いものだ。光り輝くような知性をたたえた顔にも、目のさめるような美人にも、めったにお目にかかれない。女といえば、こんな最悪の条件下で編み物をしようとする彼女たちの情熱はいったいなんなのだろう。ある女は、立派に編みあげた部分を見ようともしない――目はぼんやりと夢か幻を見ているようで、指先だけを休む間もなくせっせと動かしつづけて！　満員電車の中で編み物をするには、山猫の敏捷さと、ナポレオンの意志力を必要とするのに、女たちはいとも無造作にそれをやってのける。うまく座席を獲得しようものなら、サーモンピンク色をした、目の粗い小っぽけな編みはじめのかたまりが出てきて、編み棒はいっそう目まぐるしく動きはじめるのだった。

落ちつきも女性らしい優雅さもあったもんじゃない！　年をとったポアロの心は、現代社会のストレスとあわただしさに反発を感じた。周囲の若い女たちは――どれもこれもみんな似たり寄ったりで、まったく魅力がない。男を魅惑するような奥の深い女らしさがないのだ！　女には、もっと華やかな魅力がなくちゃ。嘆かわしい！　洗練された女《ファム・デュ・モンド》、シックで、思いやりがあって、才知のある女――あだっぽい豊満な体をした女――とっぴな、奇想天外な服装をした女！　そのむかし、そういう女がいた。だが彼女はもう――いまは――

電車が駅に停まった。客の群れがどっと下車し、その勢いがポアロをまた編み棒の先端のほうへと押しやった。と思うと、怒濤のような人波がふたたび押し寄せてきて、車内は前よりいっそうひどいギュウギュウ詰め状態になった。電車がふたたび出発するときのガクンという揺れで、ポアロは角ばった包みをかかえたたくましい女へ投げつけられ、「どうも失礼！」といったが跳ね返されて、こんどは背の高い骨張った男にぶつかった。その男のもっていた書類鞄がポアロの腰をしたたかに打った。

「どうも失礼！」ポアロはまたいった。口ひげがしおれたようにだらりと垂れてしまうのを感じた。なんたる地獄《ケランフェール》だ！ つぎが降車駅だから、よかったようなものの！

たまたまそこはピカデリー・サーカス駅なので、ポアロ以外にもざっと百五十人の乗客が下車する駅でもあった。彼らは津波のようにプラットフォームへ押し出された。やがてポアロはまたエスカレーターに詰めこまれて、地上へはこばれて行った。

冥土からやっと逃げ出せる……。しかし、のぼっているエスカレーターの上で、スーツケースを膝のうしろに押しつけられているのは、なんとひどい苦痛であることか！

そのとき、ある声が彼の名を呼んだ。ポアロははっとして目をあげた。反対側の下りエスカレーターの上に過去の幻影を見て、ポアロはわが目を疑った。豊満にして華やかな女の姿だった。派手な赤に染めた髪の上に、極彩色の小鳥の群れをあしらった小さな麦わら帽をかぶり、肩には異国ふうな毛皮を長く垂らしている。

深紅の口を大きくひらき、声量のある外国人の声が高だかとひびきわたった。立派な肺の持ち主だ。

「あなたなのね！」彼女は大声でいった。「やっぱり！　モン・シェール、エルキュール・ポアロ！　ぜひまたお会いしたいわ！　きっとよ！」

だが、たがいに逆方向へ動くふたつのエスカレーターの機械的な動きは、運命そのものよりももっと無情だった。エルキュール・ポアロは情け容赦なくどんどん上へはこばれ、ヴェラ・ロサコフ伯爵夫人は下へはこばれて行った。

上体をひねるようにしながら手すりに身を乗りだし、ポアロは必死に叫んだ。

「シェール・マダム――どこへ行けば会えるの！」

彼女の返事は、地の底からかすかに聞こえた。予想外の答えではあったが、しかし、ふしぎにこの情況にはぴったりな感じがした。

「地獄で……」

ポアロは目をぱちくりさせた。それからまたまばたいたとき、とつぜん足をすくわれてよろめいた。エスカレーターがのぼりきったのに気づかなかったために、ちゃんと足を踏みださなかったのだ。しかし、人ごみに取り囲まれて、あやうく転倒をまぬがれた。見ると、むこう側に人びとがぎっしり群らがって、下りエスカレーターのほうへ押し寄せていた。その群れに加わるべきだろうか。さっきの伯爵夫人のことばの意味はそういうことなのだろうか？　ラッシュ・アワーの地球の内部は、たしかに地獄で、伯爵夫人がいったのがそういうことだと考えれば、これ以上に適切な表現はないような……

ポアロは意を決して下へおりていく人の群れに身をねじこんで、ふたたび地の底へはこばれた。エスカレーターをおりきってみても、伯爵夫人の姿は見あたらない。ポアロは青や琥珀色やその他の色の電灯のいずれかをえらんで、その先のプラットフォームをさがさなければならなかった。

伯爵夫人はベイカールー線を利用しようとしていたのだろうか？　それとも、ピカデリー線だろうか？　ポアロはそれぞれのプラットフォームを順に移動して、乗り降りする群衆にもまれながらさがしたが、ヴェラ・ロサコフ伯爵夫人の華やかなロシア衣装はどこにも見あたらなかった。

もみくちゃにされ、くたくたに疲れ、しかもひどく気落ちして、ポアロはふたたび地上へのぼって、ピカデリー・サーカスの喧噪の中へ出た。そして妙に浮き浮きした気分で家にたどりついた。

几帳面な小男が派手好きな大女に思い焦がれるのは、不幸な宿命かもしれない。とにかくポアロは、あの伯爵夫人が彼をとりこにした魅惑の網から、どうしても逃れることができなかった。最後に彼女に会ってからもうかれこれ二十年になるが、その魔力はいまも効果を失っていない。彼女の化粧が風景画家の描く日没に似ていて、ほんとうの姿は化粧の下に隠れて見えなかったとしても、ポアロにとっては彼女はいまだに濃艶かつ魅惑的な女だった。小柄な中産階級の男は、いまだに上流夫人に心をときめかせているのだ。彼女が宝石を盗んだ巧みな手口の思い出は、かつての惚れ惚れするような感動をよみがえらせた。窃盗の容疑でつかまったとき、ロサコフ伯爵夫人が堂々とその事実をみとめた落ちつきはらった態度を、ポアロはまざまざと思い起こした。千人にひとり――いや、一万人にひとりの女だ！　その女にふたたび巡り会った――そして見失ってしまった！

「地獄で」とロサコフ伯爵夫人はいった。まさか聞きまちがいではないだろうな？　ほんとうに彼女はそういったんだろうか？

しかし、彼女はいったいどういうつもりでそういったんだろう？　ロンドンの地下鉄のことをいったのだろうか？　それとも宗教的な意味に解釈すべきなのだろうか？　なるほどロサコフ伯爵夫人の現世での生き方からすれば、死んだら地獄へ行くのがふさわしいかもしれない――だが、ロシア人の礼儀作法を重んじるロサコフ伯爵夫人は、エルキュール・ポアロもおなじ場所へ行くようになれなどというような、罰当たりなことをいうはずがなかった。

そう、彼女はまったくちがうことをいいたかったにちがいない。彼女がいいたかったことときは――ポアロはとまどい、途方に暮れた。ああ、こんな謎をかけて男の気をそそるとは、なんという奥ゆかしい女だろう！　そこらのくだらない女なら、「リッツ・ホテルよ」とか「クラリッジ・ホテルよ」などと金切り声をあげるところなのに。ヴェラ・ロサコフは、こちらが頭を悩ますような、難解な謎をかけてきた――「地獄へ！」と。

ポアロはため息をつきながらも、くじけなかった。考えあぐねた末、翌朝、彼はもっとも簡単な方法をとった。単刀直入に、秘書のミス・レモンに相談したのだ。

ミス・レモンは目を疑いたくなるほど不器量で、信じられないほど有能だった。彼女にとってポアロはとくべつな人ではなかった――単なる雇い主だ。彼女はすばらしい従業員だった。ミス・レモンの個人的な嗜好や夢は、もっぱら新しい書類整理方式に集中されて、それは彼女の頭の中で徐々に完成にちかづいているのだった。

「ミス・レモン、ひとつ質問してもいいかね？」

「はい、どうぞ」ミス・レモンはタイプライターのキーから指を放して待ちかまえた。

「もし友だちに、彼と、あるいは彼女と――地獄で会ってくれとたのまれたら、あなたならどうする？」

ミス・レモンは、例によって打てばひびくように答えた。俗な言い方をすれば、ものわかりのいい女だった。

「電話でテーブルを予約しておいたほうがいいと思いますけど」

ポアロはぽかんとして彼女を見つめた。

それから、とぎれとぎれに訊きかえした。

「電話で……テーブルを……予約して……おいたほうがいい？」

ミス・レモンはうなずいて、電話器を引き寄せた。

「今夜ですか？」そう訊いてもポアロが答えないので、それでいいんだとみなして、ミス・レモンはきびきびとダイヤルをまわした。

「テンプル・バーの一四五七八ですか？　地獄ですね。こちらはエルキュール・ポアロと申しますが、今夜の十一時にそちらへまいりますので、ふたり分のテーブルをお願いします」

受話器を置くと、彼女の指はタイプライターのキーの上でためらった。かすかにじれったそうな表情が――ほんのかすかだが――顔に浮かんでいる。その表情はこういいたげだった――役目を果たしたのだから、雇い主はもう彼女の邪魔をしないで、いまやっている仕事をつづけさせるべきだ、と。

しかし、ポアロは説明をもとめた。

「で、その地獄とはいったいなんなんだい？」

　ミス・レモンはちょっとおどろいたようすだった。

「あら、ご存じなかったんですか、ポアロさん？　ナイトクラブですよ——できたばかりだけれど、最近とても人気なんです——あるロシア人女性が経営しているらしいですわ。会員になるんでしたら、夕方までに手続きしておきますけど」

　ミス・レモンは時間を無駄づかいさせられて（じっさい、彼女にしてみればそうだった）、その分をとりもどそうとするかのように、猛烈にタイプを打ちはじめた。

　ポアロはその晩の十一時に、用心深く交代に一文字ずつ明かりのつく仕掛けになっているネオン・サインの下のドアをくぐった。真っ赤な燕尾服姿の紳士が彼を出むかえて、コートを受けとった。

　それから身ぶりで、地下へ通ずる広い浅い階段へ促した。一段一段に警句じみたものが書かれている。

　第一段——よかれと思ってやったのだ。

　第二段——過去を清算して出直せ。

　第三段——好きなときにいつでもやめられるさ。

「地獄への道は善意で舗装されている《セ・ビアン・イマジネ・サ》、か」ポアロは興味深そうにつぶやいた。

「うむ、なかなかいい思いつきだ！」

ポアロは階段をおりた。おりきると、赤い睡蓮が浮かぶ水槽があり、ボートの形をした橋がかかっていたので、それをわたった。

左側にある大理石の岩屋のようなところに、ものすごく大きな、醜怪な、黒ぐろとした犬がすわっていた。ポアロがいまだかつて見たことのないような犬だ！　体をまっすぐに立てたまま、不気味なほどじっとしている。もしかしたら、ほんものの犬ではないかもしれないとポアロは思った（そうであってほしかった）。だが、その瞬間、犬は獰猛そうな醜い顔をこっちへむけて、黒い体の奥から雷のような低いうなり声を発した。ぞっとするような音だった。

そのときポアロは、小さな円形の犬のビスケットがはいったきれいな籠があるのに気づいた。そのビスケットには、こう書いた紙が貼ってある――ケルベロスの餌！　犬がにらんでいたのは、そのビスケットだったのだ。また低いうなり声がした。ポアロは急いでビスケットをひとつつまんで、巨大な猟犬のほうへ投げてやった。

洞穴みたいな赤い口が大きくひらき、パクッと音がしてたくましいあごがふたたびとじた。冥府の番犬ケルベロスは、ポアロの賄賂を受け入れたのだ！　ポアロは、あいているドアから奥へ進んだ。

その部屋は、たいして広くなかった。小さなテーブルがまわりに点在して、中央にダンス・フロアの空間がある。照明は小さな赤い電灯で、壁にはフレスコ画が描かれ、奥に大きなグリルがあって、角と尻尾をつけて悪魔に扮装したコックたちが仕事をしていた。

ポアロがそれらをざっと見渡したとき、燃えるような緋色のイヴニングドレスに着飾ったヴェラ・ロサコフ伯爵夫人が、ロシア人特有の感動的な身ぶりで両手をさしのべながら駆け寄ってきた。

「まあ、やっと来たのね！　懐かしい！　あなたにまた巡り会えて、ほんとにうれしいわ！　ずいぶん久しぶりだわねぇ――何年ぶりかしら。いいえ、何年ぶりもなにもないわ。ついきのうのことみたい。変わらないわね――むかしのまんま！」

「シェーラミー、きみもおなじだよ」ポアロは彼女の手をとって腰をかがめながら叫んだ。

とはいうものの、二十年はやはり二十年であることを、思い知らされたような気がした。ロサコフ伯爵夫人を廃墟だというのは酷かもしれない。しかし、彼女はすくなくとも壮観な廃墟であった。旺盛な生命力と人生を享楽する血のたぎるような熱情はまだ残っていたし、なによりもまず、彼女は男をよろこばせるすべを知っていた。

ロサコフ伯爵夫人は、ポアロの手をとって先客がふたりすわっているテーブルへ連れていった。

「わたしのお友だち、有名なエルキュール・ポアロさんよ」彼女はふたりに告げた。

「悪いことをするやつらにとっては脅威の人！　わたしだって、かつては彼がこわかったわ。だけどいまのわたしは、これ以上ないほど品行方正な、最高に退屈な生活を送ってますからね、そうでしょ？」

彼女が話しかけた痩せぎすな中年男は答えた。

「退屈という言い方はないでしょう、伯爵夫人」

「こちらはリスカード教授」と、ロサコフ伯爵夫人が紹介した。「過去に関するあらゆることを知っている人。そしてこの店の装飾についてわたしに貴重な助言をしてくださった方」

考古学者は軽く身ぶるいしていった。

「あなたがどういうつもりか知らなかったからね」彼はつぶやいた。「できあがった店を見て、腰を抜かしたよ」

ポアロはフレスコ壁画をさらにくわしく観察した。正面の壁では、オルフェウスとそのジャズバンドが演奏していて、オルフェウスの妻エウリュディケはグリルのほうをものほしげにながめていた。反対側の壁の絵は、オシリスとイシスがエジプトの下界の河でエジプトふうのボート・パーティを催しているところらしい。三番目の壁では、陽気な若者たちが自然の姿で混浴を楽しんでいた。

「あれは若者の国よ」と、伯爵夫人は説明すると、それにつづけてもうひとりの客を紹介した。「そしてこちらは、わたしのかわいいアリス」

ポアロはそのテーブルのふたり目の客に会釈した。チェックの上着にスカートをはいた、とげとげしい顔つきの若い女だ。その女は角縁の眼鏡をかけていた。

「この人はものすごく頭がいいのよ」ロサコフ伯爵夫人はいった。「学位をもっていて、心理学者で、異常者はなぜ異常者なのか、そのあらゆる理由を知ってるの！　それはあなたが思っているように、気が狂っているからじゃないのよ。ほかに山ほど理由があるんですって！　変わってるでしょ」

アリスと呼ばれた女は、愛想よく、しかしちょっと感情のこもらない笑顔を見せた。彼女はリスカード教授を強引な口調でダンスに誘った。彼はうれしそうな、それでいて気が進まないようすだった。

「ぼくはワルツしか踊れないんだ」

「これはワルツよ」アリスはめげずにいった。

ふたりは立ちあがって踊りはじめた。あまり息は合っていなかった。

ロサコフ伯爵夫人はため息をついて、思案の糸をたぐるような調子でつぶやいた。

「あの娘《こ》はほんとは器量がわるくないのに……」

「自分をじゅうぶんによく見せていないね」ポアロは批判的にいった。

「率直にいって、わたしはいまの若い人たちを理解できないわ。いまじゃ人をよろこばせようとするのは流行らないのね——わたしの若いころは、いつもそうしたものよ——自分によく似合う色をえらんだり、ドレスにちょっとパッドを入れたり、コルセットでウェストを締めたり、髪をもっとおもしろい色調にしようとしたり——」

ロサコフ伯爵夫人はひたいに垂れたひと房の巻き毛をうしろへなでつけた。そんな些細な仕草からも、彼女がいまでもそうした努力をつづけていることは明らかだった。

「自然があたえてくれたものだけで満足するなんて、そんな——そんなのバカげてるわ！　おまけに傲慢よ！　アリスはセックスについていろいろ書いてるけど、週末にブライトンへ行こうと男に誘われたことが一度だってあるかしら。やれ仕事だ、労働者の福祉だ、世界の未来だと、しちめんどくさいことばかり並べ立てて。そりゃ、たいへんご立派だけど、でも、そんなことが楽しいかしら？　それに、見てごらんなさいよ、いまの若い人たちが世の中をどんなに単調でつまらなくしているかを！　規則と禁止だらけだわ！　わたしの若いころはこんなじゃなかったのよ」

「それで思いだしたんだが、マダム、息子さんは元気？」二十年たっていることを思いだして、ポアロは〝かわいい男の子〟をとっさに〝息子〟に置きかえた。

伯爵夫人の顔が熱狂的な母性愛に輝いた。

「あの子は、わたしの愛する天使よ！　すっかり大きくなって、肩がこんなに広くて、それはもうとってもハンサムで！　アメリカにいるわ。むこうでいろんなものを作ってるのよ——橋や銀行、ホテル、デパート、鉄道、そのほかアメリカ人たちのほしがっているものをなんでもよ！」

ポアロはちょっととまどった。

「すると息子さんは技師？　それとも建築家？」

「そんなことはどうだっていいでしょ？」と伯爵夫人は決めつけた。「とにかくあの子はすばらしいわ！　鉄筋や機械やその他いろいろとストレスを受けるものに夢中になって取り組んでいるの！　わたしにはちっともわからないものばかりだけど、でも、わたしたちは愛しあっているわ——むかしから仲がよかったのよ！　だから、わたしのためにアリスをかわいがっているわけ。そう、ふたりは婚約してるのよ。飛行機だか船だか汽車の中だかで初めて会って、労働者の福祉について語りあっているうちにすっかり好きになっちゃったんですって。で、彼女はロンドンへ来ると、まっすぐわたしに会いに来たの。で、わたしは彼女を胸に抱きしめて――」伯爵夫人は豊満な胸を両腕で抱いた――「こういったわ――あなたとニキは愛しあってる。だからわたしもあなたを愛してるわ。だけど、あなたはニキを愛しているのに、どうしてアメリカに置いてきたのって。そしたらアリスは、自分の仕事や、いま執筆中の本や、彼女の経歴のことをいろいろしゃべって――正直なところ、わたしはよくわからなかったんだけど、でも、いつもいうように、人間は寛大でなければいけませんからね」そして彼女は一息にこうつけくわえた。「ここにあるものは全部わたしの創案なのよ、どう、シェーラミー?」「すてきな創案だね」ポアロはあたりを見まわしながらいった。「なかなかしゃれてる!」

店は満員で、まぎれもない成功の雰囲気に満ち満ちていた。夜会服に着飾ったものうげな男女、コール天のズボン姿のボヘミアンたち、背広姿の恰幅のいい紳士たち。悪魔の扮装をしたバンドが即興的にホットジャズを送りとどけている。まちがいない。〈地獄〉はたいへんな人気を博していた。

「あらゆる種類のお客さんがいるのよ。それでなくっちゃね。地獄の門はあらゆる人にひらかれているわけだから」

「ただし、貧乏人をのぞいてね」と、ポアロは茶化した。

伯爵夫人は笑った。「だって、金持ちは天国へ行くのがむずかしいっていわれてるでしょ？　だからとうぜん、金持ちは地獄へ来る優先権があるわけよ」

教授とアリスがテーブルへもどってくるところだった。伯爵夫人は立ちあがった。

「ちょっと失礼するわ。アリスティードに話があるので」

ロサコフ伯爵夫人は、給仕頭――やせたメフィストフェレス――となにかことばを交わしてから、客に話しかけながらテーブルからテーブルへまわっていった。

教授はひたいの汗をふきふき、ワインをすすりながらいった。

「彼女はなかなかの人物じゃありませんか？　みんな、そう感じていますよ」

それから彼自身も、ほかのテーブルの客と話をしに席をはずした。とっつきにくいアリスとふたりきりになったポアロは、彼女の冷たい青い目とかち合って、ちょっとまごついてしまった。よく見るときれいにととのった顔立ちなのだが、どうもちかよりがたい感じがした。

「あなたのお名前をまだ聞いていませんでしたな」ポアロは話しかけた。

「カニンガム――アリス・カニンガム博士です。あなたはヴェラの古いお知り合いですってね？」

「二十年ほど前のことです」

「彼女のことはとても興味深い研究対象だと思ってるんです」アリス・カニンガム博士はいった。「自分が結婚しようとしている男性の母親としての彼女に関心があるのはもちろん、それだけでなくて、専門的な立場からも彼女に関心をもっているんです」

「ほう、そうですか？」

「そうですとも。わたしは犯罪心理学に関する本を書いているところなんです。この店の夜の生態は大いに参考になりますね。常連の中に犯罪者タイプの人が何人かいるので、そのうちの数人について、彼らの子どものころの生活状況などについて話を聞いたりしてるんですよ。もちろん、あなたはヴェラの犯罪癖についてはよくご存じなんでしょう？　――つまり、彼女の盗癖のことを？」

「ええ、それはまあ――知っていますが」ポアロはすこしうろたえながら答えた。

「わたしはそれをカササギ・コンプレックスと呼んでいます。ご存じのとおり、ヴェラが盗むのは光るものばかりだった。金銭にはいっさい手を出さずに、盗むのは宝石だけ。で、しらべてみたら、彼女は子どものころとてもかわいがられ、甘やかされて――つまり、はなはだしい過保護を受けていたわけです。彼女にとってみれば、それは耐えられないほど退屈な――退屈で、しかも安全すぎる生活だったんです。そこで彼女は本能的にドラマをもとめた――罰をもとめた。盗みたいという欲望の根底には、それがあるんです。つまり、罰を受けることによって評判になり、悪名が高くなることを望んでいるというわけですね」

ポアロは反論した。「ロシア革命のさなかに旧体制《アンシャン・レジーム》の一員であった彼女の生活が、退屈で安全すぎたなんて、そんなことはありえないと思いますがね」

アリスの淡い青色の目に、せせら笑うような表情が浮かんだ。

「旧体制《アンシャン・レジーム》の一員？　彼女があなたにそういったんですか？」

「彼女はどう見たって貴族ですよ」ポアロは、伯爵夫人の口から幼少時代の思い出話を聞くたびにがらりと内容が変わっていた気がかりな記憶をはらいのけるようにしながら、頑として主張した。

「人間は、信じたいと思うことを信ずるものです」ミス・カニンガムは、心理学者的なまなざしを彼に投げながらいった。

ポアロは急に不安になった。彼自身がどんなコンプレックスをもっているのかを、いまにも宣告されそうな気がしたのだ。そして、戦いを敵の陣営内に移そうと思い定めた。彼がロサコフ伯爵夫人との交際を楽しんでいた理由のひとつは、彼女が貴族の生まれであることだった。心理学の学位をもっているからといってこんなドングリ眼に眼鏡をかけた小娘なんかに、その楽しみを妨害されてたまるものか！

「じつは、わたしがひじょうにおどろいていることがあるんですがね、なんだかわかりますか？」

アリスは知らないということを白状しようとはしなかった。つまらなそうな、しかし寛大な表情を作って聞き流した。

ポアロは話をつづけた。

「あなたは若いし、労を惜しまなければ美しく装うことができる――ところが、おどろいたことに、あなたはそうしようとしない！　まるでゴルフをしに行くように、大きなポケットのついた分厚い上着に、だぶだぶのスカートをはいている。ここはゴルフ場じゃなくて、摂氏二十二度の地下室なんですよ。あなたの鼻はほてって光っているけど、おしろいをつけようとしないし、口紅の塗り方もぞんざいで、唇の曲線をちっとも強調していない。女なのに、あなたは女であるという事実に注目しようとしない！　なぜなんです？　残念だなぁ！」

アリス・カニンガムが人間らしい反応を示したので、ポアロは一瞬、満足をおぼえた。彼女の目に怒りの火花が散ったのを見ることさえもできた。それから彼女は慇懃《いんぎん》無礼《ぶれい》な態度にもどった。

「ポアロさん、あなたは現代のイデオロギーをちっともご存じないようですね。重要なのは基本であって、装飾じゃないのです」

彼女は、こちらへやってくる黒髪の美青年を見あげた。

「ほら、ひじょうに興味深いタイプが来たわ」熱をこめてつぶやいた。「ポール・ヴァレスコ！　女に食わせてもらって、奇妙に堕落した欲望をもっているんです。わたし、三歳のころ彼の面倒を見た家庭教師について、彼からもっとくわしい話を聞きたいと思っています」

それからまもなく、彼女はその若者と踊りはじめた。彼はすばらしい踊り手だった。ふたりがテーブルのすぐそばを流れるように舞っていったとき、アリスの話し声がポアロの耳にとどいた。

「――ボグナーで夏を過ごしたあとで、彼女はあなたにおもちゃのクレーンをくれたのね？　クレーン――なるほど、とても暗示的だわ」

犯罪者タイプに対するアリスの興味は、いつか彼女がさみしい森の中で惨殺死体となって発見される結果を招くのではあるまいかと、ポアロはしばらく空想にふけった。アリス・カニンガムは好きではなかったが、ポアロは正直なので、アリスが彼にまったく感銘を受けないという事実がその理由であることをみとめた。ポアロは虚栄心を傷つけられたのだ！

そのとき、一瞬アリスのことなど頭から吹き飛ぶようなものが目にはいった。フロアのむこう端のテーブルに、金髪の青年がすわっていた。夜会服を着て、挙措動作はいかにも安楽に暮らしている若者にふさわしかった。そのむかい側には、金のかかりそうな若い女が腰かけている。若者はまるで惚《ほう》けたようにぼけっとその女に見とれている。その姿を見れば、だれもがこう嘆くだろう。「金持ちのどら息子め！」と。しかしながら、ポアロはその青年が金持ちでも怠け者でもないことを知っていた。青年の正体は、チャールズ・スティーヴンズ刑事だったのだ。したがって、スティーヴンズ刑事が仕事のためにここに張りこんでいるのだということも、察しがついた。

II

翌朝ポアロは、警視庁の古い友人ジャップ警部をたずねた。

彼の遠回しな質問に対するジャップの反応は意外なものだった。

「この古狸め！」ジャップは友情をこめて叫んだ。「いったい、なんで嗅ぎつけられたんだか！　まったくあなたにはかなわないなぁ」

「いや、わたしはなにも知らないんだ——なにひとつね！　なんとなく好奇心をそそられただけなんだよ」

じょうだんでしょうと、ジャップはいった。

「あの〈地獄〉という店について、くわしいことを知りたいんですか？　ま、表面はほかのナイトクラブと大差ない。とても繁盛してますがね！　もちろん、経費は相当かかるだろうが、ずいぶん儲かっているんでしょう。表向きはロシア人の女が経営していることになっている。自称なんとか伯爵夫人という——」

「ロサコフ伯爵夫人なら知ってるよ。古い友人なんだ」ポアロは冷ややかにいった。

「しかし、彼女はダミーで、資金を出したわけじゃない。給仕頭のアリスティード・パポポラスは一枚噛んでいるらしいが、あいつがほんとに切り回しているとは思えない。じっさいのところ、だれが経営者なのかがわかってないんです」

「で、それをつきとめるために、スティーヴンズ刑事があそこに張りこんでいたのか？」

「ああ、あなたはスティーヴンズを見たのか。納税者の金であんな仕事がやれるなんて、運のいいやつです！　いままでのところ、くだらないことしか発見してませんがね！」

「なにをねらってるんだ？」

「麻薬ですよ！　大規模な麻薬密売組織です。しかもその麻薬は金ではなくて、宝石で売買されてる」

「ほう」

「ざっとこんな仕組みです。そのレディなんとかだか、なんとか伯爵夫人という女は、現金を手元に置いておくのは危険だし、かといって銀行から大金を出し入れするのもいやだからというわけで、会員費を宝石でもらうことにした——ときには家宝のものまで巻きあげた。そしてそれらの宝石は〝クリーニング〟あるいは〝リセッティング〟のための加工場へはこばれ、そこで台からはずされて、かわりに模造品がとりつけられる。ばらした宝石はイギリスや大陸で売りさばかれる。簡単な商法なんです——盗品届けが出されるわけじゃないから、警察の追跡もない。そのうち、あるティアラやネックレスが偽物だということが発見されるとしましょう。しかし、なんとかいう伯爵夫人は、まったく悪気がなくて、いつどうしてそれがすり替えられたのか、想像もつかない——そのネックレスは一度も自分の手元から放したことがなかったのだといって、ただとまどうばかりなんだ！　そこで警察は汗水垂らして、解雇された召使いや、疑わしい執事や、うさんくさい窓ふき掃除人のあとを追い回すことになる。

しかしわれわれは、あんないかさまな連中が思っているほど間が抜けちゃいないんですよ！　いくつかの事件がつぎつぎに起こって、それをしらべているうちに、ある共通因子を発見した――どの女もみんな麻薬中毒の兆候を示していたんです――神経過敏、興奮や痙攣《けいれん》、瞳孔拡張その他もろもろのね。そこで問題は、やつらがどこから麻薬を仕入れ、だれが密売組織を動かしているのかということになった」

「その答えはあの〈地獄〉という店にあると、あなたはにらんでいるんだね？」

「全組織の司令部になっていることはたしかだと思う。宝石の加工場は発見したんです――ゴルコンダ社という、表面はれっきとした会社で、高級模造宝石の製造をしている。そこにポール・ヴァレスコといういやな野郎がいてね――おや？　あなたは、あいつを知ってるんですね？」

「顔をみかけたことがあるよ――〈地獄〉で」

「わたしもそこであいつを見たいもんですよ――ほんものの地獄でね！　ヴァレスコは根っからの悪党で、女たちは――上流のご婦人方までが――手なずけられているんだ！やつはゴルコンダ社とある種の関係をもっているし、〈地獄〉の黒幕的存在であることはまちがいない。あそこはヴァレスコの仕事にもってこいの場所で――社交界の女たちから本職の詐欺師まで、あらゆる種類の人間がやってきて、理想的な集会場になっているんです」

「宝石と麻薬の交換があそこでおこなわれていると、あなたは見ているわけだね？」

「そう、ゴルコンダ側のことはわかっているんだが、もうひとつの側——麻薬のほうがなかなかつきとめられないんです。だれが薬をさばいているのか、そしてそれはどこから来ているのかを知りたい」

「いまのところ、ぜんぜん見当がつかない？」

「あのロシア人の女がくさいとは思う——しかし、証拠がまったくつかめない。二、三週間前に、いいところまでいったんですがね。ヴァレスコがゴルコンダ社の工場へ行って、そこから宝石をいくつかもちだして〈地獄〉へ直行したんですよ。で、スティーヴンズがひそかに見張っていたんだが、彼が見たかぎりでは、やつは宝石をだれにもわたさなかった。そこでやつが店から出てきたところをつかまえてしらべた——ところが、宝石のかけらも身につけていなかったんです。で、われわれはあのクラブを急襲して、ひとり残らず検挙した。その結果はといえば、宝石も麻薬もひとつも出てこなかった！」

「ひどいへまをやったもんだね」

ジャップは顔をしかめた。「まったくです！　そのままだと面倒なことになったかもしれないが、さいわいなことに検挙された連中の中にペヴァレルがいましてね——ほら、バターシーの殺人事件の。いやはや、まぐれ当たりもいいところですよ。やつはスコットランドへ逃亡したものとばかり思っていたんですからね。気のきいた巡査部長のひとりが、写真であいつをみつけたんです。そんなわけで、めでたく手入れがおわった――われわれは殺しのホシを挙げるという手柄を立て――あのクラブは評判が高まって、いっそう繁盛するようになった」

ポアロはいった。

「とはいえ、麻薬の捜査はいっこうに進展しなかったわけだ。たぶん、店内に隠し場所があるんだろうがね」

「おそらくそうでしょう。しかし、それがみつからない。くまなくさがしたんだが……。しかも、これは内密の話ですけど、非公式な捜査までやったのに」ジャップはウィンクした。「ごく内密な張り込みをしていたんだが、成果なしだった。あやうく犬にズタズタにかみ殺されそうになったくらいのものでね！　そいつは店の中で眠ってるんです」

「ああ、ケルベロスか」

「うん、妙な名前をつけたもんですよ」

「ケルベロスねぇ……」ポアロは思案顔でつぶやいた。

「ポアロさん、あなたもやってみたらどうです？　大きな問題だし、やる価値はあるでしょう。麻薬密売は憎んでも憎みきれない——人の体ばかりか魂までも破滅させてしまうんですからね。まったく地獄ですよ！」

ポアロはひとりごとのようにつぶやいた。

「これで完結することになるわけだな……うん。あなたはヘラクレスの十二番目の難業はどんなことだったのか知ってるかい？」

「知りませんね、そんなことは」

「ケルベロスの捕獲さ。まさにぴったりだろう？」

「なんのことだかさっぱりわからんが、これだけはおぼえておいたほうがいい——犬が人間を食えばニュースになるってね」ジャップは腹をかかえて笑った。

III

「まじめに話したいことがあるんだ」ポアロは切り出した。

時間が早いので、店内にまだ客の姿はすくない。伯爵夫人とポアロは出入口ちかくの小さなテーブルにすわっていた。

「でもわたし、まじめになれそうもないわ」ロサコフ伯爵夫人は抗議した。「アリスはいつもくそまじめだから、ここだけの話だけど《アントゥル・ヌウ》、うんざりしてるのよ。かわいそうなニキ、彼女のどこがおもしろいのかしら。いやになっちゃうわねぇ」

「わたしはきみが大好きだ」ポアロはかまわずに話を進めた。「だから、きみが窮地に追いこまれるのを見るに忍びない」

「まあ、あなたったらおかしなことを言い出すのね！　わたしはすばらしい成功をおさめて、お金がごっそりころがりこんできてるっていうのに！」

「この店は、きみのものなの？」

伯爵夫人の目がややおどおどした。

「もちろんよ」

「しかし、共同経営者がいるんだろう？」

「だれがそんなことをいったの？」彼女は鋭く聞き返した。

「共同経営者はポール・ヴァレスコなのか？」

「あら！　ポール・ヴァレスコ？　ばかばかしい！」

「あの男はひどい犯罪歴があるんだよ。いや、彼だけじゃない。ここの常連の中には、さまざまな犯罪者がいるのを、きみは知ってるんだろうね？」

伯爵夫人は吹きだした。

「おやまあ、善良なブルジョアらしいお話だこと！　もちろんそんなことは百も承知だわ。この店の魅力の半分はそこにあるってことが、あなたにはわからないの？　あそこにいるメイフェアから来た若い人たち――彼らはウェストエンド界隈では自分たちとおなじ金持ちでお育ちのいい種族しか見られないのに飽き飽きして、ここへ来てるのよ。いろんな犯罪者が見られるから――泥棒、恐喝犯、詐欺師、たぶん殺人犯もいて、来週の日曜新聞にはその男のことが書き立てられるかもしれない！　そこがおもしろいところなのよ――うちへ来れば、良家の子女たちもほんとうの人生を見ている気分を味わえる。一週間休みなしでパンティやストッキングやコルセットを売って、繁盛しているあの男だってそうよ。四角四面な生活や四角四面な友人たちから逃れて、気晴らしに来ているの。そうそう、もっとおもしろいのがいるわよ――ほら、あそこのテーブルで口ひげをなでている燕尾服の男――あれは警視庁の刑事さん――尻尾のついた服を着て、犯罪者の尻尾を追ってる刑事ってわけ」

「知ってたのか？」ポアロは静かにたずねた。

ポアロと目を合わせて、ロサコフ伯爵夫人はにっこり笑った。

「わたしは、あなたが思っているほど単純じゃないのよ」

「じゃあ、きみもここでヤクを売っているのかな？」

「まあ、ひどい！」伯爵夫人はきっとしていった。「そんな言いがかりはやめてちょうだい！」

ポアロはしばらく彼女をじっと見つめてから、ため息をついた。

「きみを信じるよ。しかし、そうなるとますます、この店のほんとうのオーナーはだれなのかを教えてもらう必要があるんだが、どうなんだ？」

「ここはわたしの持ち物よ」

「名義上はね」

ロサコフ伯爵夫人は、はねつけるようにいった。

「まあ、あきれた。しかし、きみのうしろにきっとだれかがいる」

「まあ、あきれた。ずいぶんしつこいのね、モナミ。ねえ、この人しつこすぎると思わない、ドゥドゥ？」

まるで赤ん坊をあやすような調子で呼びかけて、ロサコフ伯爵夫人は自分の皿からカモの骨をとり、大きな黒い猟犬のほうへ放り投げてやった。犬はパクッと、おそろしい音をたててそれを口で受けとった。

「きみはいまあの犬を呼んだね。なんだっけ？」ポアロは気まぐれに訊いた。

「わたしのかわいいドゥドゥと呼んだのよ！」

「なんとまあ、へんちくりんな名前だな」

「でも、すばらしい犬だわ！　警察犬なのよ。なんでもできるんだから――ちょっと待って」

ロサコフ伯爵夫人は立ちあがってあたりを見まわし、となりのテーブルで食事をしていた男の前にはこばれたばかりの大きなおいしそうなステーキを皿ごと、いきなりひっつかんで、大理石の岩屋のほうへ行き、犬の前にその皿を置きながら、ロシア語でなにやら話しかけた。

ケルベロスは前方を見つめていた。ステーキには目もくれない。

「ほらね？　一分や二分のがまんじゃないのよ。必要とあらば、このまま何時間でも待ちつづけるの！」

彼女がひとことつぶやくと、ケルベロスは目にもとまらぬ早さで長い首を折り、ステーキは魔法のように消え失せてしまった。

ヴェラ・ロサコフは犬の首を両腕でかき抱き――爪先立ちになりながら――情熱的に抱擁した。

「とてもおとなしいでしょ？」と、彼女は叫んだ。「わたしやアリスや友だちにはね――そういう人のいうことは、なんでも聞くわ。ひとこと命令すれば、それだけであっというまに！　この子は――たとえば相手が刑事でも、――きっと細切れにしちゃうわ！　ズタズタにね！」

彼女は大声で笑った。

「わたしが合言葉をいってやるだけで――」

ポアロは急いで彼女の話をさえぎった。伯爵夫人のユーモアの感覚を信用していなかったのだ。スティーヴンズ刑事の身に、ほんとうに危害がおよびかねない。

「リスカード教授が話があるようだよ」

教授は憤激したようすでロサコフ伯爵夫人のかたわらに立っていた。

「ぼくのステーキをかっぱらうなんて、ひどいよ、マダム」教授がわめいた。「なんてことをしてくれたんだ。あれはとびきり上等のステーキだったのに！」

Ⅳ

「木曜日の晩に、いよいよ決行だ」と、ジャップはいった。「もちろん麻薬特捜班の仕事だが、あなたも手を貸してくれるとありがたい。いやいや、あなたの妙なシロップはごめんこうむりますよ。わたしの胃袋は気むずかしいんでね。あそこにあるのはウィスキー？　うむ、そっちをいただきましょう！」

　グラスを置くと、彼は話をつづけた。

「どうやら問題の糸口をつかみました。あのクラブにもうひとつ出口があって、そいつを発見したんです」

「どこに？」

「グリルのうしろに。壁の一部分が回転する仕掛けになってるんですよ」

「しかし、へたをするとまた――」

「いや、こんどはだいじょうぶ。この前の手入れのときは、はじめたとたんに電灯が消えた。メインスイッチを切られたんです――それを入れなおすのに、二、三分かかってね。正面は厳重に見張っていたから、そこからはだれも出なかったんだが、しかし、仕掛けがしてある秘密の出口から、だれかがこっそり抜け出したらしいことがやっとわかりましたよ。クラブの裏手の家をしらべていたとき、偶然その仕掛けに出くわしたってわけです」

「で、こんどはどうするつもりなんだ」

　ジャップはウィンクした。「計画を立て直しましたよ――警察が踏みこんで、電灯が消えても、あらかじめその秘密の出口の外で待ちかまえている者たちが、そこを通って逃げてくるやつらをつかまえるという段取りです。こんどは逃がしません！」

「なぜ木曜日なんだ？」

ジャップはまたウィンクした。「われわれはいまゴルコンダに盗聴装置を張りめぐらしてるんで、木曜日にそこから宝石がもちだされることがわかりました。レディ・カーリントンのエメラルドです」

「それじゃ、わたしも二、三手配しておきたいことがある。いいだろう？」ポアロはいった。

V

木曜日の夜、ポアロはいつものように出入口のちかくの小さなテーブル席に陣取って、周囲の状況を観察していた。〈地獄〉はいつものような活況を呈していた。

伯爵夫人はいつにも増して華やかな装いを凝らし、今夜はとりわけロシア人ぶりを発揮して、手をたたき、底抜けに浮かれていた。ポール・ヴァレスコも来ていた。りゅうとした夜会服を着てくることもあれば、今夜のように襟元まできっちりボタンをはめた上着を着て首にスカーフを巻き、アパッチみたいな身なりをしてくることもあった。やくざな感じで魅力的に見えた。やがてヴァレスコはダイヤモンドで飾り立てたでぶの中年女から離れて、テーブルにすわって手帳にしきりになにか書きこんでいるアリス・カニンガムを上からのぞきこむようにしてダンスに誘った。でぶの中年女は眉をひそめてアリスをにらみ、うっとりとヴァレスコに見とれている。

アリスの目にはそのような感情はみじんもなくて、純然たる科学的関心に輝いてた。ポアロはふたりが踊りながらそばを通りかかったとき、その会話の断片を小耳にはさんだ。アリスはヴァレスコの家庭教師についての調査をおえて、こんどは彼の高校の寮母のことを聞き出そうとしていた。

やがて音楽がやむと、彼女は楽しそうな興奮したおももちでポアロのそばに腰をおろした。

「ほんとに興味深いわ。ヴァレスコはわたしの著書の中でもっとも重要な実例のひとつになりそうよ。象徴性がはっきり表われているから。たとえば、チョッキがひどく気になるというようなこと——チョッキは苦行者が肌にじかに着るヘアシャツの連想につながりますから、それがどんな作用をしているかはきわめて明白です。ヴァレスコは歴然たる犯罪者タイプなんですけれど、治療法が適切であれば――」

「女の力は放蕩者を改心させることができるというのは、女性のもっとも好む幻想のひとつだからね」ポアロはいった。

アリス・カニンガムは冷ややかにポアロを見た。

「このことは、わたしの個人的な感情とはまったく関係ないのよ、ポアロさん」

「そうだろうね」ポアロはいった。「科学は公平な純然たる愛他主義だから――しかし、その対象は、魅力的な異性であることが多い。たとえばあなたは、わたしがどこの学校へはいり、わたしに対する寮母の態度がどんなふうであったかというようなことに、関心がありますか？」

「あなたは犯罪者タイプじゃないもの」アリスはいなした。

「犯罪者タイプの人間を見れば、すぐそれとわかるんですか？」

「もちろんです」

そこへ、リスカード教授もやってきてポアロのそばにすわった。

「犯罪者について話しておいでかな。もし犯罪者の研究をなさるなら、紀元前一八〇〇年に施行されたハンムラビ法典をぜひ読むべきだと思いますね。じつにおもしろい。たとえばこんなふうです――火事の最中に泥棒の現行犯としてとらえられた者は、火の中へ投げ入れるべし」

彼は前方のグリルを興味深げに見つめた。

「それから、もっと古いシュメールの法律には——もし妻が夫に面とむかって、汝はわが夫にあらずといわば、その妻を川へ投げこむべし、というのがある。離婚訴訟なんかよりはるかに安あがりで、簡単ですな。しかし夫が妻に対して同様なことをいっても、銀貨を何枚か払うだけでいいんです。だれもその男を川へは投げこまないわけですよ」

「むかしからよくある話だわ——男尊女卑の差別主義よ」アリスはいった。

「そうはいっても、女性は計算高いですからな」と、教授は考え深げにいってから、つけくわえた。「しかし、この店は好きです。わたしはほとんど毎晩のようにここへ来ています。勘定を払わなくていいもんでね。この店の装飾について伯爵夫人に助言してあげたお礼の意味で、彼女がそのように取りはからってくれたんです——ほんとうにいいひとだ。といっても、この店の装飾はじっさいはわたしとはなんの関係もない——彼女がなんのためにわたしの意見を訊こうとしたのか、さっぱりわかりませんよ。彼女と画家がなにもかもでたらめなものにしてしまったんですからね。わたしがあんな趣味のわるい装飾とほんのすこしでも関係があるなんて、だれにもばれないでもらいたい。人に知れたら一生の恥ですよ。しかし、ロサコフ伯爵夫人はほんとうにすばらしい女性だ—

――バビロニア人みたいだと、いつも思います。バビロニアの女性は商売上手で――」

教授の声はとつぜんどっとわき起こった叫びにかき消された。「警察」ということばを聞くと、女たちはいっせいに立ちあがり、わめき声が騒然と入り乱れるうちに、電灯が消え、同時にグリルの火も絶えた。

その混乱した騒音の低音部の中に、ハンムラビ法典のいくつかの抜粋を暗唱する教授の声が静かにつづいていた。

ふたたび電灯がついたとき、ポアロは広くて浅い出入口の石段の途中までのぼっていた。出入口を警備している警官たちの敬礼を受けて通りへ出ると、ポアロは街角のほうへ大股に歩いていった。その街角をまがったところに、鼻の赤い小柄な男が身にしみついた悪臭をあたりにただよわせながら、壁によりかかって立っていた。その男が不安そうなかすれ声でささやいた。

「だんな、あっしです。いよいよ出番ですかい？」

「そうだ。さあ、行ってくれ」

「サツがずいぶん大勢張りこんでますな」

「それは心配するな。きみのことはちゃんと話してある」

「邪魔さえされなきゃ、それでもいいんですがね」

「邪魔はしないさ。それよりも、きみの仕事のほうはだいじょうぶだろうね？　なにしろ相手は、おそろしくてでかくて凶暴な怪物なんだよ」

「あっしに対して凶暴になるわけがねえや」小柄な男は自信たっぷりにいった。「あっしはとくべつなものをもってるんだからね！　どんな犬だって、こいつがほしさに、地獄の果てまであっしについて来まさぁ」

「いやいや、念のためにいっておくけど、きみはあいつを地獄から連れ出さなきゃならないんだ」

ポアロは注意した。

Ⅵ

朝の早い時刻に電話のベルが鳴った。ポアロは受話器をとった。

ジャップの声がいった。

「電話するようにと伝言があったと聞いて」

「うん。どうだった？　うまくいったかい？」

「麻薬はさっぱりでした――エメラルドはみつかったんですがね」

「どこにあった？」

「リスカード教授のポケットの中に」

「リスカード教授の？」

「意外でしょう？　正直にいって、わたしにはどうにもわけがわかりませんよ。リスカード教授は赤ん坊みたいにぽかんとして、しばらく呆然と宝石を見つめてから、どうしてそんなものが自分のポケットにはいっていたのか、まったくわからないといってましてね。どう考えても、リスカード教授がうそをいっているとは思えない。ヴァレスコが暗闇に紛れて簡単に宝石をリスカード教授のポケットに入れることは可能だったはずだし、だいいちリスカードみたいな男が、こんな闇商売に関係するわけがありませんしね。彼は各種の上流の団体に所属している。大英博物館の関係者でもあるんですよ！　リスカードが金を使うのは本を買うときだけ――それも、カビの生えた古本ばかりときてる。そんな男じゃ問題になりませんよ。どうやらわれわれはまた、とんでもない見当ちがいをやらかしていたんじゃないかという気がしてきましたよ――あのクラブには、最初から麻薬なんかなかったんじゃないのかな」

「いやいや、あったさ。ゆうべもたしかにあったんだ。ところで、例の秘密の裏口からだれか出てきたかい?」

「ええ、続々とね。まずスカンデンバーグのヘンリー王子とその侍従——王子はきのうイギリスに着いたばかりだった。それから、大臣のヴィタミアン・エヴァンズ——労働党の大臣ということになると、こっちも慎重にならざるをえない。保守党の政治家が放蕩に金を使ったって、納税者たちは他人の金だと思うけど、労働党の政治家がそんなことをすると、国民は自分たちの金を使われたように思いますからね。ま、ある意味じゃ、そのとおりなんだが。最後に出てきたのは、レディ・ベアトリス・ヴァイナーで、彼女はレオミンスターの口やかましい若い公爵と、明後日結婚することになってるんです。とにかく、あんな連中が事件に関係しているとは、とうてい思えませんね」

「それはそうだ。しかし、麻薬はじっさいあのクラブの中にあったんだよ。つまり、それをクラブからはこびだした人間がいるのさ」

「だれだろうなぁ?」

「わたしだよ、モナミ」ポアロはとりすましていった。

そのときベルがけたたましく鳴りひびき、ポアロは急いで受話器を置いて、ジャップのわめき声を断ち切った。玄関のドアをあけると、ロサコフ伯爵夫人がさっそうとはいってきた。

「もし古いなじみでなかったら、こんなこと失礼千万だと思うところだわ！」伯爵夫人は声高にいった。「あなたの書き置きに、ここへ来てくれと書いてあったから来たんだけど。たぶん警官があとをつけているんでしょうね。でも、通りに待たせておくことにするわ。さあ、ご用はなんなの？」

ポアロは親切に彼女の毛皮を脱がしてやった。

「きみはなぜあのエメラルドをリスカード教授のポケットに入れたんだ？　どうもあまり感心できないね――わたしがその場にいたのに」

伯爵夫人はおどろいて目を丸くした。

「もちろん、わたしはあのエメラルドをあなたのポケットに入れたつもりだったのよ！」

「ほう、わたしのポケットに？」

「そうよ。あなたがいつもすわっているテーブルのほうへ急いで行ったんだけど、電灯が消えていたんで、うっかり教授のポケットに入れてしまったのかも」

「盗まれたエメラルドを、どうしてわたしのポケットに入れようと思ったんだ？」

「とっさの思いつきだったの――そうするのがいちばんいいような気がして――だって、そうじゃない？」

「なるほど、ヴェラ、きみはとても機転が利くんだな」

「だって、あなた、考えてもごらんなさいな！　警察がやってきて、電灯が消えたら——警察ざたになっては困るお客さまにはそのあいだに逃げていただくように内輪でそういう取り決めになっているのよ——だれかの手がテーブルの上に置いてあったわたしのハンドバッグをひったくったのよ。奪い返したけれど、ビロードの上からでも、なにか固いものがはいっている感触があったんで、手を入れてみて、宝石だとわかったの。同時に、だれがそれを入れたのかもわかったわ！」

「ほう、よくわかったね」

「それくらいのこと、わからないほうがおかしいわ。あんちくしょうめ！　犯人は、あの最低男、あの人でなしの裏切り者の、豚の子の出来そこないのまむし野郎の、ポール・ヴァレスコなのよ！」

「〈地獄〉の共同経営者の？」

「ええ、あの店はあいつのものなのよ。あいつが出資したの。わたしはいままで、ヴァレスコを裏切らなかったわ——信義を守ってきたのよ。でも、あっちはわたしを裏切って、警察へわたそうとした！　もうがまんできない。あいつの名前につばを吐いてやる！」

「まあまあ、落ちついて」ポアロはなだめた。「いっしょにとなりの部屋へきてほしい」

ポアロはドアをあけた。小さな部屋で、一瞬、犬ですっかりふさがっているように見えた。ケルベロスは広い〈地獄〉の店内でさえとてつもなく大きく見える犬だ。ポアロのアパートの小さなダイニングルームの中に入れられたら、ケルベロスだけで部屋がいっぱいに見えてしまう。けれども、室内には、むっとするほど強烈な臭《にお》いを放つ小男もいっしょにいた。

「計画どおり、ここに連れてきましたぜ、だんな」小男はしゃがれ声でいった。

「ドゥドゥ！」伯爵夫人が叫んだ。「わたしの天使、ドゥドゥ！」

ケルベロスは尻尾で床をたたいた――だが、身動きはしない。

「ウィリアム・ヒッグズくんを紹介しよう」ポアロはケルベロスの尻尾が床をたたく凄まじい音に負けじと声を張りあげた。「彼は専門の仕事にかけては、まさにその道の大家で、ゆうべの騒動の真っ最中にケルベロスを〈地獄〉から連れ出してきたんだ」

「この子を連れ出した？」伯爵夫人はネズミみたいな小男を、信じられないというように見つめた。「でも、どうやって？」

ヒッグズは、決まり悪そうに目を伏せた。

「ご婦人を前にして、どうもいいにくいんだがね。要するに、どんな犬でも拒めないものがあるんですよ。あっしはそれをもってるんで、犬はどこまでもあっしのあとをついてくるわけです。もちろん、そういえば察しがつくでしょうが、そいつは雌犬には効き目がありません。そっちのほうはまたべつですからな」

ロサコフ伯爵夫人はポアロをふりかえった。

「でも、なぜ？　なんのためにこんなことを？」

ポアロはおもむろに答えた。

「そういう訓練をされた犬は、出せと命令されるまでものを口の中に入れてはこぶことができる。必要なら何時間でも口の中に入れておくだろう。口に入れているものを出せと、きみから犬にいってやってくれないか？」

ヴェラ・ロサコフはじっとポアロを見ていたが、やがてふりかえって、短い単語をふたつ、きっぱりとした調子でいった。

ケルベロスががっしりしたあごをひらいた。すると、あっとおどろくような光景が展開した——ケルベロスの長い舌が口からぼとっと落ちたように見えたのだ。

ポアロは前へ出て、ピンク色のゴム袋の中にはいった小さな包みをひろいあげた。そして包装をほどいた。包みの中には、白い粉がはいっていた。

「なんなの、それ？」

伯爵夫人が鋭く問いただした。

ポアロはぼそりといった。

「コカインさ。これっぱかりと思うだろう――しかし、これがほしい人間にとっては何千ポンドも出す価値がある……。数百人の人たちを悲惨な状態にし、破滅させることができる量なんだよ……」

ヴェラ・ロサコフは、はっと息をのんでから叫んだ。

「あなたは、わたしがこれを――いいえ、ちがうのよ！　誓ってもいい、わたしはやってないわ。たしかにわたしはかつて宝石や小さなめずらしい骨董品を盗んで自分を慰めたことはあるわ――生活の足しにもなったしね。わたしにいわせれば、他人の持ち物だからって、わたしがもっててていけない法はないと思ったからなんだけど」

「あっしも犬については、そんなふうに思うね」と、ヒッグズが同調した。

「きみは善悪の区別がまったくついていないようだ」ポアロは伯爵夫人にむかって悲しげにいった。

ヴェラ・ロサコフは話をつづけた。

「でも、麻薬となったら、話がちがうわ！　麻薬は人間に不幸と苦しみと堕落をもたらすようなものだもの！　ほんとにぜんぜん知らなかったのよ——考えてもみなかった。魅力的な、無邪気で愉快なわたしの〈地獄〉が、そんなもののために使われていたなんて！」

「麻薬についちゃ、あんたの意見に賛成だ」ヒッグズがいった。「グレイハウンドに麻薬を飲ませるなんて——そんなの最低だぜ、まったくよ！　あっしゃ、あんなものに手を触れようとも思わねえな。さわったこともねえけどさ！」

「ポアロさん、わたしを信じて」伯爵夫人はいった。

「もちろん信じてるとも！　この麻薬密売組織の親玉をとらえるために、わたしは時間と労力を費やした。そしてついに、ヘラクレスの十二の難業を完成させ、この事件を立証するためにケルベロスを〈地獄〉から連れてきたんだ。それは、友人が濡れ衣を着せられるのを見るに忍びないからだよ——そう、濡れ衣さ——まかりまちがえば、きみは罪をなすりつけられるところだったんだ！　エメラルドはきみのハンドバッグの中から発見されるように仕組まれていたし、たとえだれかすごく利口なやつが——わたしみたいなやつが——麻薬の隠し場所はあの獰猛な犬の口の中であることを見抜いたとしても、それはきみの犬なんだよ。そうだろ？　たとえあの犬がアリスの命令にもしたがうようになっていたとしてもだ！　そうさ、きみがおどろくのも無理はないがね。わたしは最初からきみの〝かわいいアリス〟が気に入らなかった――あのたわけた心理学や、バカでかいポケットのついた上着やスカートがね。そう、ポケットだ。女性があれほど身なりをかまわないのは、むしろ不自然というものだ！　しかも、彼女はわたしになんといったと思う？――重要なのは基本だとさ！　おどろいたね。じつは、その基本なるものはポケットだったんだ。麻薬をはこんだり、宝石をもちだすのに便利なポケット――彼女が精神異常者とみなしているふりをしていた共犯者とダンスをしているあいだに、それらの品物をたやすく交換できるポケット。じつにうまい偽装だ！　学位と眼鏡をかけたくそまじめな心理学者を、だれも疑うはずがないからね！　こっそり麻薬を仕入れて、金持ちの患者をそそのかして中毒にし、儲けた金でナイトクラブをはじめ、いってみれば過去にちょっとした弱みのある者にそれを経営させた。それはうまくいったんだが、しかし彼女はエルキュール・ポアロを見損なって、家庭教師やチョッキの話でわたしをごまかせると思ったのが運のつきさ！　そんなわけで、わたしは彼女の尻尾をつかむ準備をした。電灯が消える。わたしはすばやくテーブルから立ちあがって、ケルベロスのそばへ行く。暗闇の中で、アリスがやってくる足音が聞こえる。彼女はケルベロスの口をあけて、包みをその中へ保管させる――そのとき、彼女に気づかれないように、もっていた小さな鋏で袖をすこし切りとったんだ」

ポアロは芝居じみた身ぶりで切れ端をポケットからとりだした。

「よく見たまえ——きみにも見覚えのあるチェックのツイードだろ。わたしはこれをジャップにわたして、切りとられた部分とぴったり合うことを実証させ、彼女を逮捕させて、さすがはスコットランド・ヤードだとほめてやることになるだろう」

ロサコフ伯爵夫人は呆然と彼を見つめていたが、やがて、とつぜん霧笛のような嘆きの声をあげた。

「でも、わたしのニキが——わたしのニキがかわいそうだわ！——」間をおいて——

「そうは思わない？」

「アメリカには、ほかにも若い女がどっさりいるさ」ポアロはいった。

「それに、もしあなたがいなかったら、ニキの母親は刑務所に入れられたところだものね——刑務所に！——髪を切られて——監房の中にすわって——消毒薬のにおいをぷんぷんさせながらね。ああ、よかった。あなたって、ほんとにすてきな人——すてきだわ！」

ヴェラ・ロサコフは、いきなりポアロに飛びつき、スラブ的な情熱で彼を抱擁した。ヒッグズはしげしげとそれをながめていた。ケルベロスは尻尾ではげしく床をたたいた。

この歓喜の場面のさなか、ベルがけたたましく鳴った。

「ジャップだ！」ポアロは伯爵夫人の腕から身をふりほどきながら叫んだ。

「わたしはべつの部屋へ行っていたほうがいいでしょうね」と、伯爵夫人はいった。彼女はドアからとなりの部屋へ抜け出した。ポアロは玄関のドアのほうへ足をむけた。

「だんな」ヒッグズが心配そうに声をひそめて呼び止めた。「ちょっと鏡をごらんになったほうがいいですぜ」

ポアロは鏡をのぞいて、ぎょっとした。口紅とマスカラがまぜこぜになって彼の顔を彩っていたのだ。

「警視庁のジャップさんに見られたら、きっと最悪の誤解をされますさぁ」ヒッグズはいった。

ふたたびベルが鳴りだし、ポアロが口ひげの先端についたぬらぬらした真っ赤なルージュを懸命にふきとっているとき、ヒッグズはこうつけくわえた。「あっしはどうすれば——やっぱりずらかったほうがいいっすか？　この〈地獄〉の犬はどうしましょう？」

「わたしの記憶にまちがいがなければ、ケルベロスは地獄へもどった」

「じゃ、だんなのお好きなようにしますよ」ヒッグズはいった。「ほんとのことをいうと、あっしはなんとなくこいつが好きになったんだが……だけどな、こいつはあっしが盗みたくなるような犬とはちがって、世話が焼けるし、目立ちすぎっからな。牛の臑骨だの馬肉だのって、金がかかりすぎるよ。若えライオンとおなじくらいメシを食らうぜ、きっと！」

「ライオンか。そういえば、ネメアのライオンにはじまって、こんどはケルベロスの捕獲」ポアロはつぶやいた。「これで完結というわけだ」

Ⅶ

一週間後、ミス・レモンが一通の請求書を雇い主のところへもってきた。

「ちょっとおたずねしますけど、ポアロさん、これを支払っていいのでしょうか？〝レオノーラ生花店。赤いバラ。代金は十一ポンド八シリング六ペンス。送り先はWC一、エンド街十三番地、〈地獄〉御中、ヴェラ・ロサコフ伯爵夫人〟」

エルキュール・ポアロは頬をバラのように赤く染めた。その赤みは見る見るうちに広がって、目元まで赤くなった。

「ああ、いいよ。ほんのちょっとした贈物なんだ。伯爵夫人の息子がアメリカで婚約したのさ――雇い主である、鉄鋼界の大立て者の娘とね。赤いバラは――たしか伯爵夫人の大好きな花だったような気がするんだが」

「はい、そうです」ミス・レモンはいった。「でも、いまの季節ですと、バラはとても高いんですよ」

　ポアロは胸をはって答えた。

「こんなときは、金など二の次だ」

　彼は歌を口ずさみながら部屋を出て行った——はずむような軽い足どりだった。その後ろ姿を、ミス・レモンはぽかんとして見送った。書類整理方式などどこへやら、女のあらゆる本能が活発に騒ぎ出した。

「まあおどろいた」彼女はつぶやいた。「ひょっとして……。でも——あの年で！　まさか……」

クリスティーと膝掛け毛布

作家
東　理夫

正直に言うと、クリスティーは老後の楽しみに取っておこうと思っていた。子供時代に接した『アクロイド殺し』の犯人像が年齢とともに違って見えてくることに気づいて、クリスティーは自分がもっと熟してから読み直したい、と考えたのだ。まあ、熟することがあったらの話だけれど。

クリスティーは、子供の頃から読みはじめたという人が多い。英語との対訳本から入ったという人も、たくさん知っている。けれど、それで終わってしまってはあまりにも惜しい。その年頃だと、犯人探しの興味ばかりが強く、その裏にある犯人の心理や目く《レッド》らまし《ヘリング》の面白さや記述者の選択の苦労やらは、もっともっと年を経ないと感得できないし、娯《たの》しめないからなのだ。

折りにふれてあらわれる著者を通しての、イギリス人の考え方やその他の国ぐにの人たちに対する歴史認識、思想、政治や人種に対する思いなどもまた、やはりある年齢に達しないと面白がれないのではないかと思う。そうでないと、ただ予想外の犯人や驚天の犯行動機、奇想天外のトリック、そして鬼も泣く探偵の推理などに目が奪われるばかりで、クリスティー特有の深みを享受することは難しい。ことに食べものや飲みものに対する好みや道具類、服装などに対する蘊蓄《うんちく》、たとえばポアロやミス・マープルたちに生かされているそれらを十分に味わうには、やはり読む側にも受け入れる素地がないと……と、いうことなのだ。

いい本は、読み手のそれぞれの年齢にそれなりの感銘を与えてくれるものだ。クリスティーの諸作品もそうで、子供の時や三十代に読んだ時よりも今のほうがずっと面白い。遠まわしの記述、もって廻った描写、類型的な人物といったむしろ大時代的な部分が、今は面白くてたまらない。仕事に忙しく、人生が速く動いていく青年や中年の頃は、その滋味に気づかないものなのだ、と今さらのように納得するのである。

さて、本書の主人公、エルキュール・ポアロだ。およそ世界中のミステリ界に登場する探偵の中で最も有名な探偵の一人であるに違いない彼は、卵型の頭とワックスで固めた八字髭で知られている。

　卵形であることは、髪が薄く頭蓋骨の形があからさまであることを示している。その形態が卵形にスムーズなのは、どことなくその中身もまたスマートであるような印象を受ける。形のいい頭蓋はうらやましい。ことに髪が薄くなった時、その形がきれいなのは財産といっていい。ぼくの頭も、その時は卵形であることを願ってやまない。

　ワックスで固めた髭というのけ、どういうものかよくわからないのだけれど、このワックスは、風呂に入ったり頭を洗うついでに洗って落とすものだろうか。しかしワックスなら熱で溶かす必要があり、それは単に形を整える時に溶かすのだろうか。だがデイヴィッド・スーシェ扮するポアロは、寝る時には型崩れ防止のマスク型の髭キャップのようなものをかぶせる。あの髭は、めったに洗わないものだろうか。痒くはならないのだろうか。何かで、ワックスの代わりに卵の白身で固めるというのを読んだことがある。白身なら洗って落とせそうだ。ワックスでは不潔になりがちだということから、白身が使われるようになったのだろうか。潔癖症のポアロの髭について、もっと知りたい。

　そう、彼はまた潔癖症である。しかし、TVシリーズの探偵モンクほど、病的なものではなさそうだ。生まれつきの性格にもよるだろうけれど、ことに金に不自由しない独身男にはその傾向がある。もちろん独身にも無精派と潔癖派とがいる。それは生まれや育ちや、その後の環境やらによって変わってくる。長く軍隊にいると潔癖になる傾向があるらしいが、ポアロが長く兵役についたという話は聞かない。ベルギーの警察官だったらしいが、警察仕事が潔癖を生むという話も聞かない。

やはり生まれつき、そしてその後の独身生活で、どんどん潔癖の度合いが深まっていったのだろう。いや、独身が潔癖症を生むのではなく、ポアロの過剰な潔癖が彼を独身で通させたのかもしれない。こんなに小うるさい男の妻になるのは、きっと大変だろうから。

ポアロは、夕食がまずくなるからとアフタヌーン・ティーさえも敬遠する人間である。それだけ、食にこだわっていると言っていい。酒も飲むが、それも料理をうまく食べるためだ。そういう食を維持していくための収入、彼の調査費は結構高いらしい。本書の第一章でも、「わたしは安売りはしません。腕は一流だ。一流の仕事に対しては、それに見合う料金を払っていただかなくてはなりませんな」と臆面もなく言う。こういう物言いに抵抗を覚える人もいるだろう。いくら相手が嫌味な人間であってもだ。

そう、ポアロには嫌味な部分がある。彼は小柄であり、けして美男ではない。自慢できるのは髭と灰色の脳細胞と、生き方のあれこれに対する格別のこだわり。それが彼のコンプレックスとそれを補完する優越感とを生み、それが微妙にからみ合ってこの人物を複雑にしているのだ。わかりやすくいえば、いやらしい人間にも好人物にもしているのである。

そしてここが大切なのだが、そういうポアロの人間的面白さがよくわかってくるのは、やはりある年齢から上になってからだろうと、この頃のぼくは思っている。

さて本書である。『ヘラクレスの冒険』は、一九四七年に発表された短篇集で、最初の「ことの起こり」にもあるように、この時期のポアロは引退を考えている。その後は水っぽくないカボチャの栽培に精を出そうと。その引退の花道に、「ヘラクレスの難業」と呼ばれる十二の冒険に因んで、あと十二の事件だけを引き受けようと決心するのだ。ギリシャ神話のヘラクレスは、最高神ゼウスと人間の女性アルクネメの間に生まれた半神半人である。だがゼウスの正妻ヘラはこの子供に敵意を抱き、幾度となく彼を危うい目にあわせる。そして彼女の悪だくみによってエウリテウスの家来にされたヘラクレスは、主人の命令は何でも聞かなければならなくなり、ついに十二の命がけの冒険を果たすことになる。それが「ヘラクレスの難業」なのである。

なぜ、ポアロがヘラクレスを気にするのか。それは彼のクリスチャン・ネーム、エルキュールが、フランス語読みのヘラクレスだからなのだ。かくしてポアロの、引退前の十二の難事件への挑戦がはじまったのだ。

この本には、お馴染みの相棒ヘイスティングズが登場しない。助手はいるのだが、記述者はヘイスティングズではない。ということは、愚かな助手がいずにポアロの推理力が直截に楽しめるわけで、これはやはり短篇ならではの醍醐味だろう。

しかもこの本は、ヘラクレスに因んだ趣向――彼の十二の冒険と同じテーマが与えられるという凝った趣向の他に、さまざまなミステリのパターンが集められているのである。身代わり事件、自然現象による密室殺人、強請《ゆす》り事件、人質事件、古典的な毒殺事件、詐欺事件などなど、読むほどに愉しめる内容になっている。それもクリスティーのサービス精神に違いない。

というわけで、子供の頃にこの本を読んでも、今のように娯しめたかは、はなはだ疑わしい。今も面白いが、もっと年を取ってからならもっと面白いことが見つかるだろうとも思う。したがって将来、安楽椅子に座り膝掛け毛布を脚にクリスティーを読みふける自分を想像するしかない。それがいつのことか、ぼくはまだ自分が考える老後に達していない。だから今は、その時の必需品である素敵な膝掛け毛布を物色中なのである。

名探偵の宝庫
〈短篇集〉

クリスティーは、処女短篇集『ポアロ登場』（一九二三）を発表以来、長篇だけでなく数々の名短篇も発表し、二十冊もの短篇集を発表した。ここでもエルキュール・ポアロとミス・マープルは名探偵ぶりを発揮する。ギリシャ神話を題材にとり、英雄ヘラクレスのごとく難事件に挑むポアロを描いた『ヘラクレスの冒険』（一九四七）や、毎週火曜日に様々な人が例会に集まり各人が体験した奇怪な事件を語り推理しあうという趣向のマープルものの『火曜クラブ』（一九三二）は有名。トミー&タペンスの『おしどり探偵』（一九二九）も多くのファンから愛されている作品。

また、クリスティー作品には、短篇にしか登場しない名探偵がいる。心の専門医の異名を持ち、大きな体、禿頭、度の強い眼鏡が特徴の身上相談探偵パーカー・パイン（『パーカー・パイン登場』一九三四　など）は、官庁で統計収集の事務を行なっていたため、その優れた分類能力で事件を追う。また同じく、ハーリ・クィンも短篇だけに登場する。心理的・幻想的な探偵譚を収めた『謎のクィン氏』（一九三〇）などで活躍する。その名は「道化役者」の意味で、まさに変幻自在、現われてはいつのまにか消え去る神秘的不可思議的な存在として描かれている。恋愛問題が絡んだ事件を得意とするというユニークな特徴をもっている。

ポアロものとミス・マープルものの両方が収められた『クリスマス・プディングの冒険』（一九六〇）や、いわゆる名探偵が登場しない『リスタデール卿の謎』（一九三四）や『死の猟犬』（一九三三）も高い評価を得ている。

51 ポアロ登場
52 おしどり探偵
53 謎のクィン氏
54 火曜クラブ
55 死の猟犬
56 リスタデール卿の謎
57 パーカー・パイン登場
58 死人の鏡
59 黄色いアイリス
60 ヘラクレスの冒険
61 愛の探偵たち
62 教会で死んだ男
63 クリスマス・プディングの冒険
64 マン島の黄金

灰色の脳細胞と異名をとる

〈名探偵ポアロ〉シリーズ

本名エルキュール・ポアロ。イギリスの私立探偵。元ベルギー警察の捜査員。卵形の顔とぴんとたった口髭が特徴の小柄なベルギー人で、「灰色の脳細胞」を駆使し、難事件に挑む。『スタイルズ荘の怪事件』（一九二〇）に初登場し、友人のヘイスティングズ大尉とともに事件を追う。フェアかアンフェアかとミステリ・ファンのあいだで議論が巻き起こった『アクロイド殺し』（一九二六）、イニシャルのABC順に殺人事件が起きる奇怪なストーリーが話題をよんだ『ABC殺人事件』（一九三六）、閉ざされた船上での殺人事件を巧みに描いた『ナイルに死す』（一九三七）など多くの作品で活躍し、最後の登場になる『カーテン』（一九七五）まで活躍した。イギリスだけでなく、イラク、フランス、イタリアなど各地で起きた事件にも挑んだ。

映像化作品では、アルバート・フィニー（映画《オリエント急行殺人事件》）、ピーター・ユスチノフ（映画《ナイル殺人事件》）、デビッド・スーシェ（TVシリーズ）らがポアロを演じ、人気を博している。

好奇心旺盛な老婦人探偵

〈ミス・マープル〉シリーズ

本名ジェーン・マープル。イギリスの素人探偵。ロンドンから一時間ほどのところにあるセント・メアリ・ミードという村に住んでいる、色白で上品な雰囲気を漂わせる編み物好きの老婦人。村の人々を観察するのが好きで、そのうちに直感力と観察力が発達してしまい、警察も手をやくような難事件を解決するまでになった。新聞の情報に目をくばり、村のゴシップに聞き耳をたて、それらを総合して事件の謎を解いてゆく。家にいながら、あるいは椅子に座りながらゆったりと推理を繰り広げることが多いが、敵に襲われるのもいとわず、みずから危険に飛び込んでいく行動的な面ももつ。

長篇初登場は『牧師館の殺人』（一九三〇）。「殺人をお知らせ申し上げます」という衝撃的な文章が新聞にのり、ミス・マープルがその謎に挑む『予告殺人』（一九五〇）や、その他にも、連作短篇形式をとりミステリ・ファンに高い評価を得ている『火曜クラブ』（一九三二）、『カリブ海の秘密』（一九六四）とその続篇『復讐の女神』（一九七一）などに登場し、最終作『スリーピング・マーダー』（一九七六）まで、息長く活躍した。

訳者略歴　東京女子大学文学部卒，英米文学翻訳家　訳書『私はイヴ』サイズモア＆ピティロ,『ゼノサイド』『エンダーズ・シャドウ』カード，『サスペンスは嫌い』ホール（以上早川書房刊）他多数

ヘラクレスの冒険《ぼうけん》

〈クリスティー文庫60〉

二〇〇四年九月十五日　発行
二〇二〇年一月十五日　六刷

（定価はカバーに表示してあります）

著者　アガサ・クリスティー
訳者　田《た》中《なか》一《かず》江《え》
発行者　早川浩
発行所　株式会社　早川書房

郵便番号一〇一－〇〇四六
東京都千代田区神田多町二ノ二
電話　〇三－三二五二－三一一一
振替　〇〇一六〇－三－四七七九九
https://www.hayakawa-online.co.jp

乱丁・落丁本は小社制作部宛お送り下さい。
送料小社負担にてお取りかえいたします。

印刷・信毎書籍印刷株式会社　製本・株式会社川島製本所
Printed and bound in Japan
ISBN978-4-15-130060-8 C0197

本書は活字が大きく読みやすい〈トールサイズ〉です。